KB232279

화려한
꽃

화려한 꽃

초판 1쇄 찍은 날 § 2004년 6월 29일
초판 1쇄 펴낸 날 § 2004년 7월 9일

지은이 § 지호
펴낸이 § 서경석

편집장 § 문혜영
편집 및 디자인 § 이종민
마케팅 § 정필 · 강양원 · 이선구 · 김규진 · 홍현경

펴낸곳 § 도서출판 청어람
등록번호 § 제1081-1-89호
등록일자 § 1999. 5. 31
어람번호 § 제5-0021호

주소 § 경기도 부천시 원미구 심곡1동 350-1 남성B/D 3F (우) 420-011
전화 § 032-656-4452 팩스 § 032-656-4453
http://www.chungeoram.com
E-mail § eoram99@chollian.net

ⓒ 지호, 2004

ISBN 89-5831-166-5 03810

화려한 꽃

도서출판 청어람

하이델베르크 독일. 호재 이십 세, 시오 이십육 세.

시오는 하이델베르크 한복판을 가로지르는 네카 강줄기를 하염없이 바라보았다. 짙은 녹음의 숲으로 둘러싸인 이 도시 어딘가에 그의 심장이 살고 있었다. 매 순간순간 몸과 마음을 휘저어 놓고 영혼을 죽이고 있는 비틀린 사랑이 가까이에서 그녀 특유의 생명력을 내뿜고 있었다. 보지 않고도 느낄 수 있었다. 그저 같은 도시에 있다는 사실 하나로 모든 것을 감지할 수 있었다.

얼마를 그렇게 서 있었을까. 역사를 짐작케 하는 고풍스런 *옛 다리 위에 서서 그는 익숙한, 그러나 썩 반갑지 않은 얼굴이 가까

---

*카를 테오도어 다리

이 다가오는 것을 표정없이 바라보았다.

"그녀는요?"

"여긴 어쩐 일이야?"

그들은 서로의 안부조차 묻지 않았다. 그것은 이차적인 관심 거리도 되지 못했다.

"그녀는요?"

그는 다시 한 번 절박하게 물었다.

"네가 왔다고 하면 호재가 맨발로 달려올 줄 알았니?"

시오는 신랄한 은진 선배의 말에 얼굴이 일그러졌다. 절로 한숨이 나왔다.

"그러게요. 뭘 기대하고 여기까지 왔는지 나도 잘 모르겠어요, 선배."

긴장했던 몸이 풀어지면서 제대로 서 있기조차 힘들어졌다. 그는 다리 난관에 힘없이 몸을 기댔다.

"호재는 잘 지내죠?"

대답은 곧장 되돌아오지 않았다. 인내심을 갖고 한참을 기다려도 선배에게선 아무것도 들을 수 없었다. 멀리 아름다운 고성(古城)이 희미하게 드러나 보였다.

"호재에게 무슨 일이 있나요? 어디 몸이라도 안 좋아요?"

태연한 척 물었지만 돌아올 대답에 온 신경이 곤두서는 것은 어쩔 수 없었다. 근 십팔 개월 동안 호재를 보지 못했다. 그사이 그녀가 어떻게 변했는지, 어떻게 살고 있는지 너무도 궁금했다.

이제 그는 더 이상 기다릴 수 없었다.

"하나만 묻자, 시오야."

은진 선배의 예사롭지 않은 목소리에 그는 몸을 바로 세웠다. 가볍게 들을 내용은 아닐 것이다.

"너 여기 왜 온 거니?"

그는 할 말을 잃었다. 이제 호재를 만나고 싶어도 만날 수 없는 사이가 되었다. 아니, 만나서는 안 되는 것이다. 그의 더러운 마음을 버리지 않는 한 그들은 절대로 한하늘을 이고 살면 안 된다. 그것은 죄였다. 그럼에도 불구하고 그는 지금 여기 있는 것이다. 호재를 만나기 위해 여기 이 자리에 서기까지 얼마나 많은 고뇌에 빠져 있었는지 아무도 모른다. 아무리 노력해도 안 되는 것은 안 되는 것이다. 이루어질 수 없는 사랑임을 알면서 몇 년씩 그리움에 말라비틀어지는 고통을 그 누가 알겠는가.

"호재가 보고 싶어서 왔어요."

"그 애는 널 피해서 여기 온 거야. 너도 잘 알잖아."

그는 이를 악물었다. 알고 있었다. 뼈에 사무치게 느끼고 있었다. 그렇다고 달라지는 건 없었다.

"죽을 것처럼 보고 싶어서 왔어요."

그는 힘없이 주절거렸다. 아무도 자신을 이해해 주지 않았다. 그의 조력자였던 은진 선배조차 그를 비난했다. 그리고 그의 그녀는 더러운 벌레 피하듯 최대한 그에게서 멀리 도망쳤다.

"선배, 그저 얼굴 한 번만 보고 가려는 것뿐이에요. 더 이상 내가 뭘 어떻게 할 수 있겠어요. 그것도 안 된다고 하지 마세요. 일 년 전에도 선배는 그냥 가라고 했었죠. 그때는 그 말에 따랐지만, 이번에는 안 돼요. 도저히 더 이상은 견딜 수가 없어요.”

그는 애원 섞인 목소리로 말했다. 그러나 돌아온 대답은 차가운 거절뿐이었다.

“안 돼. 아니, 안 되는 것이 아니라 못해줘. 너나 호재나 지금은 만나선 안 될 사이야. 네가 정신 차리고 마음을 접기 전에는 절대 안 돼. 알겠니?”

“얼굴만 보고 갈게. 그것뿐이에요.”

그는 다시 한 번 말했다.

“그동안 호재에게 많은 일이 있었어.”

힐끔 그를 바라보는 선배의 눈동자에 동정이 서렸다.

“무슨 말이에요?”

은진 선배는 그의 눈치를 살피더니 망설임을 담아 조심스럽게 말했다.

“지금 호재는 희원이와 함께 있어.”

“뭐라고요?”

믿을 수가 없었다. 희원은 호재의 제일 친한 남자 친구였다. 로마에 있어야 할 희원이 하이델베르크에 있다. 이것이 무엇을 뜻하는지 깨닫지 못한다면 천하의 바보일 것이다.

“둘은 지금 하이델베르크 성(城)으로 산책 갔어. 지난 이 년간 희원이는 훈련이 없는 주말마다 여기에 왔어. 내가 더 구체적인 것까지 말해야 해?"

더 이상 그를 보고 있기가 괴롭다는 듯 선배는 그 말을 끝으로 매정하게 돌아섰다. 하늘이 노랗게 보이고 머리 속이 몽롱해졌다. 그는 정신없이 호재와 희원이 갔다는 고성으로 향했다. 직접 눈으로 보지 않고는 믿을 수가 없었다. 이 년 동안 주말마다 돈과 시간을 쏟아 부으며 로마에서 하이델베르크까지 왔다갔다 했다는 것은 그들의 사이가 무척이나 심각하다는 것을 의미했다. 아이들 장난 수준의 소꿉놀이에서 이젠 어른의 연애로 바뀌었음을 뜻하는 것이기도 했다. 치졸한 질투가 그나마 남아 있던 이성을 갉아먹었다. 추악한 독점욕이 그를 마구 쑤셔대고 있었다.

그는 고성을 오르내리는 케이블카 앞에서 두 시간을 기다렸다. 그리고 마침내 그들을 보았다. 서로 상대의 어깨와 허리에 팔을 두른 두 사람은 한몸인 듯 달라붙어 있었다. 수많은 관광객들 사이에서도 호재는 빛을 발했다. 그녀는 무척이나 행복해 보였다. 또한 그를 떠날 때의 어린 소녀의 모습은 온데간데없고 성숙한 여인의 향기를 내뿜고 있었다. 다정한 두 사람은 잠깐 걷다가 멈춰서 진한 키스를 나누었다. 오장육부가 뒤틀려 격심한 고통을 선사했다. 그는 굳어진 채 그들이 멀리 한 점으로 보일 때까지 뚫어져라 바라보았다. 어떻게 그 자리에서 움직였는지 기억에 없었다. 그저 정신을 차리고 보니 번잡한 하우프트 거리 한복판에 서 있었다. 울고 싶었다. 참을 수 없을 만큼 아팠

다. 결국 그는 많은 사람들이 여유있게 산책하고 있는 그 길 한
복판에서 무너져 내렸다.

"으악!"

괴성과도 같은 비명이 터져 나왔다. 지나가는 사람들의 호기
심 어린 시선 따위는 눈에 들어오지도 않았다. 그에게 내린 저
주와 고통은 인간이 감당하기에 너무나 힘에 부친 것이었다.

"으악! 으…… 흑흑……."

비명 소리는 흐느낌으로 바뀌었고 급기야 엉엉 소리까지 내
가며 절망의 통곡을 하고야 말았다. 낯선 이국의 땅 아름다운
거리에서 성인이 된 지 이미 오래인 남자의 절규는 그렇게 오래
오래 퍼져 나갔다.

현재 봄, 호재 스물세 살, 시오 스물아홉 살.

대한항공 서울발 방콕행 747비행기 비즈니스 클래스 안은 단 두 사람만이 탑승하고 있었다. 머리를 교묘하게 기술적으로 틀어 올리고 화사하게 화장한 스튜어디스가 그중 한 남자에게 다가서며 교태 어린 웃음을 지었다.

'어쩜 이렇게 멋있을까?'

그녀는 남자의 넓은 어깨를 손으로 훑어보고 싶은 충동을 간신히 누르며 최대한 섹시한 표정을 지었다.

"샴페인 한 잔 드릴까요?"

그러나 돌아온 답은 무반응이었다. 그녀는 다년간 훈련한 직업의식에 고마움을 느끼며 다시 속이 빤히 들여다보이는 미소를 지었다. 어떤 남자들은 간혹 그녀의 이 노골적인 웃음을 신호로 자신의 연락처를 손에 쥐어주곤 했었다.

"뭐, 더 필요하신 게 있으세요?"

그녀는 무릎을 낮추고 제법 풍만한 가슴을 남자의 팔에 살짝 대며 은근하게 물었다. 그러자 이번에는 즉각적이고 날카로운 응대가 돌아왔다.

"내 몸에 손대지 마!"

얼음처럼 차갑고 날 선 목소리가 고개도 돌리지 않고 되돌아왔다. 멈칫 돌아서는 여자의 얼굴이 추하게 일그러졌다.

'흥! 잘났어, 정말!'

여자는 애써 아무렇지 않은 척 뒤돌아서 다른 손님에게로 관심을 돌렸다.

시오는 비행기 창으로 내려다보이는 회색 창공을 초점없는 눈으로 바라보며 초조한 듯 길고 마른 손가락으로 무릎을 연신 톡톡 두드려 댔다. 이제 조금만 있으면 그녀를 볼 수 있다. 조금만 참으면……. 그에게 그녀는 항상 그리움이었다. 그녀는 보고 싶다고 마음대로 볼 수 있는 여자가 아니었다. 그 누구보다도 가까운 사이였으나 그녀를 보는 것 자체가 허락되지 않았다.

세 시간 전, 은진 선배의 전화를 받고 나서부터 제정신이 아니었다. 그녀에게 가기 위한 절차를 밟으면서 고통을 숨기기 위해 최선을 다했다. 그러나 이미 동요하고 있는 자신을 숨기기가 너무도 어려웠다. 그는 형수님에게 전화하는 손이 자꾸만 떨려서 번호를 몇 번이나 다시 눌러야 했다. 오열하는 형수를 간신히 달래고 수화기를 내려놓았다. 그는 비서를 통해 며칠 일정으로 떠날 준비를 하고, 약속을 모두 취소하고, 비행기를 예약하고, 공항에 도착했으나 한 시간 이상 여유가 생기자 다시 초조해졌다.

'어떻게 견디고 있을까? 그녀는 무사한 걸까?'

이 끔찍한 상황에도 그녀를 볼 수 있다는 것에 더 흥분한 자신을 경멸하며 공항 VIP 라운지를 서성였다.

'그 애를 위해 내가 할 수 있는 게 뭘까? 어떻게 하면 그 애의 고통을 조금이라도 덜어줄 수 있을까.'

그는 자괴감과 함께 마음속 저 깊은 곳으로부터 조금씩 살을 좀먹는 죄책감에 몸을 떨었다.

그녀가 불행하길 바라진 않았다. 그건 결코 그가 바라는 바가 아니었다. 그는 그녀와 함께하기를, 서로 바라보며 웃을 수 있기를 간절히 원했지만 그 대가로 지금 그녀가 누리는 행복이 파괴되기를 바라진 않았다. 차라리 그가 죽을지언정 그녀가 행복하기를 소원하였다.

그가 지금 호재를 위해 할 수 있는 게 있다면 그것은 바로 그녀 옆에 있어주는 것이었다. 아니, 사실은 그가 호재 옆에 있지 않고는 견딜 수 없을 것 같았다. 그녀 옆에 있을 것이다. 비록 그를 밀어내더라도······.

'얼마나 그리워했는데 이런 일로 너를 만나야 하는 거니? 괜찮은 거니? 내가 가도 될까? 네 옆에 있어도 될까?'

그는 떨려오는 몸을 다잡으며 그녀의 고통을 삭혀줄 명약이 그에게 있었으면 하는 부질없는 바람을 하였다. 이제 조금만 있으면 그녀에게 간다. 조금만 있으면……

황혼이 온통 세상을 물들이고 있었다. 희원은 병실 한구석 침대 위에서 여자의 간헐적인 흐느낌 소리에 정신이 들었다. 그는 조심스럽게 눈을 떠 주위를 둘러보았다. 삭막한 천장에 생명을 다한 듯한 희미한 형광등이 매달려 있고, 온통 하얀 벽을 따라 낡은 라지에이터가 세워져 있었다. 그 맞은편 침대 옆에 그가 사랑하는 여자가 녹슨 철제 의자에 웅크리고 앉아 있었다. 그의 손을 꼭 부여잡고 머리를 침대 끝에 살며시 기대고 마치 기도하듯 처연히 그녀가 거기에 있었다. 얼마나 사랑한 여자인가. 희원은 길고 아름다운 머리를 두 갈래로 묶고 앙증맞은 핑크 드레스를 입은 그녀가 어머니 뒤에 숨어서 살짝 고개만 내밀고 그를 보던 그 어린 시절을 아직도 또렷이 기억한다. 그날이 바로 희원이 사랑에 빠진 날이었다. 네 살 동갑내기였던 그들은 그날 이후로 같은 사이클에서 벗어난 적이 없었다. 처음 만난 그 순간부터 그에게는 오직 이 여자뿐이었다. 그녀와 함께 있기 위해 몸을 단련하고 그녀의 남자이기 위해 성공을 꿈꿨다. 그녀 때문에 살아온 인생, 그것이 바로 희원이란 인간이었다.

지난 삼 년간의 결혼 생활이 주마등처럼 스쳐 갔다. 무섭도록 행복한 나날이었다. 눈 비비고 다시 보면 사라져 버릴 신기루처럼 너무나 아름답고 찬란한 하루하루였다.

'너를 두고 어떻게 떠나지.'

희원은 힘겹게 손을 움직여 보았다. 놀라 호흡을 들이키는 소리와 함께 호재가 고개를 들었다.

'오, 하나님……'

장장 십칠 년을 바라본 얼굴인데 아직도 호재를 볼 때면 숨이 멎을 것 같은 충격에 휩싸인다. 사람이 이렇게 아름다울 수 있는 걸까? 클레오파트라 스타일의 앞머리가 눈썹 주위에서 흔들리고 엉덩이까지 내려오는 빛나는 머리카락은 마치 살아 있는 듯 찰랑거리며 의자 주위에서 춤을 춘다.

"희원아, 자기야! 나 알아보겠어? 정신이 들어?"

그녀와 그의 눈이 마주쳤다. 눈을 보면 다음 말은 하지 않아도 되었다. 그들은 늘 그랬다. 그러나 오늘 호재는 그 신호를 받지 못한 듯 눈동자가 두려움에 떨리고 있었다.

"왜 그래? 나야, 희원아. 말 좀 해봐!"

호재는 너무나도 두려워하고 있었다. 온몸으로 두려움을 내뿜고 있는 그녀를 보면서도 아무것도 할 수 없는 자신이 원망스러웠다.

"나 때문이야. 나를 구하려다 이렇게 된 거야."

희원은 그녀의 눈동자가 죄책감과 괴로움으로 물드는 것을 안타깝게 바라보았다. 맞은편에서 막무가내로 달려드는 차를 피해 핸들을 꺾을 때, 그는 순간 그녀를 보호하기 위해 오른쪽으로 꺾었다. 운전석을 정통으로 들이받은 그 차는 멈추었고, 희원은 아내의 비명 소리를 뒤로하고 의식을 잃었다. 자책감에 고개를 숙이는 그녀의 뺨에 조심스럽게 손을 올렸다.

"너에게 무슨 일이 생긴다면 난…… 난 살 수 없어. 네가 무사해서 너무나 다행이야. 네 아름다운 몸에 상처가 난다면…… 난 내 자신을 용서하지 못할 거야. 그건 네가 더 잘 알잖아. 그러니 죄책감을 가질 필요는 없어."

그는 간신히 흘러나오는 힘든 목소리로 호재를 달랬다. 그녀가 앞으로 짊어지고 갈지 모르는 죄책감을 없애지 않으면 그는 편히 눈을 감을 수 없을 것이다.

"너를 두고 어떻게 떠나지……."

그는 다시 힘겹게 입을 열었다.

"너 혼자만 두고……."

희원은 눈물이 글썽한 그녀의 새까만 눈동자를 바라보며 문득 그녀의 것과 너무나 닮아 있는 또 다른 눈동자를 떠올렸다. 절망과 질투에 불타던 눈, 삶의 의미를 잃어버린 듯 퀭하니 텅 비어버린 그 처절했던 눈. 그래! 이제야 그는 안심할 수 있었다. 그가 있다. 그라면 호재를 잘 지켜줄 수 있어 그라면 틀림없이 호재를 다시 행복하게 해줄 수 있을 것이다. 희원은 조금은 편안히 숨을 쉴 수 있었다. 남겨진 이의 슬픔을 다독거려 주고 새로운 인생을 펼쳐 줄 사람이 호재의 곁에 있다는 것을 깨닫자 안도의 한숨을 내쉬었다.

"호재야."

결심은 섰으나 그리 쉽게 입이 떨어지진 않았다. 그는 그런 스스로를 비웃었다.

'죽어가는 마당에 질투라는 것을 하는 너는 도대체 어떻게 되어먹은 인간이냐.'

헛웃음이 나오고 다시 숨이 막혀오면서 한동안 격렬한 기침을 해댔다. 그는 당황해서 어쩔 줄 몰라 하는 호재의 손을 꼭 잡고 잠시 눈을 감았다. 해야 해! 지금 말하지 않으면 늦어. 그는 하염없이 눈물만 흘리는 호재의 얼굴을 귀중한 보물 단지 감싸듯 조심스럽게 쓰다듬으며 떨어지지 않는 입을 간신히 열었다.

"사랑해……. 사랑해, 사랑해."

해도 해도 지나치지 않았다. 이제 호재는 소리 내어 울부짖기 시작했다.

"알아, 말하지 마. 힘들게 말하지 않아도 다 알아. 나도 사랑해. 너 없으면 안 돼."

그녀는 눈물범벅에 갈라진 목소리로 속삭였다. 너무나 애처로운 모습이었다. 그것이 또 그렇게 아름다울 수가 없었다.

"일어나. 일어나야 해. 약속했잖아. 내가 원하는 것은 못할 게 없다고 굳게 약속했잖아. 날 위해서 그렇게 해. 안 그러면 널 미워할 거야. 다시는 널 사랑하지 않을 거야. 알겠어? 그러니 일어나는 거야!"

절규하는 호재를 바라보며 그의 눈에 안타까움이 차 올랐다. 희원은 알고 있었다, 자신은 가망없다는 것을. 그럼에도 이 말을 하기가 너무 힘든 것은 남자의 이기인가, 아니면 영원히 자기 것이어야 할 그녀에 대한 미련인가. 그는 자신에게 다시 한 번 다짐하듯 속삭였다.

'말해야 한다. 말 해, 어서 말해!'

"널 두고 먼저 가서 미안해……."

그녀는 그런 작별 인사는 받고 싶지 않다는 듯 고개를 마구 흔들었다. 그리곤 그를 잃는 것이 기정사실인 양 순서를 밟고 있는 그를 원망스럽게 바라보았다.

"호재야, 나 정말 행복했어. 이런 아름다운 삶을 내게 줘서 고마워……. 나를 사랑해 줘서 고마워."

그는 더 크게 흐느끼는 그녀를 서글픈 눈으로 바라보며 결국 무거운 입을 떼었다.

"그 사람…… 그 사람에게 가."

그녀는 한동안 아무 반응 없다가 그의 말의 의미를 깨달은 듯 몇 초의 순간이 지나자 급하게 숨을 들이쉬었다. 그런 그녀를 보며 희원이 다시 입을 열었다.

"그에게 가. 그렇게 하겠다고 약속해 줘."

그녀는 그가 무슨 말을 하고 있는지 완벽하게 깨닫자마자 경악하는 표정이 되었다.

"지금 무슨 소릴 하는 거야? 제발 날 두고 가지 마. 너 없이 내가 뭘 할 수 있어. 날 버리고 가버리면 널 원망할 거야. 어떻게 내게 이럴 수 있지? 어떻게 날 떠날 생각을 할 수가……."

호재는 급기야 울부짖었다. 흐느끼는 그녀의 울음소리가 그의 마음속 깊은 곳에서 메아리쳤다. 그런 호재를 바라보는 것은 정말이지 힘든 일이었다. 그러나 그저 외면해 버리기엔 그녀를 볼 수 있는 시간이 너무도 짧았다. 조금이라도 더 그녀를 기억해 둬야 한다. 이제 다시는 볼 수 없는 얼굴이므로. 그는 호재의 손을 살며시 잡으며 가까스로 웃음을 지었다.

"울지 마. 넌 우는 모습이 제일 미워. 남편에겐 마지막까지 예쁜 모습만 보여야지. 그래야 먼저 가서도 바람 안 피우지."

그가 정말로 작별 인사를 하고 있다는 것을 깨달은 듯 그녀는 더 이상 어떤 소리도, 몸짓도 하지 않았다.

"호재야, 그 사람에게 가. 그렇게 해줘……. 그래야 해. 제발 그만 울고."

희원은 다시 흐느끼기 시작한 그녀를 안타깝게 쓰다듬으며 홀로 남겨질 그녀를 위해 마지막 유언을 계속했다.

"세상 누구보다도 널 사랑해. 그래서 부탁하는 거야. 그에게 가. 그라면 널 지켜줄 거야……. 나 없는 곳에 너 혼자 두고 가지 않아도 돼서 정말 기뻐."

그는 계속 울기만 하는 호재를 뒤로한 채 점점 힘을 잃어가고 있었다.

"먼저 가서 널 기다릴게. 네가 무척 보고 싶을 거야……."

그의 손을 잡고 있는 호재의 손이 너무 뜨거웠다. 아니, 그의 몸이 식어가고 있었다. 마음이 다급해졌다.

"그래도 너무 빨리는 오지 마. 호재야, 다시 만나면 그때도…… 내 여자가 되어줄 거야?"

그의 목소리에 점점 힘이 빠졌다. 희원은 몽롱한 상태에서 그녀의 울음소리가 점점 작게 들리는 걸 느꼈다. 빛이 희미해지고 있었다. 아름다운 그녀를 보고 싶은데 그녀 대신 시커먼 그림자가 그를 굽어보고 있었다. 아무것도 보이지가 않았다. 빛이 사그라들고 무시무시하고 검은 길동무가 그를 맞았다.

'호재야, 어디 있니? 내 옆에 있어줘. 사실은 네가 없는 그런 곳에 가기가 너무 무서워. 무서워!'

"호재야……!"

희원과 연결되어 있는 병실 모니터에서 급격한 쇳소리가 들리더니 곧 이어 일직선이 뜨고 급기야 길고 날카로운 금속성의 소리가 병실에 온통 울려 퍼졌다. 그리고 그는 암흑 속에 버려졌다.

시오는 병원의 긴 복도를 달리다시피 걸었다. 저만치에 호재가 널브러진 듯한 모습으로 의자에 앉아 있었다. 그녀가 헝클어진 머리카락을 떨리는 손으로 뒤로 넘기며 고개를 들었다. 그는 그녀를 뚫어지게 바라보며 거침없이 다가갔다. 나의 운명. 영원한 그리움의 존재. 그의 태산처럼 큰 그림자가 긴 복도를 꽉 채우며 그녀 앞에 섰다. 호재가 떨리는 몸을 주체하지 못하고 비참한 표정으로 그를 말없이 올려다보았다. 시오는 순간 망설였지만 이내 무릎을 꿇고 그녀를 꼭 끌어안았다. 호재의 충혈된 눈에 다시 봇물 터지듯 눈물이 맺혔다. 힘없이 그의 몸에 안기며 그녀는 천천히 입을 열었다.

"시오 삼촌."

그는 두 눈을 꼭 감았다. 그녀의 슬픔이, 절망이 온몸의 모세혈관 하나하나, 말초신경 구석구석까지 강한 충격과 함께 빠르게 퍼져 나갔다. 그도 그녀와 그 고통 속에 허덕이며 함께 있었다.

세 달 전, 형님 기일에 보고 처음 보는 호재였다. 다른 남자와 함께함에 행복해하는 그녀를 보는 것은 정말이지 연옥의 고통보다 더하다고 생각했다. 지옥 불처럼 뜨겁게 타오르는 질투는 살인도 불사할 만큼 잔인한 인내를 필요로 했다. 그러나 희원을 잃고 오열하는 그녀를 보는 것만큼 가슴이 미어지는 슬픔은 아니었다.

'이게 아닌데, 네가 불행하길 바라진 않았는데, 언제까지나 행복한 미소를 띠는 네가 보고 싶었을 뿐인데.'

그녀가 그의 품에서 기진한 듯 얕은 숨을 쉴 때까지 그들은 그렇게 가만히 있었다. 그는 천천히 고개를 드는 그녀의 얼굴에서 젖은 머리카락을 조심스럽게 걷어내며 살며시 쓰다듬었다. 까칠한 입술은 핏기가 없는 창백한 얼굴과 구별하기 힘들 만큼 그 본래의 색을 잃었고, 진한 눈썹과 눈물을 머금은 새까만 눈동자만이 유난히 두드러져 보였다. 그럼에도 불구하고 호재는 여전히 아름다웠다. 그녀는 처연한 눈빛과 슬픔을 안은 범접할 수 없는 분위기를 풍기며 그렇게 그의 품에 있었다.

은진은 응급 병동 복도 좁은 코너 벽에 기대선 채 그들을 조용히 바라보고 있었다. 그녀는 그 둘의 사연을, 아니, 그들 세 사람—호재와 희원, 그리고 시오—의 이야기를 그 누구보다 잘 알고 있는 사람이었다. 은진이 호재의 보디가드 겸 개인 비서로 일한 지 벌써 구 년째였다.

그 당시 갓 대학을 졸업한 은진은 한 학년 후배였던 시오를 짝사랑하고 있었다. 이미 몇 년 전부터 그렇게 부질없는 감정으로 자신과의 힘겨운 싸움을 계속하고 있었다. 은진과 시오는 학교는 같았으나 학과는 달랐다. 그들은 학교의 태권도 동아리에서 알게 되었다. 태권도 공인 4단이었던 은진은 동아리에서 후배들 교육에 한몫을 거들고 있었다. 신입생인 그들—류시오와 김태식—이 동아리에 들어왔을 때 조용하던 동아리에 한바탕 회오리가 몰아쳤다. 둘 다 키가 크고 훤칠한 데다 굉장한 미남이었기 때문이다. 해마다 일곱 명 남짓했던 신입생이 무려 서른네

명이라는 경이적 숫자를 기록했고, 그중 겨우 한둘이던 여학생의 수는 총 회원을 통틀어 과반수를 넘기는 기염을 토했다. 그 후로 그들 두 사람이 졸업할 때까지 그 숫자는 계속 유지되었다.

슈퍼 루키 신입생인 두 남자의 처신은 천지 차이였다. 태식이 인기에 편승해 바람둥이로 전락한 반면, 시오는 은진이 졸업할 때까지 소위 난다 긴다 하는 여학생들이 줄지어 쫓아다녔지만 별 관심을 보이지 않았다. 가끔 몇몇 여자애들과 어울리기도 했지만 깊이 사귄다거나 하는 경우는 없었다. 은진은 선배라는 이점과 여자임을 내세우지 않는 전략으로 그에게 다가갔다. 그들은 그렇게 친구로, 선후배 사이로 돈독한 우정을 쌓아갔다.

그러던 사이 어느덧 세월은 흘러 그녀는 대학 졸업을 목전에 두게 되었다. 그녀는 자신의 마음이 전혀 전해지지 않음에 초조하기도 하고, 다행스럽기도 한 아이러니한 기분에 휩싸여 있었다.

그리고 우연한 기회로 그녀는 비로소 그의 집안에 대해 알게 되었다. 국내 5위 안에 드는 굴지의 대기업인 대명그룹—대명화재, 대명통상, 대명건설, 대명콘도, 대명출판사, 그리고 파워랜드(Power Land) 등을 자회사로 가짐—이 그의 가족 소유라는 것을 알게 된 것이다. 그것을 알게 된 계기는 바로 그의 사랑하는 조카 호재 때문이었다.

그날도 어김없이 근처 도장에서 운동을 마치고 돌아가던 길에 시오에게서 호출이 왔다. 그녀는 떨리는 마음으로 급하게 약속 장소에 나갔다. 기대감을 품고 갔던 은진은 불쑥 내뱉는 그의 제안을 듣고 깜짝 놀랐다. 이제 막 열네 살이 된 그의 어린 조카의 보디가드가 되어달라는 것이었다. 조카가 하굣길에 남학생 몇 명에게 봉변을 당할 뻔했던 모양이다. 그러나 그 정도에 보디가드를 고용하는 집이 몇이나 있겠는가. 의문은 많았지만 그의 제안을 받아들인 건 순전히 졸업 후에도 그를 자주 볼 수 있을 거라는 기대감 때문이었음은 부정할 수 없었다. 어쨌든 그렇게 은진은 그녀 인생에 커다란 의미를 지니게 된 호재를 만나게 되었다. 결코 잊을 수 없는 호재와의 첫 만남. 강렬하고 눈부셔서 몇 년이나 지나 버린 지금 생각해도 그날이 생생하다.

시오의 집 대문 앞에 서서 은진은 한동안 숨을 몰아쉬었다. 성북동이라고 했을 때 대충 감은 잡았으나 밖에서 보기에도 그의 집은 거대했다. 대문을 지나 넓은 잔디밭을 거쳐 웅장한 소나무들 사이로 좁은 돌 계단을 한참 동안 올라가자 다시 너른 평지가 나왔다. 그 한가운데 아름다운 저택이 자태를 뽐내며 당당히 서 있었다. 그리고 그 시선의 마지막에 시오와 한 소녀가 서 있었다.

그 소녀를 보는 순간 은진은 이 일에 더욱 흥미를 느끼게 되었다. 천사의 모습이 저러할까? 자신에게서 눈을 떼지 못하는 은진을 보며 소녀는 방긋 웃었다. 언제나 있는 일인 듯 시오를 돌아보며 어깨를 으쓱하는 모습조차 너무나 눈부셨다.

그때 은진은 또 한 번 놀라고 말았다. 아니, 경악했다는 말이 더 맞을 것이다. 소녀의 머리를 쓰다듬으며 마주 웃어주는 시오를 보는 순간 그에게서 느껴지는 깊은 사랑에 은진은 의미를 알 수 없는 뭔가가 울컥하고 치밀어 올랐다. 거의 모든 사람에게 형식적인 예의 이상을 내보이지 않는 그가 그의 조카를 바라보는 모습은 경의에 가까웠다.

"은진 언니죠? 만나서 반갑습니다. 언니가 그렇게 무술을 잘 하신다면서요? 합이 몇 단이세요? 전 유도가 좋아요. 유도도 할 줄 아세요? 나도 한번 배우고 싶은데 가르쳐 주실래요?"

소녀의 입에서 질문이 마구 쏟아지는 바람에 은진은 그저 입만 열었다 닫았다 할 수밖에 없었다. 그러고도 소녀는 무슨 할 말이 그리 많은지 다시 입을 열었다.

"그래도 우리 시오 삼촌과 겨루면 어림없겠죠?"

소녀는 시오의 가슴에 고개를 살짝 대고 한 손으로는 그의 팔을 쓰다듬으면서 천진스럽게 활짝 웃었다. 보여지는 장면은 한 폭의 그림이었다. 친척이란 걸 몰랐다면 서로 사랑하는 사이라고 오해할 정도로 그들은 환상적인 분위기를 연출하고 있었다.

열네 살이라고는 믿을 수 없을 정도로 여성미를 물씬 풍기는 소녀는 은진이 지금까지 본 사람들 중에서 가장 아름다웠다. 늘씬한 키는 제법 큰 키에 속하는 시오와 별 차이가 없어 보였고, 소녀의 옆에 서 있는 시오는 마치 이제 막 불붙기 시작한 서툰 연인처럼 사랑스러워 견딜 수 없다는 표정으로 소녀를 내려다보고 있었다.

은진은 대답하려고 입을 벌렸으나 또다시 소리를 내지는 못했다. 충격으로 성대가 마비된 듯 '컥컥' 하는 괴상한 소리만 나올 뿐이었다. 뭐라 답하기 전에 소녀가 또다시 말했다.

"아참! 제 소개를 아직 하지 않았죠? 호재라고 해요, 류호재. 잘 부탁합니다, 나의 미녀 보디가드님!"

은진은 눈을 맞추며 찡긋 윙크하고는 손을 내미는 소녀에게 홀려 정신이 혼미한 가운데 악수를 나누었다. 다소 차가운 듯한 손의 느낌이 산뜻하게 다가왔다. 그 순간 소녀를 아주 좋아하게 될 거라는 예감이 들었다. 그렇게 그들의 길고 질긴, 그러하기에 끈끈할 수밖에 없는 인연이 시작되었던 것이다.

지금까지 호재가 그녀에게 베풀어준 물질적, 정신적 도움은 말로 다 표현할 수가 없었다. 어린 소녀에서 성숙한 여인이 된 지금까지를 모두 옆에서 지켜본 은진으로서는 그런 호재를 사랑하지 않을 수 없었다. 결코 미워할 수 없는, 그녀가 너무나도 사랑하는 친동생이나 매한가지였으므로.

호재와의 파란만장한 세월을 되돌아볼 때 앞으로의 나날들도 결코 평범하지만은 않을 것이다. 은진은 과거에도 그랬듯이 지금 호재에게 생긴 이 불행도 어서 빨리 헤쳐 나가기를, 그래서 당당하고 멋지던 예전의 호재로 돌아오기를 진심으로 바랐다.

　그들은 공항을 쉽게 빠져나올 수가 없었다. 미리 회사에서 경호원들을 보냈지만 수십 명의 기자단들을 따돌리기는 쉽지 않았다. 그것은 어쩌면 당연한 일이었다. 국가대표 배구선수 서희원이 방콕 아시아 배구대회에 참가했다가 현지에서 교통사고로 사망한 사실 하나로도 빅뉴스 거리였다. 나라의 유망주가, 그것도 인기절정의 현역 선수가 타국에서 사고사당한 일로 많은 사람들이 안타까워했으나 더욱 사람들을 가슴 아프게 한 것은 아름답고 어린 미망인 때문이었다. 그녀가 누구인가? 전 대명그룹 회장 류시영의 무남독녀 외동딸로서, 유명한 패션모델이기도 했다. 그런 그녀가 남편의 시신과 함께 돌아오는 것이다. 톱뉴스 중의 톱뉴스가 아닐 수 없는 것이다.

　그들 두 사람은 어린 나이에 요란한 매스컴의 관심을 받으면서 결혼했다. 그 결혼이 삼 년 만에 불행하게 끝나고 만 것이다. 그 당시 서희원과 류호재는 각자 독일과 이태리에서 따로따로 유학 중이었다. 그들이 스무 살 어린 나이에 결혼을 위해 귀국했을 때 항간에 별의별 악의적인 소문이 다 돌았었다. 국가의 전폭적인 지원 하에 이태리로 배구 유학을 갔던 서희원이 유학도 끝마치지 않고 귀국했을 때 체육계에서는 무책임한 그의 행동에 대표팀 퇴출이라는 극단의 조치를 내렸다. 세상은 스무 살의 어린 선수에게 돌팔매를 던졌다. 무책임하고 어리석은 미숙아라는 말에서부터 운동선수로서의 자질이 전혀 없는 망나니라는 둥 영원히 선수에서 제명되어야 한다느니 정말이지 말들도 많았다. 그것은 호재에 대해서도 마찬가지였다. 돈 많은 재벌집의 외동딸답게 버릇없고 되바라진 바람둥이로 묘사되었다. 항간엔 그녀가 정치인에서부터 연예인에 이르기까지 거쳐 가지 않은 인사가 없다는 말까지 나돌 정도였다. 그러나 파죽지세로 쏟아지던 그러한 인신공격은 바람 빠진 풍선처럼 한순간에 끝이 났다.

두 집안에서 축복 속에 그들의 결혼을 기정사실화하고 일부러 공개석상에 동석해서 나타나는가 하면 몇몇 잡지에 결혼식 취재를 허락하자 세상의 관심은 순식간에 비난에서 선망으로 돌변했다. 우습게도 세상은 그 얼굴을 쉽게도 바꾸었다. 약한 자에겐 한없이 잔인하게 날카로운 칼을 휘두르지만 강한 자에겐 무한하게 인정 많은 세상은 그들을 'dream-lover'라고 부르기 시작했다. 그도 그럴 것이 재계 5위 대명그룹의 유일한 상속녀와 우리 나라 스포츠계 거목 집안의 아들이 맺어진 것이다. 본인들로 말하자면 어디 한 군데 빠지는 것이 없는 재원에 유망주였다. 언론의 아부는 어쩌면 당연했는지도 모른다. 세기의 사랑이니, 올해 최고의 커플이니 하며 여기저기에 그들을 갖다 붙이기 바빴다. 그 후로도 그들의 행보는 언론을 통해 속속들이 공개되었다. 어린 커플의 사랑의 행보는 많은 사람들의 부러움을 샀었다.

그렇게 삼 년이 흐른 지금, 그 화려한 미사여구는 다 어디로 가고 미망인이라는 새롭고도 참혹한 이름으로 참담하게 돌아오는 그녀에게 또다시 뜨거운 관심이 쏟아지고 있었다. 격렬한 몸싸움 끝에 대기 중이던 차에 간신히 오르자마자 호재는 눈물을 쏟아내기 시작했다. 눈물이라는 것을 거의 모르고 자란 그녀다. 그런 이가 요 며칠은 눈물로 살고 있는 것이다. 다른 사람의 입을 통해 희원의 죽음을 다시 한 번 확인하는 것이 얼마나 괴로운 일인지 시오도 충분히 알 수 있었다.

"피 냄새를 맡은 승냥이들 같으니라고."

시오는 이를 갈았다. 창백하고 까칠한 호재를 보며 일이 이렇게 크게 번지리라고 미리 예상하지 못했다. 그저 단순하게 보디가드 몇 명이면 될 것이라고 안일하게 대처했던 자신을 원망했다. 그자들이 슬픔에 싸여 있는 호재에게 그런 더럽고 추잡한 일까지 할 줄은 꿈에도 생각하지 못했다. 감히 그 자신의 일까지 들추다니. 무너지기 직전의 호재에게는 너무 가혹한 일이었다. 호재 커플을 그렇게도 사랑하고 우호적이던 언론이 어떻게 이런 잔인한 짓을 한단 말인가. 남편을 잃고 구심점을 잃은 그녀에게 불륜을 묻다니!

"그 개자식을 죽여 버리고 말겠어!"

여러 번에 걸쳐 그를 공격한 적이 있는 평판이 좋지 않은 한 월간지 기자가 공항에서 그를 지칭하며 패륜을 들먹거렸다. 그 순간에 호재의 얼굴은 그야말로 수치와 모욕으로 푸르스름하게 변해 버렸었다. 시오는 두 주먹을 불끈 쥐었다.

'기필코 내 그 개자식을……!'

시오는 분노에 몸을 떨었다. 자신의 팔 안에서 어린 새처럼 몸을 떨며 울고 있는 호재를 내려다보며 미어지는 가슴을 부여잡았다. 이럴 때일수록 그가 든든히 그녀를 지탱해야 한다. 같이 흔들리고 슬픔에 휘둘리고 있을 여유가 없는 것이다.

호재는 집이 가까워질 때까지 눈물을 멈추지 못했다. 아마도 그녀가 평생 흘린 눈물보다 요 며칠 동안 흘린 눈물이 몇 배는 더 많을 것이다. 그는 품에 힘없이 늘어지는 그녀를 받아 안으며 몸 아래로 축축해지는 기운을 느꼈다. 동시에 호재가 천천히 고개를 들었다. 눈물로 범벅된 그녀의 얼굴에 새로운 공포가 피어올랐다. 그녀는 가만히 손을 내려 하체에 대었다. 천천히 들어 올리는 팔이 희미하게 떨리고 있었다.

"아악—!"

호재는 단말마의 비명을 지르고 이어서 미친 듯이 머리를 흔들어댔다.

"안…… 돼!"

마구 비명을 질러대는 호재를 보며 시오도 공포에 떨었다. 정신없이 흔드는 그녀의 손은 피로 얼룩져 있었다. 그는 곧 무슨 일인지 깨달았다. 그녀는 하얗게 질린 얼굴로 흘깃 그를 보더니 그대로 기절해 버렸다. 전에도 이런 일이 몇 번 있었다. 최대한

빨리 병원에 가야 했다. 그녀와 그녀의 아기가 위험했다.

'왜 말하지 않았을까? 그가 알았다면……'

시오는 어리석은 자신을 비웃었다. 얼마나 괴로웠을까? 경황 중이었고 또 희원이 죽은 마당에 쉽게 임신 사실을 말할 수 없었을 것이다. 온전한 정신 상태가 아닌 이 상황에서 아기까지 잃게 된다면 그녀는 결코 회복되지 못할 것이다. 그는 마음이 다급했다. 기절한 호재를 부둥켜안고 병원 안으로 들어서는 그의 몸은 몹시도 경직되어 있었다. 상당히 젊어 보이는 의사 한 명과 간호사가 급히 그들을 맞았다. 의사가 처치하는 동안 그는 굳은 얼굴로 협박하듯이 계속 애원했다.

"살려주십시오. 그녀를 도와줘요. 아기를 가졌어요. 제발 그들을 구해줘요."

그러나 꽤 시간이 흐른 뒤에도 고전을 면치 못하는 의사를 보며 초조함과 불안을 감출 수가 없었다. 뚫어지게 호재를 바라보던 그의 눈자위가 약하게 씰룩거렸다. 상황이 어렵게 돌아가고 있음이 명백한 의사의 표정을 보고 가슴이 덜컥 내려앉았다. 더 이상 참을 수 없자 다시 소리를 지르기 시작했다.

"담당 의사를 불러!! 이 병원엔 애송이 의사밖에 없어? 내가 누군지 알아?!"

그 자신이 지금 얼마나 유치하고 무식하게 행동하고 있는지 그는 알지 못했다. 시오는 두려움이 엄습하자 소리 지르기를 멈출 수가 없었다. 젊디젊은 그 의사는 절박하게 포악을 떨어대는 그를 무시하고 급히 수술실로 호재를 옮겼다. 이미 두 번이나 유산의 경험이 있는 호재이기 때문에 깊은 주의가 필요했다. 어쩌면 다시는 아기를 갖지 못하게 될 수도 있었다. 그녀가 처한 현실이 너무 가혹했다. 시오는 굳게 닫힌 수술실 문을 바라보며 세상의 모든 신에게 빌었다.

"그녀를 살려주세요. 아이를 살려주세요. 그리고 보잘것없는 내 목숨을 가져가세요."

2장

다시 여자가 되고 싶다

이 년 후, 가을 언저리.

호재의 집은 압구정동 한복판에 위치하고 있었다. 그녀는 창밖으로 내다보이는 화려한 네온사인과 그에 못지 않게 화려한 차림을 한 사람들이 활기를 더해주는 불야성의 거리를 내려다보았다. 그녀는 밤이면 그런 밖의 정경을 바라보며 아이스티 한잔을 마시는 걸로 내일을 준비했다. 맨 위층이 호재와 은진의 안식처이고, 나머지 층은 모두 상가인 이 칠층 건물은 죽은 희원의 유산이었다. 시부모님이 희원을 위해 사두셨던 것을 그녀에게 양도하셨다.

희원과 살던 맨션에서 더는 단 하루도 머물 수 없어 이사를 결심한 그녀에게 시부모님은 지금의 집을 내주셨다. 아마도 아들을 먼저 보내고 자신들이 가슴 아픈 만큼 그녀에게 미안하셨던 것 같다. 스물한 살을 갓 넘긴 꽃 같은 며느리였다. 오랜 지인의 딸로서 아꼈고 아들의 사랑하는 여자로, 또한 심성 고운 며느리로 사랑한 그들의 자식이었다. 어찌 안타깝지 않았겠는가. 그래서 호재는 그들의 호의를 거절하지 않았다.

사실 재산으로 따지자면 그녀만한 재산가가 대한민국에 그렇게 많지도 않을 것이다. 작고한 아버지로부터 물려받은 재산은 주식과 부동산을 제외한 현금, 채권만 해도 수백억에 달한다. 개인 자산으로 세금을 가장 많이 내는 사람 중에 손꼽히는 그녀였다. 그런 그녀가 사양하지 않고 그 건물에서 사는 이유는 시부모와의 연결 고리를 계속 유지하고 싶기 때문이기도 해서였고, 또 하나는 시오를 밀어내는 그녀의 제스처이기도 했다. 이곳에서 사는 한 희원을 가슴에 품고 영원히 살 수 있을 것 같은 마음도 있었다.

어찌어찌한 이유로 그녀가 이곳에서 산 지 벌써 이 년을 훌쩍 넘기고 있었다. 나름대로 잘 꾸려온 세월이었다. 그녀는 희원을 그리워했지만 세월이 아픔을 무디게 만들었다. 이제 그녀가 희원을 생각할 때면 행복했던 추억만을 떠올렸다. 그를 잃은 고통은 서서히 사라져 갔다. 그리고 새로운 인생을 살고 있었다.

미망인이 되어도 세월은 똑같이 흐르고 있었다. 이제 그녀는 점점 외로움을 타기 시작했고, 사람이 그리웠다. 더 정확하게 말하자면 사랑이 그리웠다. 물론 사람들은 질릴 정도로 많이 만나고 있었다. 일에 치이고, 사람들에 치이고 있지만 정작 자신을 따뜻하게 감싸주고 온기를 느낄 사람은 없었다. 그녀는 선천적으로 언제나 정력적이고, 열정적이었다. 그런 그녀가 지금까지 자신을 죽이고 살았다.

호재는 일 년 전부터 다시 시작한 모델로서도 정상에 서 있었고, 여자로서도 한창 물오른 매력을 발산하고 있었다. 근래 들어 다시 여자로서의 인생도 회복하는 중이었다. 희원이 죽고 이 년 삼 개월 만에 다시 데이트라는 것을 시작했다. 마음속에서 어떤 남자의 이름 석 자가 둥지를 틀고 있었지만 그 이름을 가진 남자만은 결코 허용할 수가 없었다. 이제 슬슬 기지개를 켜기 시작한 내면 깊은 곳의 여자가 시오는 안 된다고 말하고 있었다. 희원은 그녀를 보살필 사람으로 시오를 택했으나 그녀가 만약 시오를 선택한다면 그것은 오히려 희원과의 사랑을 거짓으로 만드는 것이라는 생각에 변함이 없었다. 만약 그녀가 그를 받아들인다면 희원에게 커다란 죄를 짓는 것이 될 터였다. 남편은 어쩌면 죽는 순간까지 그녀가 혹시 자신과 사는 동안 그 이름을 꿈꿨던 건 아닐지, 그녀가 진정 사랑한 사람이 그 자신이 아니었을지도 모른다는 의문을 품고 있었던 것은 아닐까? 정말로 남편이 그것을 의심했다면, 그래서 만약 그녀가 시오를 선택한다면 죽은 희원에게 그것을 인정하는 꼴이 될 것이다. 그녀는 절대 희원을 배신할 수 없었다. 그들이 알아온 세월을 거짓으로 물들인다면 그녀의 인생 자체가 허구가 될 것이므로…….

호재는 분주하게 짐을 싸며 잔소리하는 은진을 보고 방긋 웃었다. 패션 화보 촬영차 이스탄불로 로케를 떠나는 날이 하필이면 호재의 스물세 번째 생일이었기 때문이다. 급하게 잡힌 일정이라 연기할 수도 없었다.

"사모님께서 매우 서운해하실 거야. 사장님 돌아가신 후에 많이 쇠약해지셨어. 너도 알잖아, 사모님이 가족 모이는 시간을 얼마나 소중히 여기시는지."

은진은 슬쩍 비난을 섞어 말했다. 그녀는 한숨을 쉬었다. 은진의 비난에 이중의 의미가 있다는 것을 잘 알기 때문이다. 요즘 은진의 잔소리가 부쩍 늘었다. 그녀가 다시 데이트를 시작하면서부터 은진은 그녀의 행동을 강력하게 비난하고 있었다. 여러 의미없는 남자들을 마구잡이로 만나면서 정작 그녀가 책임져야 할 남자는 방치하고 있다는 것이 은진의 주장이었다. 책임이라는 말을 몇 번이고 강조해서 말했다.

"너는 정말 잔인한 여자야. 나라면 너 같은 여자 뒤도 안 돌아볼 거다."

몇 개월째 은진이 하는 말이었다.

"너처럼 매정한 여자가 어디가 그렇게 좋아서 시오는 그 모양 그 꼴이래니?"

호된 말에 그녀가 상처받든 말든 은진은 일부러 시오 얘기를 끊임없이 입에 올렸다.

"벌써 이 년 반이야. 네가 남자와 데이트를 할 만큼 회복되었다면 그 누구와도 아닌 바로 시오와 시작해야 해. 알아들어, 이 못된 것아?"

그러나 은진은 모른다. 법적으로 삼촌과 조카 사이였던 것만으로 호재가 시오와의 관계를 망설이고 있다고만 생각하는 은진이었다. 그러나 이미 스무 살 남짓에 임신하고 결혼까지 했던 자신이다. 그 정도의 상황이 그녀를 망설이게 할 수는 없다, 사랑이 있다면. 문제는 뼛속까지 스며 있는 죄책감이었다.

생일을 피해 해외로 나가는 그녀를 은진이 비난하는 데는 다 이유가 있었다. 매년 생일에 시오가 암묵적인 사랑 고백을 하기 때문이었다. 열여덟 번째 생일에 진주를 선물한 후로 그는 단 한 번도 거르지 않았다. 심지어 그녀가 결혼 생활을 하고 있던 동안에도 계속되었고, 미망인이 된 후로는 기다리고 있다는 표시로 진주를 선물하고 있었다.

지난 이 년 동안 시오는 기회가 있을 때마다 그녀에게 자신의 마음을 전했다. 여기저기 그녀가 다니는 곳에 불쑥 나타나 그저 옆을 지키다 가곤 하는 그를 견뎌내기는 무척 힘든 일이었다. 굳게 마음을 다잡지만 같은 공간에 그가 있을 때 그녀는 자신이 살아 있는 생명체라는 것을 새삼 깨닫곤 했다. 지난번 일로 호재는 이제 더 이상 그 답을 미룰 수 없었다.

그날도 평소 자주 들르는 서점에서 책을 읽고 있었다. 워낙에 책을 좋아하는 그녀는 좀 특이한 버릇을 가지고 있었다. 살 책을 정하면 그때부터 시간날 때마다 일주일이고 한 달이고 서점에 들러서 예의 책을 읽는 것이다. 다 읽은 후에야 비로소 계산대에서 책값을 치르고 집에 가져갔다. 아주 어려서부터 붙은 습관은 좀체 고쳐지지 않았다. 그러다 보니 이젠 서점 안에서 일하는 대부분의 사람들과 잠깐의 수다를 떨 정도로 친해져 있었다.

스포티한 차림에 야구 모자를 눌러쓰고 정신없이 책을 읽고 있을 때 시오가 왔다.

"아직도 그거 다 못 읽은 거야? 이번엔 꽤 오래 걸리네?"

마치 그곳에서 만나기로 약속한 사이이기라도 한 양 자연스러운 모습이었다. 그녀는 들으라는 듯 크게 한숨을 내쉬었다.

"삼촌, 그렇게 할 일이 없어? 이 시간에 최고 경영자가 회사 밖에 나와 있으면 어떻게 해?"

그녀는 일부러 삼촌이라고 강조해서 불렀지만 시오는 끄떡도 하지 않았다. 그쯤은 이제 아무렇지 않다는 표정이 역력했다.

"서점에 들르면 요즘 추세를 알 수 있어. 이것도 경영을 위해 필요한 일이라고."

"내참, 은진 언니에게 내 스케줄이나 캐고 다니지 말고 회사 일에 신경 써줘요. 그룹 최대 주주로서의 간곡한 부탁이에요."

그녀의 먹퉁이도 이젠 먹히지 않았다. 이 년 동안의 질기고도 질긴 말싸움이 그리 쉽게 끝나지는 않을 것이다.

"자, 그럼 오늘도 운명의 데이트를 시작해 볼까?"

시오는 서점에서의 만남을 우연이라고 우기면서, 그래서 더 더욱 운명적인 데이트라고 주장하고는 했다. 그는 일주일에 이틀은 서점에서 잠시 시간을 보내는 그녀를 단 한 번도 놓치지 않았다. 그렇게 가끔 만나고 식사 때가 되면 같이 밥 먹고 집에 데려다 주는 일련의 과정이 반복되고 있었다.

시오 말대로 그것은 데이트였다.

"네가 읽고 있는 해리포터는 내 취향이 아니야. 잠시만 기다려."

잠시 후 '폰더 씨의 위대한 하루'라는 책을 들고 그녀 앞에 선 그는 묻지도 않는 말에 대답을 했다.

"나보다 부자인 너를 먹여 살리려면 돈 많이 버는 법을 터득해야 하거든. 앞으로는 이런 도움되는 책들을 많이 읽어둬야 할 것 같아."

넉살도 이 정도면 수준급이었다. 시오의 담백한 성격상 오버도 한참 오버였다. 호재는 잠시 그런 시오가 안타깝고 속이 상했다.

그들은 서로를 무척 의식하면서도 태연한 척 책을 읽었고, 그렇게 한 시간쯤 지났을 때 한 소녀가 그녀를 알아보았다. 그리곤 소란이 일었다. 갑자기 몰려든 사람들 틈바구니에서 시오가 그녀를 감싸 안았다. 그곳을 빠져나오는 동안 그녀는 두근거리는 가슴을 주체할 수 없었다. 조금만 늦었더라면 남들이 보는 앞에서 그에게 안길 뻔했던 것이다.

그때 이미 결심했었다. 이제 행동으로 옮길 때가 온 것이다. 그래서 도망쳤다. 그것은 나름대로 성공적인 것처럼 보였다.

＊

그녀는 삼 일간의 촬영 일정을 모두 마치고, 은진의 설득으로 며칠 더 머물기로 결정하고 이스탄불에 혼자 남았다. 은진은 스텝들과 함께 돌아갔다. 아마도 그녀에게 생각할 시간을 주고 싶은 것 같았다. 사실 그녀도 혼자서 조용히 생각하고 싶었다. 시오를 포기하기로 마음먹었으나 걱정이 안 된다면 그것은 거짓말이었다.

지금까지는 선택이 유보되어 있던 것이나 마찬가지였기 때문에 그는 기다리기만 하면 된다고 생각했는지도 모른다. 그러나 이제 그녀는 확실히 선택이란 걸 하기로 했다. 그가 그녀로 인해 더 이상의 시간을 낭비하길 바라지 않았다. 시간은 빠르게 흐른다. 그녀가 희원을 조금은 담담히 추억할 수 있는 것도 바로 그 시간의 은혜인 것이다. 시오도 언젠가 시간이 흐르면 극복할 수 있을 것이다. 이제 그녀가 그에게 정식으로 그녀를 포기하라고 말할 때였다.

그녀는 강했다. 뭐든지 의지대로 극복할 자신이 있었다. 시오도 자신처럼 그렇게 조금씩 잊어갈 거라고 생각하고 싶었으나,

그렇지 못할 거라는 것 또한 잘 알고 있었다. 그는 또다시 상처 받을 것이다. 쉽사리 극복하기 어렵다는 것도 알고 있었다. 그녀가 다른 남자와 결혼했어도 시오는 벗어나지 못했다. 그녀가 희원에 대한 죄책감 때문에 그를 받아들이지 못하는 것이 어쩌면 너무 이기적이라고 생각할지도 모른다. 그러나 그녀는 시오에 대한 사랑을 한 번도 인정한 적이 없었다. 어릴 적 한때의 설익은 감정에 지금은 육체적 매력을 더했으나 사랑까지는 자신이 없었다. 왜냐하면 희원과의 결혼 생활이 행복했기 때문이다. 만약 그녀가 시오를 정말 사랑했다면 그럴 수 있었을까? 확신이 없는 이상 희원에게 죄책감을 느끼면서까지 그를 선택할 이유가 없다고 결론지었다. 그러나 마음이 아팠다.

그녀는 이성으로서의 시오에 대해서는 확신이 없었으나 가족으로서는 그를 너무나 사랑했다. 그가 괴로워할 것을 생각하니 한없이 미안하고 고통스러웠다. 그리고 그녀에겐 그의 사랑을 받아들일 수 없는 또 하나의 이유가 있었다. 그것은 그녀 자신에게도 상처였기 때문에 가슴 한구석으로 깊이 밀어놓았다.

자신도 상처받고 있었다. 그를 포기한 순간부터 그녀의 마음 한자락이 심하게 저리고 있었다. 그녀가 자신의 행동을 합리화시키려고 노력할수록 상처는 커졌다. 그가 보고 싶었다. 사랑은 아니라고 부인하면서도 그가 죽도록 보고 싶었다. 피식 헛웃음이 새어 나왔다. 울컥 눈물이 차 올랐다.

광고주가 마련해 준 그녀의 숙소가 조금은 협소한 관계로 은진이 한국으로 돌아가면서 스위트로 짐을 옮겨놓고 떠났다. 그제야 그녀는 숨통이 트이는 것 같았다. 그녀는 진작에 옮기고 싶었으나 유난 떤다는 소리가 듣기 싫어서 참았던 것이다. 언제나 널따란 곳에서 살던 버릇이 이럴 땐 불편했다. 지금의 객실은 거실을 중심으로 여러 방들에 연결되어 있는 곳이었다. 육중한 나무 문들을 활짝 열어놓자 방 안이 환해졌다.

호재는 촬영이 끝난 후 만 하루 동안 밖에 나가지 않았다. 그냥 하루 종일 울고 웃고 다시 울기를 반복했을 뿐이다. 그러고 나자 배가 고팠다. 퉁퉁 부운 얼굴로 간단한 식사를 주문하고 마음을 다잡고 샤워를 했다. 오늘부터는 모든 걸 다 잊고 이 아름답고 역사적인 도시를 마음껏 탐험하리라. 크게 심호흡을 했다.

그녀가 샤워를 끝내고 타월을 집자마자 문 밖에서 소리가 났다. 룸서비스가 온 모양이다. 그녀는 급히 푸른빛이 도는 목욕 가운을 걸치고 타월로 머리를 감싸면서 현관으로 달려갔다.

문을 여는 순간 밖에서 다시 한 번 노크하려던 남자가 허공에서 손을 멈추었다. 그녀는 두 눈을 크게 뜨고 다시 한 번 그 남자를 바라보았다. 설마 하는 마음으로 다시 보았지만 잘못 본 것이 아니었다.

"안녕."

시오가 그녀를 바라보며 조용히 눈앞에 서 있었다. 그녀는 말

없이 그를 응시했다.

"반겨주지 않는 거야?"

태연하게 말하고 있었지만 그의 두 눈동자는 희미하게 흔들리고 있었다. 그 눈은 오랜만에 보는 그녀를 갈구하듯 뚫어지게 바라보고 있었다. 여전히 침묵하고 있는 그녀가 못내 야속한 듯 약간은 상기되어 있던 그의 얼굴이 어둡게 가라앉았다.

"생일 선물 배달이야."

시오가 손에 들고 있던 기다란 상자를 들어 올려 보였다. 울컥 다시 눈물이 쏟아지려고 했다. 그녀는 조용히 뒤로 물러서 길을 터주었다.

잠시 후, 그들은 스스로를 속이며 평화로움을 가장한 채 아침 식사를 하고 있었다. 시오가 도착하고 곧바로 룸서비스가 배달되었다. 주문한 식사를 한번 쓱 훑어본 그는 눈살을 찌푸렸다. 그리곤 오렌지 주스, 커피, 크롸상, 삶은 계란이 전부인 메뉴를 보고 다시 이것저것 추가 주문을 했다.

어색한 침묵이 잠시 흘렀다. 아무렇지도 않은 듯 사소한 것들을 화제에 올리며 앉아 있는 그들 주변의 공기는 그러나 사뭇 달랐다. 하나가 요즘 어떻게 지내느냐고 물으면 다른 하나는 잘 지낸다고 대답했다. 머리가 많이 길었다고 말하면 마른 것 같다고 되물었다. 끊어질 듯 이어지는 대화 사이사이로 시오는 호재의 식사를 챙겼다. 어쩐 일인지 그렇게 하는 것이 너무도 자연스럽게 느껴졌다. 시간이 흐르고, 서로를 향한 마음이 달라졌어도 두 사람은 그렇게 하는 것이 당연한 일인 듯 느끼고 있었다.

호재의 식욕은 모델이라는 직업과는 동떨어진 것이었다. 178cm의 키에 비해 골격이 가늘어 큰 키에도 불구하고 연약하고 호리호리해 보이는 그녀의 먹는 양은 거의 운동선수 수준이었다. 시오가 주문한 것은—얇게 슬라이스 된 햄, 훈제 소시지, 양상추 샐러드 큰 접시로 듬뿍, 오믈렛, 바케트, 클럽 샌드위치, 그리고 이미 주문한 주스와 커피를 추가 주문했다—거의 그녀가 원하는 수준의 양과 메뉴였다.

그녀는 두툼한 햄을 싫어한다. 반드시 슬라이스 된 햄만 먹고, 과일은 별로 좋아하지 않지만 양상추는 굉장히 좋아한다. 잼은 오렌지 잼만 좋아하고, 모든 계란 요리를 즐겨 먹는다. 육류를 더 좋아하고, 양식보다는 한식을 더 선호한다. 또 면류와 매운 요리에 미친다. 대신 민물고기와 매운탕 종류는 질색이고, 일본 요리도 별로다. 프랑스 요리는 쳐다보지도 않는다. 원래 썩 좋아하지도 않았지만 프랑스 여배우 브리짓 바르도의 '멍멍탕에 대한 비난'에 대해 어디서 뒤늦게 듣고 나서부터 완전 정 떨어졌다. 교만한 여자라며 한동안 투덜거렸었다. 시오는 아직도 그녀의 그런 자잘한 습관을 다 기억하고 있는 것이다. 가슴 한구석이 먹먹해졌다.

조용히, 그러나 재빨리 하나씩 먹어치우는 그녀에게 빈 주스 컵을 채워주고, 샐러드를 드레싱에 버무려 주고, 오믈렛을 잘라 주고, 바케트에 햄을 몇 장씩 겹쳐서 접시에 놔주고. 그렇게 그녀가 말없이 먹는 동안 시오는 커피 한 잔을 마시며 그녀를 위해 쉬지 않고 손을 놀렸다. 소녀 시절, 앞에 앉아 왕성한 식욕을 과시하는 그녀를 놀리면서도 하나씩 접시에 올려주던 어느 일요일 늦은 아침의 한가롭던 광경과 똑같았다.

호재는 항상 삼촌이 제일 좋았다. 삼촌은 그녀의 가장 친한 친구요, 조언자였다. 이성에 호기심을 느끼기 시작했을 때 그녀는 더도 말고 덜도 말고 딱 삼촌 같은 사람이면 좋겠다고 생각했다. 희원과 사귀기 시작했을 때 삼촌은 이런저런 충고를 아끼지 않았다. 그런데 어느 날인가부터 삼촌과 그녀의 사이가 벌어지기 시작했다. 그때가 아마도 열여덟의 어느 날이었던 것 같다.

오후가 다 되도록 일어나지 않는 삼촌을 깨우려고 그의 방에 들어섰다. 방 안은 온통 술 냄새가 진동을 하고 있었다. 그녀는 요즘 들어 삼촌을 거의 보지 못했기 때문에 기어이 깨우기로 마음먹었다. 커튼을 걷고 창문을 열어 환기를 시킨 다음, 아래층에 내려가 꿀물을 한 잔 가지고 다시 올라갔다. 그리고는 침대에 앉아 삼촌을 흔들어 깨웠다. 꿈쩍도 하지 않는 삼촌에게 약이 올라 그녀는 이불을 싹 걷어내 버렸다. 순간 그녀는 흠칫 놀라고 말았다. 작은 삼각팬티만 달랑 입은 삼촌이 엎드려서 자고 있었기 때문이다. 이상한 일이었다. 그녀는 어렸을 때부터 삼촌의 벗은 몸을 자주 봐왔기 때문에 별로 놀랄 일도 아니었건만 고개를 어디에 두어야 할지 난감하고 부끄러웠다. 한참 망설이다 다시 이불을 덮어주려는데 삼촌이 뭐라고 중얼거렸다.

"이러면 안 돼…… 제발, 날 놔줘……."

그녀는 악몽을 꾸는 듯 헛소리를 하는 삼촌이 걱정돼서 그대로 침대가에 앉아 삼촌의 머리를 위로하듯 부드럽게 쓰다듬었다.

"그래, 그래…… 다 거짓말이야…… 미안해. 그러니 떠나지 마, 제발……. 사랑해."

그녀는 한숨과도 같은 그 속삭임에 갑자기 질투를 느꼈다. 삼촌이 실연의 상처로 이렇게 괴로워하고 있다고 생각하자 참을 수가 없었다. 성실하고 바른생활 사나이라고 생각했던 삼촌이 매일 술에 절어서 사는 이유가 바로 여자 때문이라니. 너무나 화가 나고 속상했다. 그러다 문득 호재는 어쩐 일인지 삼촌을 여자와 엮어서 생각해 본 일이 한 번도 없었다는 것을 깨달았다. 그녀는 무의식 중에 삼촌은 자신만의 것이라고 생각했던 것 같다. 다른 여자가, 아니, 여자가 아니라도 다른 사람이나 그 어떤 것도 삼촌에게 그녀만큼 중요한 것은 없다고 생각하고 있었다는 깨달음은 그녀를 당황하게 했다.

"제발, 제발 날 사랑해 줘. 아니야, 날 벌 해줘. 너에게 이런 더러운…… 호재야……."

그 순간 그녀의 온몸에 소름이 쫙 끼쳐 왔다. 정신을 차릴 수가 없었다. 잘못 들었을 거라 생각하고 싶었다.

　덜덜 떨리는 몸으로 그녀는 간신히 시오의 방을 나왔다. 그 후 삼촌을 볼 때마다 그가 그녀를 제대로 바라보지 못하고 가급적 마주치지 않으려고 피한다는 것을 알았다. 그녀가 환청을 들은 게 아니라는 증거였다. 그녀가 진정 참을 수 없는 것은 그런 삼촌을 자꾸 여자의 눈으로 바라보는 자신 때문이었다. 그녀가 두려운 것은 삼촌의 마음이 아니라 그녀 자신의 마음이었다. 그녀는 어렸지만 어떻게 해야 하는지 잘 알고 있었다.

　그래서 호재는 부모님의 반대를 무릅쓰고 유학길에 올랐다. 그것이 그와 그녀를 위한 최선이었다. 그리고 몇 달 후 희원이 그녀를 따라 같은 유럽으로 유학을 왔다. 호재는 희원에게서 위안을 얻었고 결국 희원을 자신의 운명으로 받아들였다.

시오는 행복한 마음으로 식사하고 있는 호재를 바라보았
다. 그녀가 열여덟이 된 이후부터 미망인이 되기 전까지 일 년에
서너 번 보는 것이 고작이었지만 그녀를 향한 그의 마음은 언제
나 분명했다. 희원이 있든 말든 형님과 형수님 앞에서도, 행동하
지는 못했지만 감정을 숨기지는 않았다. 아닌 척해봐도 어차피
눈 가리고 아웅일 뿐이었다. 희원에게 미안하지도 않았다. 시오
는 그저 눈에 불을 켜고 그녀의 마음을 살폈을 뿐이다. 혹여 그
녀가 눈길이라도 줄라 치면 그는 온몸으로 애원하곤 했다.

그가 희원에게 느끼는 질투는 정말이지 멀쩡한 남자를 비참
하게 만들기에 충분했다. 희원을 죽이고 싶었고, 동시에 죽고도

싶었다. 그의 마음을 행동으로 옮기지 않은 이유는 단 하나, 호재의 눈빛 때문이었다. 희원을 바라볼 때 호재의 눈은 따뜻하고 애정에 차 있었다. 그 남자가 자신의 것이라고 확신하는 여자의 여유가 묻어 있었다. 오랜 시간을 함께한 이해와 공유의 정이 있었다. 단 한 가지만 빼고 다 있었다. 그것은 바로 열정이었다. 그녀의 눈빛에 불꽃은 없었다.

그리고 시오가 그녀에게서 유일하게 얻은 것은 바로 그 격렬하게 타오르고 있는 불꽃이었다. 목숨보다 사랑하는 여자의 불꽃이 자신의 것이진대 어느 남자가 포기할 수 있겠는가. 그는 형님에게서 차가운 경고를 들었고, 형수님한테서는…… 어머니 같으시던 형수님은 호재에게 보내는 그의 맹목적인 사랑을 버리거나 숨기라는 애원을 하셨다. 만약 계속 그렇게 막무가내로 나온다면 정말 인연을 끊겠다는 협박도 단호히 하셨다.

그도 그러고 싶었다. 그도 할 수만 있다면 그렇게 했을 것이다. 그의 이성은 행복한 그녀를 축복하고 그만 놔주라고 말하지만 그녀를 꿈꾸는 밤이 어김없이 찾아오면 결코 그럴 수 없다는 사실을 뼈저리게 깨닫곤 했던 것이다.

이제 어렵게 기회를 잡았다. 그에게는 그 무엇보다도 냉철한 전략이 필요했다. 무조건 그의 열정을 받아달라고 하는 것은 어쩐 일인지 호재에게 거부감을 불러오고 있는 듯했다. 다시 예전의 그들처럼 편안하고 가족으로서 사랑하던 그때로 회복되는 것이 우선되어야 한다. 그 다음에 하나씩 그녀에게 드리워진 장벽을 걷어내리라. 그리고 그녀는 마침내 그의 여자가 되는 것이다. 아니, 그가 그녀의 남자로 받아들여지는 것이다. 호재가 사람들 앞에서 그가 그녀의 남자임을 망설임없이 인정하기를 간절히 바랐다.

'Step by Step. 그래, 한 걸음, 한 걸음씩 나가는 거야.'

기다림은 그의 특기가 아니던가.

"오늘 일정이 어떻게 되지?"

그는 마치 휴가를 즐기러 온 신혼부부처럼 당연히 함께 움직여야 하지 않느냐는 듯 가볍게 물어보았다. 커피로 입가심을 하며 호재가 고개를 살짝 갸우뚱했다. 그렇지만 그와 함께 나머지 여행을 하는 것에 그다지 이의가 없는 듯 보였다. 다만 그가 어렸을 때처럼 편안하게 대하자 약간은 어리둥절한 표정이었다.

사실 지금까지의 그는 구제불능이었다. 마치 터지기 직전의 시한폭탄처럼 언제나 경직되어 있었고, 불행하다고 노래를 불렀으며, 감정을 질질 흘리고 다니곤 했다. 어떻게 가족들 앞에서 그녀만을 바라보고 굶주린 짐승처럼 침을 흘리고, 떡 하나 달라고 조르는 갓난아이처럼 투정을 부릴 수가 있단 말인가. 그가 생각해도 너무나 뻔뻔하고 이기적인 행동이었다. 그런 그를 견뎌내며 호재는 얼마나 괴로웠을까. 그때를 생각하면 오금이 다 저려왔다. 그가 그럴 때마다 그녀가 희원에게 얼마나 미안해하고, 또 가족들 앞에서 얼마나 부끄럽고 죄스러웠을지 지금은 잘 알고 있다. 하지만 그 당시 그는 자신을 제어하지 못했다. 그가 알고 느끼는 오직 한 가지는 그의 그런 눈빛에 그녀가 흥분했다는 것뿐이었다. 분명 반응을 보였다. 아무도 알아차리지 못했다. 그것은 그들 두 사람만의 비밀이었다. 이제 그가 다시 사랑스런 삼촌으로, 제일 친한 친구로 돌아가 그녀를 예전처럼 대하자 그녀도 조금씩 경계심을 버리는 것 같았다. 그녀가 천천히 손을 내밀었다.

"생일 선물 먼저 보고 함께 움직일지 결정할 거야!"

그는 만면에 웃음을 띠었다. 마치 전기가 나간 후 촛불로 천천히 주위를 밝히듯 그의 얼굴에 서서히 생기가 돌고 있었다. 실로 오랜만에 웃어보는 것 같다. 언제나 은진 선배를 통해서 전해진 선물이었다. 그가 선배에게 아무리 물어도 호재의 반응을 알 수가 없었다. 그의 선물을 마음에 들어하는지, 그것을 착용하고는 다니는지 무척이나 궁금했었다. 그가 그나마 희망을 버리지 못하는 또 하나의 이유는 그녀가 그의 선물을 한 번도 거절하지 않았다는 것에 있었다. 그는 거실로 나가서 붉은 가죽 소파 위에 놓아두었던 검은 상자를 가져왔다. 그녀에게 전해주는 손이 약하게 흔들리고 있었다.

"오직 너만을 위한 거야. 스물다섯 번째 생일을 축하해."

그의 목에서 웅얼거리는 목소리가 흘러나왔다. 헛기침을 해보지만 소리가 제대로 나오지 않았다. 직접 건네주고, 그녀가 행복해하는 모습을 보기를 얼마나 바랐는가. 막상 직접 선물을 건네고 나니 이젠 두려워졌다.

그녀가 조심스럽게 상자를 열었다.

"흡! 후~"

그녀가 한순간 숨을 멈추었다가 길게 내뱉었다.

"이렇게 아름다울 수가……."

호재에게서 한숨과도 같은 속삭임이 흘러나왔다. 그것은 만족의 신음이었다. 시오는 내심 안심했다. 사실 그는 그 진주를 사기 위해 여러 번의 수고를 거쳐야 했다. 처음엔 마음에 드는 진주를 찾았고, 나중엔 원하는 디자인을 위해 다시 수공하는 명장과 여러 번의 만남을 가졌다. 호재에게 선물한 진주는 정말 특이한 디자인이었다. 진주 마니아의 눈으로 볼 때도 굉장한 것이었다.

나주의 직경이 18㎜나 되는 아주 거대하고 희귀한 색의 진주였다. 핑크빛과 노란빛이 오묘하게 조화를 이루는 진주를 중심에 놓고, 타원형으로 둘러싸고 있는 0.1ct에서 0.3ct의 무수한 다이아몬드. 그것은 브로치로도, 펜던트로도 사용할 수 있게 되어 있는 디자인이었다. 거기에 벨벳 느낌이 다분한 칠흑같이 검은 가죽 장식과 그것과 똑같은 디자인에 사이즈만 달리해 만들어진 가죽 끈이 세트로 들어 있었다. 두 개의 가죽 장식은 목걸이와 허리 벨트용이었다. 고풍스런 진주에 가죽을 매치해서 우아하면서도 매우 섹시해 보이는 것이다.

"정말 굉장한 선물이야."

그녀는 그것에서 눈을 떼지 못했다. 그가 선물한 진주 펜던트는 돈이 있다고 다 살 수 있는 물건이 아니었다. 또한 오랜 시간이 걸려 준비한 선물이었다. 그리고 특별 주문한 가죽 끈들은 그녀가 어렸을 적에 이러이러하게 매치하고 싶다고 말한 적이 있는 바로 그대로의 디자인이었다. 그녀의 눈에 눈물이 차 올랐다. 아마도 처음 진주에 흠뻑 빠졌을 때 그에게 했던 말을 그녀도 기억하고 있었나 보다.

"울지 마. 그렇게 마음에 들었던 거야?"

호재가 고개를 흔들었다.

"선물이 아름다워서가 아니야."

호재가 선물을 퍽이나 마음에 들어하는 것은 확실했다. 예쁜 두 눈에서 눈물이 그렁그렁 맺혔다. 그는 왠지 그녀의 마음을 조금은 알 것도 같았다. 이제야 뭔가 제자리를 찾은 것 같은 느낌. 비로소 서로의 안에서 안정을 찾은 느낌이랄까. 그리고 조금쯤은 그를 동정하는 마음도 있을 것이다.

"그렇게도 나를 사랑하고 있는 거야? 나같이 이기적이고 염치없는 여자에게 왜 이렇게 벗어나지 못하고 미적거리는 거야. 두 번씩이나 당신을 버리려 하는 나를 왜 이렇게 죽고 싶게 만들어?"

호재의 말이 그의 가슴에 와서 박혔다. 그가 보내는 사랑이 그녀에겐 버거운 것인가 보다. 그녀는 너무나 작아서 잘 알아들을 수 없는 목소리로 다시 입을 열었다.

“시오 삼촌.”

산들바람보다 조용히, 그러나 사랑스런 목소리가 그를 불렀다. 그리고 떨고 있는 그에게 다가와 조용히 그의 목 언저리에 머리를 기댔다. 그 접촉이 주는 충격은 어마어마했다. 말 그대로였다. 그는 온몸에 몇 만 볼트의 전기 충격이 가해진 듯 뻣뻣하게 몸이 굳고 뒤따라 타는 듯한 통증이 몰려왔다. 호재가 그에게 손을 내밀고 있는 것이다. 몇 년 만에 처음 느끼는 그녀의 손길이었다. 그는 두 눈을 꼭 감았다. 흔들리고 있는 그의 눈자위에 부드러운 입술의 감촉을 느낀 순간 오한이 난 듯 온몸이 부들부들 떨리기 시작했다. 멈출 수가 없었다. 애처롭게 떨고 있는 그를 그녀가 두 팔로 꼭 감싸 안았다.

“미래를 약속할 수는 없어.”

그녀의 목소리는 약하지만 단호했다. 격심한 통증이 이제 막 싹트기 시작한 희망을 단숨에 짓눌러 버렸다. 그러나 그는 버텨냈다.

‘Step by Step.’

그렇게 자신을 다잡았다. 도저히 움직여질 것 같지 않던 고개를 천천히 끄덕여 그녀의 말에 대답했다.

“내 옆에 있어도 행복하지 않으면, 그때는 어쩌지?”

그녀의 물음에 그는 천천히 고개를 저었다. 시오는 그녀의 몸을 으스러지게 끌어안았다. 그녀의 질문은 무시되었다.

어떻게 하루를 보냈는지 정신이 하나도 없었다. 자꾸만 스멀거리며 흘러나오는 미소를 감추기 위해 온갖 노력을 하면서 시내 중심가를 돌아다닌 기억밖엔 없었다. 이스탄불 시내를 두루 관광하면서 혹여 지나는 행인과 살짝 몸이라도 스칠라치면 시오는 반사적으로 팔을 뻗어 그녀를 감싸 안았다가 얼른 놓기가 일쑤였다. 그러기를 여러 차례 하자, 호재가 한숨을 한번 푹 쉬더니 그의 팔에 팔짱을 끼어왔다. 그리고는 아무렇지도 않게 다시 관광을 시작했다. 그는 꿈을 꾸고 있는 것은 아닌지 혼란스러울 정도였다. 오늘 아침까지만 해도 어떻게 해서든 그녀를 사랑하는 가족으로서라도 다시 보길 원했었다. 그런데 몇 시

간이 지난 지금 그들은 다정한 연인처럼 팔짱을 끼고 이국의 정
취를 음미하고 있는 것이다. 그는 가슴이 싸해지는 것이 또다시
감정이 울컥해졌다. 기다린 시간이 긴 만큼 익숙해지는 데에도
긴 시간이 필요할 것 같았다. 그리고 자꾸만 그녀에게 손을 대
보고 싶은 자신을 다스리는 것 역시 고역이었다.

　아주 오랫동안 그의 몸은 애정에 굶주려 있었다. 지금처럼 단
순히 팔짱을 끼는 정도의 감각에도 육체는 무섭게 살아나고 있
었다. 온몸으로 피가 활발하게 돌면서 말초 신경 하나까지 최고
의 상태로 깨어나게 하고 있었다. 이제야 그는 지금 꿈을 꾸는
게 아닌가 하는 의문을 지울 수 있었다. 호수의 표면 위로 팔딱
팔딱 뛰는 숭어의 힘찬 놀림처럼 심장이 내뿜는 붉디붉은 피의
소리가 그의 귀에까지 들리는 듯했다. 비로소 호재가 그를 받아
들인 것을 몸으로 느꼈다. 그의 팔짱을 낀 호재의 손이 그것을
말해 주었고, 살짝살짝 부딪쳐 오는 그녀의 어깨가 그것을 확인
시켜 주었다.

　앞으로 그들은 어떤 사랑을 하게 될까. 호재가 그에게 느끼는
감정은 과연 무엇인가. 현재 그가 자신할 수 있는 것은 그에게
느끼는 여자로서의 욕망이었다. 그녀가 다른 남자의 아내일 때
조차 그에 대한 욕망을 알고 있었다. 그러나 사랑은……? 그가
두려운 것은 바로 이 점이었다. 남녀 사이에 가장 먼저 작용하
는 것은 정열이다. 그리고 서로 조금씩 알아가면서 쌓이는 믿음
과 존경, 사랑이 싹튼다. 그 다음으로는 세월과 함께 묻어나는

정이 생기는 것이다. 이것이 모두 갖춰지면 행복한 결혼으로 골인, 즉 사람들이 말하는 백년회로가 되겠지. 그는 바로 거기까지 호재와 함께하고 싶은 것이다.

그와 호재 사이에는 이미 그 모든 것이 다 존재하고 있었다. 가장 중요한 한 가지만 제외하고. 그것이 바로 사랑이었다. 과연 그들 사이에 사랑이 존재하는 것일까? 그는 사랑이 있기에 지금의 그들이 있다고 생각하고 있었으나, 오늘 그녀는 그런 그의 확신을 비웃기라도 하듯이 일시적인 관계를 암시했다. 희원의 아내일 때조차 내 여자라고, 영원히 그의 사랑이라고 믿었는데 미래를 약속할 수 없다는 말을 들어버렸다. 그는 하늘이 무너져 내리는 충격에 휩싸였다. 참으로 인간이란 동물은 이 얼마나 간사한가. 겨우 몇 시간 전만 해도 그녀와 다정한 한때만을 꿈꾸었었다. 그런데 이제 그녀의 옆 자리를 약속받고 나자 더 많은 것을 바라며 고통스러워하고 있는 것이다. 그 자신은 어리석고 욕심 많은 인간의 속성을 너무 많이 가지고 있나 보다. 그는 자조하며 조그마한 결심을 하였다. 지금 당장은 이것으로 만족하리라. 때가 되면 그녀도 두 사람의 사랑을 인정하게 될 것이다. 이제부터 시작이다. 결코 서두르지 않겠다. 언제나 말했듯이 기다림은 그의 전매특허이므로.

세 시간 가까운 시간 동안이나 걸어다니면서 관광을 즐기다 시내 중심에 있는 케밥 거리로 돌아왔다. 그들은 예쁘고 조그마한 찻집에 마주 앉아 목을 축이면서 태양이 내리쬐는 한산한 거리를 내다보고 있었다.

"난 지금까지 케밥이 독일 음식이라고 생각했었어. 하이델베르크에서 유학하던 시절 케밥을 유난히 즐겨 먹었었는데."

호재는 옛날을 생각하며 살며시 미소 지었다. 반면 그의 얼굴에서는 미소가 조금씩 걷히고 있었다.

"그때 자주 가던 거리의 단골 노점상의 의상이 터키 전통 의상이었음을 이제야 깨달았다면, 내가 너무 바보 같겠지? 가난을 벗어나고자 얼마나 많은 터키인들이 독일 같은 부유한 나라로 꿈을 찾아 떠났던 걸까?"

그녀는 차를 한 모금 마시며 미소 지었다. 시오는 생각에 잠겼다. 자신이 그녀의 유학길에 원인 제공을 했던 남자였다. 그녀가 두렵고 외로울 때 그녀 옆에 있어준 사람은 그가 아니라 그녀의 동반자였던 희원이었다. 주말이면 어떻게든 이태리에서 하이델베르크까지 찾아가서, 그녀와 단 몇 시간이라도 같이 보낸 것도 희원이었다. 그녀가 은진 선배와 함께 살던 아파트에 희원의 물건이 하나둘 남겨지고 그것들이 쌓여가는 만큼 희원에 대한 호재의 사랑도 깊어갔을 것이다. 그 당시 호재의 생활에 대해 이것저것 물을 때마다 은진 선배는 슬쩍슬쩍 희원의 얘기를 비치고는 했었다. 그럴 때면 그녀 곁에 당당히 서지 못하는 자신의 처지가 너무도 원망스러웠다. 시간은 그렇게 무심하게 흐르고, 그렇게 사랑이 무르익으면서 호재는 희원을 받아들였다.

그는 아련한 눈빛으로 거리를 바라보고 있는 호재가 지금 누구를 생각하고 있는지 훤히 알 수 있었다. 따스하고 부드러운 미소가 그녀의 입가에 걸려 있었다. 다시 울컥하고 무언가가 올라와 이를 악물었다.

'보고 싶은 거니? 이렇게 나와 마주 앉아서 그를 생각할 만큼 내가 너에겐 아무것도 아닌 거니?'

문득 그녀가 그를 바라보았다. 그녀는 왠지 서글픈 미소를 짓고 있었다.

"난 정말 구제 불능인가 봐, 삼촌."

그는 그녀가 삼촌이라고 부르자 얼굴이 확 달아올랐다.

"미안, 자꾸 버릇이 돼서 그래. 차차 고칠게."

그의 마음이 그렇게 쉽게 드러났나 보다. 그는 얼굴이 더욱더 후끈거렸다.

"정말이야, 난 정말 이기적이고 야박한 여자인가 봐. 희원이 보고 싶긴 하지만, 그를 생각할 때마다 그렇게 괴롭지는 않아. 그와의 세월이 얼마며 결혼 기간은 또 얼마인데, 난 이렇게 짧은 기간에 그를 잊고 나 자신의 행복을 찾고 있는 거지? 이제 겨우 삼 년도 안 지났어. 난 도대체 어떻게 되어먹은 여자지?"

그는 자조하듯 말하는 호재에게 고개를 흔들어 보였다.

"그리고 지금 난 당신이 앞에 앉아 있는데, 당신에게 지독한 애정을 느낀다거나 당신을 위해 모든 것을 해줄 자신이 있다거나 하는 생각을 하고 있진 않아.”

그녀의 잔인한 말이 그의 상처를 다시 한 번 쑤셨다.

“단지 지금 내 머리 속을 떠도는 것은 한 가지뿐이야. 나는 온통 땀에 절은 당신의 셔츠를 벗기고 그 땀 냄새에 취하고 싶다는 저질적인 생각만 하고 있어.”

그는 그녀의 갑작스런 말에 펄쩍 뛰었다. 몸이 순식간에 불덩이로 변했다.

“달짝지근하고 진한 리큐르를 마시는 당신의 그 입술을 맛보고 싶어. 그 뜨거울 것 같은 입속을 맛보고, 그 속에서 나를 유혹하고 있는 생동감있는 혀를 자극해 보고 싶어.”

시오는 계속되는 그녀의 낯 뜨거울 정도로 솔직한 말들에 당황했다. 당장이라도 그녀를 덮칠 듯이 엉덩이를 들썩이며 그녀의 입술을 잡아먹을 듯 뚫어지게 바라보았다. 그는 마침내 참지 못하고 벌떡 일어섰다. 그와 동시에 그녀도 차를 꿀꺽 소리가 나게 한 모금 마시더니 일어섰다.

“우리 케밥 먹으러 가요.”

그녀가 외면하듯 서둘러 찻집을 나섰다. 그의 걷잡을 수 없는 욕망은 부풀은 가슴만큼이나 순식간에 가라앉았다. 그녀를 따라나서는 그의 눈빛은 불안하게 흔들리고 있었다.

그들이 들어선 곳은 찻집에서 별반 떨어져 있지 않은 곳에 위치해 있었다. 그곳은 도네르 케밥으로 터키 내는 물론이고 해외에서도 꽤 유명한 카스베아즈란 식당이었다. 그들은 자그마한 여자 종업원이 안내한 넓은 식당 한가운데 자리를 잡았다. 너무나 장황한 메뉴에 뭘 주문할지 고민하고 있을 때 멋진 초로의 남자가 그들 앞에 와서 섰다.

"레제프라고 합니다. 이 레스토랑의 지배인이죠."

입가에 잔잔한 미소를 지으며 자기소개를 한 그는 식당의 메뉴와 재료, 유래 등을 차분히 설명해 주었다. 친절한 지배인의 권유로 백여 가지나 되는 케밥 종류 중에 그들이 원하는 것을 주문할 수 있었다. 지배인은 조금 후에 있을 라이브 무대에 설 오늘의 가수에게 세레나데를 부탁해 놓겠다고 말했다. 지배인이 열렬히 사랑하는 연인들을 위해서라며 의미심장한 미소와 함께 물러갔기 때문에 어색했던 분위기에도 불구하고 서로 피식 웃고 말았다.

이 레스토랑은 한쪽 벽면이 모두 화로로 되어 있었다. 양념된 쇠고기를 올리고 그 위에 다진 고기를 올리고 다시 쇠고기를 올리는 과정을 수백 번 반복하며 꼬치에 꽂아 단단하고 커다란 케밥을 만든 후 아홉 시간 이상을 회전시키며 밤나무 숯에 굽는단다. 지배인의 소개대로 에크낵 빵에 싸서 먹는 케밥의 맛은 정말 일품이었다. 터키는 이슬람 국가이기 때문에 햄도 대부분 양고기로 만드는데 양고기 햄의 맛도 일품이었다. 요구르트에 물과 소금을 조금씩 섞어서 만든 아이란 음료는 그들의 취향은 아니었지만 먹을 만했다.

호재는 그의 접시에 있는 음식에 자꾸 손을 대며 맛있게 먹고 있었다. 시오는 갑자기 충동을 이기지 못하고 그녀의 입술에 쪽 소리가 나게 키스를 했다. 순간 뺨으로 확 올라오는 열기를 모른 척하며 호재가 입술을 삐죽거렸다.

"우리 첫키스야. 무드없게 이게 뭐야?"

그녀는 싫지 않은 듯 귀엽게 투정 아닌 투정을 했다.

"너는 먹을 때조차 사람을 자극시키는 뭔가가 있어."

그는 히죽 웃으며 능청스럽게 대답했다. 조금은 긴장해 있던 그들 사이의 공기가 편안하게 풀어지며 하루 종일 느꼈던 불편한 분위기가 사라졌다. 그들은 진한 커피를 후식으로 마시면서 여행 일정을 조정했다. 시오에게는 하루밖에 시간이 없었다. 충동적으로 그녀를 따라오는 바람에 자리를 오래 비울 수가 없었다.

그녀는 일주일 정도 스케줄을 조정해 에게 해를 건너 그리스로 갈 예정이라고 했다. 그의 미적거림을 알아챈 그녀는 눈치 빠르게 그를 따라 내일 귀국하겠다고 말했다. 시오는 그런 그녀에게 다시 소리나게 키스를 했다.

"나중에 다시 오자. 나도 언젠가는 하이델베르크에 너와 함께 다녀오고 싶어."

"어, 이상하다. 당신 유럽을 여러 차례 여행했었지 않아요? 내가 알기론 독일에서도 꽤 오래 머물렀던 걸로 아는데?"

그녀의 말에 그는 살짝 안색을 굳혔다.

"네가 함께하는 하이델베르크를 보고 싶은 거야. 네가 자주 가던 곳, 살던 집, 너와 함께 걷고 싶은 철학자의 거리……."

그는 동경하듯 시선을 멀리 두고 이야기했다.

"사실은 유럽 출장 중에 너를 보러 몇 번 하이델베르크에 갔었어."

그는 호재의 놀라는 모습을 보며 씁쓸한 미소를 지었다.

"유학 기간 동안 독일에 왔었다면 왜 나를 보지 않고 그냥 간거지? 혹시 그 당시 나의 감정이 당신에게도 전해졌던 거야? 삼촌에게서 남자를 느끼는 열여덟의 되바라진 조카를 당신도 느끼고 있었어? 그래서 날 피한 거야?"

그는 그녀의 솔직한 말에 눈을 끄게 떴다. 자신의 감정을 아무렇지도 않게 말할 수 있다니, 그녀는 과연 솔직하고 과감한 여자였다. 그런 호탕하고 대담한 성격이 그녀의 매력이기도 했다.

"처음에 갔을 때 은진 선배가 나를 막았었지. 그때는 너와 나를 위해 그게 나을 거라는 선배의 말이 옳다고 생각했다. 그리고 사실 나도 자신없었어. 너를 만나서 어쩌겠다는 생각 따위는 없었거든. 그저 너를 보고 싶었을 뿐이었어. 미치도록 네가 그리웠었다."

그는 말을 멈추었다. 그에게나 그녀에게나 힘든 시기였다. 호재의 코끝이 빨개지면서 천천히 두 눈에 눈물이 고였다. 그는 그녀에게 자신의 그런 감정을 전하고 싶지는 않았었다.

"그러고 나서 일 년 후쯤 네 얼굴만 보고 가려고 다시 한 번

갔었는데, 거의 이 년 만에 보는 너의 옆에 희원이 있었지."

그때의 감정이 한꺼번에 몰려와 말끝이 흐려지면서 그 자신도 모르게 목소리가 감겨들었다.

"내가 괜한 소리를 했구나."

그녀는 사랑스럽게 묻는 듯한 시선으로 그를 바라보고 있었다. 그는 그들이 이렇게 서로 마주 앉아 애정 어린 눈빛을 주고받으며 그 옛날의 이야기를 하고 있다는 것이 믿어지지가 않았다. 그녀가 손을 앞으로 뻗어 그의 손을 쓰다듬었다. 그리곤 떨리는 음성으로 말했다.

"이리 와요."

그는 그 조그만 접촉에도 부르르 몸을 떨었다. 그녀는 다시한 번 그의 손을 꼭 잡아 자신에게로 끌어당겼다.

"당신, 한번 안아보고 싶어서 그래."

그녀의 손에 이끌려 옆 자리에 앉자 가녀린 두 팔이 그의 등을 감쌌다. 살포시 안아오는 그녀의 감촉에 그의 몸속 구석구석에 박혀 있던 절망과 고통의 응어리들이 녹아내리기 시작했다.

호텔로 돌아왔을 때는 벌써 오후 세 시를 넘어서고 있었다. 한낮의 뙤약볕이 이국적이고 아름다운 고도(古都)를 온통 뜨겁게 달구고 있었다. 그들은 푹푹 찌는 더위를 피해 호텔로 뛰어들었다. 시원한 에어컨 바람이 그들을 반겼다. 약속이나 한 듯 호재는 엘리베이터로 향했고, 그는 프런트에 가서 키를 받아왔다. 엘리베이터 안에서 그녀는 가위바위보를 제안했다.

"이기는 사람이 먼저 샤워하는 거야."

그는 손가락을 흔들어대면서 진지하게 자세를 취하는 호재를 보며 더위에 지친 얼굴로 웃어 보였다.

"좋아. 난 가위바위보에서 져본 적이 없는 사람이야. 약속이니 어기진 않겠지?"

어린아이처럼 큰 소리로 가위바위보를 외치곤 동시에 손을 내밀었다. 그의 승리였다. 그는 활짝 웃었고, 호재는 '우우' 소리를 내며 야유를 보냈다. 삼세판이라고 우기는 말을 무시하고 그는 룸에 들어가자마자 욕실로 직행했다. 밖에서 '치사하다, 남자가 어쩜 그렇게 쩨쩨하게 구냐, 숙녀를 존중할 줄 모른다' 등등 계속되는 호재의 불평을 무시하고 샤워기 앞에 섰다. 좀 전의 엘리베이터 안에서 그녀를 범할 뻔했다. 그의 육체는 극도의 흥분 상태였고 일시적이나마 그것을 자제시켜 줄 수단이 필요했다. 차가운 샤워는 잠시나마 폭발하려는 육체를 진정시킬 것이다. 너무나 오랫동안 굶주린 육체가 혹여 그녀에게 상처를 입힐지도 모른다는 생각에 자신을 다스리고자 하는 것이다. 그는 얼음처럼 찬물이 열기를 식혀주기를 바라며 시리도록 아픈 물줄기 아래 마냥 그렇게 서 있었다.

잠시 뒤에 여자의 부드러운 육체가 그의 등을 완전히 덮어왔을 때, 그는 차가운 물줄기를 처음 맞았을 때보다 더 크게 몸서리를 쳐야 했다. 방심하고 있는 사이에 호재가 그를 뒤에서 안

아온 것이다. 마주 닿아 있는 그녀의 탄력있는 가슴을 느끼며
이를 악물었다.

"같이 하면 더 좋을 것 같아. 물도 절약하고, 시간도 절약……."

그는 더 이상 그녀에 대한 욕망을 참을 수가 없었다. 떨리는
손을 천천히 내밀었다. 젖어서 흐트러진 호재의 기다란 머리를
두 손으로 휘어감고 그 입술에 뜨거운 키스를 퍼부었다. 따듯한
숨결이 그의 가슴을 적시고 그의 영혼을 위로하는 듯했다. 그는
두 눈을 질끈 감고 호재가 주는 자그마한 감정의 한 조각까지도
모두 흡수하려 몸부림쳤다. 그녀의 얼굴에 흐르는 눈물이 그를
더 이상 견딜 수 없게 만들었다. 소중한 사람을 안을 수 있다는
사실 하나로도 그는 더없이 행복했고, 멀리 돌아온 두 사람의
힘든 여정이 지금의 사랑을 더욱 아름답고 기쁘게 하고 있었다.

그는 호재의 엉덩이를 감싸고 조심스럽게 들어 올렸다. 그녀
가 그를 돕듯이 허리에 두 다리를 감아왔다. 순식간에 그녀의
내부로 빨려 들어갔다. 뜨거운 열기에 감싸인 그는 저도 모르게
신음을 내질렀다. 오랜 금욕 생활 끝의 결합이고 또한 열렬히
사랑하는 사람과의 맺어짐은 너무도 큰 쾌락을 안겨주었다. 비
명과도 같은 신음과 함께 그녀의 안에서 폭발할 때, 호재도 절
정에 올랐다. 한평생 이런 기쁨은 처음이었다. 그녀의 입술에서
그와 똑같은 기쁨의 노랫소리가 흘러나왔다. 두 사람은 그렇게
천국을 헤맸다.

잠시 후 힘없이 늘어진 호재를 욕조에 누이고, 머리를 욕조

끝에 대주면서 그는 부끄러움에 몸을 떨었다. 들짐승처럼 울부짖던 자신의 비명 소리가 귓가를 맴돌며 그를 놀리는 듯했다. 모든 감정을 다 쏟아 부은 그의 얼굴이 거울에 비쳤다. 만족한 남자의 붉은 열기를 내보이는 그와 호재의 눈이 마주쳤다. 그녀는 물기 어린 눈으로 그에게 슬픈 미소를 지었다. 그들의 치열했던 운명이 새삼 가슴을 적시는지도 모르겠다. 그는 길고 풍성한 머리를 가지런히 모아 샴푸를 해주면서, 간간이 그녀의 입술에 깊은 키스를 했다. 그녀는 사지를 늘어뜨리고 편히 누워서 그의 손에 머리를 맡기고 있었다.

그에겐 그녀와의 첫 관계에 대한 환상이 너무나 깊이 박혀 있었다. 따듯하고 쿠션 좋은 침대에서 부드럽게 정성을 다해 그녀를 사랑해 주리라 마음먹고 있던 것이 무색해져 버렸다. 그는 욕구에 패배해 욕실 벽에 그녀를 밀어붙여 안은 것이 못내 미안했다. 그들이 두 번째 사랑을 나눌 때는 반드시 그렇게 할 것이다. 욕조에서 급박하게 안기에는 그녀가 그에게 너무나 소중한 존재였다. 그는 질끈 눈을 감고 욕조 안에 누운 그녀에게서 또 다시 욕구를 느끼는 자신을 속으로 비난하며 그녀가 일으키는 자극에서 벗어나고자 했다. 거꾸로 마주한 입술이 살짝 닿았다.

죽는 순간까지 잊지 못할 그날, 길고도 긴 세월을 그리움과 절망 속에 보낸 후에 그들은 서로에게 한 발짝 더 다가섰다. 그렇게 두 사람은 연인이 되었다.

시오는 소중한 듯 그가 준 진주를 머리맡에 올려놓고 깊은 잠이 든 호재를 사랑스럽게 바라보았다. 사랑을 나눈 지친 몸으로 그가 준 진주를 목에 감고 그를 향해 멋진 포즈를 취하던 그녀. 알몸에 섹시한 가죽을 두른 모습은 사랑에 빠진 남자가 아니라도 반할 만한 모습이었다. 호재가 그의 선물을 너무나 좋아해 주니 소더비 경매에서 어렵게 구한 보람이 있었다.

호재는 진주를 너무나 사랑했다. 그녀는 초등학교 2학년 때 TV에서 '데이지 공주'라는 영화를 본 후부터 가족들에게 진주를 사달라고 졸라댔다. 진주 목걸이를 하고 있는 여주인공의 모습이 너무 아름다웠다는 것이 그 이유였다. 그때부터 그녀에게 있어 진주는 최고의 보석이었다. 그래서 형님이 적당한 진주 목걸이를 선물했었는데, 보는 사람이 다 무안하게도 그녀는 그 목걸이를 거들떠보지도 않았다. 그녀가 생각한 만큼 그 진주가 아름답지도, 우아해 보이지도 않다는 것이었다. 사실 진주 가격은 천차만별이다. 몇천 원짜리 글라스 진주에서부터 몇백만 원 하는 천연 해수 진주에, 크기에 따라서는 세계적인 경매를 통해서나 볼 수 있는 값이 따로 없는 희귀 진주까지 다양했다. 그 당시 형님은 어린아이에게 적당히 수수한 진주를 선물했다가 그녀의 눈총만 받은 것이다.

모두들 놀랄 수밖에 없었다. 전문가가 아니고서는 진주의 질을 구분한다는 것이 쉽지는 않은데 이상하게도 호재는 한눈에 그것을 알아보았던 것이다. 그런 후로 몇 년 동안 그녀는 시간이 날 때마다 형수를 따라 유명한 보석상을 돌며 진주들을 구경하러 다니곤 했다. 성인이 될 때까지는 그녀가 원하는 진주를 가질 수 없다고 형님이 못박았기 때문에 보는 것 자체가 그녀에게 커다란 기쁨이었다. 호재가 원하는 진주는 최고급품이었으므로 아이에게는 과했다. 시오는 그녀를 위해서 해외 출장을 갈 때마다 명품 샵의 카탈로그나 유영 보석 경매지들을 구해다 주곤 했었다.

그리고 그의 인생이 뒤바뀐 운명적인 그녀의 열여덟 생일 날. 그는 고민 끝에 몇 달 전 영국으로 출장 갔을 때 티파니에서 구입한 진주 비드 목걸이를 호재에게 선물했다. 연한 핑크 빛이 도는 최상질의 진주였다. 직경 10㎜ 크기에 길이가 70㎝나 하는 긴 목걸이였다. 사실 소장 가치를 위해 13㎜ 진주로 세팅된 링과 한 세트로 구입했으나 반지는 성인이 된 후에나 주려고 따로 보관했다. 호재는 귀고리를 싫어했기 때문에 세트에서 귀고리는 제외되었다. 우습게도 귀를 뚫는 아픔을 견딜 수 없을 것 같다는 게 귀고리가 싫은 이유였다. 그리고 플립형은 신체 학대라고 주장하면서 그녀는 귀고리 하는 사람들을 이상한 눈으로 바라보곤 했었다. 선물이 무엇인지 알았을 때부터 호재는 웃음을 멈추지 못했다. 몇 년 동안 그녀가 간절히 원하던 선물이었다. 그리고 그녀의 마음에 쏙 들 만한 진주였다. 그녀 나이에 착용하기에는 너무 길고 성숙해 보였지만 딱 그녀가 원하는 것이었다.

그날 저녁 가족파티에 호재는 그 진주를 걸고 나왔다. 하늘거리는 시폰 천으로 된 드레시한 검은색 블라우스—나중에 형수에게 너무 야한 옷이라고 꾸중을 들었을 때 그녀는 처음에 준비한 하얀 원피스는 진주를 감당하기에 너무 수수해서 은진 선배 주려고 산 블라우스를 입을 수밖에 없었다고 고백했었다—를 입고 있었다. 진주를 돋보이게 하기 위해 가슴이 깊이 패고 축 늘어지는 스타일의 상의에 쫙 달라붙는 데님 바지를 입은 호재의 모습이란…… 정말이지 눈이 부시고 너무나 섹시하게 보이는 소녀였다. 남자 대여섯은 그냥 날름할 것 같은 요염한 여인이었다. 성숙한 듯하면서 아직은 덜 익은 풋과일의 향기를 풍기는 그녀는 그래서 더욱 매력적으로 보였다. 또래 아이들이 목 빼고 마냥 바라볼 것 같은 열여덟이었다. 그리고 바른생활 삼촌을 역겹고 짐승 같은 남자로 만들어 버린 어린 조카였다. 파티 내내 조카에게 욕망을 느끼는 그 자신이 믿을 수 없어 오기로 자리를 뜨지 않고 그녀를 지켜보았다. 그때는 잠시 회로가 잘못되어 벌어진 일이거니 생각하고 싶었는지도 모른다. 당황한 나머지 자꾸만 술을 마시고 있다는 것도 깨닫지 못했다. 뚫어지게 쳐다보는 은진 선배의 시선도 죄책감에 외면해 버렸다.

그리고 그 두 시간 동안 뼈저리게 깨달은 것이 하나 있었다. 호재를 너무나 사랑한다는 것이다. 그것을 삼촌으로서 조카에게 가지는 사랑이라고 생각했었다. 그러나 그 파티에서 느낀 충격은 그날 밤 그가 느낀 수치심에 비하면 아무것도 아니었다.

그날 밤, 그는 깊고 어두운 지옥의 구렁텅이로 내동댕이쳐졌다. 그는 천하의 시러배잡놈이 되어버린 것이다. 세상이 미쳐 버린 듯했다.

시오는 가끔 혼자 있고 싶을 때 가는 조그만 카페 구석에서 스트레이트 잔으로 연거푸 몇 잔 마셨다. 그래도 진정되지 않는 몸과 마음에 치가 떨렸다. 이 상황을 어떻게 해야 할지 막막하고 어이가 없었다. 그리고 너무나 두려웠다. 인간으로서 가져서도, 가질 수도 없는 몸속 저 깊은 곳에서부터 스멀거리며 흘러 나오는 육욕의 덩어리가 그의 숨통을 틀어막고 있었다.

이제야 그동안 풀지 못하던 퍼즐 조각이 하나씩 맞춰져 갔다. 그의 인생에서 호재는 언제나 제1순위였다. 호재가 커가는 동안 그는 어린 조카의 친구요, 오빠요, 선생이자 삼촌이었다. 사춘기에 접어들어서도 여자에 대한 호기심이나 날로 커져 가던 욕망에 대한 관심보다는, 조카의 앙증맞은 재롱을 보면서 지내기를 더 좋아했다. 장성해서는 어쩌다 한번 끓는 피를 억제하지 못하고 여자를 만나는 경우도 있었지만 특별히 욕망을 느끼게 하는 여자가 있는 건 아니었다. 자연의 이치에 따라 잠시 해소하는 정도의 행위일 뿐이었다. 그리고 그런 날이면 어찌나 어린 조카에게 부끄럽고 죄스럽던지. 사랑해서가 아니고 단지 욕망을 발산하고자 여자를 안았다는 것에 수치를 느끼곤 했다. 그는 그것을 순수한 조카에 비해 찌들어 버린 그 자신이 추하게 느껴졌기 때문이라고만 생각했다.

그리고 서희원이라는 아이. 희원에 대한 그의 감정은 참으로 정의 내릴 수 없는 심오한 블랙 코미디였다. 조카의 소꿉친구를 질투하는 삼촌이 세상에 몇이나 될까? 어린 녀석과 경쟁하듯 호재의 환심을 사기 위해 쩔쩔 매던 기억이 스쳐 갔다. 호재에 대한 욕망을 깨달은 지금은 그것이 질투였다는 것을 알 수 있었지만, 그때는 그 자신이 왜 그러는지 스스로의 행동에 쓴웃음이 나온 적도 많았다. 그 모든 것을 종합해 볼 때 결론은 하나였다. 그는 구제할 수 없는 더러운 짐승이라는 것이었다.

차츰 취기가 올라 그가 누군지 누구를 사랑하는지, 뭘 하는 놈인지 잊어갈 즈음 한 여자가 그의 앞에 앉았다. 언뜻 흐린 눈으로 바라보니 호재처럼 짧은 앞머리에 긴 생머리를 늘어뜨린 여자가 그에게 고개를 가까이 대고 뭐라고 말하고 있었다. 여자는 다시 한 번 고개를 내려 그의 귀에 바람을 불어넣었다.

"불 있어요?"

순간 아랫도리로 피가 한꺼번에 몰리더니 이성과 따로 노는 그놈이 요동 치기 시작했다.

"호…… 호재야."

온 사방에 남녀의 격하면서도 끈적끈적한 신음 소리가 울려 퍼졌다. 방 안에 온통 에로틱하고 달짝지근하면서도 약간은 비릿한 섹스의 향내가 가득했다.

시오는 격렬한 행위로 차츰 술기운에서 깨어났다. 그리고 간

신히 정신을 차렸을 때 낯선 여자와 눈이 마주쳤다. 흠칫 놀란
그는 욕정에 찌든 동물적인 행위를 멈추었다. 재빨리 고개를 돌
렸다. 현실을 부정하고 싶은 마음뿐이었다. 숨을 쉴 수가 없었
다. 다시 여자와 눈이 마주쳤다. 여자는 아름다웠지만 천박해
보였다. 격렬한 키스로 부풀고 붉게 번진 입술 언저리는 지저분
해 보였고, 육감적인 여체는 그 순간의 그에겐 살찐 비곗덩어리
에 지나지 않았다. 무엇보다도 여자는 낯설었다. 앞 짧은 머리
의 그 여자는 그가 원하는 여자가 아니었다.

격정에 사로잡혔던 육체는 어느새 그 힘을 잃고 본래대로 돌
아와 있었다. 순간 욕지기가 목 언저리까지 차 올랐다. 온몸에
소름이 돋으며 그 자신이 더럽고 불결하게 느껴서 견딜 수가 없
었다. 흐트러진 침대를 가로질러 다급하게 욕실로 달렸다. 거한
술과 함께 더러운 욕정이라는 안주를 삼킨 그는 그렇게 밤새도
록 화장실 변기에 죄책감을 토해냈다. 그는 인간이 아니었다.
짐승만도 못한 인간의 거죽을 쓴 괴물이었다.

호텔에서의 그날부터 석 달이 넘는 기간 동안 그는 거의 매일
밤 다른 여자로 하여금 욕망을 발산하고 욕실 변기에 그의 검은
욕망을 다시 토해냈다. 그는 그렇게 구제불능이 되어갔다. 평소
에 그를 짝사랑하던 후배를 으슥한 골목에서 거칠게 안기도 했
고, 나이트클럽에서 처음 만난 여자와 자신의 지정석 소파에서
언제 누구에게 들킬지 모르는 아슬아슬한 섹스를 하기도 했다.
그러나 그때마다 그 후 결과는 똑같았다. 죄책감을 토해내기 위

해 바로 화장실로의 직행이었다. 너무나 비참하고 절망스런 나
날이었다.

자신이 아무리 숨기려 해도 숨길 수 없는 그 미묘함에, 주위
에서 하나둘씩 어떤 낌새를 알아채기 시작했다. 호재도 알게 되
었다. 그녀가 도망치듯 유학을 떠났을 때 시오는 차라리 안도감
마저 느꼈다. 어린 조카에게 무슨 짓을 할지 자신을 믿을 수 없
었기 때문이다. 형님도 알게 되었다. 그렇게 몇 달을 보낸 후 그
는 결국 분가했다.

세월이 흘러서 옅어질 감정이었다면, 시간이 해결해 줄 문제
였다면 처음부터 조카를 사랑하는 것 같은 불행한 일이 일어나
지도 않았을 것이다. 몇 년이 지난 후에도 그는 떠난 호재를 그
리워하며 망가질 대로 망가져 가고 있었다.

그는 그렇게 청춘을 허송세월 했다. 호재가 독일로 유학을 떠
난 지 거의 이 년이 다 되었을 무렵, 아직도 갈피를 잡지 못하고
방황하는 그를 보다 못한 형님에게 불려갔다. 집 안 가장 깊숙
이 자리 잡은 형님의 서재는 주인과 닮은 중후한 멋을 풍기고
있었다. 형님이 서재로 사람을 부르는 일은 거의 없었다. 집안
의 대소사는 대부분 아늑한 가족실에서 논의되었고 밖의 일은
집으로 가져오지 않는 게 형님의 철칙이었기 때문이다. 이곳으
로 그를 부르신 건 단 한 가지 이유뿐이었다. 그의 병을 알게 된
것이 분명했다.

‘그래, 이건 병이야. 약도 소용없는 불치병. 치명적인 통증을 유발하는 더럽고 구역질나는 열병.’

형님은 죄책감과 부끄러움에 고개를 들지 못하는 그를 한동안 뚫어지게 바라보았다. 그의 진심을 알아야겠다는 듯. 그렇게 칼날 같은 눈빛으로 그를 보시던 형님은 한참 만에 그의 앞에 노란 서류 봉투 하나를 내려놨다.

“읽어봐라.”

자애로운 목소리가 그를 더 부끄럽게 만들었다. 시오는 의아함과 호기심을 가지고 그것을 받아 들었다. 그것을 조심스럽게 펼쳐 읽으면서 자신의 눈을 의심했다. 마른하늘에 날벼락이 이런 것일까. 뜻밖에도 봉투 속에는 그의 출생증명서와 입양 서류가 들어 있었다. 그것들이 의미하는 것을 미처 깨닫기도 전에 형님이 말을 꺼냈다.

“돌아가신 아버지가 한 영아원을 방문했다가 너를 보셨단다. 그리곤 너에게 한눈에 반하셔서 입양을 하기로 결정하셨다. 이미 내가 스물을 넘겨 독립하고 적적하시던 차에 널 키우기로 하신 거지.”

두 눈만 깜박이는 그를 보며 형님은 다시 말을 이었다.

“너의 친모가 병원에서 너를 낳고 사흘 만에 숨을 거두었다고 한다. 미혼모였기 때문에 친아버지가 누군지는 알 수 없지만 네가 나의 친동생이 아닌 것만은 확실하다.”

류시오와 류호재. 그들은 한핏줄이 아니었다. 스무 살 위의 형을 아버지로, 형수를 어머니로 생각하고 의지하며 살아온 그에게 친형제가 아니라는 말이 미치는 영향은 상상 이상이었다. 어린 조카를 여자로 느끼는 자신이 너무 부끄럽고 죄스러워 형 내외를 똑바로 바라보지도 못하던 시기였다. 스스로 더러운 놈이라고 욕하고 자해하던 나날이었다. 그런데 이제 와서 그들은 피를 나눈 가족이 아니란다.

시오는 그때까지도 아무런 반응을 보이지 않았다. 사실 생각이 멈춰 버린 지 오래였다. 그런 그를 바라보던 형은 잠시 숨을 가다듬는 듯하더니 본론을 꺼내셨다.

"그 서류만 있으면 바로 호적에서 네 이름을 뺄 수 있을 것이다."

"형님!"

그제야 그의 머리가 돌기 시작했다. 가슴에서 느껴지는 격심한 통증에 숨을 쉬기가 힘들었다.

'이게 무슨 일이란 말인가. 형님께서 그를 버리시는 것인가. 호재에게 품은 그의 더러운 욕망을 용서하지 않으시는 것인가.'

시오는 참담했다. 호재를 잃고 이제 하나밖에 없는 형을 잃어야 한다는 현실이 그의 심장을 관통했다.

'키워준 형을 이렇게 배신하고도 네가 인간이냐? 그러고도 버림받지 않기를 바랐더냐.'

부들부들 떨리는 몸을 주체하기가 힘들었다. 안간힘을 써보지만 어쩐 일인지 떨림이 더욱 심해질 뿐이었다. 입이 열 개라도 할 말이 없었지만, 호소하는 간절한 눈빛으로 형을 바라보았다. 형님이 자세를 바로하고 정색하며 그를 바라보았다.

"우선 내 말부터 들어라. 너는 하나밖에 없는 내 동생이다. 핏줄이 어떻든 그건 중요하지 않아. 네가 내 형제임은 엄연한 사실이다. 호재가 네 조카인 것도 바꿀 수 없는 사실이고."

크윽! 또다시 피가 역류하는 고통이 몰려오기 시작했다. 가슴이 너무 아팠다. 저려오는 가슴을 손으로 지그시 누르며 고통을 삭혔다. 그는 자신이 경솔한 놈은 아니라고 생각했다. 형님도 그것을 잘 알고 있었다. 아마도 그래서 믿고 지금까지 기다려준 것이리라. 시오 자신이 특별히 여자에게 관심을 보이지 않아 언제나 걱정하던 형이었다. 자신의 짐작이 틀렸기를 바랐을 터이지만 이젠 더 이상 진실을 외면할 수는 없을 것이다. 시오는 그런 형님의 마음을 잘 알기에 더 더욱 고개를 들지 못했다.

"잘 들어라. 우리가 너를 얼마나 사랑하는지 그걸 의심하진 말아라. 네 형수가 몸이 약해 아이에 대한 희망은 버렸었다. 우리 부부는 너를 아들로 생각하고 살았다. 호재가 태어났을 때 그건 하나의 기적이었어. 그렇다고 너희를 마음속에서 다르게 생각하진 않았다. 이런 상황이 오리라고는 생각지 않았고 원치도 않았지만, 그렇다고 현실을 외면할 수도 없지."

형님은 다시 고개를 흔들었다, 그의 선택이 옳은 것인지 의심하는 것처럼.

"삼 년을 주겠다."

그의 숙이고 있던 고개가 획 들쳐졌다. 심장이 너무나 심하게 뛰어 온 집 안이 그의 심장 고동 소리로 진동하는 것 같았다. 스멀거리며 비어져 나오는 희망이란 놈이 그의 핏줄을 타고 온몸으로 퍼져 갔다.

"삼 년 후에도 네 감정에 변화가 없다면 그때는 호적을 파가거라."

시오는 벌떡 일어났다.

'무슨 뜻이지? 그를 용서하시는 건가? 그같이 더러운 마음을 품은 놈을 아직도 사랑하신다는 건가? 호재를 그에게 허락하신다는 뜻인가?!'

그의 눈동자가 불안하게 흔들렸다.

"형님!"

목이 메었다.

"형…… 님."

시오는 도톰한 카펫이 깔려 있는 서재 바닥에 무릎을 꿇었다.

"속단하지 마라. 호재가 어엿한 여자가 된 후에도 변함이 없거든 그렇게 하라는 뜻이다. 그러나 호재가 너에게 마음을 주지 않으면 그땐 포기해라. 그리고 우리 가족으로 남아야 한다. 핏줄과 관계없이 너는 내 동생이다. 명심해라."

그러나 운명은 그에게 기회를 주지 않았다. 몇 달이 지나기도 전에 호재는 결혼을 했다. 형님과 약속한 기간이 있었고, 호재의 마음을 얻을 경우라는 조건을 다셨지만 그는 호재가 결혼하던 그해에 끝내 호적을 정리했다. 세간의 주목을 받지 않기 위해 조심했으나 소란은 어쩔 수 없었다. 친아버지의 이름을 모르는 관계로 호적엔 어머니의 성을 따서 한씨로 정했다. 가족들에게 그 사실을 통보했을 때 형은 비통한 표정을 지었고, 형수는 내내 울었다. 희원은 뭔가를 아는 눈빛으로 그를 주시했다. 그리고 호재, 그의 호재는 경악했다.

그는 내내 알고 있었다. 호재는 그의 것이었다. 희원과 결혼했어도 그녀는 언제나 그의 여자였다. 그가 그녀의 친삼촌이 아니라는 사실 앞에 흔들리는 그녀의 눈빛을 보고 그것을 다시 한 번 확인했다. 열여덟 살 되던 해 그녀는 유학이라는 핑계를 대고 그에게서 도망친 것이었다. 그에게 느껴지는 금지된 감정으로부터 도피한 것이다. 이제는 그것을 확신할 수 있었다. 그러나 이미 모든 것이 늦어버린 후였다. 그녀 옆에는 그가 아닌 다른 남자가 있었다. 그리고 그 남자는 그녀를 행복하게 해주었다. 그것이 시오의 딜레마였다. 그녀가 행복하길 바랐지만 다른 남자의 여자로 사는 그녀를 보는 것은 죽음보다 더한 고통이었다.

그의 청춘을 다 바치고 헤아릴 수 없는 고통 후에야 호재는 겨우 그의 손에 잡힐 듯 가까이 와 있었다. 오랜 기다림 끝에 간신히 연인이 되었다. 그 누구에게도 다시는 빼앗기지 않을 것이다. 그녀를 사수하기 위해 그가 못할 일은 없었다.

5장

네 것은 네가 지킨다

시오는 사무실 유리창 밖으로 내다보이는 빌딩 숲을 멍하
니 바라보았다. 요즘 들어 이렇게 하염없이 밖을 내다보는 시간
이 꽤 많았다. 여행에서 돌아온 지 일주일이 지났지만 그는 아직
도 그녀를 얻었다는 게 실감나지 않았다. 어제까지 스케줄이 비
어 있던 호재는 그의 맨션에서 그 시간을 모두 탕진했다. 암울하
고 금욕적이었던 청년기를 보상이라도 받듯 그는 하루 아홉 시
간의 근무 시간을 제외하곤 호재와 침대에서 보냈다. 그동안 그
녀가 걸친 옷가지라곤 그의 하얀 실크 와이셔츠가 전부였다.

개인적으로 그는 여자가 남자의 옷을 걸친다는 것은 그 옷의
주인 품에 안기는 것과 같다고 생각했다. 한 남자의 체취와 온

기가 고스란히 배어 있는 옷가지는 사랑을 나눈 상대방에겐 참
을 수 없는 유혹이 아닐까. 시오의 셔츠를 걸치고 있는 그 순간
호재는 그의 품 안에 있는 것이다. 그녀를 감싸고 있는 천은 그
의 팔이며 그의 가슴이며 그의 사랑인 것이다. 그는 새삼스레
호재에게 취해 있었다.

누군가를 사랑한다는 것은 큰 축복이다.

사랑하는 상대로부터 관심을 받는다는 것 또한 큰 행복하다.

사랑하는 상대가 자신의 사랑을 받아준다는 것은 대단한 행
운이다.

사랑하는 상대와 사랑을 나눈다는 것은 다른 모든 것을 잊게
함과 동시에 소생시킨다. 그리고 시오는 지금까지 이 모든 것과
무관한 사람이었다. 희망도, 기대도 없었다.

그런 그의 품에 어느 날 한꺼번에 이 모든 것이 날아들었다.
사랑하는 여자가 자신의 사랑을 받아주고, 그녀의 옆 자리를 그
에게 내주고, 다른 사람들 앞에서 당당히 그가 그녀의 연인임을
자랑할 때 어느 남자가 행복하지 않겠는가!

이스탄불에서의 그날 밤 격정의 한순간이 지나고 서로의 품
에 의지해 살아남기 위한 호흡을 들이쉬는 동안 그들 주위에 그
어떤 것도 망라하는 전류가 따라왔다. 서로에게 스스로가 얼마
나 중요한 존재인지 인식하게 했고 그 누구보다 서로를 진심으
로 아낀다는 것을 절실히 느끼게 했으며 더 이상의 상대를 찾을
수는 없다는 것을 깨닫게 했다.

그 슬프고도 격렬했던 날 밤, 그는 확신했다. 그녀는 인정하고 있지 않지만 그가 그녀에게 묶여 있는 것처럼 그녀도 그에게 속해 있다는 것을. 그녀는 미래를 약속하지 않았지만 현재가 계속되면 영원이라는 것을.

그동안 사무실에 착실히 출근하고는 있지만, 호재와의 관계가 급전하면서 제대로 처리한 일은 하나도 없었다. 오늘 그는 몇몇 간부들을 개인별로 면담할 예정이었다. 최근 이사급 간부들이 암암리에 펼치던 신경질적인 트러블이 회사에 악영향을 미치고 있었다. 부서별, 크게는 계열사별 연계가 흐트러지고 회사에 피해를 초래하기 시작한 것이다. 그는 창밖을 향해 있던 시선을 돌려 시간을 확인하고, 책상 서랍에 있던 리모컨을 꺼내 비서실과 연결돼 있는 인조 벽을 열었다.

그곳은 비서실 쪽에서 보면 대형 거울이고 회장실 쪽에서 보면 비서실을 한눈에 볼 수 있는 매직밀러였다. 리모컨으로 인조 벽을 조절하기 때문에 회장실로 들어오는 사원들은 안에서 밖을 내다볼 수 있으리라고는 꿈에도 생각하지 못한다. 돌아가신 그의 형님은 이곳을 통해 사원들의 동태를 파악하곤 하셨다. 이 곳을 통해 비서실에서 보여지는 사원들의 행동은 많은 것을 말해 준다. 그들은 초조해하거나 비서들에게 거들먹거리거나 자신만만해 보이려고 기를 쓰는 모습이나 뭔가 껄끄러운 일이 있거나 할 때 일단 그곳에서 자신들만의 방법으로 가면을 준비한 후 완벽한 모습으로 회장실에 들어오곤 했다.

　손정민 차장이 전화 업무를 끝내고 메모를 하고 있는 모습이 비쳤다. 비서실장, 차장, 대리, 사무비서로 구성된 그의 비서실은 언제나 사무적이고 능률적으로 운영되었다. 전대 회장 시절부터의 심복인 안상호 비서실장의 일시 부재에도 유능한 손 차장이 그로 인한 업무 차질을 능률적으로 처리하고 있었다.

　손 차장은 그가 계열사 사장으로 있을 때부터 그의 비서였다. 그녀는 서울대학교 경영학과를 졸업하던 해 그의 비서 자리에 응시했었다. 그때 그녀는 상관을 보필하는 어시스턴트의 역할을 하고 싶다고 야망을 피력했었다. 그로서는 놓치기 아까운 인재였다. 그래서 사무 비서를 따로 고용하고 그녀도 채용했는데, 지난 육 년 동안 그 선택을 후회해 본 적은 단 한 번도 없었다. 손 차장은 사무적으로나 개인적으로나 회사 내에서 꽤 주목을 받고 있었다. 아름다운 외모와 그룹 오너의 오른팔 역을 완벽히 소화하는 그녀를 꽤 많은 남성들이 눈독들이는 것은 당연한 일이었다. 그러나 그녀는 이상하리만치 결벽증을 보이며 남자의 접근을 회피했다. 몇 년 전인가, 그녀가 그에게 한번 잠시잠깐 손길을 내밀었던 적이 있었는데 아마 그때도 실의에 빠져 있는 그를 위로하기 위한 것이었을 뿐 다른 의도는 없었을 것이다. 손 차장은 그의 거절을 흔쾌히 받아들이고 바로 다시 유능한 비서로 돌아갔다.

태식은 약속 시간이 한참 지나서야 느긋하게 웃으며 비서실
로 들어섰다. 꼬장꼬장한 손 차장에게 느끼한 윙크를 날리며 주
저없이 회장실 문을 열고 들어섰다. 시오가 나무라는 표정으로
태식을 바라보았다.

"또 시작이냐? 도대체 이번에는 누구를 감시하고 있었던 거
야?"

회장실에 들어서기가 무섭게 비서실 풍경이 한눈에 들어오자
태식은 친구에게 한마디 툭 던지고 푹신한 가죽 시트에 몸을 묻
었다.

"대외 협력부장이 아예 나를 바람맞히는군."

시오의 말에 태식은 표정을 굳혔다. 그들은 대학 시절부터 함
께해 온 오랜 친구였다. 또한 한직장에 몸담고 있는 동료였다.
세세한 설명 없어도 한마디면 족한 사이인 것이다. 대명방직과
대명패션이 서로의 업무로 인한 골이 깊어져 협력부장을 호출
했는데 감감무소식이란 이야기였다. 말이 계열사지 한 회사나
다름없는 체재를 운영하고 있어서 두 회사 사이에 협력부장의
역할이 무엇보다 중요한 것이다. 대명패션은 대부분의 원단을
대명방직에 의뢰하는데 요즘 두 회사 간의 마찰이 심각해지고
있었다. 주식시장에도 악영향을 미치고 있었다. 회사의 손해가
심각한 수준에 이르자 주가가 소폭 하락하기 시작했다. 이대로
방치하다가는 큰 폭으로 하락할 것임이 틀림없었다.

담당자들과 일선 직원들을 모두 면담하고 조사한 결과 협력

부장의 잔재주로 드러났다. 이 일련의 사건이 일어나고 있는 동안 부장은 떨어지고 있는 회사의 주식을 차곡차곡 사들이고 있었던 것이다.

"그래, 이제 어떻게 할 거지? 이미 수습은 안상호 실장님이 나섰으니 별 무리가 없을 거고, 그 자식은?"

태식은 그들의 친구라고 믿었던 놈의 배신에 치를 떨었다. 협력부장 또한 그들의 대학 동창이었다. 그들 세 사람은 나름대로 서로를 믿고 있었는데 이런 식으로 뒤통수를 얻어맞자 여간 화가 나는 게 아니었다. 태식의 그런 마음과는 반대로 시오는 포만감에 찬 사자마냥 지나치게 느긋하고 여유로워 보였다. 시오를 알아온 지난 십오 년 동안 이런 모습의 그를 본 적이 있는지 의심스러울 정도였다. 과거의 어느 날부터인가 시오는 웃음도 잃었고 여유와는 거리가 먼 불행하고 욕구불만에 으르렁거리는 사나운 맹수가 되어 있었다. 그런데 하물며 친구의 배신을 안 이 마당에 행복으로 빛나 보인다는 건 좀…….

"왜 그렇게 실실거리지? 그놈 때문에 미치기라도 한 거냐?"

"그녀가 내게 왔어. 다신 놓치지 않아."

그의 질문이 떨어지기가 무섭게 시오가 자랑스레 대답했고 한동안 태식은 어리둥절할 뿐이었다.

'그녀? 누구?'

시오의 입에서 즉각적이고 뿌듯함을 가득 담고 여자 이야기가 나왔다. 믿기지 않는 일이었다. 그러다 문득 짚이는 것이 있었다.

'이런! 설마…….'

"그녀를 얻었다니? 누구…… 혹시?"

놀란 질문에 연신 고개를 끄덕끄덕하는 바보 같은 모습의 시오를 보면서 태식은 저도 모르게 소파에서 벌떡 일어섰다.

"정말? 그녀가 내가 생각하고 있는 그녀가 맞아?"

시오는 이제 아예 드러내 놓고 하하거렸다.

"호재가 너를 받아들였다는 말이냐?"

경악하는 그에게 시오는 다시 한 번 힘차게 끄덕여 대답했다. 감격에 겨워 차마 입이 떨어지지 않는다는 듯 연신 고개만 주억거리는 모습이 천하의 바보 같았다.

태식은 행복해하는 친구에게 천천히 손을 내밀었다. 그들은 힘껏 손을 마주 잡았다. 더 이상 무슨 말이 필요할까. 친구의 지독하고도 그 미친 듯한 사랑을 가까이에서 지켜본 태식으로서는 감회가 새로울 뿐이었다. 무수한 질문들이 금방이라도 쏟아져 나오려고 했다.

"오늘 밤에 한잔하자."

다 알고 있다는 듯 그의 오랜 친구가 먼저 말했다. 태식은 눈썹을 치켜 올렸다.

"사랑에 마지않는 그녀는 어떻게 하고?"

오랜 친구답게 시오는 그의 질문에 등을 한번 치는 게 전부였다.

“호재는 오늘 촬영 스케줄이 잡혀 있어. 빨라야 자정에나 끝날 거야.”

그렇지 않다면 미쳤다고 너를 만나겠냐는 뉘앙스가 잔뜩 풍기는 시오의 목소리에 태식은 오랜만에 호탕하게 웃고 말았다. 그 또한 시오의 등을 힘껏 쳤다. 십대처럼 들떠서 감정을 다 드러내 보이는 친구가 한편 귀여워 보이기까지 했다.

‘재계 다섯 손가락 안에 드는 대기업의 회장이 귀엽다니, 앞으로의 일이 큰일이로군.’

태식은 고개를 절레절레 흔들며 방을 나섰다. 얼마나 힘든 사랑이었는지 너무나 잘 알고 있기에 다른 말은 필요없었다. 그저 친구의 사랑을 함께 응원해 주는 수밖에.

태식은 회장실을 나와 평소처럼 손 차장에게 다시 윙크를 하며 지나치다 일순 멈칫하고 말았다. 그의 장난에 언제나 완벽하게 무반응으로 일관하던 손 차장이 오늘은 왠지 화가 난 듯 보였기 때문이다. 태식은 곧바로 무표정의 가면을 덮어쓰는 손 차장에게 모르는 척 다시 넉살 좋게 손키스를 날리고는 비서실을 나왔다.

“미스 완벽을 놀리는 것도 이것으로 끝인가?”

언제나 장난처럼 대했지만 유독 차가운 손 차장의 반응에 왠지 모를 서운함을 느끼며 중얼거렸다. 태식은 어깨를 으쓱했다.

‘나 좋다는 여자가 길거리에 널렸는데, 하나쯤 나를 싫어한다해서 뭐 대수인가?’

천하의 바람둥이답게 손 차장을 그의 머리 속에서 바로 밀어
냈다.

'그나저나 나도 이제 한물갔나 보네. 기분도 꿀꿀한데 오늘
밤 시오에게 풀코스로 쏘라고 해야겠군.'

은진은 호재를 알아온 지난 일 년 중에 가장 짜증나는 나날을
보내고 있었다. 호재는 조명 때문에 흐려진 화장을 고치고 있었
고, 그 옆에는 몸을 바싹 붙이고 뭐가 그리 좋은지 계속 머리카
락을 쓰다듬으며 속삭대는 한 인간이 있었다. 그 남자는 은진에
게 참으로 많은 인내를 필요로 하게 했다. 호재의 소속 엔터테
인먼트 부사장인 저 강대연으로 말할 것 같으면 사람 염장 지르
기 챔피언에 치마를 두른 여자 후리기가 주특기인, 누구에게나
살살거리는 밥맛없는 바람둥이였다. 물론 은진에게는 예외였지
만. 그것이 또한 그녀를 은근히 화나게 하고 짜증나게 하는 원
인이기도 했다.

서른 살인 그보다 겨우 두 살 많은 은진에게 누님이라고 깍듯
이 부르는 것 하며, 스타일을 조금 바꿔볼 필요가 있다는 둥, 머
리를 길러보는 게 어떻겠냐는 둥, 눈 화장은 이렇게, 입술은 요
렇게 등등, 하여튼 동정하듯 충고하는 그가 죽이고 싶도록 미웠
다. 은진은 언제나 밋밋한 바지 정장에 타이를 착용하고 있었는
데 그런 그녀가 못마땅하다는 듯 언제나 삐딱하게 대했다.

강대연은 그렇게 만날 때마다 손톱 밑의 가시처럼 은진의 신

경을 긁어댔다. 그를 일로 만나는 건 어쩔 수 없다지만 몇 달 전부터 간간이 호재와 데이트를 하기 시작해서 더욱 자주 부딪치게 되자 너무나 화가 치밀었다. 그녀는 호재가 대연과 데이트를 하는 것이 못마땅해 노골적으로 호재에게 눈치를 주고 있었다. 호재가 그를 좋아하고 또한 믿을 만한 사람이라고 결정한 이상 그를 은진의 시선 밖으로 밀어낼 수는 없지만, 바야흐로 이제 시오와 호재가 연인 사이로 발전한 이상 대연의 저런 애정 표현은 좀 거부해 줬으면 하는 게 은진의 소박한(?!) 바람이었다.

　그녀는 왠지 호재를 향해 반짝이는 대연의 눈동자를 볼 때마다 속이 쓰려왔다. 호재가 다시 모델 일을 시작해서 지금까지 그는 호재의 경계심을 풀고 천천히 그녀 가까이 가는 데 성공했다. 그러나 이제 그는 닭 쫓던 개 지붕 쳐다보는 꼴이 되고 말았다. 그가 아직 그 사실을 모른다는 것이 아쉬울 뿐이다. 호재가 다른 남자의 여자가 되었다는 것을 알면 어떤 표정을 지을지 궁금하기 짝이 없었다. 갓 볶은 통통한 참깨를 씹는 듯 고소할 것 같았다.

　'상처받을까? ……그렇겠지.'

　왠지 입맛이 쓰다고 느껴지는 것은 왜일까.

　파티잔(Partisan)은 초호화판의 폐쇄적인 멤버십 클럽이었다. 재벌 2세 자녀들을 중심으로 처음 시작해서 이제는 돈깨나 있다는 졸부에서부터 권력의 중심에 있는 검사 영감들, 의원 보좌

관, 영화감독, 이름뿐인 사장에 이르기까지 각양각색의 회원을
두고 있었다. 지하의 두 층은 나이트클럽이고 일층은 간단한 음
료가 무료로 제공되는 라운지였다. 이곳은 체스를 두거나 당구
를 치거나 독서를 하며 시간을 보내는 휴식처였다. 이층은 두
개의 리셉션 장으로 나뉘어 있어 회원들의 개인 파티나 행사가
치러지는 곳이다. 삼, 사층은 헬스클럽과 사우나 시설이 되어
있고, 오층이 레스토랑, 육층이 칵테일 바로 구성되어 있었다.
한정된 멤버에 이만한 규모의 클럽을 운영하자면 얼마나 큰 자
금이 필요한지는 상상하기가 어렵지 않다.

　호재는 이곳의 회원권을 시오에게서 선물 받았었다. 결혼 후
에 바로 아기를 잃은 그녀가 집 안에서 한 발자국도 나가지 않
고 슬픔에 잠겨 있을 때, 희원과 호재의 회원권을 은진을 통해
보내왔었다. 세인의 주목을 끌지 않고 숨 쉴 공간이 필요했던
그녀에게는 눈물나게 고마운 선물이었지만 고맙다는 인사 한
번 하지 못했다. 호재나 희원이나 모두가 공인인데다 어린 나이
에 결혼해서 말하기 좋은 거리를 제공하고 있었기 때문에 파티
잔은 그들에게 구세주나 마찬가지였다. 지금 생각하면 그녀 자
신보다 시오가 더 그녀에게 필요한 것을 잘 알고 있었던 것 같
다.

　호재는 이곳에서 많은 시간을 보내며 마음을 달랬고 친구도
사귀었다. 대연과 함께 라운지로 들어서는 그녀에게 여기저기
서 아는 체를 해왔다. 대충 눈인사를 보내며 대연의 팔짱을 끼

고 엘리베이터로 향하면서 그녀는 언뜻 시오를 본 듯했지만 착
각이라 생각하며 피식 쓴웃음을 머금었다. 하루 종일 시오의 생
각에서 벗어날 수가 없는 그녀였다.

"정말 그렇게 결정한 거요?"

대연의 질문에는 그녀에 대한 염려가 담겨 있었다.

"결혼한다는 게 아니라 단지 연애를 하는 것뿐이라니까요."

"그래서 하는 말이지."

대연은 호재의 대답에 더욱 근심을 비치며 말했다. 그의 호재
에 대한 마음은 한마디로 표현하기가 어려웠다. 처음에는 그녀
를 집안의 돈과 외모만 믿고 까부는 망나니라고 생각했었다. 그
저 평범한 소녀가 그 나이에 결혼을 하며, 삼촌과의 더러운 추
문에 휩싸이겠는가 말이다. 그녀와의 계약 당시에도 대연은 맹
렬히 반대했었다. 아쉬울 것 없는 그녀가 성실히 회사의 방침대
로 움직여 주리라는 보장이 없었기 때문이다. 그러나 지금의 그
는 호재라는 여자를 조금은 알게 되었고 그때를 생각하면 마음
한구석 미안한 마음이 없지 않았다. 그녀의 비밀을 알게 된 그
날, 대연은 그녀를 보듬어 안아주고 싶은 강한 보호욕구가 일었
었다. 그에게는 거의 없는 감정이었고, 그래서 호재는 그에게
남달랐다.

"당신 말을 빌리자면 그 남자는 당신을 사랑해. 내 보기에 당
신도 그 남자를 사랑한다고 봐지는데?"

대연은 단정하듯 말을 이었다. 뭔가 반박하려는 모션을 취하

는 호재를 제지하며 일소했다.

"마치 연애지상주의자인 양 그렇게 가볍게 말한다고 속을 만큼 내가 바보로 보이나? 아니면 그렇게 자신을 속이고 싶은 건가?"

대연은 그녀의 정곡을 찌르는 질문을 던지고 무심히 와인을 한 모금 마셨다. 그러자 호재가 얄미워 죽겠다는 표정으로 그를 노려보았다. 사실 그는 평소에 '뭐든 당신 원하는 대로' 라는 플래카드를 달고 다니다가 결정적일 때 사람을 들쑤셨다. 그의 특기라면 특기인 것이다. 그 성격은 까다롭고 경쟁이 심한 연예 사업 분야에서 성공을 거두기까지 그에게 많은 도움을 주었다.

"당신도 알잖아요, 결혼은 안 돼요. 그건 그에게나 죽은 남편에게나 할 짓이 못 돼요. 그가 원하는 한 그의 여자로 있겠지만 아내 자리는 내 것이 아니에요."

뭔가 더 말하려는 그를 만류하며 호재는 고개를 흔들었다. 그리곤 손을 내밀어 그의 손을 잡으며 어두운 분위기를 몰아내려는 듯 밝게 말했다.

"그래, 나를 놓친 기분이 어때요? 바란다면 꽤 매력적인 여자를 한 명 알고 있는데?"

대연은 장난기 어린 말에 펄쩍 뛰며 호재의 손에 과장된 키스를 했다.

"경배의 마음을 담아, 여인이여."

대연은 씩 웃었다. 호재가 말하는 여자가 누구인지는 그 두 사람 모두 잘 알고 있었다. 그러나 대연은 그의 정신적, 육체적 건강을 위해서라도 그 여자만은 결단코 사양이었다. 그 여자의 앙칼진 목소리를 떠올리자 저절로 몸이 떨려왔다.

호재와 남자를 따라 레스토랑에 들어선 시오와 태식은 한쪽 구석에서 다정한 두 남녀를 죽일 듯이 노려보고 있었다. 라운지에서 당구를 치고 있던 그들은 다정히 들어서는 두 사람을 보고 말았다. 태식은 입구 쪽으로 등을 돌리고 있던 시오가 못 보기를 바랐지만 워낙에 호재가 유명인에 아름답다 보니 약간의 소란은 어쩔 수 없는 일이었다. 그들을 발견한 순간 오늘 하루 종일 주체하지 못하던 시오의 미소가 사그라들면서 표정이 죽어버렸다. 그렇게도 비참한 모습이라니, 사랑은 참으로 여러 얼굴을 가졌다.

한동안 돌처럼 굳어 있던 시오는 돌아가자고 설득하는 태식을 뿌리치고 생수를 벌컥벌컥 들이키고는 인터폰으로 향했다. 각 층에 전화해서 장소를 파악한 후 마치 바람난 마누라를 쫓듯 그들을 따라 여기까지 올라온 것이다. 부들부들 떨며 분노와 그보다 더 깊은 절망을 삼키고 있는 시오를 보며 태식은 이 난관을 어떻게 헤쳐 나가야 할지 알 수 없었다. 한눈에 보기에도 두 남녀는 가까운 사이처럼 보였다.

한참 동안 그들을 노려보기만 하던 시오가 휴대폰을 꺼내 떨리는 손끝으로 전화를 걸었다. 레스토랑 저쪽에서 호재가 전화를 받는 모습이 보였다.

"지금 어디야? 일이 아직인가?"

시오는 이를 악물고 태연한 척 목소리를 내고 있었지만 그것은 무척이나 힘든 일이었다. 레스토랑 저편에서 호재가 나른한 듯 의자에 깊숙이 기대는 것이 보였다.

[당신, 그렇게 삭막하게 전화하는 게 어디 있어? 보고 싶다고 말해 주면 대답하~지, 헤헤.]

귓속에 울리는 호재의 천진한 웃음소리와 건너다보이는 그녀의 얼굴 표정을 보며 시오는 마음이 한결 편해지면서 굳었던 몸이 풀리고 있었다. 그의 전화가 기쁜 듯, 얼굴에 함박웃음을 물고 있는 그녀를 보며 무작정 그녀를 끌고 나가고 싶은 충동을 느꼈다.

"너무 오랫동안 떨어져 있었어. 보고 싶다. 어디지? 일 끝났으면 마중 갈까?"

[아니에요. 일은 끝났지만…… 지금 파티잔이거든. 여기 조금 더 있다가 일행이 집에 데려다 줄 거예요. 오늘 나 기다리지 말아요. 이제 내 집에 가야지.]

시오는 대답하지 않았다. 아니, 말을 할 수가 없었다. 침묵이 길어지자 그녀가 한숨을 내쉬며 머리를 쓸어 올리는 모습이 보였다. 더 이상의 군더더기없이 그녀는 내일 점심때 그의 사무실로 가겠다는 약속을 하고는 전화를 끊어버렸다. 시오는 아무렇지도 않은 듯 다시 남자와의 대화에 몰두하는 그녀를 노려보며 두 주먹을 불끈 쥐었다. 옆에서 태식이 동정하는 눈빛을 보내고 있었다. 시오는 아무렇지도 않은 척 허세를 부렸다.

"내려가자. 내가 한턱내기로 했잖아."

아래층으로 내려가는 엘리베이터 안에 무거운 침묵이 내려앉았다. 축하의 취지가 이미 퇴색되어 버린 것을 두 사람 다 잘 알고 있었다.

며칠 동안 뜨거운 정사의 도가니에 푹 빠져 있던 몸이 항의하듯 얌전한 잠자리를 거부했다. 호재는 애써 잠들어보려는 노력을 비웃으며 더욱 생생히 깨어나는 열기에 머리카락을 거칠게 쥐어뜯으며 끙끙거렸다. 수백, 수천 마리의 양떼들을 세고 열세 살부터 모으기 시작한 온갖 벨트들을 머리 속에 그려보고 그래도 잠들 수 없자 쿵쿵따 낱말 잇기—오디오, 오디오를 수없이 반복했다—까지 동원했지만 그 모든 노력은 수포로 돌아갔다.

어제 시오는 화가 났을 것이다. 하지만 그녀는 자신의 감정이 어떠하든 혹은 시오의 감정이 사랑이든 아니든 그들 사이에 일정한 거리를 유지해야 할 필요를 느끼고 있었다. 완전히 그녀를 줄 수 없는 상황에서 무분별한 행동을 할 수는 없는 것이다.

연인!! 그것이면 족했다. 그것만이 오래도록 그녀만을 사랑한 그에게 그녀가 내줄 수 있는 유일한 자리이며 그녀 자신에게 주는 아량이었다. 그녀는 되도록 이 관계를 오래 유지하고 싶었고, 그러기 위해서라도 시오가 한계 상황으로 몰고 갈 수 없도록 이 상태에 만족하도록 노력해야만 한다.

새벽 다섯 시. 고요한 맨션에 전화벨 소리가 요란하게 울렸다. 호재는 마치 기다리고 있었다고 말하는 것처럼 단 한 번의 울림에 얼른 수화기를 들었다.

"여보세요?"

수화기 저편에서 반응이 없자 그녀는 짜증스레 다시 물었다.

"누구시죠?"

또다시 무반응의 전화기를 한참 노려보다가 잠들지 못한 화풀이를 마구 해댔다.

"너 뭐야? 남의 집에 꼭두새벽에 전화를 했으면 말을 해야 할 거 아냐? 다시 한 번만 이런 전화하면 가만 안 둔다!"

그녀는 일방적으로 쏘아붙인 후 전화를 거칠게 내려놓았다. 아, 속 시원하다.

"아뿔싸, 실수했군."

그녀는 자신이 연예인이라는 신분을 망각하고 있는 대로 성질을 부려 버렸음을 뒤늦게 깨달았다. 우호적인 팬들의 전화부터 스토커성 전화에 이르기까지 온갖 종류의 전화가 하루에도 수십 통씩 걸려오기 때문에 평소 같으면 은진 언니가 먼저 전화를 받았을 테고, 언제나 그렇듯이 깨끗하게 처리할 것이었다. 잘못 걸려온 전화가 아니라면 문제가 될 수도 있었다.

"에휴, 별일있으려고."

그녀는 이제 잠자기를 포기했다. 아침마다 5㎞씩 하는 조깅을 오늘은 조금 일찍 시작해야겠다. 그녀는 침대에서 벌떡 일어섰다.

새벽 여섯 시 십 분.

시오는 현관에서 들려오는 부스럭거리는 소리에 문득 긴장했다. 도둑이라면 어설픈 방문인 셈이다. 그는 신문이나 우유를 배달 받지도 않기 때문에 지금의 낯선 소란은 더 더욱 그를 긴장하게 했다. 그는 조용히 일어나서 천천히 거실로 나가보았다. 익숙한 검은 형체가 눈에 들어오자 자세를 굳히고 조용히 입을 열었다.

"이렇게 게으른 도둑도 있나?"

그러자 순간 움찔하던 도둑이 머리에 쓴 검은색 야구 모자를 벗었다. 폭포처럼 쏟아져 내리는 머리를 주체 못하고 손으로 거칠게 모아쥐며 그 아름다운 도둑이 입을 열었다.

"머리를 잘라 버릴까 봐."

조깅복 위에 얇은 윈드브레이커 재킷을 걸친 호재가 이마에 맺힌 땀방울을 닦으며 그에게 다가섰다. 시오는 우두커니 서서 아무 일 없었던 듯 태연히 들어서는 호재를 노려보았다. 그녀는 그의 전화를 귀찮다는 듯이 그렇게 끊어버리고 다른 남자의 차에 몸을 싣고 떠나 버렸다. 그는 그녀를 뒤따르면서 노여움과 질투로 몸을 떨어야 했다. 밤새 잠을 이루지 못하고 뒤척이다가 아예 잠들기를 포기하고 지금까지 서재에서 일했던 것이다. 그는 지금 몸도, 마음도 모두 지친 상태였다. 상쾌한 새벽바람과 함께 들어온 호재는 여느 때처럼 아름다웠다. 조깅으로 단련된 탄력있는 육체는 제2의 피부처럼 달라붙은 레깅스와 발목을 감싸고 있는 도톰한 하얀 스포츠 양말로 더욱 젊고 싱싱해 보였다. 꽁하고 있는 그의 마음과는 달리 몸은 벌써 그녀에게 반응을 보이고 있었다. 몸은 일주일 내내 주위를 맴돌던 향기의 주인을 알아차린 듯 그녀의 피부에 닿고 싶다고, 그녀의 향기를 들이마시고 싶다고, 그 부드러운 살을 맛보고 싶다고 아우성이었다.

애써 무표정을 가장하고 있는 그에게 호재가 호소하는 눈빛을 보냈다.

"아직도 화가 나 있는 거예요?"

그녀는 그에게 다가가 그의 목에 팔을 둘렀다. 움찔하는 그의 몸을 느꼈는지 호재가 싱긋 웃었다. 그는 자신의 반응에 민망함을 느꼈다.

"당신, 내 시간을 온통 차지하고 싶은 건 아니죠? 내 직업이 대중을 몰고 다니는 모델인만큼 조금은 주의해야지. 당신도 그쯤은 알잖아요. 이해해 줘요."

그녀가 그의 목에 두른 팔에 힘을 주어 머리를 끌어 내리며 속삭였다. 그의 입술에 바짝 입술을 대고 그녀는 진지하게 약속했다.

"대신 내 사적인 시간은 당신이 독점 계약해. 기꺼이 내줄게."

'당신!'

호재에게서 자연스럽게 흘러나오는 '당신'이라는 한마디가 그의 굳어 있던 마음을 녹이고 있었다. 그의 집에서 떠나 버린 그녀에 대한 서운함도, 질투도 모두 사라지게 하는 강력한 마법의 주문이었다. '그가 그녀의 남자라는 의미, 또한 그녀는 그의 여자라는 의미'를 내포하고 있는 그 '당신'이라는 단어가 그의 주위를 따뜻하게 감싸는 것 같았다.

그의 입술에 숨결을 불어넣는 호재를 꼭 껴안으며 그녀의 섬세한 입술 선을 따라 혀를 놀렸다. 새벽 공기와 함께 싱그러운 향기가 코끝을 자극했다. 아무리 탐해도 부족한 그 무엇 때문에 그는 항상 호재에게 굶주려 있었다. 이성은 사라지고 어느새 감각의 노예로 전락하고 말았다. 두 사람은 거실 한가운데서 우두커니 선 자세로 그렇게 사랑을 나누었다.

파티잔의 레스토랑에서 그들은 허기진 아침 속을 달랬다. 각자 동반자와 함께 왔던 어제완 달리 오늘 아침은 그 두 사람이 함께였다. 이곳은 회원들을 위해 오전 일곱 시부터 아홉 시까지 두 시간 동안 간단한 아침 메뉴를 내놓고 있었다. 그는 가끔씩 이곳에서 아침 식사를 하곤 했다. 그러나 오늘처럼 호재와 함께 하게 되는 날이 오리라고는 꿈에도 기대하지 못했었다. 이렇게 다정하게 옆에 앉아 천상의 음식이라는 듯 맛있게 먹고 있는 그녀를 보게 되다니 감회가 남다를 수밖에 없었다.

그녀와 그의 집의 거리로 볼 때 족히 7㎞는 달려온 데다 그와의 격렬한 정사를 치렀으니 오죽 배가 고팠을까만 그 모든 걸 감안한다 해도 호재의 식욕은 정말 혀를 내두를 정도였다. 원래도 워낙에 식욕이 좋아 그의 배는 먹던 그녀라지만 차곡차곡 내오는 음식을 싹쓸이하는 그녀를 보며 이제야 비로소 그녀를 다시 찾은 기분이었다. 호재와 함께 아침을 먹는 것이 하루를 시작하는 최고의 일이라고 생각하며 살던 그때로 돌아간 것 같아, 그녀가 원래 있어야 할 자리로 돌아온 것만 같아 가슴이 뛰었다.

어제는 그녀 없이 비참한 밤을 보낸 그이지만 의심과 질투를 마음 한쪽으로 슬쩍 밀어놓았다. 조금은 그녀의 마음을 알 것도 같았기 때문이다. 그를 달래기 위한 방편일 수도 있지만 어쩐지 그녀도 그가 보고 싶어 잠을 설친 건 아닐까 하는 기대 아닌 기대를 하게 되었다. 시오는 배어져 나오는 웃음을 냅킨으로 가렸다.

"왜 그렇게 음흉하게 웃어요? 행여 여기서 날 덮치고 싶은 건 아니겠죠?"

은근히 기대한다는 듯 새침하게 말하는 그녀의 입술이 너무나 사랑스러웠다. 그는 그녀를 와락 품에 안고 키스하고 싶은 충동에 지기 전에 간신히 헛기침으로 감정을 다스렸다. 그리고는 사뭇 진지하게 말을 꺼냈다.

"네가 내 것까지 뺏어 먹을까 봐 경계하는 중이야. 이곳의 아침 메뉴를 하나도 빼놓지 않고 다 먹은 건 알고 있겠지? 만약 내 하찮은 오믈렛까지 눈독 들이고 있다면 꿈 깨시지. 아침부터 너에게 혹사당해서 이것만은 절대 양보할 수 없어.”

그는 마치 선언문을 낭독하듯이 결연하게 말했다. 호재가 콧방귀를 뀌었다. 남자가 치사하게 뭘 그러냐는 표정이 역력했다. 약간 아쉬워하는 그녀의 얼굴 표정을 보니 결국 그의 오믈렛을 노리고 있었던 모양이다. 그런 그녀를 보며 결국 웃음을 참지 못하고 낄낄거리고야 말았다. 호탕하다거나 멋지다거나 하는 웃음이 아니고 말 그대로 품위없이 자지러지고 말았다. 그는 그런 자신에게 놀라 더욱 몸까지 흔들면서 심하게 웃어댔다.

행복했다. 너무나 행복했다. 두려웠다. 행복한 만큼, 아니, 그 이상으로 두려웠다. 극심한 공포가 그의 이성을 깨어나게 했다. 격렬하게 웃던 입가가 천천히 본래의 모양을 찾아 돌아왔다. 이 행복을 잃게 되면 어쩌나 하는 두려움이 엄습하면서 그의 웃음도 서서히 잦아들었다.

사무실 시계의 시침과 분침이 나란히 열두 시에 머무는 순간부터 옆에 앉은 김 비서의 엉덩이가 들썩거리기 시작했다. 회장님도 아직 사무실에서 일을 하고 있는데 비서실 말단이 점심 시간이 되기가 무섭게 업무를 접고 정민의 눈치를 살피고 있었다. 손정민 차장은 김 비서의 유난을 떨어대는 품새가 한심스럽기 그지없었다. 지난번 소개팅의 성과가 좋은 모양인지 요즘 들어 더욱 심해진 근무 태도에 언제 한번 주의를 줘야겠다고 생각했다. 회장님의 스케줄표를 보니 점심 약속은 잡혀 있지 않았다. 이런 날이면 간단히 도시락으로 점심을 대신하시곤 했기 때문에 정민은 회장님의 의향을 여쭈러 자리에서 일어섰다.

'오늘도 두 개의 도시락을 준비하라고 하시겠지?'

회장님은 언제나 두 개를 준비하라고 하시곤 그녀를 불러서 같이 점심을 먹었다. 혼자 먹는 점심은 정말 맛이 없다면서. 정민은 그 한때를 너무나 즐기고 있었다. 저도 모르게 그녀의 입술이 살짝 벌어졌다.

그와 동시에 육중한 비서실 여닫이문이 양쪽으로 갈라지면서 열렸다. 안에 있던 정민과 김 비서는 일순간 동작을 멈췄고 얼굴에는 놀람과 어쩔 수 없는 감탄이 숨김없이 드러났다. 그녀들이 보고 있는 것이 사람인지 인형인지, 그도 아니면 천사인지……. 가슴이 브이 자로 깊이 파인 검은색 니트 티셔츠에 역시 같은 색 판타롱을 입고 굽 없는 세무 구두를 신은 늘씬한 여자가 거기 당당히 서 있었다. 몸에 조금은 커 보이는 커다란 붉은 트렌치 코트를 입은 모습은 마치 아빠 옷을 입은 어린 악동 같기도 하고 천사가 날개를 감추려고 일부러 커다란 망토를 걸친 것 같기도 했다. 여자의 가느다란 손목에는 검은색과 흰색과 붉은색이 어우러진 기다란 스카프가 간단히 한 번만 살짝 묶여 있었는데 흘러내린 긴 머리를 뒤로 넘기는 손동작에 맞춰 스카프가 매혹적으로 흔들렸다. 무엇보다도 찬바람을 맞아 살짝 붉어진 뺨이 너무나도 앙증맞아 보이는 여자의 조막만한 얼굴은 보는 사람으로 하여금 깨물어주고 싶은 모습을 연출하고 있었다.

호재는 자신을 처음 보는 그들에게 이해한다는 미소를 지었다. 모델로서 많이 알려져 있기는 해도 실제로 보는 것과는 차이가 있다 보니 예전이나 지금이나 사람들의 반응은 여전했다. 연장자로 보이는 여성이 먼저 냉정을 되찾고 단정하면서도 약간은 쌀쌀하게 그녀를 맞이했다.

"어떻게 오셨죠?"

그녀는 가슴께에 매달린 '손정민 차장'이라고 쓰인 카드를 슬쩍 바라보며 호감을 표시하는 미소를 지었다. 손정민 차장은 상당한 미인임에는 틀림없지만 어딘지 모르게 날카로운 인상이 그 아름다움에 흠집을 내고 있었다.

"저 안에 있는 사람과 약속이 있어서요. 안에 계시죠?"

호재는 그렇게 말하면서 회장실로 들어가려는데 손 차장이 제지했다. 손 차장은 보란 듯이 스케줄표를 훑어보더니 고개를 들고 무시하듯 단호히 말했다.

"회장님께서는 이 시간에 약속이 잡혀 있지 않으니 다음에 약속을 잡은 후 다시 오시지요."

그녀를 바라보는 손 차장의 얼굴에서 언뜻 증오의 빛이 스쳤다.

호재는 순간 당황했다. 사람들에게서 미움받은 기억이 별로 없는 그녀로서는 자신의 감정을 숨기지 못하고 멍하니 손 차장을 바라보았다. 물론 아버지가 계실 때 이후론 한 번도 이곳에 오진 않았으나 그녀가 누군지는 세상이 다 아는 사실인데, 하물며 회사 비서실에 근무하는 이 여자가 그녀와 시오의 관계를 모를 리는 없었다. 조카와 삼촌 사이가 아니라도, 연인 사이가 아니라도, 그 모든 사실을 뒤로하더라도 그룹 내 최대 주주인 그녀를 모른 척한다는 것이 이해가 되지 않았다.

어찌 보면 비서 본연의 임무에 충실하다고도 생각할 수 있으나 호재가 느끼기에 그녀에게 심한 적의를 가지고 있는 것이 아닌가 싶었다. 만난 적도 없는 사람에게서 미움을 받는다는 것은 상당히 불쾌한 일이었다. 특히 그 사람이 시오와 관련된 사람이라면 민감할 수밖에 없었다. 매일같이 그와 함께 일하는 여자이기에 더욱 신경 쓰였다.

"오, 이런. 미안합니다. 사적인 약속이라 그가 알리지 않았나 봐요, 손 차장님. 미안하지만 회장실에 호재가 왔다고 전해주시겠어요?"

감정적인 대응은 상대를 기쁘게 할 뿐이다. 호재는 미안한 표정으로 손 차장이란 여자에게 형식적인 미소를 지어 보였다. 그녀는 여자의 얼굴이 잠깐 굳었다가 다시 사무적인 표정으로 바뀌는 모습을 빤히 바라보았다. 마지못한 듯 손 차장은 회장실 인터폰을 눌렀다. 잠시 후 만면에 웃음을 띠고 시오가 나왔다.

그는 비서실 직원들이 눈에 들어오지도 않는지 소파에 앉아 있는 호재에게 재빨리 다가와 소중하게 감싸고 회장실로 휙 하니 들어가 버렸다. 그때까지도 숨을 제대로 쉬지 못하고 있던 김 비서가 감탄의 소리를 내었다.

"세상에나! 정말 사람 맞아요? 저렇게 아름다운 사람은 처음 봐요, 손 차장님."

김 비서는 황홀한 듯 두 손을 모아쥐고 계속해서 탄성을 질러댔다.

"소문이 사실인가 봐요. 회장님과 저분의 가십이 몇 년 전부터 심심치 않게 떠돌았잖아요. 우리 회장님이 호적 파신 것도 다 저분 때문이었다죠?"

한참을 떠들어대도 돌아오는 반응이 없자 김 비서는 정민을 돌아보았다. 정민은 손에 든 스케줄표를 두 손으로 짓이기며 독기 어린 시선으로 회장실 문을 쏘아보고 있었다. 김 비서는 서늘한 기운이 등줄기를 타고 흐르는 걸 느꼈다. 못 볼 걸 본 것마냥 그녀는 재빨리 시선을 돌렸다. 저럴 때의 정민을 건들면 지뢰밭에 뒹구는 것과 같다는 것을 익히 알고 있었다.

호재는 불쾌한 맘을 한쪽으로 접고 오랜만에 들른 사무실 내부를 훑어보았다. 큼지막한 마호가니 책상에 올려 있는 '회장 한시오'라고 쓰인 명패를 제외하곤 모두 아버지가 계실 때와 변함이 없었다. 중후하면서도 아늑한 느낌을 주는 사무실이 마치 아버지 품속같이 따스하게 느껴졌다. 그녀의 마음을 읽었는지 시오가 가만히 그녀를 감싸 안아주었다. 한씨 성을 가진 시오가 어색하게 느껴졌지만 이미 돌이킬 수 없는 운명과도 같았다.

"여기 인테리어를 바꾼다는 건 생각할 수도 없는 일이야. 형님을 존경하고 사랑하는 마음 그대로, 너의 추억 그대로 언제까지나 이대로 있을 거야."

호재는 그의 명패를 슬며시 손끝으로 만졌다.

"한시오."

조그맣게 속삭여 보았다.

"이젠 정말 우리가 남이라는 걸 알겠어요. 몇 년 전에 호적 정리한 건 알지만, 이렇게 직접 눈으로 한시오라고 써 있는 걸 보니 묘한 느낌이에요. 이제 우린 가족이 아닌 게 되나?"

뒤돌아서 시오를 바라보았다. 그녀는 그를 부를 마땅한 호칭을 고민하고 있는 중이었다. 지금까지는 삼촌이라고 부르던 남자에게 '시오 씨'라고 하기엔 어색하고 해서 언제나 얼버무리기 일쑤였다. 그녀가 잠시 엄한 생각에 잠겨 있자 시오가 그녀를 이끌어 소파에 앉혔다.

그녀는 시오의 어깨에 고개를 기대고 앉아 자꾸만 신경을 거슬리게 하는 문밖의 한 여자를 떠올렸다.

"당신 비서 말이에요. 손정민 차장이던가? 언제부터 비서실에 있었어요?"

시오의 입술이 그녀의 머리에 살짝 닿았다 떨어졌다.

“손 차장? 내가 대명건설에 있을 때부터 내 비서였어. 비서론 아까운 재원이었지. 지금도 소속은 비서실이지만 거의 내 보좌관 역할을 하고 있기 때문에 그룹 내 사정을 누구보다 잘 알고 있어. 꽤 인상적이지?”

시오의 장황한 대답에 그녀는 인상을 더욱 찡그렸다. 슬쩍 비친 말 한마디에 이렇게 긴 찬사라니…… 이 상황이 마음에 들지 않았다. 호재는 그 손 차장이라는 여자가 한층 더 싫어졌다. 뭔가가 있다. 그 여자의 눈빛엔 분명 그냥 지나치기엔 찜찜한 그 무엇이 숨겨져 있었다.

“아, 배고프다. 뭐 먹지?”

그녀의 물음에 시오가 웃음을 터뜨렸다. 그녀는 그런 그를 보면서 입을 삐죽였다.

“아홉 시가 다 돼서 먹은 아침이 거창했던 건 사실이지만, 벌써 세 시간이나 지났어. 배고픈 것이 당연한 거 아냐? 그렇게 웃을 것까지는 없잖아.”

시오는 웃음을 머금고 그녀의 치렁한 머리를 쓰다듬었다.

“나가지 말고, 도시락 주문해서 먹을까? 가끔 손 차장이랑 주문해서 먹는데 그것도 꽤 괜찮아.”

그녀는 고개를 흔들다가 멈칫했다.

‘그랬단 말이지.’

그 여자가 더욱더 거슬리기 시작했다. 그녀는 시오를 바라보며 가식적인 미소를 지었다.

“좋아, 도시락 먹자. 대신 이것저것 많이 시켜야 해.”

“어련하시려고.”

그가 일어나서 인터폰으로 손 차장을 호출했다. 손 차장의 깔끔한 목소리가 들렸다.

“손 차장, 우리 도시락 좀 부탁해요.”

잠시의 침묵 후 좀 전보다 차가운 목소리가 다시 들렸다.

[언제나처럼 초밥 두 개면 되겠습니까, 회장님?]

“아, 손 차장, 초밥은 우리 호재가 싫어해. 지난번에 보니까 회사 앞에 도시락 전문점 있던데? 한식 도시락 종류별로 몇 개 주문해 주겠어요? 아, 그리고 손 차장도 점심 먹고 와요. 부탁해요.”

그녀는 소파로 돌아오는 시오를 보면서 다음 단계를 생각하고 있었다. 그녀는 절대 자기 것을 남에게 빼앗기는 어리숙한 여자가 아니었다. 다른 여자가 내 것에 침을 흘리는 것도 용납할 수 없었다. 밖의 저 여자는 시오 옆에서 매일 그를 보고, 그와 함께 일하며, 그와 많은 시간을 보내고 있었다. 그런 여자에겐 뭔가 확실한 것을 보여주지 않는다면 계속해서 헛꿈을 꿀 것이 분명했다. 그녀는 그런 불유쾌한 일을 미연에 방지하고 싶었다.

“도시락이 오려면 한참인데, 그동안 뭐 하지?”

그녀의 의미심장한 말에 시오의 눈이 게슴츠레하게 변했다. 그가 한껏 열기를 내뿜으며 달려들려는 순간, 그녀는 ‘짜잔’ 하면서 휴대폰을 꺼냈다.

"그동안 이 휴대폰 사용법 좀 가르쳐 줘."

그녀는 시오의 얼굴이 민망함과 실망으로 붉게 물드는 것을 보며 낄낄거렸다.

"엉큼하게 무슨 생각을 한 거지?"

그녀는 간신히 웃음을 가라앉히면서 시오의 달아오른 얼굴에 휴대폰을 바싹 내밀었다.

"내가 전화 걸기하고 받기 이외엔 아무것도 못하잖아. 알다시피 나 같은 기계치가 뭘 할 수 있겠어. 거기다 모든 건 다 은진 언니가 해주니까 이런 거 필요없었다고. 회사에서 강요하지 않았으면 이딴 거 가지고 다니지도 않을 텐데."

그녀는 휴대폰을 못마땅한 듯 바라보며 불평했다. 그런 그녀를 보면서 시오가 포기했다는 듯이 고개를 흔들었다. 그녀는 전화 응답기도 작동할 줄 모른다. 운전은 꿈에도 생각하지 못하고, 컴퓨터는 간신히 이메일만 주고받는 정도다. 이제 나이 겨우 이십오 세에 이렇게 첨단 기기들에 약해서야 앞으로 어떻게 살아갈지 스스로도 걱정이었다.

"여기에다 당신 번호 입력하면서 그거라도 좀 알려줘. 문자 보내는 방법도 알려주고. 내 기어코 요 조그만 놈을 섭렵하고야 말겠어."

그녀는 굳은 결심을 하고 말했다. 시오가 귀여워 죽겠다는 표정으로 머리를 쓰다듬자 그녀는 그 손에 고개를 주억거리며 애교를 부렸다.

그리고 딱 이십 분 후, 시오의 한숨 소리에 그녀는 들으라는 듯 더 커다란 한숨을 내쉬었다.

"이건 어디까지나 선생이 못 가르쳐서 그러는 거야. 내 탓이 아니라고. 내 아이큐가 얼마인 줄 알아? 절대, 절대 내 탓이 아냐."

그녀는 곧 죽어도 찍이라고, 도리어 큰 소리로 시오를 호통 쳤다.

'이래 봬도 내가 우기는 건 한가닥 한다고. 쿡쿡.'

그녀의 귀여운 반항에 시오가 걸걸하게 웃기 시작하자, 그녀는 조금 전의 콧김 내뿜던 기분은 어디 가고 갑자기 그에게 달려들고 싶어졌다. 이제 슬슬 두 번째 작전에 돌입할 시간이었다. 그녀는 그의 웃는 입술에 자신의 입술을 밀어붙였다. 갑작스레 입술을 점령당하자 두 눈을 크게 뜨던 그도 곧바로 그녀의 몸을 보듬어 안아왔다. 그녀가 그의 품에 안겨 소파에 쓰러지는 순간, 짧은 노크 소리와 함께 곧바로 문이 열렸다.

'타이밍 좋고~'

그녀는 속으로 회심의 미소를 지었다. 열기로 달아오른 뺨을 고스란히 내비치며 그녀가 부스스 일어나 앉았다. 시오가 얼굴을 붉히며 손 차장에게 다가가 얼른 도시락을 받아 드는 것이 눈에 들어왔다. 또한 하얗게 질린 손 차장의 얼굴도.

'내 남자야. 건드리지 마!'

그녀는 손 차장의 눈을 붙잡고 하고 싶은 말을 전했다. 손 차장은 핏기 가신 얼굴로 가능한 태연하게 돌아서서 나갔지만, 호재는 하이힐을 신은 발걸음이 불안하게 흔들리는 걸 놓치지 않았다. 곧 이어 육중한 소리와 함께 문이 닫혔다.

"호재, 너!"

뭔가 눈치 챈 듯 시오가 의심스럽게 그녀를 바라보았다.

"아, 배고프다. 어서 가져와 봐. 과연 뭐가 들어 있을까~요?"

그녀가 그런 그를 무시하고 도시락에 집착하자 시오는 작은 의심을 금세 잊어버리고 날렵하게 도시락을 그녀 앞에 대령했다.

✻

─패션모델과 CF모델로 대활약을 하고 있는 류호재(25세)가 요즘 핑크빛 연분을 곳곳에 뿌리고 다닌다. 어린 나이에 일찍이 결혼해서 미망인이 된 그녀는 최근 여러 남성들과의 데이트로 모델 활동보다 더 바쁜 나날을 보내고 있다는 소식이다. 상대 남자는 그녀의 소속사인 E&C엔터테인먼트사 부사장 K모씨(30세), 지목되고 있는 또 한 사람은 국가대표 배구선수인 L씨(26세), 그리고 그녀와 함께 CF에 출연한 톱모델 H군(22세)이 바로 그들이다.

12일 오후 하얏트호텔에서 나오는 K씨와 그녀의 모습은 연인으로 보기에 충분히 다정한 모습이었다. 그런데 다음날

V Tour가 열리고 있는 잠실 배구 코트에 그녀가 모습을 나타냈다. L씨는 대명건설(세미프로팀)에서 뛰고 있다. 고인이 된 그녀의 남편과는 대학 선후배 사이이기도 한 L씨는 최근 인터뷰에서 사랑하는 여인이 있음을 고백한 적이 있다. 혹 그 사람이 그녀가 아닐지…… 이제 비로소 만개한 화려한 꽃 류호재. 연예 활동과 연애 활동에서 모두 상한가를 올리고 있는 그녀의 진정한 짝은 과연 누구인가? 이 세 사람 중 하나일지, 아니면 또 다른 남성일지 그녀의 다음 행보가 주목된다.

은진이 운전하는 차를 타고 새로 생긴 서해안 고속도로를 달리면서 호재는 우울함을 감추지 못했다. 희원이 죽고 난 후, 시부모님들은 그 충격을 감당하지 못하셨다. 몇 개월 동안 그녀 곁에서 서로에게 위안을 주었으나 하나밖에 없는 외아들을 잃은 슬픔이 그리 쉽게 가시지는 않았던 것 같다. 이렇게나 멀리 떠나시다니. 시부모님은 전라북도 익산으로 내려가셨다. 그곳은 시아버지의 고향이다. 미련없이 배구협회 회장직을 내놓고, 모교인 익산 남성고등학교 배구부 감독직을 맡아 귀향하신 것이다. 떠나시면서 애처로운 며느리에게 따뜻한 배려의 말씀도 잊지 않으셨다.

세월이 약이니 지금은 힘들어도 꿋꿋하게 버티라고 말씀하셨다. 일을 하라고, 일하다 보면 시간은 저절로 간다고도 말씀하셨다. 그렇게 세월이 흘러 가슴이 덜 아프거든 새로운 사람을 찾으라고도 하셨다. 그 사람이 평생을 같이할 사람이거든 그들에게 소개시켜 달라 하셨다. 그런 따뜻하시고 좋으신 분들에게 그녀는 죄송스럽기만 했다. 자주 찾아뵙지도 못하고, 겨우 희원의 기일에 만나는 것이 전부였다. 지면에 자꾸 불미스런 모습을 보이는 것도 면구스럽기만 했다. 아직 시오와의 사이가 언론에 오르내리는 것은 아니지만 그것도 이제 시간문제였다. 언젠간 알게 되실 터인데 그분들께 어떻게 설명을 해야 할지 막막했다.

오늘 그녀는 모처럼 스케줄을 비우고, 익산으로 시부모님을 뵈러 가는 길이었다. 희원의 기일인 4월 어느 날 뵙고 거의 칠 개월 만이었다. 내일은 인자하신 시아버지의 쉰다섯 번째 맞는 생신이다. 며느리 손에 따뜻한 밥 한 끼 못 받아드신 가엾은 분이셨다. 이제 와서 생각해 보면 그런 분들도 안 계신다 싶었다. 그녀는 아무것도 해드린 것 없이 받기만 했던 것이다. 참으로 복도 없는 분들이었다. 그녀는 마냥 어리광만 부리던 철없는 며느리였다. 아들도 잃고 며느리 하나 있는 것이 이리도 철이 없으니 말이다.

"언니, 나 잘할 수 있을까?"

그녀의 말에 은진은 정면을 바라보며 살며시 미소 지었다.

"그럼."

은진의 따뜻한 목소리가 그녀를 조금 안심시켰다.

"내가 그 정체를 알 수 없는 음식을 무려 일주일씩이나 먹었는데, 잘 못하면 안 되지."

사실 그녀는 요리 선생님에게 하루 동안 속성으로 잔치 음식을 배웠고, 일주일 동안 그 음식을 반복해서 해댔다. 처음 며칠은 죽을상을 하고 음식을 먹던 은진이 어느 순간부터는 고개를 끄덕이며 먹어주었던 것이다. 식품 전 처리를 다 하고, 양념에 재울 건 다 재우고 채칠 건 다 채치고, 김치도 담그고, 미역도 깨끗하게 씻어서 불려놓고…… 그녀는 시부모 댁에 도착하자마자 재빠르게 상을 준비할 수 있도록 모든 준비를 해놓았다. 가서 익히기만 하면 되는 것이다.

"언니, 나 내려주고 언니는 전주 집에 다녀와. 아주머니 뵌 지도 오래잖아. 저녁 늦게 서울로 올라가자."

은진이 백밀러를 통해 그녀에게 웃어주었다. 겨우 몇 달에 한 번 찾아뵙는 어머니인만큼 은진도 들떠 있음이 틀림없다.

"잘할 수 있을 거야, 그치?"

"그럼, 류호재가 누군데. 한다면 한다. 파이팅!"

은진의 응원에 그녀는 환하게 웃었다.

처음으로—어쩌면 마지막이 될—생신 상을 차려 드린다고 생각하자 즐겁기도 하고 한편으로 죄송스럽기도 했다. 필시 두 분은 눈이 휘둥그레질 것이다. 무척이나 기뻐하실 것이 틀림없었다. 그것을 생각하자 그녀는 다시 기분이 좋아졌다. 어서 뵙고 싶었다. 그녀의 부모와 진배없는 분들이셨다.

그러나 돌아오는 차 안에서 그녀는 너무나 가라앉아 있었다. 뜻밖의 소리를 듣고 온 그녀는 죄송스런 마음보다 조금은 화가 나 있었다. 그들은 희원이 없음을 애써 무시하고 즐거운 한때를 보냈다. 그리고 그녀가 올라가기 전에 잠시 진지한 대화를 나누었다. 그녀도 그것을 기다리고 있었다. 어차피 여기저기서 그녀의 스캔들로 떠들썩한 데다 그들에게 사실대로 말하고 싶기도 했었다. 한데 그런 그녀를 앞질러 시부모님이 먼저 말씀을 꺼내셨다.

"이제 좋은 사람 만날 때도 되었지. 그래, 누구 교제하는 사람이 있는 거냐?"

호재는 아버님의 물음에 조금 망설였다. 언젠간 아시게 될 일이지만 쉽게 입이 떨어지지 않았다.

"우선 우리 얘기 먼저 들어주겠니?"

망설이고 있는 그녀에게 어머니가 먼저 말씀하셨다.

"예, 어머니."

"저기 그 우리가 상관할 일은 아니다만, 우리 생각엔 준범이가 꽤 괜찮은 것 같다. 너와의 소문도 있고 해서 우리가 준범이 생각을 많이 해보았다만, 어디 한군데 흠잡을 곳이 없더구나. 서로 잘 알아서 믿을 만하고 남편감으로 그만한 사람도 드물지 싶구나."

그녀는 기가 막혀서 말이 나오지 않았다. 아닌 밤중에 홍두깨도 유분수지.

‘아니, 지금 무슨 말씀들을 하고 계시는 거지? 오해를 해도
보통 크게 한 것이 아니잖아.’

그녀는 당황해서 고개만 설레설레 흔들었다. 그 모습을 보시
더니 이번에는 아버지께서 한마디 거들었다.

“아가야, 너도 알다시피 희원이가 준범이랑 좀 친했니. 그것
이 조금 걱정스럽다만 그래서 오히려 더 나을 수도 있지 않겠
니? 나는 준범이가 너의 아픔을 잘 알고 이해해 주리라 믿는다.”

“아버님, 뭔가 오해를……..”

“어제 준범이가 내 생일이라고 잠시 내려왔다 갔다.”

“뭐라고요?”

“희원이도 없는 마당에 잊지 않고 찾아주니 고맙더구나. 너와
의 일도 있고 해서 적당히 물어보니 속 시원히 너를 사랑한다고
고백하더구나. 너만 좋다면 결혼도 생각하고 있다고 해서 우리
내외가 적잖이 안심했다.”

갈수록 태산이라더니. 그녀는 정말 머리끝까지 화가 올랐다.

‘준범 선배가 어떻게 나한테 이럴 수가 있어? 어떻게 희원이
에게 이럴 수가 있냐고.’

“아버님, 어머님, 저 준범 선배와 아무 사이도 아니에요. 그저
선후배 사이이고, 희원이라는 공통분모가 있을 뿐이에요. 오해
하지 마세요. 아마 선배도 뭔가 착각을 하고 있는 걸 거예요.”

그녀가 정색을 하고 부인하자, 두 분이 걱정스럽게 서로를 마
주 보셨다.

"호재야, 그럼 너 정말로 이 사람 저 사람 가볍게 만나고 다니는 거니? 소문처럼?"

호재는 고개를 숙였다.

"이 어미는 걱정이다. 네가 그러고 다니면 하늘에서 희원이가 슬퍼할 거다. 맘 잡고 좋은 사람 만나서 다시 가정을 꾸려야지."

대화에 자꾸만 희원의 이름이 거론되자 그녀나 어른들이나 갑자기 조심스러워졌다. 그들에게 희원이란 이름은 서로 아픈 곳 건드리는 것밖에 안 되는 것이다. 그저 고개만 숙이고 있는 그녀에게 어머니는 가슴이 철렁 내려앉는 말씀을 하셨다.

"항간에 네가 시오와 요상하게 얽힌 사이란 소문이 돌았던 건 너도 잘 알지? 네 어머니가 그것 때문에 얼마나 속상해하시는 줄 잘 알 거라 믿는다. 그럴 리는 없겠지만, 또 내가 그런 자격은 없지만 꼭 한 마디만 하마. 시오는 안 된다."

'시오는 안 된다?'

가슴 한 켠에 따끔거리는 통증이 일었다.

'왜? 도대체 왜?'

호재는 며칠 전까지만 해도 그녀 스스로가 시오만은 안 된다고 그렇게 되뇌던 사실을 까맣게 잊고 있었다. 다만 시오와 사귀는 것이 무슨 큰 죄인 것처럼 말씀하시는 두 분이 조금은 야속할 따름이었다.

"시오야말로 어디 내놓아도 부족함이 없는 건실한 청년인 건 내 잘 안다. 그가 커가는 것을 옆에서 쭉 지켜본 나다. 네 어머니가 얼마나 그를 애지중지 키웠는지도 잘 알고. 네 어머니에게 시오는 아들이나 다름없다. 그건 네가 더 잘 알지 않니? 시오에게 형수로 불리는 게 서운하다고 가끔씩 입버릇처럼 말할 정도로 그에게 애착을 갖고 있는 사람이 네 어머니다."

그녀는 더욱 고개를 숙였다. 이를 악물고 조용히 거실 바닥만 내려다보았다. 고개를 들었다간 쏟아지는 눈물을 막을 수 없을 것 같았다.

시어머니와 그녀의 어머니는 대학 동창이었다. 그들은 결혼해서도 단짝처럼 붙어 다녔다. 그들로 인해 양가 아버지들도 친해지셨고, 시오와 그녀의 커가는 과정을 다 지켜보셨다. 조산아로 힘들게 태어나 몸이 약했던 호재는 아주 어려서는 집밖 출입을 하지 못했다. 겨우 제 건강을 찾아 세상 구경을 한 것이 네 살 때였다. 그리고 그때 두 분의 그 인연 때문에 그녀는 희원을 만나게 되었던 것이다. 그녀의 집안 사정을 잘 아시는 시어머니의 말씀에 그녀는 더욱 위축되었다.

뒷자리 등받이에 고개를 묻고 그녀는 눈을 감았다.
'어머니.'
어머니를 생각하지 못했다. 아니, 그저 뒤로 밀어두고 생각하기를 거부했다고 하는 편이 옳을 것이다. 또 하나의 장벽이었다. 그들은 안 되는 것인가. 정녕 안 되는 것일까? 이대로 그냥 사랑하게 해주면 안 되는 것일까? 시오는 그녀가 익산에 내려간다고 했을 때부터 우울해 있었다. 말은 안 했지만, 그의 불안해하는 모습이 훤히 보일 정도였다.

'그는 이것을 두려워했던 걸까? 그는 시부모의 반응을 짐작하고 있었던 걸까? 그도 아님 희원이 죽고 없는 이 마당에 그의 부모님 만나러 가는 것이 무에 대수라고 그리 불안해했던 것일까.'

그녀는 그런 어린애 같은 그를 달래기는커녕 심기 불편한 마음을 한껏 그에게 풀어버리곤 내려왔었다. 그것이 내내 마음에 걸렸다. 거기다 부모님께 시오와의 관계를 말씀드리려던 계획은 완전히 무산되고, 꼭 죄지은 기분으로 돌아온 것이다. 그녀는 심란한 기분을 감추고 그에게 전화를 했다. 전화벨이 한 번 울리자 수화기를 드는 소리가 들린다. 그녀는 한숨을 내쉬었다. 전화기를 노려보며 기다리고 있었을 그의 모습을 어렵지 않게 떠올릴 수 있었다.

[호재니?]

"응. 나 돌아가고 있어."

그녀의 말에는 함축적인 의미가 포함되어 있었다. 그의 품으로 돌아왔다는 그녀의 완곡한 표현이었다.

[그래. 두 분 다 잘 지내시지?]

두 사람은 데면데면하게 인사치레를 했다. 어색한 공기가 수화기 저편으로부터 흘러 들어왔다.

[이쪽으로 올래?]

조심스럽게 물어오는 그의 목소리를 들으며 마치 그가 보고 있기라도 한 것처럼 고개를 흔들었다.

"아니."

짧은 침묵이 그녀의 숨통을 조여왔다.

[내일 볼까?]

"응."

그녀는 짧게 대답하고 전화를 끊었다. 힘든 하루였다. 생각할 것이 너무나 많았다.

'우선 준범 선배 문제부터 처리하자. 그리고 어머니를 설득해야겠지. 그런 다음엔?'

그녀는 스스로를 비웃었다. 결혼은 하지 않겠다고 시오에게 당당히 선언했었다. 그리고 그것은 그녀의 진심이었다.

'그럼 언제까지 그렇게 연인으로만 있을 건데? 서로 질릴 때까지? 만약 그때가 오지 않으면? 그를 더 소유하고 싶고, 그의 인생에 당당한 동반자가 되고 싶어지면? 그때는 어쩔 건데? 막말로 정부로 만족하고 살 수 있어?'

그녀는 머리를 움켜쥐었다. 자꾸만 커져 가는 욕심을 누르기 힘들었다.

"그럼 날 보고 어떻게 하라고……."

지금에 만족할 수 없는 때가 오면 그때는…… 그때는 그를 떠나야 하는 것이다. 그를 잃게 되는 것이다. 그녀는 깊은 한숨을 내쉬었다.

호재는 또다시 밤새 뒤척이다 새벽녘에 간신히 잠이 들었다. 그러나 몇 시간 지나지 않아서 울려대는 전화벨 소리에 다시 잠을 깼다. 그녀가 수화기를 들려고 하자 신호음이 끊어졌다. 잘못 걸려온 전화인가 보다. 침대에 누우려는데 또다시 전화벨이 울렸다. 이번에는 한 번 울리자마자 벨소리가 그쳤다.

'은진 언니가 자신의 방에서 전화를 받았나?

그녀는 도로 누워 잠을 청해보았지만 이미 잠은 저만치 달아나고 말았다. 시계는 네 시를 넘어 다섯 시를 향해 가고 있었다. 침실 밖에서 문이 열렸다 닫히는 소리가 들렸다. 은진도 잠이 깬 모양이다. 그녀는 까만 실크 가운을 걸치고 거실로 나갔다.

부엌에 불이 켜져 있고, 냉장고 여닫는 소리가 들려왔다. 은진은 물 컵을 들고 나오다가 그녀를 보자 신경질적인 미소를 지었다.

호재는 소파에 털썩 주저앉으며 은진에게 물었다.

"무슨 전화야?"

은진도 그녀의 앞 소파에 앉았다.

"장난 전화야. 요즘 새벽마다 걸려와서 미치겠어. 전화만 하고 아무 소리도 내지 않는다, 글쎄."

"지난번에 나도 한 번 받았는데, 그럼 이거 심각한 거 아냐? 너무 오래됐잖아."

호재의 질문에 은진은 피곤한 듯 눈을 비볐다.

"시오에게 부탁해야 할 것 같아. 회사 경비 담당팀에게 우리 전화 좀 만져 달라고 해. 누군지 꼭 잡아내고 말 거야."

"언니, 그렇게 해야 할 정도로 심각한 거야? 너무 민감하게 반응하는 게 아닌지 모르겠어."

"그런가? 우선 발신자 추적해 보고, 그 다음에 이야기하자. 아무래도 느낌이 안 좋아. 스토커가 아닌가 싶어서 걱정이야."

그리고는 두 여자는 서로를 바라보고 미소 지었다. 그녀가 연예계에 진출한 것이 열다섯 살 때였다. 유학을 빌미로 잠시 중단했었지만, 지금까지 활동하는 동안 별별 사람들을 다 만났다. 스토커라고 부르기에 부족함이 없는 팬들도 여럿 있었기 때문에, 갑자기 민감하게 반응한 자신들이 우습게 느껴진 것이다.

“시오에게까지 말하는 건 좀 오버센스 같다, 그치? 아무래도 요새 내가 신경이 너무 예민해 진 것 같아.”

그녀는 은진의 한숨 소리에 그나마 남아 있던 잠이 확 깨버렸다.

‘이런, 내가 너무 내 생각에 빠져서 언니에게 무심했구나.’

“언니, 무슨 다른 일이 있는 거야?”

은진의 우울한 얼굴을 보니 문제가 심각해 보였다. 그녀는 고개만 흔드는 은진을 보며 잠시 생각에 잠겼다.

“언니, 내가 일전에 한 말 생각해 봤어?”

“그럴 생각 없어. 난 지금처럼 네 옆에 있을 거야.”

그녀는 단호한 은진의 말에 고마움과 함께 미안함을 느꼈다.

“언니, 잘 생각해 봐. 지금까지 공부한 것이 너무 아깝잖아. 언니 정도의 실력이면 얼마나 많은 일을 할 수 있는데.”

은진이 얼마나 공부를 하고 싶어하는지는 그 누구보다도 호재가 잘 알고 있었다. 은진은 대학을 졸업한 후에 그녀의 보디가드로 바로 취직을 했다. 언니는 가족의 생계를 책임지고 있기 때문에 더 이상의 학업은 사치에 불과했다. 그렇지만 은진은 공부에 대한 열정만은 멈추지 못하고 끊임없이 공부를 했었다. 그래서 호재는 독일로 유학을 갈 때 은진과 함께 간 것이다. 자존심 강한 은진이 신세진다는 생각을 하지 못하도록 명목도 그녀의 보디가드로서 동행이었다. 호재가 대학원 공부를 권했을 때 은진의 표정이란 절로 미소를 짓게 하고도 남는 것이었다. 기쁨을 숨기지 못하던 은진의 반짝이던 눈을 지금도 생생히 기억하고 있다. 어머니와 동생들을 위한 생활비는 은진의 월급으로 충당하고, 은진의 교육비는 호재 자신이 지원했다.

어린 나이였지만 호재는 부자였다. 아니, 갑부였다. 은진은 모르지만 동생들이 학교에서 받는 장학금도 다 그녀가 후원하는 것이었다. 허리병으로 고생하시던 은진의 어머니는 노인성 치매인 알츠하이머병이 발병한 후에 고향 근처의 요양원에서 생활을 하시고 계시는데 그 요양원비도 호재가 지불하고 있었다.

“너에게 더 이상 부담이 되고 싶지 않아. 너에게 받은 것을 되돌려 주려면 앞으로 십 년이 걸려도 모자라. 아니, 평생 가도 부족해. 난 지금처럼 네 옆에 있는 것으로 충분히 만족하고 있어.”

은진의 말에 호재는 안색을 굳혔다.

“언니, 우리가 남이야? 난 언니를 내 친언니로 여겼는데, 언니는 날 그렇게 부담스러워하고 있었던 거야? 정말 섭섭하네. 어쩜 그럴 수가 있어? 우리가 같이 산 지 무려 일 년이야, 일 년. 우린 심지어 내 결혼 생활 동안에도 함께해 왔어. 남이라고 생각했다면 그럴 수 있었을까?”

그녀가 정색을 하며 싸늘하게 말하자 은진이 당황해서 어쩔 줄 모르는 표정이 되었다.

“아니, 내 말은…… 그러니까…….”

호재는 말을 더듬는 은진을 보며 쌤통이란 듯 미소 지었다.

"그러니까 내 말대로 해. 박사 과정 공부해. 언니 공부하고 싶잖아. 그렇지? 두말 안 하기다. 내일부터 다 알아봐. 지금까지 공부한 게 아깝지도 않아?"

은진의 얼굴에 낭패감과 기대감이 동시에 서리고 있었다. 호재는 더욱 설득에 박차를 가했다.

"기껏 꼴란 모델 뒤치다꺼리나 하면서 공부한 거 사장시킬 거야?"

은진은 한동안 말이 없었다. 잠시 후 은진이 그녀에게 따뜻한 미소를 보냈다.

"그래, 공부하고 싶어. 그렇게 할게. 고마워."

"또, 또. 고맙긴 뭐가 고마워. 그런 소리 한 번만 더 하면…… 데이트 신청할 거예요?"

그녀가 CF의 한 장면을 모방해서 농담을 하자 은진은 크게 웃었다. 모처럼 즐겁게 웃은 두 사람이었다.

"아, 벌써 시간이 이렇게 되었나? 언니, 나 조깅하고 올게. 언니는 좀 더 자. 요즘 계속 장난 전화 때문에 못 잤지?"

그녀는 자꾸 고맙다고 하는 은진이 멋쩍어 슬그머니 일어났다. 뒤돌아 침실로 들어가는 호재의 뒤로 따뜻한 시선이 느껴졌다.

호재는 오늘 아침 일찍부터 촬영이 있었다. 육 개월 단발로 계약한 맥주 광고를 촬영하는 날이었다. 그녀의 상대역은 최근에 여러 패션쇼와 CF에서 호흡을 맞추고 있는 '하제리' 라는 모델이었다. 이제 갓 스물두 살이 된 그는 저돌적으로 호재에게 대시를 하는 중이었다. 그러한 이유로 그녀와 제리가 함께 촬영을 하거나 쇼를 할 때는 언제나 대연이 동행했다.

대연은 어리고 자신만만한 제리를 대놓고 못마땅히 여기고 있었다. 제리는 그 누가 봐도 감탄할 만한 상당히 아름다운 몸을 가지고 있었다. 완벽한 섹스어필을 무기로 가지고 있고, 또한 어린 나이다운 풋풋한 매력도 더해져 요즘 애나 어른이나 할 것 없이 먹히는 스타일이었다. 솔직하고 명랑쾌활한 제리의 성격답게 호재에 대한 그 자신의 감정을 숨기려 하지도 않았다. 그의 소속사에서 골머리를 썩힐 정도로 그의 행동은 눈에 띄었다.

냄새라면 기가 막힌 기자들이 그런 그들의 상황을 알게 되는 것은 시간문제였다. 거기다 요즘 부쩍 그의 이니셜이 호재와 함께 거론되면서 조심스러워진 것도 사실이었다. 대연은 더 큰 사태를 미연에 방지하고자 호재와 함께 있는 제리를 경계하고 있었다.

"하여튼 저놈은 마음에 안 들어."

대연은 호재가 잠깐 숨 돌리며 화장을 고치는 동안 그녀 옆에 딱 달라붙어서 제리의 흉을 보았다. 호재는 그런 대연을 웃음기 어린 표정으로 쳐다보았다.

"부사장님."

평소처럼 이름을 부르지 않고 부사장이란 호칭을 사용하자 대연이 조금 몸을 일으켰다.

"부사장님, 참 할 일도 많아요. 일개 소속사 모델 하나를 이렇게 따라다녀서야 어디 그 회사 살아남겠어요?"

그녀의 놀리는 목소리에 대연이 과장된 한숨을 내쉰다.

"그럼 어쩝니까? 그 일개 모델을 너무나 사랑하는걸요."

그녀는 넉살 좋게 되받아치는 대연에게 졌다는 표시로 고개를 설레설레 저었다.

"말이나 못하면……."

그녀는 웃으며 메이크업 아티스트에게 얼굴을 맡겼다. 저만치에서 은진이 가까이 다가오다 씁쓸한 얼굴로 돌아서는 게 보였다.

'이런…… 농담일 뿐인데.'

호재는 어떻게 손을 쓰지 않으면 은진이 앞으로도 계속 힘들 것이란 생각이 들었다. 그녀는 유쾌하게 웃고 있는 대연을 돌아보았다. 그도 웃고는 있지만, 눈은 멀어지는 은진에게 고정되어 있었다. 살짝 굳어지는 얼굴이 그 또한 어떤 식으로든 은진을 의식한다는 증거였다.

"왜 그렇게 은진 언니에게 사납게 굴어요?"

대연이 은진을 바라보던 눈을 그녀에게 돌리며 어깨를 으쓱했다.

"내가 그러는 게 아니고, 저 노처녀가 자꾸 나에게 시비를 거는 거야. 당신도 매일 보면서 그래? 내가 뭐 자기 버리고 떠난 첫사랑이랑 닮기라도 한 건지, 나원참.”

씁쓸하게 말하는 그의 입술이 살짝 일그러졌다. 그녀가 보기에 대연은 어쩐지 은진을 싫어하는 것 같았다. 이유는 알 수 없으나 은진이 거슬리는 것은 확실해 보였다.

“은진 언니 힘들게 사는 사람이에요. 가벼운 사람이 아니라고요. 당신, 조금은 조심해 주면 좋겠어요.”

대연의 얼굴에 의외라는 표정이 서렸다. 은진을 천하태평인 사람으로 생각했었나 보다. 대연이 뭐라고 말하려는 순간 뒤에서 누군가가 그녀를 껴안아왔다.

“나 빼놓고 두 분이 무슨 얘기를 그리 재미나게 하시나요?”

나이도 한참 어린 제리가 대연을 꼬나보면서 툭 하고 말을 내뱉었다. 그녀는 불끈하는 대연을 말리며 그녀의 어깨 위에 놓여 있는 제리의 팔을 치웠다.

“에휴, 미인은 정말 피곤한 거라니까?”

그녀가 과장된 미소를 띠고 거만을 떨자 두 남자가 눈을 굴렸다. 그리곤 동시에 웃음을 터뜨렸다. 그녀는 두 남자의 머리를 양손으로 흐트러뜨렸다. 누가 봐도 친근해 보이는 장면이었다. 저쪽에서 들리는 감독의 스탠바이 사인에 대연은 느릿하게 일어섰다.

“이봐, 제리, 너 같은 애송이는 호재 씨와 어울리지 않아. 그만 포기하고 네 또래 어린애나 찾아보지 그래?”

"아무렴 늙은이만 하겠어요? 관심 끄시죠."

'그냥 일어서면 어디가 덧나나? 내참, 어리석은 남자들의 자존심이라니⋯⋯.'

그녀는 졸지에 자신이 늑대들의 먹잇감이 된 것 같아 한심한 생각이 들었다.

다음날 아침, 호재는 회장 전용 엘리베이터 앞에 서서 시오가 준 카드를 넣고 비밀번호를 입력했다. 전용 엘리베이터를 이용하면 비서실을 들르지 않고 바로 그의 사무실에 들어갈 수 있다. 엘리베이터 문이 회장실에 곧바로 나 있기 때문이었다. 그녀는 하나밖에 없는 버튼을 눌렀다.

'이런 것도 만들어놓고, 무슨 비밀이 그렇게 많은 거지?'

엘리베이터가 열리자 간이 침대가 놓여 있는 제법 널따란 방이 나왔다. 그곳은 한쪽 구석에 샤워 부스와 화장실도 마련되어 있어서 편리하게 사용할 수 있도록 되어 있었다. 그 방에 유일하게 나 있는 문을 열고 나가자, 시오의 육중한 데스크가 눈에 들어왔다. 그 데스크의 주인은 엘리베이터의 소리로 그녀가 왔다는 것을 잘 알면서도 그녀를 외면하고 있었다. 뭔가 그녀에게 단단히 화가 났다는 것을 그의 표정으로 충분히 알 수 있었다. 그리고 그녀는 그가 무엇 때문에 그러는지 잘 알고 있었다. 그의 책상에 놓여 있는 컬러판 신문들이 그것을 말해 주고 있었다.

"나 왔어요."

그녀는 묵묵부답에 무반응으로 일관하는 시오의 태도에 조금은 짜증이 났다. 그러나 오늘 아침의 상황으로 볼 때, 그의 기분이 충분히 불쾌하리라는 걸 잘 알기에 그를 달래보려고 시도했다.

"그거 읽었어요? 요즘 기자들 정말 할 일 없다니까."

그녀가 어물쩍 말을 붙여보았지만, 돌아온 것은 칼바람처럼 차가운 눈빛뿐이었다.

"이야기는 아무렇게나 지어낼 수도 있겠지만, 사진까지 조작할 수는 없겠지."

시오가 그녀 앞에 신문을 던졌다. 대연의 어깨에 머리를 기대고 제리의 머리를 쓰다듬으며 활짝 웃고 있는 그녀의 사진이 대문짝만하게 1면을 장식하고 있었다. 오늘 날짜 스포츠 신문들에 일제히 실린 것으로 보아 그 사진을 찍은 기자가 프리랜서였나 보다. 여기저기 팔아먹은 듯 거의 모든 신문에 같은 사진이 실려 있었다. 기사 내용도 가관이었다. 두 남자를 공개적으로 가지고 노는 여자 카사노바라는 둥, 셋이서 프리섹스를 하는 사이라는 둥, 지어낼 수 있는 가장 악랄한 말들로 지면을 가득 채우고 있었던 것이다.

호재도 속상했다. 남녀간의 자연스런 호감 표시를 이런 식으로 퇴색해서 바라보는 사람들이 미웠고, 그것 때문에 맘 상해하는 시오가 안타까웠고, 또한 그것에 휘둘리는 자신이 그렇게 싫을 수가 없었다.

"어려서부터 지금까지 내가 친한 남자라고 해봐야 배구선수 몇 명이 전부였고, 그나마 연애는 딱 한 사람 희원이하고만 했어. 더 이상 다른 변명이 필요해?"

시선을 피했던 시오가 그녀를 날카롭게 주시했다. 그녀의 진심을 알아야겠다는 단호한 눈빛에 그녀는 고개를 끄덕여 주었다.

"여기저기 스캔들만 뿌리고 다니는 내 이미지가 무색하게도 난 희원이 말고는 당신이 처음이고, 절대 일부일처제를 지향하는 평범한 여자일 뿐이야. 더 이상의 변명이 필요하다면 내가 당신을 잘못 생각한 거야."

시오가 굳었던 마음을 풀고 천천히 그녀에게 다가왔다. 부드러운 손길이 그녀의 가녀린 몸을 꼭 껴안아왔다. 그녀는 조용히 시오의 어깨에 고개를 묻었다. 안도감에 비로소 피가 제대로 돌기 시작했다.

"아침부터 저 쓸모없는 신문쪼가리 때문에 여기까지 행차했다고. 알아서 책임져. 아침밥도 못 먹었어. 열한 시부터 촬영이니까 그동안 뭐라도 먹고 일산까지 가려면 빠듯해. 어서 서둘러."

당면한 과제를 해결하고 나니 식욕이 살아났다.

'다 먹고 살자고 하는 일 아니겠는가.'

그녀는 시오의 품속에서 흐뭇한 미소를 지었다.

시오는 오늘도 호재를 기다리고 있었다. 패션쇼에 화보 촬영에 광고 촬영까지 어찌나 바쁜지 그녀와 온전한 데이트 한 번을 즐길 여유가 없었다. 밤 시간에만 만나는 그들의 관계에 조금씩 불만을 느끼기 시작했다. 형수님에게도 허락받고 싶고, 세인들에게도 그들이 연인이라는 것을 자랑스레 밝히고 싶었다. 그것이 그의 지금 심정이었다. 그녀가 쓸데없는 스캔들에 휘말리는 것도 다 그들의 관계가 너무 미적미적하기 때문이었다. 물론 쉬우리라곤 생각하지 않는다. 형수님도 용납하시기 어려울 것이고 세상 사람들도 그들을 곱게만 보지는 않을 것이다. 하지만 한 번은 겪고 넘겨야 하는 과정인 것이다. 언제까지 숨겨둔 애인 취급당할 수는 없었다.

벌써 아홉 시가 다 되어가지만 호재에게선 연락이 없다. 일하는 중엔 휴대폰을 꺼놓기 때문에 연락할 길도 없었다. 무슨 일이 생긴다면 은진에게서 연락이 올 것이므로 걱정하지는 않는다. 하지만 기다리는 사람 생각해서 틈틈이 전화 한 번씩 해줘도 좋지 않은가 말이다. 그는 초조하게 서재를 서성거리다 예전에 찍은 호재의 사진에 눈길을 멈추었다.

그의 서재엔 호재의 사진이 두 장 있었다. 하나는 그녀가 열다섯 살 되던 해에 찍은 것인데 형과 형수를 사이에 두고 두 사람이 양쪽가에 서서 찍은 사진이었다. 두 사람이 카메라를 정면으로 바라보지 않고 서로를 바라보며 웃고 있는 사진이었는데, 그 사진은 그가 아끼는 것 중의 하나였다. 그 사진은 그의 인생에서 호재는 여자였든 조카였든 간에 최우선이었음을 단적으로 증명해 주고 있는 물건이었다.

또 다른 사진은 그녀가 결혼한 후, 유산의 후유증을 극복하고 재기했을 당시의 사진이었다. 아이를 한 번 임신했던 그녀의 몸은 변화를 겪었다. 작지만 탄탄했던 가슴은 풍만하게 솟아 있었고, 어딘지 모르게 우수에 젖은 듯한 눈빛과 몸짓은 관능미를 물씬 풍기기 시작했다. 사진작가도 그것을 포착했다. 가슴이 거의 들여다보이는 란제리 차림으로 가을 낙엽이 떨어져 있는 공원 벤치에 누워 카메라를 향해 고혹적인 시선을 보내고 있는 그 사진은, 그러나 세상에 나오지 못했다. 시오가 작가에게서 네가

티브 필름까지 몽땅 사들였기 때문이다. 그때 사진들과 필름은
모두 불태워 사장되었지만, 석양을 등 뒤로 찍힌 이 사진 한 장
만은 도저히 태울 수가 없었다. 그는 액자를 들어 올려 사진 속
의 호재를 쓰다듬었다. 이 사진들이 그가 그동안 버텨올 수 있
도록 힘을 주었다. 호재의 입술에 살짝 입술을 대보았다.

Rrrrrr—

그 순간에 전화벨이 울렸다. 호재의 전화를 기다렸지만 타이
밍이 절묘했음을 조금 찔린 기분으로 생각했다. 전화기를 집어
드는 그의 얼굴은 광대뼈 근처가 붉게 달아올라 있었다.

"호재니? 빨리 와, 기다리다 지쳤어."

무응답에 그는 고개를 갸웃거렸다.

"호재야?"

전화기 저쪽에서 '흑' 하며 흐느끼는 소리가 들려왔다. 참아
보려는 듯 억눌린 신음 소리는 호재의 것이 아니었다.

"누구시죠?"

불길한 예감이 들기 시작했다.

'드디어 시작인 것인가?'

[도…… 련님, 어떻게 이러실 수가…… 이러면 안 되는 거 아
니에요? 삼촌이에요, 삼촌. 어떻게…… 어떻게…….]

수화기가 바닥에 떨어지는 소리가 크게 울리고 더 이상 흐느
끼는 슬픈 목소리는 들리지 않았다.

"형수님, 형수님!"

시오는 급히 옷을 챙겨 입고 그의 집을 나섰다. 그는 성북동까지 차를 달리는 동안 불안해하지 않기 위해 죽을힘을 다하고 있었다. 안 그래도 저혈압인데 어디가 잘못되시기라도 하면 큰일이었다. 그에게 어머니나 다름없는 분이었다.

'어머니!'

그 단어가 그의 폐부를 찔렀다.

그는 그분을 어머니라고 생각하면서 그분의 딸을 사랑한다고 외치고 있는 것이다. 그도 자신을 용서하고 이해하는 데 오랜 시간이 걸렸거늘, 형수님은 더하시면 더하셨지 그 충격이 그리 쉽게 사라지지는 않을 것이다. 그는 조급하게 마음먹지 않으리라 다짐했다. 형수님도 이해하실 날이 올 것이다. 그의 이 애타는 마음을 아신다면 언젠가는 그를 사위로 받아들여 주실 것이다. 그는 작은 희망을 버리지 못하고 있었다. 형수님이 자신을 사랑해 주시는 만큼, 이해해 주고 받아들여 주시는 것도 그만큼 빨라지리라 믿고 싶었다.

본가로 들어서자마자 어려서부터 이 집안의 일을 관리하시는 이 여사님이 입에 손을 가져가 대시며 조용히 하라는 표시를 했다.

"사모님은 지금 안정제 맞고 주무셔. 방금 김 박사님이 오셨다 가셨어. 대체 무슨 일이여?"

시오는 한시름 놓았다. 소파에 가서 힘없이 주저앉는 그를 보며 아주머니가 얼른 주방으로 가 시원한 주스 한 잔을 내오셨다. 꿀꺽꿀꺽 한입에 털어 넣는 것을 보며 이 여사가 혀를 찼다.

"아니, 이런 싸늘한 가을날에 식은땀이 뭐여, 식은땀이? 사모님은 왜 자네에게 전화하고서 뒤로 넘어가는 거고?"

"형수님은 괜찮으시대요?"

그가 힘없이 묻자 이 여사는 아예 자리에 눌러앉았다.

"호재 때문이여? 사람이 그럼 안 되는 거여. 시오 자네가 그럼 되겠어? 사모님이 자네를 어떻게 키우셨는데. 지금 사모님은 쪼매 놀라서 그런 것이라네. 어디 하자가 생긴 것은 아니니까 너무 걱정하지는 말고. 한 삼 일은 누워 계셔야 한다니까 초조해하지 말아."

시오는 이 여사의 말에 죄책감이 다시 밀려왔다.

"그리고 사모님이 호재를 찾으셔. 연락되는 대로 바로 오라 하셨는데, 왜 이렇게 연락이 안 되는 건지. 은진이 처녀도 전화를 안 받고 말이여."

시오는 주무시는 형수님 얼굴을 잠깐 보고 다시 집으로 돌아왔다. 집에 도착해 보니 열한 시가 다 되어가고 있었다. 이 시각에 호재는 도대체 어디서 무얼 하고 있는 것일까? 기다림에 지쳐 가기 시작할 무렵, 그의 휴대폰이 울렸다.

"도대체 어디야?"

그는 저도 모르게 소리를 지르고 말았다. 하루 종일 연락이 되지 않는 그녀 때문에 느꼈던 초조함과 형수님의 일 때문에 무척 예민해진 신경이 짜증으로 분출하고 있었다.

[흑흑흑, 어떻게 해요. 은진 언니가…… 은진 언니가…….]

그는 제대로 말을 잇지 못하고 계속 흐느끼는 호재 때문에 가슴이 철렁 내려앉았다. 혹시 어디 다치기라도 한 건 아닌지 걱정이 앞섰다.

"왜 그러니? 응? 은진 선배는 또 왜? 어디서 교통사고라도 당한 거야? 빨리 말해, 사람 애간장 다 타는 거 안 느껴져?"

울음을 삼킨 듯 딸꾹질을 해대면서 호재는 간신히 상황을 설명했다.

[은진 언니 어머니가 돌아가셨어. 나 지금 진주에 내려와 있어요. 은진 언니 정신이 하나도 없어서 운전하기 힘들다고 대연씨랑 같이 왔거든.]

호재의 말에 깊은 숨을 들이마셨다. 이 일을 어찌하면 좋단 말인가.

[그렇게 강한 언니가 쓰러졌어. 당신도 지금 내려와. 은진 언니에게 가족이라 봤자 동생들하고 우리밖에 없잖아.]

시오는 전화를 끊고 검은 양복으로 갈아입은 뒤 곧바로 차를 출발시켜 전주로 내려갔다. 은진이 얼마나 힘들지 걱정이었다. 어머니가 계셨지만 은진 자신이 소녀가장이나 다름없었다. 살아 계신 것만으로 위안을 주시던 어머니가 돌아가셨으니 오죽 힘이 들까. 상주 노릇을 해야 하는 동생이 이제 대학에 입학한 어린것이니 의지가 되지는 못하리라. 그는 자신이 조금이라도 도움이 되길 바라며 자동차 액셀러레이터를 더 세게 밟았다.

전주 외각에 있는 장례식장 안은 한산하기 그지없었다. 텅 비어 있다는 말이 더 어울릴 정도였다. 그가 안으로 들어갔을 때는 호재가 몇 안 되는 손님들에게 상을 내가는 것이 보였다. 초상집에 온 손님들이 하나같이 본래의 애도의 취지를 잃어버리고 그녀를 따라 시선을 움직이고 있었다. 유명모델이 자신들에게 접대와 시중을 들고 있으니 놀랍기도 할 것이다.

시오는 호재에게서 시선을 돌려 상주를 찾아 두리번거렸다. 상주 옆에 떡하니 상복을 입고 서 있는 남자가 눈에 들어왔다.

'아니, 저 인간이 어째서 저기 서 있는 거지?'

저 강대연이란 남자는 그에겐 지독히도 아픈 손톱 밑의 가시였다. 호재와 떼어놓을 수 없는 남자. 요 몇 년 동안 그녀와 함께한 남자. 얼마나 저 남자를 질투했던가. 여기 같이 내려왔다는 것은 호재의 전화로 알고 있었지만, 막상 버젓이 상주 노릇을 하고 있는 대연을 보자 울컥 화가 치밀어 올랐다. 시오는 분향소에 향을 피우고 재배를 한 다음 상주와 맞절을 했다. 은진의 동생과 강대연이 같이 맞절을 해왔다.

"와주셔서 감사합니다. 고인이 기뻐하실 겁니다."

그는 강대연의 인사치레에 뜨악해졌다. 은진의 동생 은석은 그냥 고개만 숙이고 있었다. 강대연 그가 모든 것을 다 처리하고 있다는 것을 한눈에 알 수 있었다. 돌아가는 상황이 마음에 들지 않았다.

“얼마나 상심이 크니? 은석아, 걱정 마라. 네 곁엔 누나가 있고, 또 나도 있잖니.”

은석이 고개를 들고 그를 바라보았다. 어린 은석의 눈엔 눈물이 그렁그렁 매달려 있었다. 시오를 보자 눈물을 참을 수 없어 고개를 숙이고 있었나 보다.

“형, 어머니가…… 어머니가 형을 찾았어요. 형 덕분에 안심하고 편히 가셨어요.”

시오는 옆에서 강 머시라는 놈이 움찔 놀라는 것을 무시하며 힐끔 호제를 찾아 주변을 돌아보았다. 그녀는 조금 떨어진 곳에서 무슨 뜻이냐고 묻는 표정으로 은석을 바라보고 있었다. 그리곤 천천히 고개를 돌려 그를 바라보았다. 시오는 조심스럽게 그녀의 눈을 피했다.

“어머니가 남기신 말이 있었니?”

시오는 우선 은석에게 정신을 집중했다.

‘한 번에 하나씩 해결하자.’

“형에게 누나를 맡기고 떠나서 기쁘다고 하셨어요. 결혼식 못 보고 가서 미안하다고…….”

은석은 끝내 다시 울음을 터뜨리고 말았다. 시오는 그런 은석의 머리를 한번 쓰다듬고 대연에게 고개를 조금 숙인 뒤 나왔다. 호제를 돌아보았지만, 이미 그녀의 모습은 보이지 않았다.

‘다 들었겠지. 이제 이 일을 어쩐다.’

시오는 한숨을 억누르고 저쪽 끝에 넋을 놓고 앉아 있는 은진 선배에게 다가갔다. 은진이 퀭한 눈을 들어 그를 바라보았다.
갑자기 한 몇 년은 늙어버린 듯 보였다. 그만큼 은진이 큰 충격
에 휩싸여 있음을 그 누구라도 쉽게 알 수 있었다.

"선배, 이러고 있으면 어떻게 해. 동생들 생각을 해야지. 언제
부터 선배가 이렇게 약한 여자가 된 거야, 응? 제발 눈을 똑바로
뜨고 현실을 봐. 어머니는 돌아가셨어."

시오는 위로의 말 한마디 없이 잔인하게 현실을 꼬집었다. 그
녀도 몇 년 전부터 어머니가 얼마 못 사신다는 것을 알고 있었
다. 그래서 그녀는 어머니의 가시는 길을 편안히 하기 위해 그
를 내세웠던 것이다. 그렇게 만반의 준비를 다 했던 은진도 막
상 어머니가 돌아가시자 넋을 놓아버렸다. 아득할 것이다.

"어머니가 행복해하시며 돌아가셨다잖아. 다 선배 뜻대로 되
었는데 기뻐해야지, 이게 뭐야?"

은진이 한참 동안 시오를 바라보더니 느닷없이 울음을 터뜨
렸다. 그는 대성통곡하는 은진을 품에 앉고 한숨을 내쉬었다.

'아마도 어머니가 돌아가시고 처음으로 우는 것이리라.'

"그래요, 선배. 울어요. 그리고 편히 보내 드리세요."

생전에 그에게 무척 따뜻하게 대해주시던 분의 죽음 앞에 그
도 깊은 애도를 표했다.

'그나저나 호재는 화가 많이 났을까?'

대연은 서로 부둥켜안고 있는 두 사람을 살벌하게 노려보았

다. 대연도 자신이 왜 이렇게 불쾌한 기분이 드는지 알 수 없었
다.

　은진은 어머니가 돌아가셨다는 소식을 맨 처음 전화로 들었
을 때부터 지금까지 마냥 허수아비처럼 그가 하는 대로 끌려왔
다. 아무 생각도, 느낌도 없는 사람처럼 그렇게 넋을 빼고 있는
그녀 대신 상을 치르는 절차부터 납골묘 준비까지 모두 대연이
다 했다. 그는 멍한 눈빛의 은진이 너무나 안타깝고 애처로워서
가슴이 찢어질 듯 아팠다. 그 또한 어머니의 죽음을 겪었고, 그
래서 더 더욱 그녀의 심정을 잘 이해하고 있었다. 그저 그녀의
고통까지 덜어줄 수 없는 것이 못내 아쉽기만 했다. 그래도 자
신이 조금이나마 도움이 되고 있다는 생각을 하고 있던 참이었
다. 그런데 저 한시오라는 작자가 나타나는 순간부터 그의 기분
은 저 땅속 깊숙이까지 곤두박질치고 내려앉았다.

　대연이 제일 사랑하는 호재는 충격에 휩싸여 뛰쳐나갔고, 왠
지 신경을 거슬리게 하던—그리고 지금은 보호해 주고 싶은—여자
는 저 작자의 품에서 슬픔을 쏟아내고 있었다. 그 자신도 자신
의 지금 기분을 알 수가 없었다. 그냥 은진을 시오의 품에서 빼
앗아오고 싶고, 자신의 품에서 위로하고 싶다는 생각만 할 뿐이
었다. 단지 그것뿐이었다.

호재는 시오에게 아무것도 묻지 않았다. 사실 깜짝 놀랐고, 조금은 화가 났던 것도 사실이지만 상처받지는 않았다. 그만큼 시오의 그녀에 대한 감정을 믿었다. 어찌 의심할 수 있겠는가, 그가 그녀를 깊이 사랑한다는 그 부인할 수 없는 진실을. 시오에게 있어서 그녀는 절대자와도 같은 존재였다. 그러하기에 그가 은진과 모종의 어떤 관계를 맺고 있다거나 조그마한 감정의 찌꺼기라도 간직하고 있다고는 생각지 않았다. 다만 은진의 가족들이 전부 시오를 은진의 결혼 상대자로 생각하고 있었다는 사실에 조금 기분이 상했을 뿐이다. 그녀가 감히 꿈도 꾸지 못하는 결혼이란 단어가 다른 여자와 거론되었다는 것에 시기심이 이는 것은 어쩔 수 없었다. 그 여자가 바로 그녀가 사랑하는 은진이라고 해도 말이다.

삼일장을 치르는 동안, 시오가 모든 것을 도맡아서 처리했다. 대연은 시오가 오자 일이 바쁘다는 말을 남기고 그날로 서울로 돌아갔다. 호재도 모든 스케줄을 취소하고 은진의 옆을 지켰다. 스케줄에 관해서는 대연이 모두 처리했다. 그녀나 은진은 사고 능력을 상실한 지 오래였기 때문이다. 몰려드는 기자들도 대연이 처리했다. 그녀를 취재하기 위해 지방방송들과 중앙방송이 앞다투어 몰려들자 할 수 없이 따로 기자회견을 갖고 제발 분향소로 찾아오지 말아달라는 부탁을 해야만 했다. 도움을 주고자 했던 것이 자칫 잘못하면 은진에게 큰 패가 될 뻔했던 것이다. 은진은 이제 꿋꿋하게 버텨내고 있었다. 처음의 충격이 가시고 어머니가 돌아가셨다는 인식을 마음에 각인한 후부터 은진은 평소의 든든한 누나로 동생들을 대했다. 어머니를 화장하는 순간에 동생들 어깨를 양팔에 품고 하늘을 노려보며 눈물을 삼키던 모습은 분명 예전의 씩씩한 은진이었다.

호재와 시오는 삼 일 만에 서울로 돌아왔다. 은진은 동생들과 조금 더 지내고, 주말에 올라오기로 했다. 올라오는 차 안에서 시오는 지금까지 미뤄왔던 이야기를 풀었다.

"왜 아무것도 묻지 않아? 나에게 화가 많이 났지?"

호재는 조심스럽게 말을 꺼내는 그에게 조용히 미소 지었다.

"당신이 나에게 변명할 필요는 없어. 대충 눈치로 짐작은 하고 있고, 또 그 일이 내가 당신의 연인이 된 이후에 일어난 일들이 아니라는 건 삼척동자도 알 수 있어. 오랜 시간 동안 정이 들었음을 보여주듯 은진 언니의 동생들과 당신은 각별해 보였어. 혹여 당신이 은진 언니와 어떤 관계가 있었다 해도 이미 지난 과거의 일일 뿐이고. 그러니 굳이 나에게 설명할 필요는 없어. 오해는 하지 않을 테니까."

자신의 말이 진심이라는 것을 보여주기 위해 살짝 그의 허벅지에 손을 올려놓았다. 액셀러레이터를 밟고 있던 그의 다리에 갑작스런 힘이 들어가 차가 속도를 올렸다. 긴장으로 꿈틀대는 허벅지 근육을 손으로 쓰다듬으며 조그맣게 소리 내어 웃었다. 호재는 자신의 웃음소리가 얼마나 섹시한지 충분히 인식하고 있었고, 시오는 언제나처럼 변함없이 그녀의 남자였다. 그녀에게 그것이면 되는 것이다.

"내 남자의 입에서 구차한 변명 같은 것을 올리게 하고 싶지 않아. 내 남자는 항상 당당하고 멋진 느티나무가 되어 있기를 바라. 변명 같은 것 없이도 충분히 믿음직한 나만의 남자인걸."

그것이 그녀의 솔직한 속마음이었다. 그녀는 자신의 손길에 따라 자극받아 경련하는 그의 허벅지의 온기를 느끼며 편안하게 등을 기대고 누웠다. 며칠간의 피곤이 한꺼번에 몰리는지 잠이 쏟아지기 시작했다. 눈꺼풀이 무거웠다. 잠의 유혹을 뿌리치기가 힘들어지면서 눈이 스르르 감겼다.

'아, 이대로 조금만 자야겠다. 역시 난 당신의 온기가 너무 좋

은 것 같아⋯⋯.'

"호재야, 자니?"

잠결에 속삭이는 듯한 시오의 목소리가 들려왔다. 그녀는 아무 대답도 하지 않았다.

"변명이 아니고 너에게 설명을 하고 싶은 거야. 네가 조금이라도 의구심을 갖지 않게, 그리고 너와 은진 선배 사이를 위해서도 꼭 말하고 싶어."

그의 허벅지에 올려져 있던 그녀의 손에 그의 묵직한 손이 겹쳐 왔다.

'아, 따뜻해. 당신의 손은 정말 따뜻해. 내게 딱 맞는 열기야.'

그녀는 꿈결 속에서 생각했다. 그의 모든 것이 그녀에게 딱 안성맞춤이었다.

"너와 희원이 결혼 생활을 하고 있던 어느 날인가 은진 선배가 찾아왔었어. 편찮으신 어머니가 자신의 걱정을 너무 해서 애인이 있다고 말했었다는 거야. 한데 어머니께서 그 애인을 봐야만 안심이 된다고 하시는 바람에 어쩔 수 없이 나에게 부탁을 해왔어. 아마도 얼결에 내 이름을 말했던 모양이야. 그때 난 어차피 혼자 살 거니까 선배에게 그쯤은 해주어도 된다고 생각했다. 너를 진심으로 아끼고 돌봐주는 사람의 부탁이니까 말이야. 그래서 같이 한번 내려갔었는데, 그것이 두 번 되고, 세 번 되고 하다 보니 어느새 일이 커져 있더라. 동생들에게 용돈도 좀 주고 하면서 사위 노릇을 했지.”

잠시 침묵이 있었다.

“미안해. 난 그때 아무래도 좋았으니까. 네가 내 사람이 아닐 바에 아무래도 좋았으니까. 하지만 그렇다고 진짜 결혼을 한다거나 할 그런 것은 아니었어. 그건 너도 알지? 은진 선배도 아무 뜻 없이 내게 부탁한 거고. 그러니 혹여나 은진 선배가 나에게 어떤 감정을 갖고 있다고 생각해선 안 돼. 내 감정에 대해서도 마찬가지고.”

그녀의 손을 잡고 있는 그의 손에 힘이 들어갔다.

“호재야? 호재야?”

그녀는 달콤한 미소를 지으며 단잠에 빠져들었다. 사랑받고 있다는 것은 달콤한 잠에 취하는 것과 같았다.

Rrrrrr Rrrrrr—

오늘 새벽도 어김없이 전화벨이 울렸다. 호재는 시오의 집에서 매일 밤 그녀의 집으로 돌아왔다. 그녀답지 않은 소심함으로 매스컴이 무섭게 느껴졌고, 어머니를 위해서도 지금은 그렇게 하는 것이 좋을 것 같다는 판단에서였다. 은진이 없는 이 이틀 동안 계속해서 같은 시간에 장난 전화가 걸려오고 있었다. 상황이 조금은 심각하게 느껴졌다. 처음 전화가 걸려온 날 이후 벌써 삼 주째였다. 이 정도면 그냥 두고 볼 일만은 아닌 것이다. 그녀는 심란한 눈으로 전화기를 바라보았다.

"여보세요?"

[…….]

"이보세요? 제발 부탁인데 말씀을 하세요. 도대체 왜 매일같이 이런 전화를 하는 거죠?"

[…….]

또다시 묵묵부답이었다.

"좋게 말할 때 얘기해요. 도대체 왜 이러는 거죠?"

[한시오에게서 떨어져!]

뚜…….

소름 끼치도록 날카로운 여자 목소리가 들리고 곧바로 전화가 끊겼다.

"한시오에게서 떨어져라?"

큭…… 푸하하하! 그녀는 침대에 뒹굴면서 웃어댔다. 웃음을 멈출 수가 없었다. 그녀는 배가 아플 때까지 그렇게 미친 듯이 한참을 웃어댔다. 눈가에 물기가 어렸다. 삽시간에 온몸이 싸늘하게 식고 있었다. 웃음이 갑자기 딱 그쳤다.

"당신, 대단한 남자인가 봐."

호재는 허공을 향해 혼잣말을 중얼거렸다.

"어떤 여자가 당신에게서 떨어지라고 이런 협박을 다 하네? 이렇게 되니깐 나 당신이 더 욕심나는 걸 어쩌지? 내 것에 눈독 들이는 이 여자도 가만두고 싶지 않은데 어쩌지? 저 여자의 입을 갈가리 찢어놓고 싶어지는데 어떻게 하지? 당신을 갈망하며 바라봤을 저 여자의 눈을 파버리고 싶을 정도로 자꾸 잔인해지려고 하는데 어쩌면 좋지?"

호재의 눈이 섬뜩하게 번들거렸다. 독기 품은 그것은 당장이라도 온 산간을 불태워 버릴 듯 뜨거웠다.

대연의 사무실에 호재와 시오가 나란히 앉아 있었다. 그들은 이 황당한 사건에 대해 벌어진 입을 다물 줄을 몰랐다.

"호재 씨, 이건 장난 정도가 아니야. 여태 글로만 협박을 하던 것이 이번엔 피로 얼룩진 속옷을 보내왔어. 이 정도가 되면 경찰에 알려야 할 것 같은데."

시오는 그 소리에 책상을 내려쳤다.

"도대체 당신 뭐 하는 사람이야? 몇 주째 그런 협박편지가 왔었다면 진작에 알렸어야지. 일이 이렇게 커지기 전에 말이야. 이 일은 내가 맡겠소. 우리 경호팀 수준이 경찰보다 나아."

두 남자가 서로를 노려보고 있는 동안 호재는 몸을 떨며 새벽의 일을 떠올렸다. 끔찍한 일이 벌어지려 하고 있었다.

"저기, 사실은……."

그녀는 어떻게 말해야 할지 난감했다. 일이 그들이 생각하는 것보다 훨씬 심각했다.

"집으로도 협박전화가 왔었어. 한 삼 주……."

"뭐야?"

"뭐요?"

그녀가 말을 끝맺기도 전에 두 남자가 벌떡 일어서서 소리쳤다. 그리곤 서로를 노려보았다. 왜 당신이 그렇게 열을 내느냐는 표정으로. 그녀는 어깨를 으쓱하며 아무렇지도 않은 척했지만 태연을 가장하기가 무척 힘들었다. 한 자 한 자 또박또박 어제 들었던 말을 그대로 읊었다.

"한시오에게서 떨어져라."

두 남자가 서로를 노려보던 시선을 획 돌렸다. 두 쌍의 눈에 충격이 새겨지고 있었다.

"어제 협박전화 한 여자가 내게 한 말이야."

호재는 시오의 충격 받은 표정을 무심히 바라보았다.

'당신이 그런 행동을 하도록 빌미를 준 여자의 짓이야.'

그녀는 그렇게 눈으로 그를 비난했다. 시오가 부정하듯 고개를 격렬하게 흔들었다.

"협박자가 여자란 건 밝혀졌군. 그렇다면 조금은 수사망이 좁혀지는데. 한시오 당신과 연결된 사람 중에서 여자를 찾으면 되겠군."

대연의 말에 시오가 털썩 주저앉았다. 시오는 뚫어지게 그녀를 바라보며 고개를 흔들어 계속해서 부정하고 있었다.

"당신이 과거에 울린 여자 중에서 찾아봐야겠는데?"

대연의 말이 끝나기가 무섭게 시오가 대연의 멱살을 잡았다. 호재는 손을 올려 시오를 끌어 내렸다.

"너무 흥분하지 말아요. 우선은 누가 그런 것인지 찾는 게 중요하니까."

그녀는 냉정한 목소리로 시오의 흥분을 가라앉혔다.

"호재야."

시오가 호소하듯 그녀의 이름을 불렀지만 무시했다.

"왜 최근에 자꾸 당신에 대한 믿음이 흔들리게 하는 사건들이 일어나는 것일까?"

그녀는 지나가는 투로 말했지만 거기엔 가시가 있었다. 그의 얼굴이 어둡게 가라앉았다.

"우선 호재 씨는 지금부터 혼자 지내면 안 될 것 같아. 잠시 어머니 댁으로 들어가는 것이 좋겠는데."

대연의 말에 그녀는 시오를 바라보았다.

"아뇨. 지금처럼 내 집에 있을 거예요. 피할 이유는 없어요. 어떤 신체적 위해(危害)를 가한 것은 아니잖아요. 그냥 협박일 뿐이니까 그냥 이대로 지내고 싶어요. 하지만 새벽마다 걸려오는 전화는 정말 싫어. 얼른 누구 소행인지 밝혀줘요. 나도 그 여자가 너무나 궁금해지고 있으니까 말이에요."

그녀의 의미심장한 말에 시오의 눈빛이 어두워졌다.

"호재야, 너 혼자서 그 집에 있는 것은 아무래도 위험한 것 같아. 은진 선배가 돌아오는 내일 모레까지라도 나와 있으면 좋겠어. 그래야 나도 안심이 되고 말이야."

"당신 미쳤소? 당신 때문에 당하는 협박인데, 더 자극했다가 무슨 일이라도 당하면 당신이 책임질 거요?"

대연의 말에 시오가 몸을 움찔 떨었다. 그녀는 그런 시오를 바라보며 자신이 그를 믿지 못하고 의심했던 것이 갑자기 미안해졌다. 자신의 마음속에 시오가 너무나 중요한 존재로 자리 잡고 있었기 때문에 더 쉽게 흔들리고 불안해하는 것이 아닐까 하는 생각이 문득 들었다.

"당신을 탓하거나 하지 않아. 그냥 그게 좋겠다는 것뿐이야. 저런 협박에 넘어가 우리 사이가 흔들리거나 하는 일은 없을 거야. 약속할게."

그녀는 그를 안심시켰다. 시오의 눈에 안도의 빛이 떠올랐다. 그들은 서로를 보며 마주 웃었다. 그녀의 어깨를 안아오는 시오에게 머리를 기대고 대연을 바라보며 결론지었다.

"그럼 결정된 거예요. 난 내 집에 그대로 있고, 우리 회사 경호팀이 수사를 맡고, 당신은 지금까지의 자료를 다 넘겨주고. 이제 됐죠?"

대연이 슬그머니 미소 지으며 시오를 바라보았다.

"당신이 이 여자를 감당하겠다고 나섰으니, 명복을 빌어주는 길밖에요."

그리고는 시오를 만난 후 처음으로 악수를 청했다. 두 남자의 마주 잡은 손에 우정이라는 이름이 새겨지고 있었다.

시오는 걷잡을 수 없는 분노에 휩싸여 있었다. 감히 누군가가 그의 호재를 협박하고 있는 것이다. 그는 대연의 사무실에 호재를 남겨두고 서둘러 회사로 돌아왔다. 그 여자를 꼭 잡아내고야 말겠다. 도대체 누군지 짐작도 할 수 없었다. 사실 그와 얽혀 있는 여자라는 설정 자체가 불가능하고 어처구니가 없었다. 그로 말하자면 이날 이때껏 일편단심 호재만을 바라보고 있었기 때문에 누군가 한 여자에게 상처를 주었다고는 생각되지 않았다. 정신병자가 아니고서야 남자가 눈길조차 주지 않았는데 그런 협박을 하겠나 하는 생각이 들자 더럭 겁이 나기 시작했다. 온전한 정신을 가진 자가 아니라면 어떤 짓을 할지 알 수 없었다. 그는 사무실에 들어서자마자 인터폰으로 안 실장을 호출했다. 형님 때부터 비서실을 지켰던 안 실장님은 말 그대로 회사와 집안의 모든 대소사를 처리해 왔던 사람이다. 요 한 달 동안 회사의 다른 일 때문에 비서실을 손 차장에게 맡기고 있었지만, 비서실의 실질적인 주인은 바로 안 실장이었다. 회장실로 들어서는 안 실장의 얼굴에 웃음꽃이 피어올랐다.

"회장님, 실로 오랜만에 뵙습니다. 출근하시자마자 저를 호출하시고, 제가 무척이나 보고 싶었나 봅니다."

시오가 태어난 지 삼 일 만에 그의 부모에게 입양될 당시부터 모든 것을 지켜본 안 실장이었다. 시오에게 그 정도의 농은 충분히 던질 만한 사이였다.

"안 실장님, 오랜만에 뵙습니다. 이쪽으로 앉으시죠."

안 실장이 앉자마자 시오는 본론을 말했다.

"호재가 협박을 당하고 있습니다. 회사 경호팀이 이 일을 맡아주었으면 하는데, 팀장에게 지금 연락해서 올라오라고 하세요."

안 실장의 얼굴이 놀라움과 분노로 일그러졌다.

"아니, 어떤 놈이 감히 아가씨에게 그런 짓을!"

시오는 소파에 등을 기대고 한숨을 내쉬었다.

"여자랍니다. 그것도 나를 잘 아는 여자랍니다. 우선 경호 실장에게 연락부터 하세요. 차근차근 얘기하도록 하지요."

그는 잠시 숨을 돌렸다. 아무리 생각해도 어떤 여자의 소행인지 짐작조차 할 수 없었다.

"회장님 아는 여자라…… 믿어지지 않는 이야기인데요."

자신이 호재 때문에 손목을 그었을 때, 그를 제일 먼저 발견해서 구해준 것이 바로 안 실장이었다. 또한 형님이 돌아가신 후로 계속 시오를 보필하고 있는 안 실장이 그를 모른다면 더 우스운 일일 것이다. 바로 곁에서 그의 사생활까지도 다 지켜본 안 실장으로서는 그와 연결된 다른 어떤 여자가 있을 수 있다는 사실 자체를 믿어지지가 않을 것이다. 사실 시오도 인정할 수 없는 상황이었다. 이해할 수가 없었다. 도대체 어떤 여자가 그의 이름을 들먹이면서 호재에게 위협을 하는 것인가.

"아가씨에게 구체적으로 어떤 협박이 있었다는 겁니까?"

"근 몇 주 동안 새벽마다 어김없이 장난 전화를 해왔답니다. 그러다 어제 저에게서 떨어지란 말을 했다는군요. 사무실에도 계속해서 죽여 버리겠다는 협박편지가 왔었는데, 급기야 오늘은 피 묻은 속옷이 배달되었어요. 이 속도라면 언제 직접적인 유해를 가할지 불안하기 짝이 없는 상황입니다."

"이런 벼락 맞을 놈을 봤나. 이게 대체 웬 날벼락인지 모르겠군요."

"우선 호재에게 은진 선배가 돌아올 때까지 경호원을 붙이고, 그 후엔 뒤에서 미행으로 보호했으면 합니다. 그녀 회사와 연락하면 모든 자료를 내어줄 거예요. 샅샅이 조사하고, 전화 추적도 하고, 하여튼 할 수 있는 모든 조치를 취해주십시오."

"회장님, 어디 짐작 가는 곳이라도 있으십니까?"

시오의 표정으로 이미 모든 것을 짐작한 듯 안 실장은 더 이상 질문하지 않았다.

"그럼 경호팀장에겐 제가 말을 전하겠습니다. 얼굴이 안돼 보이십니다. 조금 쉬시는 것이 좋겠어요."

안 실장이 나가고 나자 시오는 눈을 감고 생각에 잠겼다. 대체 일이 어떻게 돌아가고 있는 것인가. 이제 겨우 그의 파랑새가 그의 품으로 돌아왔는데 그 기쁨을 미처 만끽하기도 전에 누군가가 그의 행복에 찬물을 끼얹고 있었다. 그 누구도 이제 와서 호재를 빼앗아갈 수는 없었다. 그 누구도. 모든 수단 방법을 동원해서 어서 빨리 범인을 잡아야 했다. 만반의 준비는 다 했지만 혹시라도 호재에게 무슨 일이 생긴다면 당신을 용서할 수 없을 것이다.

안 실장은 손 차장이 비서실 한쪽에 유리 칸막이가 되어 있는 자신의 자리로 경호팀장을 안내하자 두 사람 모두에게 앉으라는 손짓을 했다.

"김 팀장, 어서 와요. 손 차장도 잘 들어요. 우리 회사 최대 주주이자 전 회장님의 외동딸이신 호재 아가씨에게 협박편지가 몇 주째 있었답니다."

"예?"

"뭐라고요?"

안상호 실장은 지금 너무도 화가 나 있었다. 호재 아가씨가 누군가, 돌아가신 류시영 회장님의 무남독녀 외동딸로 결혼을 하지 않은 자신에겐 딸과도 같은 아가씨였다. 그는 자신의 생일 때마다 앙증맞은 손으로 써서 보내온 생일 카드를 지금도 소중하게 간직하고 있었다. 그렇듯 소중한 내 아가씨를 감히 누가 위협한단 말인가.

"매일 새벽마다 집으로 협박전화도 걸려오고 있답니다. 김 팀장은 지금 당장 아가씨 집의 전화부터 손봐야 할 거요. 그리고 바로 실력있는 경호원 두 사람을 차출해서 아가씨 사무실로 보내시오. 장은진 비서가 휴가에서 돌아올 때까지 아가씨 신변을 보호하도록 하세요."

안 실장은 잔뜩 긴장하고 있는 두 사람에게 강조하듯이 말했다.

"철저히 보호해야 합니다. 그리고 최대한 빠른 시간 내에 범인을 색출하세요. 손 차장은 지금 바로 김 검사님에게 연락해서 나와 약속을 잡아놔요. 관이 협조하면 더 빠르겠죠, 김 팀장?"

날카로운 인상의 김 팀장 얼굴에 미소 비슷한 것이 걸렸다.

"물론이죠, 안 실장님. 역시 실장님다우십니다. 안 그런가요, 미스 손?"

김 팀장이 직책없이 미스라는 말로 살짝 정민을 비꼬아 말하자 정민에게서 딱딱한 대답이 돌아왔다.

"안 실장님이야 최고죠. 당신이 그 정도인지는 아직 잘 모르겠지만. 이번 일로 당신 실력을 좀 보도록 하죠. 제가 볼 땐 지금까지 거저 월급을 받은 게 아닌가 싶거든요?”

정민은 그렇게 말하고 화사하게 웃었다.

“이봐, 이봐. 쓸데없는 말장난은 그만 하고 어서 할 일을 시작하라고. 한시가 급해.”

안 실장의 불똥이 떨어지기가 무섭게 두 사람은 각자 맡은 임무를 수행하기 위해 자리에서 일어섰다.

시오는 처음으로 호재의 집 안에 들어섰다. 그동안 내내 그 집에 들어가기가 무척 껄끄러웠다. 그곳이 희원의 부모가 호재에게 준 집이라는 것을 알기에 더 더욱 들어갈 수 없었던 것이다. 그러나 이런 상황에서 호재를 이 집에 홀로 둔다는 것은 있을 수 없는 일이었다. 호재의 반대에도 불구하고 그가 끝까지 우기자 그녀도 어쩔 수 없이 그를 집 안에 들였다.

집 안은 현대적인 감각의 소유자답지 않게 매우 고풍스럽게 꾸며져 있었다. 오크 목으로 만들어진 엔틱 풍의 가구들이 집안을 장식하고 있었다. 마치 진짜 영국식의 고가구를 연상시켰다. 아니, 아마도 바로 그 고가구들이 아닌가 싶었다. 그녀가 가짜를 구비해 놓았을 리가 없었다. 하긴 진주를 좋아하다 못해 사랑한다는 그녀였다. 어렸을 때부터 취향이 조금은 예스럽고 고전적이었던 것이다.

그가 거실을 둘러보는 동안 호재가 한구석에 자리 잡고 있는 콘솔로 다가가 은빛액자를 슬쩍 엎어놓는 것이 보였다. 그는 순간 가슴이 덜컥 내려앉았다. 희원의 사진임을 직감으로 알 수 있었다. 질투가 난다기보다 서글픔이 밀려왔다. 사실 그도 희원을 좋아했다. 아니, 어려서부터 그를 귀여워했다는 것이 맞을 것이다. 시오는 한때 호재의 남자 친구로 희원 정도면 되겠다는 생각도 했었다. 그러나 어느 날부터 그의 마음속에 찾아든 희원에 대한 질투는 그를 좀먹게 했고, 결국 희원을 죽이고 싶도록 증오하고 미워하게 만들었다.

호재에게 희원은 그녀 인생 자체나 다름없을 정도로 그들은 오랜 시간을 함께했었다. 그녀가 희원의 사진을 간직하는 것은 오히려 당연한 일이었다. 또한 시오 자신이 그녀를 아무리 사랑해도, 또 그녀가 시오를 사랑한다고 해도 희원에 대한 기억은 그녀 마음속에서 영원히 지워지지 않을 것이다. 그리고 그가 그것을 인정하지 못한다면 호재와 결코 행복할 수 없음은 두말할 나위도 없다. 그것을 알기에 서글퍼지는 것이다. 알고 있고, 이해도 하지만 감정이란 놈은 그리 쉽게 이성에 좌지우지되지 않았다. 그 질투라는 감정이 그의 마음속에서 독불장군처럼 버티기 때문에 괴롭다는 것이다.

"차 한 잔 줄까?"

"아니, 그냥 이리로 와봐."

그는 팔을 뻗어 가까이 다가온 그녀의 허리를 안아 무릎 위에 앉혔다. 호재는 그의 품에 안겨들며 짧게 한숨을 내쉬었다.

“아, 조금은 스릴있는 하루였어.”

그녀는 장난꾸러기처럼 웃었다.

“새까만 선글라스를 쓴 건장한 남자들이 날 보호한다면서 막 앞뒤로 움직이고, 차에 밀어 넣고 하는 바람에 내가 무슨 영화 속 주인공이 된 기분이었다니까. 심지어 화장실까지 따라오더라고. 이번 일이 예삿일은 아니지만, 그렇다고 이렇게까지 오버해야 하는 거야? 나한테 직접 위해를 가한 것도 아닌데 말이야. 쇼 연습 내내 앞 자리에 딱 버티고 서 있는데, 낯이 다 뜨겁더라고.”

호재의 몸을 조금씩 흔들어주면서 그녀의 투정을 조용히 듣고 있었다. 그는 언제나 이런 시간을 원했다. 그녀와 한집에 살면서 그날그날의 일을 이야기하고 들어주면서 하루를 마감하는, 그런 평범한 생활을 오랫동안 바라왔었다. 과연 그들에게 이런 일들이 일상이 될 날이 오기는 할까? 그는 며칠 전의 형수님 반응을 기억해 내었다. 아직 호재에겐 말하지 않았지만, 조만간 형수님은 호재를 호출할 것이다. 사실 아직까지 아무 말씀이 없으신 것이 더 이상한 일이었다. 그래서 그는 혹시나 하는 기대를 하고 있었다. 어쩌면 형수님께서 깊이 생각하고 계신지도 모른다고, 그를 사위로 받아들이기 위해 애쓰고 계신지도 모른다고 그렇게 작은 희망을 조심스럽게 품어보는 중이었다.

“내 얘기 듣고 있는 거야? 그 힘만 세고 무식한 경호원이 내 머리를 움켜쥐고 길바닥에 처박았다니까?”

"뭐라고?"

그는 무의식 중에 그녀를 안은 팔을 어찌나 세게 조였던지 그녀가 아픔의 비명을 질렀다.

"이보세요, 한시오 씨. 힘 좀 빼시죠. 어디 그쯤으로 내가 부러지겠어?"

그는 그녀가 웃으며 비아냥거리자 그때서야 자신이 호재를 너무 힘 주어 안고 있었다는 것을 깨달았다. 잔뜩 긴장한 몸에서 천천히 힘을 뺐다.

"자세히 말해 봐. 대체 무슨 일이 있었다고? 난 왜 아무런 보고도 받지 못한 거지?"

호재가 과장된 한숨 소리를 내었다. 그가 너무 예민하게 반응하고 있다고 말하고 싶은 것이리라.

"쇼를 하는 건물에서 나오는데 어디서 '팡' 하는 소리가 들렸어. 그리곤 순식간에 그 거구에게 깔려 바닥에 납작하게 나뒹굴었지 뭐야. 얼마나 놀라고 황당하던지."

그녀는 어이없다는 듯이 고개를 흔들었다.

"어떤 꼬마가 가지고 있던 풍선이 터지는 소리였는데 총까지 꺼내고 날 내리깔고 하니까, 사람들이 요란하게 소리를 지르고 아이도 무서워서 울고 난리도 아니었어, 하여튼."

시오는 경호원들의 그런 행동에 되레 안도감을 느꼈다. 만약을 대비해 어떤 상황에서도 호재를 먼저 보호하고 나선 그들이 믿음직스럽기 그지없었다.

“그래도 혹시 모르니까 경호원들이 하는 대로 잘 따라주길 바란다. 쓸데없이 고집 부리지 말고. 알았지?”

시오는 그를 귀엽게 노려보는 호재의 눈자위에 살짝 입술을 대었다.

“네가 없으면 난 죽어.”

“당신……”

그의 더할 수 없이 진지한 말에 호재가 더 이상 아무 말 못하고 그의 얼굴에 손을 올려놓았다. 시오는 그 손에 얼굴을 비볐다.

“알아. 어쩌면 나도 그런 것 같아.”

그는 호재의 말에 그녀를 번쩍 안고 그대로 일어섰다. 그녀가 그의 목에 팔을 둘러왔다.

“당신 눈앞에 있는 문이야.”

침실을 묻는 그의 무언의 질문에 호재가 얼른 대답했다. 시오는 그의 귓가에 입술을 대고 속삭이는 그녀의 말 때문에 저도 모르게 다리를 휘청했다.

“언제까지 쓸데없는 말만 하고 있을 건지 기다리고 있던 중이었어.”

✳

그 시각에 서울 외각에 있는 조그마한 오피스텔 육층에서 한 여자가 서슬 퍼런 식칼로 패션 잡지를 난도질하고 있었다. 난잡하게 흐트러진 긴 머리가 독기 품은 얼굴을 보일 듯 말 듯 가리고 있었고, 자신을 자제하지 못하고 잡아뜯어 축 늘어진 원피스는 여자의 한쪽 어깨를 다 드러내고 있었다. 무시무시한 식칼에 의해 산산이 조각나고 있는 잡지엔 그 여자가 가장 증오하는 류호재의 사진이 실려 있었다.

'이 여자만 없었다면 그는 날 사랑했을 텐데……. 이 여자만 없었다면 지금 그의 옆에 누워 있는 건 바로 나일 텐데…….'

그렇게 생각하자 그녀는 더욱더 류호재가 미워지는 것이었다.

이 여자가 그토록 사랑하는 시오를 힘들게 하고 불행하게 했다. 그래 놓고 이제 와서 다시 그에게 꼬리를 치다니, 도저히 용서할 수 없었다. 그녀는 시오를 위해서 류호재란 여자를 멀리 보내 버려야겠다고 결심했다. 류호재는 모든 남자들에게 독이었다. 그런 여자는 이 세상에 존재해서는 안 되는 것이다. 특히 시오에게 악영향을 끼치는 그 얄미운 계집에게 본때를 보여주고야 말리라.

그녀는 어둠침침한 거실 한가운데에 앉아서 끊임없이 종이들을 산산조각 내면서 으스스한 웃음을 흘리고 있었다.

＊

그들은 포근한 침대와 사랑하는 사람의 온기로 싸늘한 가을 밤을 따뜻이 보냈다. 그러나 온전히 밤을 보내고 아침을 맞기를 바랐던 것은 그저 희망으로 그치고 말았다. 새벽은 그들을 그냥 두지 않았다. 몇 주째 변함없이 울리던 전화벨 소리가 그날도 어김없이 적막한 방 안에 울려 퍼졌다. 그들은 심각하게 서로를 바라보았다. 그녀는 일렁이는 시오의 눈빛에 그의 벗은 가슴을 손으로 쓸어주면서 안심시켰다.

"괜찮아. 내가 받아볼게."

호재는 저지하는 그의 손을 꼭 잡고 스피커폰을 눌러 그가 들을 수 있도록 했다.

"여보세요?"

[아무리 발악해도 소용없어. 넌 마녀야. 마녀는 화형시키는 것이 인간세상의 기본 룰이지.]

"대체 당신 누구야?"

난데없는 그의 목소리에 전화기 저쪽에서 잠시 침묵이 흘렀다.

[내가 당신을 위해 저 마녀를 없애겠다는데, 나에게 고마워하기는커녕 그 화냥년과 거기 그렇게 누워 있다니.]

"나랑 어떻게 아는 사이지? 이름을 밝혀!"

시오는 정신 나간 여자의 목소리에 분노가 치솟았다. 이것으로 자신으로 인해 미쳐 버린 여자가 실제로 존재함을 부정할 수 없게 되었다.

[나중에 나에게 얼마나 미안해하려고 그 매음굴에서 뒹굴고 있는 거죠? 어서 나와요. 그 마녀의 소굴에서 어서 나오란 말이에요.]

“이봐! 당신 대체…….”

뚜뚜뚜뚜.

상대방이 일방적으로 전화를 끊은 것이다. 몇 초 후 다시 전화가 울렸다. 시오가 기다렸다는 듯이 스피커폰을 눌렀다.

“찾았나?”

[예, 찾았습니다. 한데 이 근처 공중전화였습니다. 지금 대원들이 달려갔습니다.]

“알았어. 내가 나가지.”

시오는 같이 나가려고 하는 그녀를 저지했다.

“밖은 너무 위험해. 넌 여기 있어.”

“웃기지 마. 나도 가볼 거야. 이건 어디까지나 내 일이라고. 나를 제외시키곤 아무것도 할 수 없어.”

불안해하는 시오를 달래면서 그녀는 재빨리 옷을 입었다. 그들은 최대한 서둘러 밖으로 뛰어나갔다. 집 앞을 지키고 있던 대원 하나가 그들을 안내했다.

기가 막히게도 협박전화 장소는 그녀의 집에서 일 분도 안 되는 거리에 있는 공중전화였다. 그곳에서는 그녀의 집 창문이 보였다. 그녀는 으스스 몸을 떨었다. 이젠 정말 심각하게 생각해볼 문제였다. 아차 하면 바로 위해를 가할 수도 있는 거리에 협박범이 있었던 것이다.

시오는 불같이 노한 얼굴로 김 팀장하고 무슨 이야기인가를 주고받고 있었다. 그런 그들을 바라보다 호재는 문뜩 섬뜩한 기운을 느꼈다. 그녀는 재빨리 주변을 둘러보았다. 도로 건너편에 빵모자를 깊이 눌러쓰고 검은색 코트를 입은 사람이 그들 쪽을 바라보고 있었다. 어두워서 흐릿하게 보였지만 분명 사람이었다.

"저쪽이에요. 저기요."

그녀가 가리킨 방향으로 남자들이 달리기 시작했다. 빵모자를 깊이 눌러쓴 사람도 달리기 시작했다. 모두 잠든 스산한 새벽에 사람들의 뛰는 발소리만이 거리에 울려 퍼지고 있었다. 시오가 대원들 사이를 뚫고 그 사람에게 가까이 다가선 순간 어디선가 휘발유 냄새가 확 끼쳐 오고 그녀의 옷이 젖어들었다. 그녀는 놀라서 뒤돌아보았다. 화르르 하고 불사르는 소리가 들리고 뜨거운 화기를 느꼈다.

"악! 아악!"

호재의 코트가 불타올랐다.

"으악, 으악!"

그녀는 정신없이 소리를 질렀다. 확 하고 뜨거운 불길이 살을 태우는 것 같았다. 당황한 그녀는 그저 뛰면서 비명만 질러댔다. 멀리서 시오의 외침이 들려왔다.

"호재야, 뒹굴어! 어서 바닥에 몸을 비벼! 제발, 어서!"

그녀는 시오의 말대로 바닥에 드러누웠다. 언제 왔는지 시오가 그녀의 몸을 굴리면서 자신의 몸으로 불길을 끄고 있었다. 그리고 그녀가 정신을 차렸을 때는 시오의 품 안에 있었다. 휘발유 냄새와 가죽 탄 냄새가 코를 찔렀다. 그녀의 손도 화상을 입었다. 긴 머리카락도 조금 탔다. 그러나 그것 외에 특별한 화상이나 상처는 없었다. 다만, 너무나 놀란 가슴은 진정될 기미를 보이지 않고 쉬지 않고 격하게 뛰고 있었다.

'세상에, 나를 불태워 죽이려 하다니……. 대체 내가 무슨 잘못을 했단 말이야!'

그녀는 정말 충격을 받았다. 죽을 것 같은 공포보다 더 그녀에게 충격을 준 것은 도대체 시오와 어떤 관계이기에 그녀를 죽이려고까지 했는가 하는 것이었다. 그녀는 시오의 품에 멍하니 안겨 있었으나 그에게 철저히 배신감을 느끼고 있었다. 시오에 대한 믿음이 흔들리는 순간이었다.

시오는 이렇게 공포에 떨었던 적이 없었다. 그 평생에 이런 극단적인 자괴감을 느낀 적도 없었다. 그녀가 죽을 뻔했다. 그가 호재를 이런 고통 속에 몰아넣은 것이다. 불길에 휩싸여 비명을 질러대던 그녀를 보았을 때, 그는 한순간 숨을 쉴 수가 없었다. 그리곤 뛰기 시작했다. 누워 있는 그녀를 뒤집으며, 손으로 몸으로 불길을 잡으면서 눈물을 흘리고 있었다. 극단적인 공포가 자신도 모르게 눈물을 나오게 한 것이다. 자신이 눈물을 흘리고 있다는 사실조차 그때는 깨닫지 못했다. 그의 손도 꽤

심한 화상을 입었지만 아픔조차 느낄 겨를이 없었다.

불길이 잡힌 후부터 호재는 그의 품속에서 멀리 시선을 주고 움직이지 않고 있었다. 그녀 또한 충격이 컸을 것이다. 왜 아니겠는가. 누군가가 그녀를 죽이려 했고, 또 자칫 잘못되었다면 성공할 뻔했던 것이다. 그는 생각할수록 무서워졌다. 지금은 정말 비상 상황이었다. 이제 그녀는 한시도 그에게서 떨어지면 안 된다. 따로 사는 것도 오늘로 끝이다. 그녀가 아무리 반대해도 이번엔 그의 뜻대로 할 것이다. 그녀의 짐을 챙겨서 그의 맨션으로 가야겠다.

"호재야, 좀 정신이 드니? 이제 괜찮아. 안심해. 다 끝났어. 범인은 내가 꼭 잡을 거야."

그의 말에도 호재는 아무 반응 없이 넋을 놓고 있었다.

"많이 놀랐을 거야. 오늘부터 내 집에서 지내자. 여기는 너무 위험해서 안 되겠어."

그의 품에서 그녀가 몸을 굳혔다.

'싫은 걸까?

그의 품에서 천천히 몸을 일으킨 호재가 그를 외면했다.

"어머니 집에 갈 거야. 당신은 갈 필요 없어. 어머니가 아시면 속상하실 테니. 다른 사람 차 타고 갈래. 짐도 필요없어. 지금은 그냥 가서 쉬고 싶은 생각뿐이야."

시오는 가슴이 내려앉았다. 호재가 그를 거부하고 있었다. 본능적으로 알 수 있었다.

'나를 원망하는 걸까? 이 모든 것이 나 때문이라고 생각하는
걸까?'

　그렇게 느끼는 것도 무리는 아니었다. 누군가가, 아니, 정확
히 말해서 어떤 여자가 그에게서 떨어지라며 호재를 죽이려 했
다. 그를 탓하지 않으면 그것이 오히려 이상한 일일지도 몰랐
다. 그래도 이런 상황에서 그녀가 그를 거부한 것이 못내 서운
했다. 놀란 가슴을 그의 품에서 달래주길 바라는 것이 무리한
일은 아닐 것이다. 그녀만큼 그도 그녀에게 위로받고 싶었다.
왜 아니 그렇겠는가. 서로 사랑하는 사람들이 이럴 때 서로 위
로해 주고, 보호해 주고 하는 것은 당연한 일이었다. 호재가 그
를 사랑한다면 이런 순간에 사랑하는 사람 곁에 있고 싶을 것이
었다. 그런데 그녀는 그것을 거부했다. 그것이 무엇을 의미하는
지…….

　"호재야…….”

　"그냥 어머니 곁에 있고 싶을 뿐이야. 더 이상 아무 말도 말아
줘.”

　그녀는 그의 품에서 빠져나갔다. 그녀의 온기가 사라진 자리
에 스산한 바람이 스치고 지나갔다. 어쩐지 방금 떠난 그녀가
다시는 그의 품으로 돌아오지 않을 것 같다는 불길한 생각이 들
었다. 그는 벌떡 일어나 호재를 꼭 끌어안았다.

　"호재야, 제발.”

　호재는 그의 품에 안겨서 그를 거부하지는 않았지만 마주 안

아오지도 않았다. 다시 한 번 그 불길한 생각에 몸서리쳤다. 그녀를 안은 팔에 저도 모르게 힘이 들어갔다.

"나 피곤해. 누구 나 데려다 줄 사람 좀 불러줘."

끝내 그를 외면하는 그녀를 놓아주면서 온몸에 힘이 빠지고 있었다.

"난, 난 어떡하라고? 응? 너를 위로해 주고 싶고, 나도 너의 품에서 네가 안전하다는 안도감을 맛보고 싶었다. 너에게 위로 받고 싶다고! 넌 아니니? 이번 일이 우리가 같이 겪어내야 할 일이라고는 생각하지 않니? 내가 잘못 생각했니?"

그는 대답없는 그녀를 한동안 노려보았다. 그녀를 이해 못하는 것은 아니지만 정말이지 원망스러운 맘을 누를 수가 없었다.

"그래, 오늘은 형수님과 지내는 것이 좋겠다. 내일 다시 이야기하자. 하나만 알고 가라. 절대 네가 다시는 이 집으로 돌아오는 일은 없을 거야. 내 집이 싫다면 호텔로 가도 좋아. 하지만 여긴 안 돼. 또 너 혼자도 안 되고, 날 너에게서 떼어놓을 수도 없을 거야. 네가 날 아무리 원망한다 해도 그건 있을 수 없는 일이야. 그건 확실히 알고 가."

그는 말을 마치고 그녀를 등지고 돌아섰다. 그의 손짓에 경호팀장이 달려왔다.

"아가씨 모시고 성북동으로 가십시오. 거기서 지키고 있다가 아침에 파티잔으로 모셔오도록."

불에 그슬린 호재의 머리카락을 살짝 쓰다듬고는 고개를 돌렸다. 잠시 후에 차가 떠나는 소리가 들렸다. 그는 죄없는 도로 변의 가로수를 격렬하게 발로 찼다.

"이럴 수는 없어. 하늘이 나에게 또다시 이런 시련을 줄 수는 없는 거야."

그는 두 주먹을 불끈 쥐었다. 반드시 찾아내리라. 범인이 여자든 아니든 그의 손에 반죽음을 각오해야 할 것이다.

새벽에 집에 들어온 호재에게서 그간의 사정 이야기를 다 들으신 어머니는 잠시 동안 아무 말씀도 하지 않으셨다. 입을 앙다물고 그녀를 뚫어지게 바라보시는 어머니의 시선이 몹시도 부담스러웠다. 어머니의 뜻을 거스르고 이런 일까지 당하게 되자 스스로가 고개를 들 수 없었다. 어머니의 눈 속에 어려 있는 고통과 절망, 그리고 비난이 그녀의 가슴을 너무나도 아프게 했다. 그러나 한편으로는 그 오랜 세월이 흐른 뒤에도 이렇게밖에 될 수 없었던 그들을 조금도 이해해 주시지 않는 어머니가 원망스럽기도 했다. 애써 진실을 외면한다고 해서 그냥 해결될 문제는 아니었다. 또한 호재나 시오를 어머니 가슴속에서 완전히 지워 버릴 수 없는 한 언젠가는 부딪칠 일이었다. 그런데도 침묵으로 그들의 일을 무시해 버리시는 어머니가 못내 야속한 건 철없는 자식의 어리광인지도 모르겠다.

잠깐 눈을 붙이고 일어난 호재는 밖에서 기다리고 있는 경호원들을 불러 아침 식사를 대접했다. 그리고 그때를 틈타 몰래 집을 빠져나왔다. 지금은 시오를 만나고 싶지도 않았고, 또 저 우스꽝스러운 남자들이 자신을 졸졸 따라다니는 것도 싫었다. 호재는 어머니 집에 있던 예전의 옷들을 주섬주섬 찾아 입고는 택시를 탈 수 있는 곳까지 정신없이 내달렸다.

　'이번 일이 다 끝났을 때, 당신은 내 의문을 완전히 풀어주어야 할 거야. 그전에는 당신 얼굴 보고 싶지 않아. 순순히 당신 뜻대로 당신 품 안에서 보호받고 싶지도 않아. 특히나 지금은 절대로 싫어. 다른 여자를 품었을 당신을 생각하면 속이 다 뒤집히려고 해. 아직은 당신을 볼 수가 없어, 아직은.'

　호재는 달리면서 마음속으로 외쳐 댔다. 희원과 결혼까지 했던 주제에 순전히 억지라는 걸 잘 알고 있었지만, 세상엔 노력해도 안 되는 것이 있는 것이다. 지금까지는 깨닫지 못했지만 시오의 여자 문제가 그녀에겐 그랬다. 시오에게 다른 여자가 있었을 거라는 건 상상조차 해보지 못했던 그녀로서는 이성으로 해결할 수 없는 문제였다. 설령 과거의 일일지라도 절대 생각할 수도, 있을 수도 없는 일이었다. 이기적이고 웃기지도 않는 질투심이 그녀를 죽을힘을 다해 달리게 하고 있었다.

　한 시간 후 호재는 습관대로 대형 서점 한구석에서 책을 읽고 있었다. 독서삼매경에 빠져 있던 그녀는 누군가가 어깨를 두드릴 때에야 고개를 들었다.

　"아침부터 여기서 웬 청승이야?"

"준범 선배!"

그녀는 눈을 크게 뜨고 남자를 바라보았다. 203㎝의 장신을 자랑하는 준범은 얼굴 생김도 영화배우 뺨치는 남자였다. 배구 코트에선 강하고 거침없는 플레이를 선보이는 라이트 공격수지만, 실제로는 너무나 다정하고 부드러운 남자이기도 했다.

"책과는 담 쌓고 사는 선배가 서점엔 웬일이래? 그것도 이렇게 이른 시간에?"

준범이 환하게 웃었다. 그러자 양쪽 뺨에 앙증맞은 보조개가 패었다.

"하여튼 선배 미소는 정말 살인적이야. 어떻게 덩치는 산만해 가지고 그렇게 귀여운 미소를 짓는 거지?"

그녀는 못 말린다는 듯 고개를 흔들며 웃었다. 저 귀여운 미소에 넘어간 여자가 한둘이 아닐 것이다.

"나는 볼 만한 책이 있나 한번 들러본 거야. 너는 여전히 이렇게 서서 책을 읽고 있는 거니? 중학교 때부터 이 습관이 있었으니 지금까지 너도 어지간하다. 그냥 사서 볼 것이지 이게 무슨 사서 고생이니. 더더군다나 지금은 얼굴이 알려져서 꽤 불편할 것 같은데?"

준범은 희원과 그녀의 중학교 일 년 선배이자 희원과는 대학교까지 동문이었다. 결혼 생활 동안 그들을 옆에서 응원해 주고 힘이 되어준 선배이기도 했다. 지난번 시댁에서 들었던 준범의 이야기가 생각나자 그녀의 안색이 조금 흐려졌다. 만나서 이야기해 보려고 했는데 마침 잘되었다 싶었다. 그녀는 읽던 책을 내려놓고 준범을 바라보았다.

"준범 선배, 아침 먹었어요? 저랑 아침 겸 점심을 먹지 않을래요?"

준범은 다시 예의 그 미소를 지었다. 저쪽에서 책을 정리하고 있던 여직원이 준범의 미소에 한숨을 쉬었다. 어찌나 큰 소리가 나던지 그녀는 그만 크게 웃고 말았다. 준범의 등을 살짝 치며 놀리듯 바라보자 그는 냉정하게 여직원을 쏘아보았다. 방해하지 말라는 듯 차가운 그 눈빛에 호재 자신도, 여직원도 움찔 숨을 죽였다. 준범은 가끔씩 저런 냉정한 눈빛을 할 때가 있었다. 마냥 사람 좋을 것 같은 미소를 짓고 있지만, 저런 일면이 있기에 승부사라는 소리를 듣는 것일 게다. 그녀는 준범의 팔에 손을 올렸다.

"자, 가요. 이 근처에 정말 맛있는 샌드위치랑 커피를 파는 곳이 있어. 선배 좋아하는 달콤한 모카 케이크도 있어."

그녀의 말에 준범의 표정이 원래대로 돌아왔다.

"그렇게 유혹하는데 안 넘어가면 내 이름이 이준범이 아니지."

그는 큭큭거리며 장난스럽게 웃어댔다. 준범이 다정하게 호재의 어깨에 손을 올려놓았다. 그와 함께 있을 때면 그녀는 정말이지 작고 연약한 여자로 느껴진다. 그녀가 178㎝나 되는 장신이라 웬만한 남자들과 나란히 서면 꼭 꺽다리 같은 느낌이 들어서 싫었다. 시오만 해도 180㎝의 장신이지만 그녀가 힐이라도 신고 나란히 서면 그녀가 더 컸다. 시오 얼굴이 떠오르자 다시 우울해졌다. 준범과 서점을 나서면서도 내내 시오를 생각했다. 지금쯤 그녀를 찾아 이곳저곳을 쑤시고 다닐 것이다.

'걱정하고 있겠지?'

그녀는 무작정 도망쳐 나온 자신의 행동이 어린애 같다는 걸 잘 알고 있었다. 하지만 아무리 노력해도 질투를 감출 길이 없었기 때문에 당분간 시오를 보고 싶지 않았다. 시오 입에서 혹시라도 나올지 모르는 과거의 편린을 알고 싶지 않았다. 모르고는 무시할 수 있지만 알고서야 어떻게 그것을 잊고 극복해야 할지 자신이 없었다. 그녀는 자신의 나약함을 비웃으며 준범과 함께 향기로운 커피 향이 흐르는 카페에 들어섰다.

호재가 없어졌다는 보고를 받은 순간부터 시오는 안절부절못했다. 이렇게 심각한 상황에 혼자서 도대체 어디로 갔단 말인가. 그가 걱정할 것을 뻔히 알면서 어떻게 이럴 수가 있는지 모르겠다. 그녀에 대한 걱정과 함께 화가 솟아나기 시작했다. 뭔가 그를 비난하는 것 같은 그녀의 표정이 떠오르자 솟구치는 불안과 씁쓸함이 그를 덮쳤다. 분명 협박자에게서 그의 이름이 오르내리고 있기는 하지만 그는 결백했다.

물론 그녀를 처음 여자로 느끼기 시작했던 몇 달 동안 방탕하게 헤매었던 건 사실이지만 그땐 그녀를 친조카로 알고 있을 때였고, 또 칠팔 년도 넘는 너무나 오래된 과거의 일이었다. 시오는 그녀가 결혼 생활을 하는 동안에도 지조를 지키고 있었던 것이다. 그런 그로서는 이렇게 황당하고 무서운 경우를 당할 이유를 찾을 수 없었고, 그래서 더 더욱 초조했고 억울했다. 또한 당최 범인을 짐작할 수 없기 때문에 불안하기도 했다. 이대로 가다가는 잘못하면 장기전으로 가게 될까 염려스러울 따름이었다.

오늘 새벽의 일로 경찰노 나섰다. 이젠 사실 경호로 끝낼 일이 아니었다. 살인미수라는 어마어마한 범죄 행위가 있었다. 하마터면 그의 호재가 죽을 뻔했다. 다시 생각해도 끔찍했던 순간이었다. 경찰이 나섰으니 언론이 알게 되는 건 시간문제였다. 지금도 자유롭지 못한 공인의 입장에 있는 호재가 언론의 집중 관심을 받게 되면 얼마나 시달림을 당할지 그것도 걱정이었다.

'어디 있니? 제발 돌아와 줘…….'

그녀가 갈 만한 곳은 다 찾아보았다. 그는 초조하게 책상을 두드리다가 문득 떠오르는 생각이 있었다. 그러고 보니 안 찾아본 곳이 딱 한 곳 있었다.

"서점. 맞아, 서점."

그녀는 심란하거나 생각이 복잡할 땐 서점에 가서 책을 읽는 습관이 있었다. 왜 진작에 그 생각을 못했는지 모르겠다. 하루이틀 습관도 아니건만 지금까지 엄한 짓만 하고 있었던 것이다.

그는 휴대폰을 열면서 정신없이 집무실을 빠져나왔다.

"김 팀장, 명동서점에 가봐요. 그녀가 거기 있을지도 몰라. ……아니, 지켜만 봐. 내가 지금 갈 테니까."

시오는 오늘 호재와 한판하기로 마음먹었다. 싸움이란 걸 하면 속에 있는 말이 나오겠지. 어째서 그를 피하는지, 그리고 더불어 지금까지 계속 의문에 휩싸여 있던 문제도 꺼내기로 마음먹었다. 그와는 연애에서 그치겠다고 하는 것인지에 대해서 이젠 이야기할 때가 되었다.

✳

"준범 선배, 시즌 시작했는데 이렇게 단독으로 행동하고 다녀도 되는 거야? 세미프로팀은 장난이 아니잖아. 아무리 선배가 실력을 인정받고 있다고 해도 이제 프로 삼 년 차가 이렇게 불성실하면 되겠어?"

그들은 간단하게 빵과 커피로 배를 채운 뒤 과일 주스를 마시고 있었다. 이제 겨우 오전 열한 시를 가리키고 있는데 손님이 이렇게 많은 걸 보니 간단한 식사를 제공하는 영업 전략을 내세운 주인의 사업전략이 성공을 거두고 있다는 증거였다.

삼십 분쯤 전에 이 카페에 들어왔는데 벌써 몇 명이 그들의 테이블에 왔다 갔는지 모르겠다. 그녀의 유명세도 유명세지만 세미프로팀 최고의 오른쪽 날개 공격수였고 배구 국가대표 선

수 생활을 몇 년째 하고 있는 미남 선수 이준범은 확실히 눈길을 끄는 존재였다. 어떤 팬은 정말 두 분이 사귀는 것 맞느냐고 묻는 사람도 있었다. 화장기 하나도 없는 호재를 보고 어쩜 그렇게 예쁘냐고 감탄하던 어떤 여자가 진짜 화장 안 한 거냐고 무례하게 묻기도 했다. 그들은 대화다운 대화도 제대로 나누지 못하고 먹는 건지 마시는 건지 모르게 목으로 넘기고 나서야 간신히 개인적인 이야기를 나눌 수가 있었다.

"너랑 있으면 언제나 이런 사단이 나지."

준범이 DJ 뺨치는 매력적인 목소리로 웃으며 말했다. 언제 봐도 준범은 어디 한 구석 비는 곳이 없는 사람이었다.

"사돈 남 말 하시네요. 선배랑 있으면 도대체가 내가 연예인인지 선배가 연예인인지 구분이 안 간다고요. 운동만 잘하면 됐지, 선배가 무슨 모델이라고 그렇게 입고 다니는 거예요? 그 머리는 또 뭐고요?"

준범은 어깨를 으쓱했다. 그는 여기저기 찢어진 멋들어진 블루진에 딱 달라붙는 붉은색 니트 티를 입고, 한쪽 귀엔 붉은 루비 피어싱을 하고 있었으며, 어깨까지 내려오는 웨이브진 머리를 은색으로 물들이고 있었다. 그가 국가대표 배구선수가 아니래도 수많은 여자들이 줄을 잇는 것은 어쩌면 당연한 일이었다. 일반적으로 배구선수들은 키에 비해 낭창낭창한 몸매를 가졌는데, 군더더기없는 그의 몸매가 차림새를 한껏 부각시키고 있었다.

"호재야, 나 은퇴하면 너와 같이 모델 활동 할까? 요즘 제법 유혹도 있는데 말이야."

그녀는 천연덕스럽게 말하는 준범을 매섭게 노려보았다.

"선배, 지금 나이가 몇인데 은퇴야, 은퇴가. 이제 겨우 세미프로에서 뛰기 시작한 주제에 은퇴라니. 그러다가 말이 씨가 되는 수가 있어. 거기다 선배 한창 뛰고 은퇴할 때쯤 되면 내 나이가 몇인데 모델 활동을 해. 누구보다 현역으로 뛰고 싶어하면서 괜한 소리 한다."

"지금까지보다 널 보기가 더 힘들어지니까 하는 말이야. 이젠 지방 시합도 있고, 시즌 중에 너와 스케줄 맞추면서 만나기가 여간 어려운 게 아닐 거야. 오늘 같은 우연이 얼마나 있겠어?"

그녀는 준범의 진지한 말에 지난번 시아버지의 말씀을 다시 떠올렸다. 지금 이야기를 해두는 편이 좋겠다. 그녀는 혹시나 자신이 준범을 고양시켰다면 자신의 실수를 바로잡아야 한다고 생각했다. 그녀는 어렵게 말을 꺼냈다.

"선배, 지난번에 아버님이 이상한 말씀을 하셨어. 선배가 나와 결혼하고 싶어한다고 말이야."

그는 그녀의 말을 듣고도 표정 하나 바뀌지 않고 그녀를 뚫어지게 바라보았다. 그녀는 그의 강렬한 시선에 저도 모르게 먼저 시선을 피하고 말았다.

'이게 아닌데, 선배에게 일침을 놓으려고 꺼낸 말인데 왜 내가 시선을 피하는 거지?'

　준범이 그런 그녀의 손을 덥석 잡았다. 그녀의 손을 잡은 그의 손이 너무나 뜨거웠다. 그녀를 바라보는 그의 눈빛 또한 너무나 격렬하게 타오르고 있었다.

　"널 사랑한다. 너무나 오랫동안 널 가슴에 품고 살아서 이젠 도저히 내 마음속에서 떼어낼 수가 없어. 호재야, 날 한 번만 돌아봐 주라. 내가 네 옆에서 널 기다리고 있다는 걸 눈치 채기를 기다리고만 있기엔 내가 너무 절박해."

　그녀는 정말이지 준범의 이런 진지한 모습에 익숙하지 않았다. 언제나 가볍고 생각없는 사람처럼 행동했던 준범이 안색까지 파리해지며 진지하게 고백해 오자 그녀는 당황하지 않을 수 없었다. 준범이 아예 아무 말도 꺼낼 수 없게 먼저 선수를 치려던 작전은 완전히 실패로 돌아갔다. 시부모에게서 이야기를 듣기 전에는 준범이 그녀에게 어느 정도 끌렸다고 해도 거기까지라고 생각했다. 설마 사랑이네 뭐네 할 줄은 꿈에라도 알지 못했다. 그녀는 준범을 희원과 떨어뜨려 놓고 생각한 적이 없기 때문에 그의 이런 모습이 낯설 뿐이었다.

　"선배, 제발 이 손이라도 놓고 얘기해요. 그리고 이게 무슨 장난이에요? 희원과 나의 학창시절부터 결혼 당시까지 다 지켜본 선배가 우리에게 이러면 안 되죠. 희원이 선배를 얼마나 좋아했는데 이러는 거예요?"

　그녀는 어떻게든 준범을 설득할 요량으로 희원의 이름을 꺼냈으나 그것은 역효과를 내고 말았다. 그의 눈은 희원이란 말을 듣자마자 증오로 불타오르기 시작했다. 그녀는 그 격렬함에 놀라고 말았다.

"내가 너희 두 사람의 다정한 모습을 얼마나 질투했는지 너는 모른다. 죽이고 싶었다. 너도, 희원도. 그렇게라도 하지 않으면 내가 죽을 것 같았지. 중학교 때부터 갓 들어온 신입생이었던 너희 둘을 갈라놓기 위해 별짓을 다 했다. 너에게 남자를 붙여보기도 했고, 희원이에게 적극적인 여자를 붙여보기도 하고…… 둘 다 안 넘어가더군. 겨우겨우 힘들게 다 포기하고 나니까 너희들 옆에라도 있어야겠다는 생각이 들었다. 그렇게라도 하지 않으면 살 수가 없을 것 같았지. 그래서 선배라는 이름으로 너희 옆을 지켰다. 그러나 이젠 절대 그런 시답잖은 들러리 역할은 사양하겠다. 난 네 연인이고 싶고, 네 남편이고 싶다. 네 남자로 네 옆에 있고 싶어."

그녀는 벌어진 입이 다물어지지 않았다. 꿈에라도 준범이 희원과 그녀를 질투했으리라곤 생각도 못했었다. 준범이 희원을 진심으로 좋아했다고 생각했다. 희원과 그녀 옆에서 그렇게 오랜 세월 가면을 쓰고 같이한 준범이 무섭게 느껴졌다. 그저 놀라울 뿐이었다. 호재는 오늘 준범에게 자신에 대한 감정은 미망인이 된 그녀에게 느낀 연민을 사랑으로 착각하고 있는 것이라 설득하려고 했었다. 그러나 이젠 그런 수고를 하지 않을 것이다. 희원의 이름에 증오심을 감추지 못하는 준범은 그녀에게 아무 의미도 없는 사람이나 마찬가지였다. 희원의 좋은 선배로서의 준범일 때만이 가치가 있었다. 준범의 이중성을 이제라도 깨달아서 다행이라고 생각했다. 머리 속이 배신감으로 멍했다.

준범이 그녀에게 바싹 다가와 앉았다. 그의 입술이 그녀의 입술에 닿을 때까지도 그저 인형처럼 움직이지 않았다. 그녀는 그의 혀가 벌어진 그녀의 입속으로 침입해 왔을 때에야 정신을 차렸다. 격렬한 키스에 숨이 막혀왔다. 그녀는 치밀어 오는 구역질과 온몸에 돋아나는 소름에 몸서리쳤다. 그녀의 머리를 움직이지 못하게 잡고 입속을 헤집고 다니는 준범을 밀어내려고 손을 올리는 순간 준범이 그녀에게서 떨어져 나갔다. 충격에 휩싸여서 일이 어떻게 돌아가는지 한동안 알지 못했다. 그녀의 눈에 제일 먼저 들어온 것은 시오였다. 카페 안의 사람들이 준범과 시오가 서로 얽혀서 치고받고 하는 모습을 흥미진진하게 바라보고 있었다. 그녀는 퍼뜩 정신이 돌아왔다. 그들 사이에 끼어들어 간신히 시오를 떼어놓았다. 호재는 거칠게 숨을 몰아쉬며 다시 한 번 준범에게 달려들려는 시오를 꼭 껴안았다.

"제발, 여기서 나가자. 나중에 이야기해, 제발. 그를 그냥 놔둬."

호재는 간절하게 속삭였다. 시오가 그녀를 내려다보며 뭐라고 말하려 하자 그녀는 더 세게 그를 끌어안았다.

"제발. 구경꾼이 너무 많아."

시오의 몸에서 서서히 힘이 빠지고 있었다. 그녀는 안도의 한숨을 내쉬었다.

“류시오 씨, 아니지, 아니지. 이제 한시오 씨인가? 성이 바뀌었다고 호재의 삼촌이 타인이 되는 건가?”

“뭐야?”

준범의 호기 어린 장담에 그녀는 눈을 굴렸다.

“당신도 이제 희원이 없다고 안심하는 모양인데, 그 생각이 오산이란 걸 지금 알려 드리지. 난 절대 호재 포기 못해. 반드시 내 여자로 만들고 말겠어.”

그녀는 그런 준범에게 다시 달려들려는 시오를 끌어안고 머리를 그의 가슴에 깊이 묻었다.

“제발, 더 시끄러워지기 전에 여기서 나가요. 제발.”

망설이던 시오가 그녀의 어깨를 안고 돌아섰다. 등 뒤로 준범의 증오에 찬 눈빛이 따라왔고, 호기심 어린 구경꾼의 흥미진진한 눈빛도 따라왔다. 그리고 삼류잡지사 소속인 한 사진기자의 앵글도 그들에게 맞추어져 있었다.

시오는 회사로 들어가는 차 속에서도 그녀의 어깨를 안은 팔을 풀지 않았다. 힘이 잔뜩 들어가 있는 손이 그의 소유욕을 그대로 드러내고 있었다. 어쩐지 지금까지 그에게 화가 나 있었다는 사실이 아무것도 아니라는 생각이 들었다. 그가 여자에게 원한 살 일을 할 사람이 아니라고, 설령 어떤 여자와 모종의 관계가 있었다 해도 그건 어디까지나 과거의 일일 뿐이었다. 그걸 트집 잡아 지금 토라져 있어야 하는 이유는 되지 못한다는 사실을 그녀도 조금씩 인정하고 있었다. 그녀는 시종일관 침묵으로 일관하고 앞만 뚫어지게 바라보고 있는 시오를 조심스럽게 올려다보았다. 꽉 다문 입매와 가늘어져 있는 예민해진 눈빛, 거친 숨소리, 긴장해 있는 몸, 그의 마음을 조금은 알 것 같았다. 그녀도 요 며칠 동안 그 질투라는 감정 때문에 고통받았기 때문이다.

그녀는 살그머니 손을 들어 그의 허리를 두 팔로 감싸 안았다. 그의 근육이 수축하면서 긴장이 전해져 왔다. 눈치 빠른 기사가 백밀러 각도를 조금 비켜 맞추었다. 그녀는 그의 가슴에 얼굴을 묻고 지나가듯이 중얼거렸다.

"질투하지 마. 내가 당신 사랑해."

그녀는 그와 연인이 된 이후, 처음으로 사랑한다고 말했다. 그의 몸이 부들부들 떨려오는 것을 몸으로, 마음으로 느끼며 그녀는 솜사탕 같은 작은 한숨을 내쉬었다. 그녀를 안은 그의 팔이 피가 통하지 않을 정도로 하얗게 변해 있었다.

"내가 사랑하는 사람이 당신인데, 당신이 무슨 이유로 질투를 해. 당신만 바라볼게."

애무하듯 다시 한 번 다정히 속삭였다. 귓가에 심장 소리가 당장이라도 터져 버릴 듯 어찌나 크게 들리던지 그녀가 다 불안할 정도였다. 그녀는 잠시 그 소리를 흐뭇한 마음으로 즐겼다.

'이것이 이 남자가 날 사랑하는 강도야. 이 힘찬 박동 소리가 나를 살아 숨 쉬게 하는 원동력이야.'

시오는 아무런 말도 하지 않고 단지 그녀가 무슨 구원의 동아줄이라도 되는 양 힘 주어 안고만 있었다. 그녀는 어쩐지 그것이 또 그렇게 좋을 수가 없었다. 그녀도 그를 힘껏 마주 껴안았다. 그리고 그를 잠시나마 뒤로 밀치려 했던 자신을 질책했다. 그렇게 서로 사랑하는 두 연인은 침묵 속에 행복을 만끽하고 있었다.

잠시 후 그의 사무실에서 이번 협박 사건에 관한 회의가 열렸다. 회의에 참석한 사람은 시오와 호재, 경호 담당의 김동우 팀장, 안상호 비서실장, 손정민 비서실 차장, 경찰에서 나온 두 형사가 그들이었다. 내일이면 은진이 올라오겠지만 그때까진 은진에게 이 일을 알리지 않기로 정했기 때문에 이 자리엔 참석하지 않았다. 회의는 안상호 비서실장 주재로 이루어지고 있었다. 시오와 호재는 뒤로 물러서서 그들의 이야기를 경청했다. 다정히 서로를 안고 있는 두 사람을 안상호가 슬쩍 바라보며 잠시 미소지었다.

"자, 그럼 다시 한 번 사건의 전말을 정리해 봅시다."

다시 인상을 굳힌 안상호는 주위를 둘러보았다.

"오늘 새벽에 걸려온 협박전화는 아가씨 집에서 몇 분 걸리지도 않는 공중전화에서였고, 경호팀은 그 여자를 놓쳤소."

안 실장은 뭔가를 항의하려는 경호팀장에게 손을 들어 보인 다음 나머지 말을 이었다.

"경찰은 아가씨 집 전화의 통화 내역을 조사했는데, 매일 새벽에 걸려왔던 협박전화의 장소가 그 공중전화가 다가 아니라는 사실을 알아냈소. 모두 합해 세 군데 공중전화였는데, 각자 장소들이 너무나 떨어져 있어서 공통점을 찾기는 어려운 상황이오. 또한 아가씨에게 석유를 끼얹고 불을 붙인 여자가…….”

이 대목에서 그들 모두는 숨을 죽였다. 호재는 시오의 품으로 파고들었다. 얘기를 꺼내기도 끔찍한 일이었다. 사람이 사람에게 불을 지르다니, 그런 잔인한 인간이 어디 있단 말인가.

“자, 자, 다시 본론으로 돌아갑시다. 경찰은 아가씨를 미행하고 싶어하고 있고, 우리는 경호팀에서 보호할 것을 주장하고 있소. 이 사건은 이제 형사 사건이 되어버려서 경찰의 개입을 막을 수는 없지만, 우리 입장은 경찰을 믿을 수 없다는 거요.”

격하게 불만을 표시하는 경찰간부의 말을 무시하고 안 실장은 계속 말을 이었다.

“당신들이 미행하고 수사하는 것을 막겠다는 것이 아니요. 다만 스물네 시간 아가씨를 보호할 사람을 우리가 택하겠다는 것뿐이오. 또한 아가씨가 앞으로도 스케줄대로 일상생활을 하겠다고 하니 경찰이 노골적으로 그녀 곁에 붙어 있는 것은 바라지 않소. 기자들이 조금이라도 주목할 만한 상황은 피하고 싶은 게 우리 쪽 입장이고 당신네 경찰도 그게 편할 거요. 언론이 알게 되는 순간부터 당신들도 시달리게 될 테니까 말이오. 이제 우리는 당신들이 어떤 식으로 수사를 할 것인지 알고 싶소.”

그 말이 끝남과 동시에 회의에 참가한 경찰 중에 베테랑으로 보이는 사십 대 남자가 얼른 나섰다.

“우선 EnC엔터테인먼트로 왔던 협박편지들을 모두 수거했

습니다. 혹시 남아 있을지도 모를 지문과 우편 소인을 검사 중
입니다. 또한 협박전화를 건 장소들을 이어 사이클을 만들고 있
습니다. 그것을 통해 범인의 주거지나 행동반경을 좁혀보려 합
니다. 또한 한시오 회장님의 주변을 스물네 시간 감시할 예정이
며, 이미 요청한 대로 미심쩍은 사람의 명단을 다 조사할 예정
입니다. 또한 지금까지 친분을 가지고 있는 대학 선후배, 같은
사업장에서 근무했던 동료 등 모든 의심적인 면을 낱낱이 조사
중입니다. 우선은 여기까지입니다.”

시오는 못마땅한 표정으로 경찰들을 바라보았다. 사실 그 정
도는 경호팀이 이미 수사에 들어간 상황이었다. 뚜렷한 대안이
없는 경찰도, 아무것도 할 수 없는 자신도 다 마땅찮았다.

모두 돌아가고 그들만이 남게 되자 시오는 기다렸다는 듯이
불쑥 말을 꺼냈다.

“다시 한 번 말해 줘.”

그의 품에서 간당간당 졸음을 참고 있던 호재는 그의 말을 이
해하지 못했다. 새벽에 한두 시간 잠이 들까 말까 하고 말았더
니 너무나 피곤했다. 불길에 휩싸인 충격의 후유증이 지금에서
야 오는지 온몸에 힘이 하나도 없고 슬금슬금 잠이 오고 있었
다.

“응?”

뭐라 말하는 그의 목소리가 자장가 같았다. 시오가 그녀의 정
수리에 입술을 대었다.

"날 사랑한다고 다시 한 번 말해 봐."

따스한 입김이 느껴졌다. 그의 목소리엔 그녀가 그를 사랑한
다는 사실에 대한 기쁨이 흠뻑 담겨 있었다.

"그리고 그 다음엔 준범이 놈에 대해 뭔가 내가 납득할 만한
설명을 해야 할 거야."

사랑에 취한 그녀의 남자는 으름장을 놓는 것도 잊지 않았다.

"아…… 그 얘기."

그녀는 자꾸 가라앉는 몸을 다잡으며 힘들게 고개를 들었다.

"내가 당신 사랑한다고."

흐리멍덩한 눈빛으로 올려다보며 대답하자 시오가 그녀의 입
술에 깊은 키스를 해왔다. 그녀는 눈을 감고 그의 뜨거운 입술
을 음미했다. 달콤한 입술에 취해 행복한 미소를 짓고 다시 잠
이 들려고 하는 순간, 시오의 두 손이 그녀의 가슴으로 내려와
안착했다. 한쪽 눈을 슬그머니 떠보았다. 그러다가 그만 정면으
로 그와 눈이 마주치고 말았다. 그녀는 멋쩍어져서 피식 웃었
다.

"잠에 취한 척해도 소용없어."

가슴에 오려진 손은 능숙하고 빠르게 제 할 일을 하고 있었
고, 그녀는 나른하게 몸을 틀면서도 계속해서 모른 척 눈을 감
았다. 그가 으르렁거리는 소리를 냈다.

"준범이 놈!"

"아!"

그녀는 계속 모른 척 넘기려고 했지만, 시오는 집요하게 손을 놀렸다. 그녀는 점점 아래로 내려가는 손을 이끌면서 대답을 회피할 말을 찾고 있었다.

"다 들여다보여. 어서 불어, 내가 정말로 화내기 전에. 준범이도 내가 신경 써야 하는 놈인 줄 진작부터 알고는 있었지만 오늘 같은 장면을 보게 되리라고는 생각지도 못했다. 자, 이제 일이 어떻게 된 것인지 자세히 설명해 보실까?"

"그저 어쩌다 보니 그렇게 되었어. 별일 아니야."

"시간을 끌수록 점점 더 화가 나고 있다는 사실을 기억해 두는 것이 좋을 거야. 제대로 말하는 게 신상에 좋아."

시오는 그녀를 안고 이번에는 제법 아프게 귀를 물었다. 그녀는 그를 달래며 입술에 무수히 많은 키스를 퍼부었다.

"사랑해."

그 말에 시오는 나가떨어졌다. 얼버무리는 데 그만한 것이 또 있을까. 호재는 씽긋 웃었다.

모든 면에서 그를 충족시키기에 부족함이 없었다. 그는 쾌감의 신음을 참지 않았다. 너무나 기쁘고 좋아서, 당장 죽을 것처럼 행복해서 몸서리쳤다. 잠시 후, 그녀의 몸이 축 늘어질 때 시오는 자그마한 소리를 들었다.

"내가 예뻐서 남자가 꼬이는 걸 어떻게 해. 나도 내가 별로였으면 좋겠다. 이런 시달림 안 받고 말이야."

"풋."

호재는 그의 품에서 나른한 미소와 함께 잠들었다. 그는 호재
의 귀여운 옹알이에 웃음을 터뜨렸다. 요 며칠간의 긴장이 한순
간에 풀어지고 있었다. 곤히 잠든 그녀를 무릎에 뉘어주고 흐트
러진 긴 머리를 뒤로 쓸어 넘겨주었다. 그리곤 테이블에 놓여
있는 호재의 휴대폰을 들어 비서실로 전화를 걸었다. 지금 모양
새가 별로 좋지 않은 건 어쩔 수 없었지만 그런 건 개의치 않았
다.

"손 차장, 김 비서를 들여보내든지 아니면 손 차장이 잠시 들
어와 줘요."

잠시 후 손 차장이 의아해하는 얼굴로 회장실에 들어섰다. 그
가 비서실과 연결된 인터폰이 아니고 전화로 호출한 것 때문에
좀 놀란 듯해 보였다.

"부르셨습니까, 회장님?"

시오는 멋들어진 짧은 정장을 입은 손 차장이 여느 때와 다르
게 조금은 흐트러져 보인다고 생각했다. 좀 여자 냄새를 풍긴다
고 할까, 그럴 리는 없겠지만 조금은 히스테리 상태로 보인다고
나 할까. 아무튼 조금은 인간적인 모습을 내비치고 있었다.

"아, 저기 저쪽 방에 가서 담요를 좀 가져다 줄래요? 보다시
피 내가 움직일 수 없는 상황이라서 말이지."

그는 새근새근 소리를 내면서 잠들어 있는 호재를 사랑스럽
게 바라보며 말했다. 때문에 그는 손 차장의 주먹 쥔 손도, 신경
질적으로 깨물고 있는 입술도 보지 못했다. 잠시 후 눈앞에 내

밀어진 담요를 받아 들면서 그는 호재가 깰세라 조그맣게 속삭였다.

"지금부터의 약속은 다 취소해 주고 전화 연결도 하지 말아요. 아, 나갈 때 문소리 나지 않게 주의해 주고."

손 차장에게 시선도 주지 않고 명령했다. 호재도 그와 마찬가지로 간밤에 제대로 자지 못했을 것이다. 쇼크가 오지 않은 것이 놀라울 정도로 너무나 충격적인 하루였다. 시오는 아까의 사랑 고백을 되씹으며 행복한 기분에 휩싸였다. 이제 결혼을 하지 못할 이유는 아무것도 없었다. 물론 형수님의 반대를 극복해야겠지만, 두 사람을 다 사랑하시는 형수님으로서는 허락하지 않을 수 없을 것이다. 서로를 얼마나 사랑하는지 아시기만 한다면 틀림없이 축복해 주실 것이다. 시오는 그것을 굳게 믿고 있었다.

그의 허벅지에 머리를 묻고 깊이 잠들어 있는 호재의 머리를 규칙적으로 쓰다듬으며, 그는 자신의 금고 속에 고이 간직되어 있는 반지를 생각했다. 이스탄불에 그녀를 만나러 갔을 때부터 준비해 두었던 반지다. 소수가 참여하는 경매를 통해서 간신히 구한 진주로 세팅한 반지였다. 사람들이 진주는 눈물이라고 말하고, 또 결혼예물로 진주를 금기시한다는 것은 어불성설이었다. 진주는 건강을 상징했고, 부귀의 상징이었다. 또한 순결의 상징이기도 했다. 진주야말로 결혼 예물로 최고의 보석이었다. 그리고 무엇보다도 호재가 진주 외의 보석을 거의 착용하지 않기 때문에 결혼반지로 진주는 당연한 것이었다. 그 반지는 그가 그녀에게 보내는 순결과 정절의 상징이기도 했다. 금고 속은 진주를 보관하기 위해 온도 장치까지 되어 있었다. 진주는 섬세하게 다루어야 하는 보석이었고 호재 또한 그러했다.

오늘은 오랜만에 파티잔에 들러서 오붓하게 한잔하고 집으로 들어가야겠다. 협박범이 아직은 잡히지 않았으나 모든 루트를 열어놓았으니 곧 잡힐 것이다. 시오는 그 일만 제대로 처리되면 호재에게 청혼을 하기로 마음먹었다.

'이 순간을 얼마나 기다려 왔던가. 아니, 희망을 포기하고 산 기간이 얼마였던가.'

그녀가 미망인이 된 후에야 다시 갖기 시작한 희망이란 놈은 그의 양심에 조금의 상처도 주지 못했다. 원래 있어야 할 자리에 돌아온다는 생각뿐이었다. 그렇게 기다려온 보람이 이제 그의 품으로 안겨들고 있었다. 그는 곱게 잠든 호재의 입술에 살며시 입술을 대었다.

"사랑해."

몽실몽실 그의 허벅지에 머리를 부비는 호재의 입가에 자그마한 미소가 피어올랐다. 예쁜 꿈을 꾸고 있나 보다. 그의 얼굴에도 자꾸만 비실비실 웃음이 흐르고 있었다. 자신의 그런 상태를 알아차리자마자 그는 그것이 또 너무나 좋아서 자제할 수가 없었다. 행복한 걸 어쩌란 말인가. 남자의 매력은 카리스마라지만 자신은 지금의 기분을 위해 기꺼이 카리스마를 포기할 준비가 되어 있었다. 호재의 잠든 얼굴을 내내 바라보다 그도 잠시 눈을 감았다. 금이라도 이 평온이 지속되길 바라며……

＊

은진은 서울로 올라갈 준비를 하고 있었다. 호재는 며칠 더 쉬라고 했지만 왠지 불길한 예감이 들었다. 장난전화도 걱정되고, 또 그녀 없이는 호재 혼자서 아무것도 하지 못할 것이기 때문에 맘이 편치 않았다. 호재를 혼자서는 아무것도 하지 못하도록 길들인 것은 은진 자신이었다. 호재가 앞으로 정진할 수 있도록 하나에서 열까지 모두 자신이 처리하던 습관이 호재로 하여금 그렇게 만든 것이다.

은진은 자신이 호재에게 정말로 필요한 존재이고 싶은 이기심이 그녀를 그렇게 만들었다고 자책한 적도 있었다. 그렇다고 호재가 백치라든지 의지박약이라든지 하는 것은 아니었다. 오히려 호재는 상당한 아이큐에 지적능력을 소유한 재원이었다. 다만 뭐든 그녀가 해줘 버릇하던 생활에 익숙해 있는 호재가 이제 와서 혼자 모든 일을 처리한다는 것은 피곤한 일일 테니 걱정인 것이다. 그녀는 막내 동생을 서울로 전학시키기 위해 노력했으나, 친구들이 있는 이곳에 있고 싶다는 아이를 억지로 데리고 가기는 어려운 일이었다. 그리고 동생이 올라온다면 당장 살 집부터 구해야 했다. 지금처럼 각자 학교 기숙사에서 생활하겠다는 동생들에게 결국 설득당하고 그녀는 혼자서 서울로 올라가게 되었다. 조금은 불안하지만 사실 어머니가 살아 계실 때도 지금처럼 살았기 때문에 새삼스럽지는 않았다. 그녀는 짐을 꾸리며 피곤한 얼굴을 손으로 강하게 몇 번 눌렀다. 언젠간 돌아가실 분이었지만, 그렇다고 고통이 줄어들지는 않았다.

은진은 우울해하는 동생들을 생각하며 한숨을 쉬었다. 그녀와 시오가 정말로 결혼할 것으로 굳게 믿고 있던 동생들의 실망이 이만저만이 아니었다. 어머니를 안심시키기 위한 임시방편이었음을 안 이후로 동생들은 시오를 똑바로 바라보지 않았다. 은진도 호재를 떳떳이 바라보지 못했다. 시오를 사랑했던 건 이미 오래전에 끝난 일이었다. 어머니가 결혼을 독촉하던 당시에 그녀 주위에 남자라고는 시오밖에 없었기 때문에 얼결에 시오의 이름을 들먹였을 뿐 결코 시오에 대한 미련 따위가 아니었다. 일이 이렇게까지 커져서 호재에게까지 알려지는 상황에 이르렀으니 조금은 난감했다. 그럴 리는 없겠지만 시오와 호재 사이에 이번 일이 문제가 되지 않길 바랄 뿐이었다. 그녀와 가족들이 살았던 방 두 칸짜리 자그마한 임대주택은 지금까지 동생들이 기숙사에서 가끔씩 나올 때마다 사용했었다. 은진은 이 집을 그대로 두고 앞으로도 같은 용도로 사용하기로 결정했다. 그녀가 가끔 내려왔을 때 동생들과 함께할 공간이 필요했기 때문이다. 사치인 줄은 알지만 어쩔 수 없는 일이었다.

마침내 집을 나서는데 휴대폰이 울렸다. 발신자 번호를 보는

순간 얼굴이 굳어졌다. 애써 생각하고 싶지 않은 사람의 전화였
다. 그러나 가슴 한구석에 파문이 이는 것까지는 막을 수 없었
다.

"네, 무슨 일이죠?"

저도 모르게 퉁명스러운 말투가 나와 버렸다. 꼭 애인에게 화
가 난 여자의 투정 섞인 말투라는 생각이 들었다. 은진은 스스
로 민망해져서 헛기침을 하고 다시 입을 열었다.

"미안해요, 제가 요즘 예민해져서……."

머뭇거리며 사과하자 저쪽에서 듬직하고 따듯한 목소리가 들
려왔다.

[은진 씨, 이제 조금 괜찮은가요?]

그 목소리가 그녀를 다시 울컥하게 만들었다. 그녀가 아무 말
도 못하고 있자 대연이 사람 편하게 하는 목소리로 다시 물었
다.

[오늘 올라오죠?]

"네, 지금 출발하려고요."

은진은 많이 누그러진 목소리로 대답했다. 대연의 목소리가
반가운 건 사실이었다.

[아, 그래요? 당신 거기 그대로 있어요. 나 지금 톨게이트 지
났어요. 곧 전주로 들어갑니다.]

"네? 뭐라고요?"

[집 위치나 가르쳐 줘요.]

은진은 지금 이게 무슨 일인지 감이 잡히지 않았다. 이 남자가 지금 장난을 치고 있는 건가 싶었다.

[내가 전주로 내려왔다고요. 은진 씨는 차도 없고, 또 피곤하잖아요. 십 분이면 시내로 들어갑니다. 집 위치나 얼른 말해요.]

'이 남자가 무슨 바람이 불어서 여기까지 날 마중 나오는 것일까? 오래 살고 볼 일이군.'

두 살 차이밖에 안 나는데도 '누님'이라고 꼬박꼬박 부르던 대연이 갑자기 은진 씨라고 부르자 가슴이 콩당콩당 뛰었다. 어머니가 돌아가신 지 며칠도 지나지 않았는데 대연의 몇 마디에 가슴까지 두근거리는 자신이 한심하기 짝이 없다고 느꼈다.

"집에까지 올 필요는 없고, 그럼 이왕 왔으니 시내로 들어오지 말고 전북대학교에서 봐요. 주차하고 학교 정문에서 기다려요. 저도 지금 그쪽으로 갈 테니까."

그녀는 전화를 끊고 현관에 있는 거울에 자신을 비추어보았다. 며칠 동안 잠도 잘 못 자고 힘든 일을 겪어서인지 얼굴이 말이 아니었다. 그녀의 매력이 건강미라고 한다면 지금은 그것마저 없는 상태였다. 상중인지라 짧고 뻣뻣한 머리엔 하얀 헝겊으로 리본을 만들어 실핀으로 꽂혀 있었고, 딱딱한 검은색 정장에 넥타이까지 한 모습은 정말이지 봐줄 수가 없었다. 새삼스럽게 대연이 그녀를 놀릴 때 했던 말들이 떠올라 입술을 깨물었다.

'다음번엔 좀 여성스러운 옷을 좀 사볼까?'

은진은 그런 생각을 하면서 피식 웃고 말았다. 보디가드가 치

마에 힐을 신고 다닌다는 소리는 듣도 보도 못했다. 그녀는 어
디까지나 호재의 보디가드였고, 그녀 또한 활동적인 차림을 좋
아했다.

"음, 넥타이 정도는 자제해도 좋을 것 같긴 해. 밝은 색깔의
블라우스 정도는 그렇게 사치도 아닐 거야."

자신도 모르게 외모에 신경이 쓰였다. 강대연이란 남자는 은
근히 그녀를 여자로 의식하게 만드는 힘을 가지고 있었다.

대연은 전북대학교 앞에서 은진을 기다리며, 자신이 전주까
지 내려온 것이 조금은 오버센스가 아닐까 하는 생각을 하고 있
었다. 은진을 걱정하는 마음에 저도 모르게 고속도로를 달려왔
지만, 혹시라도 은진이 반기지 않거나 뜨악하게 생각하지 않을
까 그것이 멋쩍어지고 있는 것이다. 그토록 답답하고 고지식해
보이고, 거기에다 씩씩해 보이기까지 하던 은진을 보호해 주고
싶은 마음이 생기는 것은 왜일까? 어머니가 돌아가셨다는 부고
를 듣던 순간의 은진의 표정을 여과없이 봐버린 후로, 대연은
그녀를 머리 속에서 떨쳐 버릴 수가 없었다. 하늘이 무너지는
것 같은 절망감과 두려움을 그 자신이 그 누구보다 잘 알고 있
었다.

대연의 어머니는 그가 대학 입학하던 해에 돌아가셨다. 고아
로 태어난 어머니는 나이 서른에 사기꾼을 만나 그동안 뼈 빠지

게 벌어놓은 돈도 잃고, 사랑도 잃었다. 그 대가를 치르고 얻은 것은 말썽꾸러기 아들 하나뿐이었다. 어릴 적 대연은 사생아란 손가락질은 참을 수 있었지만 어머니를 싸구려 취급하는 것에는 단 한 번도 인내심이라는 것을 발휘할 수가 없었다. 돈 몇 푼에 어머니 몸을 사려 했던 수도 없이 많은 남자들을 증오했고, 그 남자들의 독기 품은 아내들도 경멸하면서 그렇게 자랐다. 그들의 자식들과 날이면 날마다 치고받고 싸웠고, 그럴 때마다 아비 없는 호로 자식 소리를 어김없이 들으면서 험하게 컸다.

그런 성장 배경 때문이었을까? 대연은 남들에게 무시당하지 않기 위해 공부했고, 어머니를 보호하기 위해 성공을 향해 온 정신을 쏟았다. 그가 소위 우리 나라 최고라는 대학에 합격하자, 주변에서는 독을 품은 놈이 뭐는 못할까 하며 비아냥거렸다. 그래도 좋았다. 어머니는 한동안 으스대며 돌아다녔고, 대연은 그를 비웃던 어떤 아주머니 댁에서 그 집에 하나밖에 없는 돌머리 아들의 과외를 하면서 용돈을 벌었다. 한동안 나름대로 만족스러운 생활이 이어졌다.

그러나 얼마 안 지나서 어머니가 교통사고로 돌아가셨을 때, 그는 절망이란 걸 처음으로 해보았다. 공포라는 것도 처음 느꼈다. 어머니와 함께라면 그 무엇도 헤쳐 나갈 자신이 있었고, 불우한 환경 속에서도 언제나 행복하고 남부러울 게 없었다. 그런 그에게 너무나 큰 의미를 지녔던 어머니의 부재는 크나큰 상실감을 가져다 주었다. 어머니가 돌아가신 지 딱 일주일 만에 집

주인이 전세금을 올려달라고 했다. 대연은 세상에 분노를 터뜨렸다. 한 달 말미로 집을 정리하고 있을 때 천행처럼 보험회사에서 연락이 왔다. 그는 상상도 하지 못했던 어마어마한 보험료를 받게 되었다. 빠듯하게 살고 있던 그들 모자였건만, 어머니는 자신이 잘못되었을 때를 대비해서 많은 보험을 들어놓으셨던 것이다. 어머니의 목숨값을 받아 들고 그는 오열했다. 그리곤 다시금 굳게 결심했다.

'돈을 벌자. 그래서 아름다운 전원주택도 짓고, 여우 같은 마누라와 토끼 같은 자식을 낳아 여느 가정처럼 행복하고 단란한 집을 꾸리자.'

그의 결심은 어머니의 소망을 반영하고 있었다.

'버릇처럼 말씀하시던 그대로 살게요, 어머니. 행복하게 오순도순 가족을 이루며 잘살게요. 어머니, 지켜봐 주세요.'

그 당시 그에게 주어진 보험금은 정확히 세금 빼고 오억칠천오십만 원이었다. 보험료로 많은 돈을 낼 정도로 여유있는 생활이 아니었기에 그 돈은 실로 거대한 액수였다. 어머니 자신이 평생 벌어도 모을 수 없는 금액이었다. 그는 그 돈을 철저한 계획 하에 투자했다. 우선 살던 집의 전세금을 빼고 자그마한 자취방을 얻었다. 그리고 사 년 동안의 등록금과 생활비를 따로 계산해서 저축으로 묶어놓았다. 그 다음에 그가 한 일은 주식에 관한 공부였다. 일 년 동안 주식과 부동산에 관해 끈질기고 심도 깊은 공부를 했다. 철저한 조사 끝에 서울 외각에 위치해 있는 다 무너져 가는 삼층짜리 상가건물을 처음으로 경매를 통해 인수했다. 사실 거의 헐값에 샀기 때문에 거저나 다름없는 거래였다. 그리고 남아 있던 상당량의 돈으로 주식에 투자했다.

그의 선택은 항상 옳았다. 그가 산 건물은 일 년도 안 되어서 아파트들이 들어서기 시작했다. 그는 삼십삼 평 아파트 분양권과 그가 들인 돈의 일곱 배를 벌어들이고 그곳에서 손을 털었다. 주식의 팔고 사는 시기는 그가 생각해도 신기 들린 타이밍이었다. 승승장구였다. 어머니가 돌아가신 지 딱 삼 년 육 개월 만에 대연은 이십억 상당의 자산가가 되었다. 그의 성공은 주변 사람들에게 부러움을 샀다.

그 시기에 연예활동을 하고 있던 대학 동창이 엔터테인먼트 회사를 차리려고 자금을 모은다는 소문이 돌았다. 대연은 그 가능성을 꼼꼼히 계산해 보았다. 한 달 후, 그에게서 러브콜이 왔을 때 대연은 만반의 준비가 되어 있었다. 대연이 원하는 조건을 제시하자 그 자리에서 받아들여졌다. 그것이 지금의 그가 있게 된 계기였다. 어린시절부터 연예계에 몸담고 있던 친구의 인맥과 자신의 수완이 어우러져 지금은 국내 굴지의 회사로 자리 잡게 된 것이다.

지금은 돈이 없어서 하지 못하는 일은 없는 남자였다. 예전처럼 쌀밥 대신 별미라는 명목으로 끼니마다 국수와 수제비를 번갈아 먹지 않아도 되었고, 동네 형의 옷을 얻어 입고 다니며 옷주인에게 경멸을 당하지 않아도 되었다. 돈 벌기를 원해서 벌

만큼 벌었고, 성공한 사업가가 되었다. 그러나 아직 꿈을 다 이루지는 못하고 있었다. 그 무엇보다 원하는 알콩달콩 행복한 가족을 갖지 못한 것이다. 그것처럼 어려운 일이 없었다. 대연은 마지막 꿈을 이루기 위해 가장 적당하다고 생각했던 호재에게 청혼했으나 거절당했다. 그녀를 특별히 사랑해서가 아니라 그녀 정도면 더 바랄 것이 없다고 생각해서 한 프러포즈는 결국 호재를 상처 입혔고, 자신이 얼마나 잔인한 인간인지 새삼 깨닫게 되는 사건이 되었다. 그는 알아서는 안 되는 호재의 비밀을 알아버렸고, 그래서 그녀를 사랑하게 되었다. 그것은 남녀간의 에로스적인 사랑과는 조금 다른 가족애, 동지애 같은 것이었다. 그날의 일이 떠오르자 또다시 죄책감이 밀려왔다.

"대연 씨, 오늘은 당신과 데이트할 시간이 없어. 난 제리와 영화를 보러 가기로 약속했단 말이에요. 가끔 당신과 데이트를 하겠다고 허락은 했지만 당신과만 만나겠다고 말한 적은 없는 것 같은데 내가 잘못 알고 있는 건가요? 이렇게 사람을 막무가내로 끌고 오면 어떻게 해요."

그는 그녀의 항의를 무시하고 이미 예약해 둔 근사한 프랑스 레스토랑으로 호재를 안내했다. 미리 준비한 와인과 꽃다발을 보고 놀라는 그녀를 보면서 그 순간 얼마나 즐거웠는지 모른다.

'준비한 반지를 보면 저 아름다운 눈이 동그랗게 떠지겠지?'

대연은 흐뭇하게 생각했다.

'우리같이 잘 어울리는 커플이 또 어디 있겠는가.'

그는 그날의 청혼이 받아들여지리라 확신했었다. 자만에 빠져 있던 그 당시의 자신을 돌아보자 부끄럽기 그지없었다. 아름답게 세팅된 반지를 내밀면서 청혼하는 그를 보던 그녀의 표정은 마치 시체와도 같았다. 아무 표정도, 핏기도 없는 그녀가 그에게 한 말은 단 한 마디뿐이었다.

"난 당신을 사랑하지 않는데?"

무미건조한 그녀의 목소리를 듣고 있는 순간에도 그의 자만심은 깨지지 않았다.

"사랑이 없으면 어때? 우린 서로를 좋아하고 있고, 난 우리 두 사람이라면 최고의 커플이 되리라고 생각해. 우리 두 사람 사이에 태어난 아이는 얼마나 완벽할까?"

그는 참으로 어리석은 남자였다.

"당신에게 성실하겠다고 약속할게. 오순도순 예쁜 가정을 꾸리고 싶은 것이 나의 소망이야. 난 그걸 당신과 함께하고 싶어. 어때? 이 반지를 받아주겠어?"

표정 하나 없던 그녀의 얼굴이 울듯이 일그러질 때도 단지 그의 청혼에 감동해서라고 또다시 오해를 해버렸다. 대연은 잡아빼는 그녀의 손에 억지로 반지를 끼워주었다.

창백하다 못해 허연 밀가루 같은 얼굴을 하고 반지를 뚫어지게 바라보던 그녀가 그 자리에서 눈물을 뚝뚝 떨어뜨리기 시작했다. 대연은 너무나 놀라서 한동안 아무 말도 하지 못했다. 그녀가 계속해서 사과하면서도 울음을 그치지 못하자 너무나 당황했다. 간신히 달래기는 했지만 그 처연한 얼굴을 똑바로 바라 보기가 어려웠다. 대연은 너무나 거만했던 자신의 청혼을 자책 했다. 여자들은 청혼에 대한 부푼 꿈이 있었을 텐데, 그가 사랑 한다는 말 한마디 안 하고 청혼이 받아들여지리라 생각했다는 것이 너무나 미안했다. 그녀가 푹 가라앉은 목소리로 말을 시작 할 때까지도 그는 그렇게 단순하게만 생각하고 있었다.

"난 아기를 낳을 수 없는 여자예요. 그래도 나와 결혼하고 싶 나요?"

그 목소리에서 울리는 처절함이 대연을 충격 속에 몰아넣었 다. 애써 태연한 척하며 당당히 말하는 호재를 보며 그는 죄책 감을 느끼고 있었다. 그는 거짓은 용서치 않는다는 표정으로 그 를 뚫어져라 바라보는 호재의 눈빛을 조심스럽게 피했다. 그녀 가 대답을 요구하고 있다는 것을 알았지만 선뜻 대답할 수가 없 었다. 사생아로 태어난 그로서는 지금까지 목표했고 정진했던 가족이란 울타리에 아이가 없다는 것을 상상할 수도 없었기 때 문이다. 후에 대연은 그것이 그녀에게 어떤 상처가 될지 잘 알 면서도 쉽게 대답하지 못했던 자신의 어리석음을 얼마나 후회 했는지 모른다. 호재는 그를 사랑하지 않았음에도 아이를 낳을 수 없는 여자로서의 자격지심과 상처로 고통받았다. 이제 그녀 는 진심으로 그녀를 사랑해 주는 사람 곁에 있지만 자신의 부족 함을 내세워 그 사랑이 영원하다는 것을 인정하려 하지 않고 있 었다.

그때 대연이 조금만 현명했어도 호재가 그런 식의 결심은 하지 않았을 것이다. 물론 그가 현명하게 처신했다고 해도 그녀가 그의 청혼을 받아들이지는 않았을 것이다. 어쨌든 대연은 그녀가 사랑하는 사람은 아니었으니 말이다. 그러나 적어도 자신이 깊이 사랑하고 자신을 목숨같이 아끼는 남자와의 결혼을 부정하게 되지는 않았을 것이다. 그는 자신이 그것에 한몫을 담당했다는 것을 뼛속 깊이 인식하고 있었다. 그는 그때 스스로의 성공에 너무 도취되어 있었던 것이다. 그가 알아서는 안 되는 비밀을 알아버린 그날을 얼마나 기억에서 지워 버리고 싶었는지 모른다.

대연은 저만치에서 그를 향해 걸어오는 은진을 바라보며, 은진이 그날의 행동을 알게 되면 얼마나 그를 경멸할 것인지 깨달았다. 은진에게 호재는 그 무엇이라고 딱히 정의할 수 없는 무게감있는 존재였다. 은진은 아마도 호재를 위해 목숨을 던지라고 하면 단 한 순간의 망설임도 없이 그렇게 할 것이다. 그것을 알기에 대연은 더욱 자신의 부끄러운 행동을 숨기고 싶었다.

"안녕."

어느새 성큼 그의 앞에 다가선 은진에게 어색한 인사를 했다. 그는 자신이 은진을 너무나 보고 싶어했다는 것을 인정했다.

"안녕."

수줍은 듯 마주 속삭이는 은진의 목소리가 조금 떨렸다고 느낀 게 그만의 착각은 아니었다. 대연은 자신의 앞에 쭈뼛거리며 서 있는 은진의 모습이 조금 다르다고 느꼈다. 그는 장례식을 끝까지 지키지 못하고 온 것이 계속 마음에 걸렸었다. 한시오가 오자마자 그의 역할이 끝났다는 것을 알았을 때, 대연은 더 이상 그곳에 있을 명분을 찾을 수 없었다. 그것이 못내 아쉽고 서운했었다.

며칠 사이 핼쑥해진 은진의 얼굴이 안타까웠다. 머리에 꽂은 흰 천이 그녀가 상중이라는 것을 다시 한 번 깨닫게 하고 있었다.

"오래 기다렸어요?"

대연은 웃으며 고개를 내저었다.

"방금 도착했어요. 찾기도 어렵지 않고 주차 공간도 넉넉하고, 여기서 약속하기를 잘한 것 같아요."

대연은 어정쩡한 목소리로 대답했다. 말을 높이기도 뭐하고, 그렇다고 반말하기도 어색한 낯선 느낌이었다. 그는 크게 숨을 들이쉬고는 곧 결심했다. 은진의 조그마한 가방을 빼앗아 들고 그녀의 어깨에 팔을 두른 다음 자연스럽게 앞으로 발을 내디뎠다.

"벌써 두 시가 훨씬 지났어요. 어디 가서 밥이나 먹고 올라가도록 하죠."

은진의 시선을 무시하고 대연은 무작정 앞으로 나아갔다. 잠시 그의 페이스에 따르던 은진이 그의 옷을 잡아당겼다. 아무

말 없이 그녀가 방향을 틀어 길을 안내하기 시작하자 대연은 그에 따르면서 회심의 미소를 지었다.

"은진 씨, 맛있는 거 먹고 싶으니까 좋은 곳으로 갑시다."

마치 애인과 주말 데이트를 하는 것처럼 자연스러운 그의 태도에 잠깐 주춤하던 은진이 피식 웃었다. 아마도 어머니가 돌아가시고 처음으로 웃는 것일 게다. 대연은 은진의 웃음을 빨리 되찾아주리라 마음먹었다.

잠시 후 은진은 그를 태극마크가 선명한 한옥으로 안내했다. 근래에 새로 만든 건물이 아니고 아마도 백년은 넘었을 법한 전통 한옥이 고즈넉이 사람을 반기고 있었다. 대연은 황토로 만들어진 방 안을 둘러보며 왠지 마음이 푸근해지는 느낌이 들었다.

"여기는 한정식과 삼계탕으로 유명해요. 뭐로 할래요?"

은진의 말에 며칠 동안 거의 아무것도 먹지 못했을 것이 분명한 그녀를 잠시 바라보다가 대답했다.

"한정식으로 하죠. 너무 배가 고파서 좀 거하게 먹고 싶어졌어요."

은진이 선택 잘했다는 표정으로 배시시 웃었다.

"놀라지나 말아요. 여기 한정식은 서울에서 흔히 나오는 코스 요리와는 차원이 달라요."

은진의 목소리에는 고향의 음식에 대한 자부심이 가득 들어 있었다.

"전라도 음식이야 뭐 세계가 인정하는 맛 아니겠어요. 무척 기대가 됩니다."

대연은 입맛을 다셨다.

"백문이 불여일견이라고 했으니 조금만 기다려 봐요."

그녀의 웃음 띤 목소리가 상쾌하게 들렸다. 은진의 말뜻을 알게 되는 데는 그리 오랜 시간이 걸리지 않았다. 보통 4인이 앉는 상보다 조금 더 큰 검붉은 자개상에 반찬들이 계속해서 놓여지기 시작했다. 끝도 없이 놓여지는 맛깔스러운 반찬들을 보면서 그는 눈을 휘둥그레 떴다. 놓다 놓다 다 못 놓고 나중엔 놓여진 접시 위에 사이사이 겹쳐서 반찬들이 놓여지기 시작하자 대연은 벌어진 입을 아예 다물 줄 몰랐다.

"거 보세요. 장난 아니죠? 사실 기본 반찬이 여든세 가지예요. 주 요리들 말구요. 주 요리도 일곱 가지나 되기 때문에 네 명이 다 모이지 않으면 먹을 엄두를 내기 힘들죠. 자, 어서 진정한 가정식 한정식을 맛보시죠?"

은진이 젓가락을 그의 앞에 내밀며 먹어볼 것을 권하자 대연은 그만 울컥하고 말았다. 사실 대연은 가정음식을 먹어본 지가 언제인지 기억에 없었다. 이렇게 많은 반찬가지 수를 본 적도 없었고, 반찬들 중에는 모르는 것이 태반이었다. 대연은 어려서부터 젓갈류를 무척 좋아했으나 어머니가 돌아가신 후로는 백화점에서 파는 젓갈 몇 가지 빼고는 먹어보지도 못했고, 또 맛이 딱히 입에 맞지도 않아서 거의 포기하다시피 했다. 지금은 그의 앞에 놓여 있는 젓갈만 해도 다섯 가지였고 맛보는 족족

입에 착착 달라붙었다. 한 번 젓가락을 움직이기 시작하자 멈출
수가 없었다. 전주의 명물이라고 은진이 말한 콩나물잡채 한번
먹어보고, 젓갈 한번 쳐다보고, 홍어회무침 한번 먹어보고, 젓
갈 한번 또 쳐다보고 하는 모습을 은진이 이상한 듯 바라보는
것도 느끼지 못했다.

　"은진 씨, 전주 사람들은 다 이렇게 먹고 살아요?"

　그는 순진한 목소리로 물었다. 은진은 대연의 목소리에 부러
움이 가득 담겨 있다고 느꼈다. 아무리 돈이 많아도 끼니를 거
의 밖에서 해결하는 대연으로서는 이런 식의 밥 반찬들에 익숙
하지 않을 것이다. 지글지글 끓고 있는 생태탕과 계란찜과 된장
찌개를 번갈아가며 떠먹어보면서 '캬~' 소리까지 내는 대연의
모습이 어쩐지 조금은 애처로워 보였다.

　"젓갈들은 왜 안 먹고 쳐다만 보는 거죠?"

　그녀의 질문에 대연이 씩 하고 웃었다. 그 모습이 제법 귀여
워서 은진은 자신의 정신 상태를 다시 생각하게 되었다.

　'원수 같던 대연이 귀여워 보이다니…… 아무래도 내가 제정
신이 아닌 거야.'

　"젓갈들을 굉장히 좋아하긴 하지만 짭짤해서 젓갈에 손을 대
면 다른 반찬을 못 먹어볼 것 같아. 그래서 아쉽지만 참고 있는
거요."

　대연이 무슨 큰 사업 건에 대해 브리핑을 하듯이 진지하게 이
야기하자 어이가 없었다. 아무튼 그의 새로운 모습을 보게 된

것만은 틀림없었다. 언제나 약간은 건방지고 자신만만해 보였으며, 뭐 하나 부러울 것 없이 다 충족되고 있는 양 만족스러운 웃음을 입에 물고 다니던 대연이었다. 기껏 음식점 반찬 몇 가지에 감탄하는 대연의 모습은 지금까지의 이미지와는 전혀 맞지 않았다. 지금의 대연에게 더 끌린다는 것은 말할 것도 없었다. 더더구나 딱 두 살 차이밖에 안 되는데도 꼬박꼬박 누님이라고 부르며 그녀의 염장을 지르던 대연이 은진 씨로 호칭을 바꾸자 어리둥절하면서도 즐거워졌다. 솔직히 싫지는 않았다.

은진은 준 것 없이 마냥 미웠던 남자를 눈앞에 두고 이제야 조금 자신의 감정을 깨달아가고 있었다. 그가 호재를 여왕 대접하며 은진의 앞에서 알짱거릴 때마다 이유없이 쓰리던 위장도, 그가 자신에게 눈길 한 번 주지 않는 날에 느꼈던 그 비참함도 다 한 가지가 원인이었던 것이다. 지금에서야 그것을 깨닫게 되었다는 것이 어리석을 정도였다. 두렵다거나 거부감이 들기에 앞서 어쩐지 조금은 행복한 기분이 되었다. 고개도 들지 않고 수저를 놀리는 대연을 따라 은진도 한 입 한 입 맛있게 먹기 시작했다. 정말 전주 한정식은 어디 내놔도 자부심을 가질 만했다.

후식으로 나온 식혜까지 마시고 자리에서 일어서자 벌써 세 시 삼십 분이 되어 있었다. 대연은 호재의 일 때문에 초긴장한 상태에서 전주에 내려오려고 무리하게 일을 처리하는 바람에 거의 이틀 밤을 꼬박 샜다. 만족스러운 식사를 마치자 이젠 조금씩 졸음이 몰려오면서 피곤이 신호를 보내오기 시작했다. 지금 출발하면 여덟 시 삼십 분쯤에나 집에 도착할 수 있을 것 같았다. 좀 서두르면 한 삼십 분쯤 단축할 수 있을 것 같기도 했다.

"은진 씨, 지금 바로 출발해야 할 것 같아요. 서울에 가면 알 겠지만 은진 씨를 기다리는 긴급한 일이 있어. 나도 좀 피곤하 고."

대연은 은연중에 반말을 집어넣으며 은진의 눈치를 살폈다. 이제 막 여자로 관심이 가기 시작한 은진에게 계속해서 존대를 하고 싶지는 않았다. 은진이 아무렇지 않게 고개를 끄덕이자 그 의 기분은 급격히 상승되었다.

"오케이. 그럼 출발합시다."

'연애가 뭐 별건가? 이렇게 하다 보면 연애지.'

대연은 왠지 싫지 않아하는 은진의 어깨를 끌어당겨 안고, 차 가 있는 학교 주차장을 향해 씩씩하게 걸어갔다. 어머니가 돌아 가신 후, 처음으로 외롭지 않다는 생각을 했다. 대연은 누군가 자신의 옆에서 자신과 나란히 걸어가고 있음을 만족스럽게 느 끼고 있었다.

✳

시오는 파티잔의 꼭대기 층에서 키핑(Keeping) 해놓은 나폴 레옹 꼬냑을 손에 들고 창밖의 야경을 바라보았다. 저 멀리 보 이는 도시의 불빛이 찬란하게 반짝이고 있었다. 호재는 이곳에 들어서자마자 속이 좋지 않은 듯 화장실로 달려갔다. 그러나 그의 걱정과는 다르게 호재는 산뜻한 얼굴로 돌아왔다. 의자를 빼주며 발그레 붉은 기가 올라와 있는 그녀의 뺨에 살짝 손을 올렸다 내렸다.

"속이 좋지 않다고 해서 시원한 아이스티를 주문했는데 괜찮니?"

예상한 대로 그녀는 고개를 끄덕였다. 한겨울에도 아이스티를 즐겨 마시는 그녀의 취향대로의 선택이었다.

'이래서 서로 잘 알면 편하다는 것일까?'

그녀도, 그도 서로 일일이 말하지 않아도 상대가 원하는 것을 알 수 있는 익숙함이 좋았다.

"당신 얼굴이 좀 이상하다. 뭐 잘못 먹었어? 어째 그리 실실거리는데?"

호재가 그의 고양된 기분을 잘 알면서 놀렸다. 시오는 그녀의 그런 얄궂음도 좋았다.

"천하의 류호재가 나를 사랑한다잖아. 안 좋을 수가 없지."

솔직한 마음을 여과없이 그대로 표현하자 그녀는 부끄럽다는 듯이 광대뼈 근처까지 두 손을 슬쩍 올려 얼굴을 가렸다. 일부러 귀엽게 내숭을 떠는 그녀도 너무나 좋았다. 그녀의 모든 것이 다 좋았다. 미치도록 사랑했다. 온 세상을 향해 이 여자가 날 사랑한다고 자랑하고 싶었다. 그는 자신의 주체할 수 없는 감정에 스스로가 중독될 것 같았다.

"사나이 가슴에 한 여자면 족하고, 그 여자가 자신을 사랑한다면 더 이상 무엇을 더 바랄까?"

그는 무척이나 만족스러웠다.

"쳇, 이래 봬도 꽤 인기있는 여자였단 말이야. 당신처럼 나이든 남자가 뭐가 좋아서 내가 그런 말을 했는지 몰라."

시오는 껄껄거리며 웃었다. 허리 숙여 손으로 그녀의 입술을 한번 튕겼다. 사실 웃고는 있었지만 은근히 마음에 걸리는 부분이기는 했다. 그가 그녀보다 여섯 살이나 많은 것은 엄연한 현실이니까. 그러고 보니 오늘 낮에 부딪친 이준범이 뇌리를 스쳤다. 잘생기고, 능력있고, 호재를 잘 아는 남자, 그리고 무엇보다도 젊은 남자. 시오는 호재와 희원이 중학교에 다닐 때부터 준범이 놈도 알아왔다. 어렸을 때부터 어쩐지 거슬리던 놈이었다. 이제 그놈이 호재를 그에게서 빼앗아가려 하고 있음은 분명해졌다. 감히 호재에게 키스를 하다니. 그 자리에서 죽여도 속이 편치 않을 것 같았다. 호재의 호소가 아니었다면 대형 사고를 치고 말았을 것이다. 키나 힘으로 보면 준범이 놈이 더 강하겠지만, 오랫동안 태권도로 달련해 온 그에겐 가벼운 상대일 뿐이었다. 그나마 지금 준범에 대한 분노가 조금은 줄어든 이유는 이것을 계기로 호재에게서 사랑한다는 소리를 들었다는 것에 있었다. 그래도 그냥 넘길 수는 없는 문제였다.

"류호재, 이제 내 질문에 똑바로 대답해."

그의 엄한 목소리에 호재가 살짝 웃었다. 어려서부터 들어온 그의 솜방망이 목소리를 겪어온 까닭이리라. 그녀는 그의 엄한 목소리를 우습게 아는 경향이 있었다.

"이번에는 그냥 넘어가지 않아. 그 웃음 지우고 솔직히 대답하는 것이 좋을 거야."

"준범 선배 잘생겼지?"

호재가 떠보듯이 물었다. 선수 치듯 준범을 칭찬하는 말에 자존심이 상처를 입었다.

"잘생겼다니, 그 느끼하게 생긴 놈이?"

얼굴이 벌겋게 달아오르고 있었다. 그는 자신의 감정을 감추기에 급급해하며 호재를 노려보았다. 분명 그를 자극하는 말일진대 이렇게 동요하고 말다니. 자신이 한심스러워졌다.

"체격도 여느 모델 저리 가라 하고, 옷 입는 센스도 세련되어 있고, 사실 나랑 키도, 나이도 적당히 어울리고……."

"류.호.재."

심상치 않은 그의 목소리에 호재는 불만스럽게 비죽이며 입을 다물었다. 그러나 그녀의 눈은 춤을 추고 있었다.

"또 당했군."

그는 한숨을 내쉬었다. 그녀의 그런 도발에 넘어가지 않은 적이 없었다. 알면서도 이성이 사라지는 것은 어쩔 수 없는 문제였다. 호재는 그에게 그런 존재였다. 체념한 표정으로 바라보자 그때서야 호재는 순순히 그의 질문에 답을 해주었다.

"준범 선배는 나에게 영원한 희원의 선배로밖에 존재하지 않

아. 내 선배라거나 내 친구라고 생각한 적도 없어. 같이 어울려 다녔지만 어디까지나 희원의 선배로서야. 그것을 의심할 필요는 없어. 준범 선배가 어떤 생각을 가지고 있는가는 중요한 문제가 아냐. 우린 그저 우리의 감정에만 충실하면 되는 거야. 기타 타인의 감정이야 그들의 몫인걸.”

이제까지의 장난기가 거친 진지한 호재의 목소리가 그의 소심한 마음을 가라앉혔다.

호재가 그녀의 잔을 들어 건배의 사인을 보냈다. 그도 자신의 잔을 들어 소리나게 건배를 한 후 쭉 들이켰다. 바야흐로 사랑하는 연인들의 밤이 시작되고 있었다.

집으로 돌아오는 차 안에서 호재는 연신 하품을 해대었다.

“이상하다. 낮에 그렇게 잘 잤는데 또 잠이 오네. 나 좀 잘게. 아까처럼 머리 만져 줘.”

그녀가 그의 무릎에 머리를 누이자 이번 협박범 사건이 해결될 때까지 임시로 그녀의 운전기사를 하고 있는 경호팀 직원의 얼굴에 부러운 미소가 어렸다. 시오는 아무렇지도 않은 척 미소를 돌려주고 호재의 머리에 손을 올렸다. 그리고는 행여 누가 들을세라 그녀의 귓가에 조그마한 목소리로 속삭였다.

“잘 자요, 우리 아기.”

✻

대연은 고속도로를 진입한 지 삼십 분 만에 자신의 실수를 깨달았다. 그는 부족했던 잠이 포만감과 어우러져 급격히 졸음이 몰려왔고, 그것은 며칠 동안 상을 치르고 뒷일을 처리했던 은진도 마찬가지였다. 은진이 먼저 자기 시작했고, 대연은 자신이 졸면서 운전했다는 것을 깨닫고 충격을 받았다. 깜짝 놀란 그는 조금만 더 가다가 휴게소에서 잠시 눈을 붙이고 가야겠다는 생각을 하고 있었다.

얼마쯤 가고 있을 때 도로 표지판에 대전, 유성이라는 글자가 눈에 들어왔다.

'아, 유성으로 들어가서 아예 편히 자고 가야겠다.'

옆에서 곤히 자고 있는 은진을 보면서 그게 낫겠다는 생각이 들었다. 어차피 올라가면 호재의 일 때문에라도 편히 자기는 어려울 것이다. 결심을 굳히고 차선을 바꿔 유성으로 들어가는 도로로 접어들었다. 도시로 들어서자 온천과 관광의 도시답게 여기저기 호텔들이 빽빽이 들어차 있었다. 그는 고속도로와 최대한 가까운 호텔을 선택했다. 어디선가 재빠르게 주차요원이 달려나왔다. 대연은 차 키를 맡기고 조심스럽게 은진을 안아 들었다. 호텔로 들어가서 체크인하고 십오층의 객실로 안내되는 동안에도 은진은 깨어나지 않았다.

객실은 호화롭지는 않지만 깔끔하고 편안한 느낌을 주었다. 퀸 사이즈 침대에 은진을 뉘이고 나자 간신히 버티고 있던 그도 힘이 풀렸다. 커다랗게 하품을 하면서 침대에 조심스럽게 앉았다. 혹시나 깨어나 당황할 은진을 생각해서 되도록 침대 끝에 모로 누웠다. 스르르 잠이 드는 가운데 그는 방을 따로 잡을 생각도 하지 않았고, 하다못해 트윈베드로 요청할 생각조차 아예 없었던 자신의 태도를 희미하게 의식하고 있었다.

은진은 따뜻하고 기분 좋은 무게감 때문에 잠에서 깨어났다. 잠에 취해 한동안 그대로 누워 있던 그녀는 자신에게 무게감을 주던 것이 꿈틀거리며 움직였을 때에야 깜짝 놀라 침대에서 일어나 앉았다. 눈에 비친 방 안의 풍경에 은진은 잠시 어안이 벙벙했다.

'멀쩡히 차를 타고 고속도로를 달리고 있었는데 이게 어떻게 된 일이야?'

커다란 창밖으로 보이는 둥글고 제법 밝은 보름달이 방 안의 어둠에 살며시 스며들어 있었다. 너른 호텔방에 4인용 커피 테이블이 한쪽 면을 차지하고 있었고, 그 옆으로 욕실로 보이는 문이 있었다. 베란다가 있는 널따란 창 너머로 도시의 휘황찬란한 불빛이 아롱거렸다. 그리고 그 반대 편 구석에 그녀가 있었다. 두려운 시선을 아래로 내리자 대연이 자신의 허벅지에 한쪽 다리를 올리고 그녀 쪽으로 바짝 붙어서 자고 있었다.

'오, 마이 갓!'

침대 옆에 전자시계가 깜박깜박 12라는 숫자를 과시했다. 놀랐던 마음을 가다듬고 나니 상황을 알 수 있었다. 두 사람 다 멀쩡히 옷을 입고 있었고, 대연이 깊은 잠에 빠져 있는 것으로 봐서 무슨 일이 벌어진 것은 아니었다.

'그럼 무엇 때문에 이런 낯선 호텔방에 있는 것일까?'

깊이 잠들어 있는 대연은 어쩐지 무방비해 보이고 약해 보이는 것이 여자로 하여금 꽤나 모성보호본능을 유발시키는 모습이었다.

'설마 이 남자가 나에게 흑심을 품고 여기에 데리고 온 것은 아닐 테고…… 내가 졸았다고 해도 그대로 차를 운전해 갔으면 되었을 터, 도대체 이 사태를 어떻게 받아들여야 하는 거지?'

그녀는 대연과 호텔방 침대에 나란히 누워 있는 현실을 받아들이기가 힘들었다. 도무지 이 상황이 이해가 되지 않았다. 흔들어 깨우는 그녀의 손길에 대연이 얼굴을 깊이 묻고 팔을 들어 허리를 안아왔다. 은진은 실눈을 뜨고 그를 자세히 살폈으나 깨어난 것 같지는 않았다.

'잠결에도 나를 껴안는 것을 보니 평소에 여자가 옆에 있는 것이 제법 익숙한 모양이군. 쳇.'

기분이 갑자기 나빠지기 시작했다. 어머니가 돌아가시고 가장 먼저 도움을 준 것도 대연이고, 가장 먼저 생각난 것도 대연이었다. 그리고 오늘 그녀는 대연이 자신을 데리러 전주로 내려왔을 때부터 흔들리고 있던 마음을 이제 막 깨닫기 시작하고 있었다. 어떤 이유로든 그와 함께 있다는 것에 조금은 행복해하고 있었는데 대연의 여자 관계를 떠올리자 갑자기 시궁창 저 밑바닥으로 미끄러지는 기분이었다. 그러나 더욱 비참한 것은 대연의 여자를 떠올리며 우울한 만큼, 아니, 그 이상으로 지금 맞닿아 있는 대연의 몸 때문에 흥분하고 있는 자신의 육체였다. 아무도 믿지 않겠지만 그녀는 서른두 해를 살아오면서 남자와 호텔에 온 것도 처음이고, 한침대에 누워 있는 것도 처음이었다.

대학 2학년 때부터 시오를 짝사랑해 왔고, 그 이후론 그녀의 마음을 흔드는 남자가 단 한 명도 없었다. 그녀는 늘 호재와 희원의 사랑스러운 애정 표현이 부러웠고, 시오의 지고지순도 한편으론 부러웠다. 그렇지만 그들의 대단하다면 대단한 사랑을 보아온 그녀로선 보통 남자에게 쉽게 눈이 가지 않았다. 그리고 대연을 만나기 전까지 질투라는 감정조차 느껴본 적이 없었다. 시오를 짝사랑하던 시절에도 호재를 질투한 적은 없었다. 어차피 내 사람이 될 수 없다는 것을 누구보다도 잘 알았고, 그래서 그런지 포기도 빨랐다.

한데 이상한 일은 이 남자에 관한 한 그것이 안 되었다는 사실이다. 호재와 대연의 사이에 낄 수 없는 자신이 비참했고, 호재를 질투했으며, 그래서 그 반대급부로 자꾸만 대연에게 딴지를 걸고는 했다. 그것밖에 그녀의 감정을 표현할 방법을 알지 못했다. 그만큼 그녀는 자신의 감정에 당황했고, 행동이 미숙한 여자였다.

은진은 갑자기 이 기회를 놓치고 싶지 않다는 생각이 들었다. 앞으로 이런 기회가 또 있을까? 다른 남자를 사랑하게 될 것 같지도 않았고, 그렇다고 별 호감도 없는 남자에게 첫 경험을 맡기고 싶지도 않았다. 대연이라면…… 이 남자라면 안심할 수 있을 것 같다. 아니, 좀 더 솔직히 말하자면 그와 자고 싶었다. 호재와 시오만큼 뭉클하고 간절한 사이는 아니더라도 적어도 그녀만은 대연을 마음에 품고 있으니 이보다 더 좋을 수는 없을 것 같았다.

그녀는 곤히 자고 있는 대연의 얼굴에 가만히 손을 올려 만져 보았다. 따뜻한 온기를 찾아 대연이 그 손에 얼굴을 들이밀었다. 그녀는 사랑스럽게 그런 그의 얼굴을 다시 한 번 살며시 훑어 내렸다. 새삼 그의 차림새를 관찰한 그녀는 대연이 무척이나 피곤했음을 알 수 있었다. 매고 있던 세련된 보랏빛 넥타이조차 풀지 않고 잠든 것을 보니 그녀보다도 오히려 그에게 잠이 더 필요했다는 것을 알 수 있었다. 그들이 낯선 호텔방에 있는 이유를 이제야 확실히 알았다. 어쨌든 그 이유는 그다지 중요하지 않았다.

은진은 조심스럽게 그의 목을 조이고 있는 타이를 풀어 내렸다. 그리곤 와이셔츠 단추도 몇 개 풀었다. 손이 자꾸 떨려와서 헛손질을 하면서도 꿋꿋하게 풀어내어 배꼽이 드러나게 했다. 그의 배꼽이 예쁘다는 생각을 하며 입술을 깨물었다. 모든 것이 그녀에겐 다 사랑스럽게만 보였다.

잠시 망설인 후 그녀는 조심스럽게 그의 배꼽에 혀를 대보았다. 그의 근육이 잠깐 움찔하고는 다시 이완되었다. 그대로 굳어 있던 은진은 슬그머니 붉은 혀를 내밀어 배꼽 주위의 선을 따라 그었다. 어쩐지 달콤하고 신선한 과일 맛이 난다는 생각을 했다. 그러다 은진은 자신의 머리를 쓰다듬는 손길에 온몸이 대리석처럼 딱딱하게 굳어버렸다. 그 손이 당황한 그녀의 머리에 힘을 주며 계속할 것을 종용했다. 그녀는 낭패감에 젖은 눈을 들어 슬쩍 그를 바라보았다. 아직 잠결인 듯 대연의 눈은 감겨 있었다. 그저 무의식적인 반응이었나 보다. 그녀는 잠시 망설였다.

'여기서 그냥 그쳐야 하는 것일까?'

고민은 몇 초도 걸리지 않았다. 지금 말고는 또 언제 기회가 생길지 알 길이 없었다. 그녀는 처녀를 버리고 싶었고, 대연과 자고 싶었다. 그 두 가지가 동시에 이루어질 기회가 떡하니 주어졌는데 그냥 넋 놓고 고스란히 놓친다는 것은 천하의 바보나 할 짓이었다. 그녀의 머리카락을 쓰다듬는 손길을 다시 느끼며 용기를 얻었다. 그녀가 천천히 배꼽에서부터 가슴까지 혀로 핥아 올라가자 매끈한 가슴이 눈앞에 있었다. 자꾸 열이 올라오고 가슴이 주체할 수 없이 뛰었다.

'이제 어쩐다?'

키스의 경험조차 없는 은진이었다. 무엇을 어떻게 해야 할지 막막해지자 멈칫 멈칫할 수밖에 없었다. 잠자는 대연을 내려다보며 한숨만 쉬고 있자 큼직한 손 하나가 또다시 그녀를 이끌었다. 그 다음은 정신없었다. 그저 대연이 리드하는 대로 따랐을 뿐이다. 그녀를 안은 팔이 부드럽게 두 사람의 위치를 바꾸었

다. 이제 그녀가 그의 밑에 깔려 있는 형국이 되었다. 그녀의 무
경험을 아는 것인지 대연은 천천히 섬세하게 그녀를 애무했다.
행여 그녀가 놀랄까 조심하는 모습에 그가 잠에서 완전히 깨어
난 것은 아닌지 의심스럽기까지 했다. 그의 단단히 감겨 있는
눈을 보고 그녀는 적이나 안심을 했다. 한편으론 자신임을 알고
애무하는 것이라면 좋겠다는 생각도 했지만, 부끄러움이 앞선
지금은 차라리 그가 잠결인 것이 더 좋았다. 은진은 살며시 눈
을 감았다.

　대연은 은진이 일어났을 때 이미 깨어 있었다. 그가 비몽사몽
간에 잠의 여운을 즐기고 있을 무렵 은진이 벌떡 일어나 앉았
다. 이 상황을 그녀에게 설명을 해야 한다는 부담감과 함께 그
녀의 반응이 무척 궁금했기 때문에 대연은 일부러 자는 척을 했
다. 잠시 후 그를 만지는 대담한 그녀의 행동에 일어날 때부터
이미 흥분되어 있던 그는 금방이라도 그녀의 손길에 녹아내릴
것 같았다. 그리고 머뭇거리는 행동에서 그녀의 미숙함을 짐작
했다. 그는 잠결인 척 그녀를 안아 위치를 바꾸었다. 망설이는
그녀를 그냥 보낼 수는 없었다. 천천히 그녀의 입술에 입을 가
져다 대었다. 그녀가 바들바들 떨고 있는 것이 맞닿아 있는 입
술을 통해 여실히 느껴졌다.

　그때부터 그는 더 이상 자는 척할 수 없었다. 슬며시 눈을 뜨
자 은진이 눈을 꼭 감고 죽은 듯이 누워 있었다. 꼭 숫처녀 같은
반응이었다. 설마 싶었지만, 어쨌든 그리 경험이 많아 보이지

않는 그녀의 행동이 왠지 싫지 않았다. 다시 한 번 그 떨리는 입술에 키스를 했다. 의외로 쉽게 열리는 입술 사이를 가르고 깊숙이 혀를 집어넣었다. 그 순간 그녀의 입에서 너무나도 달콤한 신음 소리가 흘러나왔다. 대연은 그 소리에 저도 모르게 몸을 부르르 떨었다.

한참 후에 은진은 그의 엉덩이에 손을 올려 마치 어린아이를 칭찬하듯이 토닥거렸다. 옥황상제의 복숭아를 따먹은 손오공이 된 기분이었다. 매우 만족스럽고 두려운, 그러나 조금은 불손한 그런 기분 말이다. 후회는 하지 않았다. 대연이 그녀의 몸에서 내려가려는 것을 두 팔로 막았다. 아직은 두 사람의 몸이 이어진 상태로 여운을 즐기고 싶었다.

"잠시만 더 그대로 있어."

그녀의 목소리는 깊이 가라앉아 있었다. 대연과 사랑을 나누는 동안 질러댄 쾌락의 비명 탓이었다. 대연이 그녀의 위에서 소리 죽여 웃었다. 그녀의 상태를 짐작한 까닭이리라. 그녀는 다시 한 번 그의 엉덩이를 토닥였다. 이번의 손길은 또 웃으면 국물도 없어, 라는 의미를 담고서 제법 매서웠다. 대연이 이젠 아예 큰 소리로 웃기 시작했다.

그녀는 한숨을 내쉬었다. 자고로 남자는 크나 작으나 어린애일 뿐이었다. 그녀는 그 웃음소리와 더불어 다시 기분 좋은 잠 속으로 빠져들었다.

*

시오와 호재가 압구정동 호재의 집으로 다시 돌아온 것은 순전히 범인을 잡기 위한 함정일 뿐이었다. 오늘이야말로 반드시 범인을 잡아내고야 말 것이다. 호재는 집 안으로 들어서자마자 옷을 하나하나 벗어 던졌다. 난방을 이제야 켰기 때문에 집 안은 몹시도 싸늘했다. 그런 와중의 행동이었기 때문에 시오는 자못 흥미로운 시선으로 그녀를 주시했다. 결국 그녀가 커다란 곰 인형이 그려진 박스형 잠옷을 입자 그는 자신의 음흉함에 실소하고 말았다. 그녀가 자신을 유혹하고 있는 것이라 생각했던 사실을 호재에게 들킬세라 얼른 다른 곳으로 시선을 주었다. 고풍스런 콘솔 위에 어제 호재가 엎어놓은 액자가 그대로 놓여 있었다. 그는 잠시 그것을 진지하게 바라보며 죽은 희원을 생각했다. 사실 희원이 어렸을 때는 호재와 마찬가지로 친조카처럼 귀여워했었다. 그때 누가 그와 희원이 연적이 되리라 상상이나 했겠는가. 그는 깊은 한숨을 내쉬었다. 운명이었다. 그도, 희원도, 호재도 어쩔 수 없는 숙명처럼 엉킨 실타래였다. 이제 그것은 두 사람만이 풀 수 있었다.

'희원아, 넌 아마 내 마음을 누구보다도 잘 알리라 믿는다. 내가 너를 정말로 싫어했거나 미워했던 것은 아니다. 단지 호재를 너무 사랑했던 것뿐이야. 나도 어쩔 수 없는 일이었어. 어디선가 우릴 지켜보고 있다면 분명 축복해 주고 있으리라 믿어 의심

치 않는다. 제발 날 용서해다오.'

시오는 처음이자 마지막으로 희원에게 용서를 빌었다. 이제 과거는 그들을 뒤로하고 멀어져 갈 것이다. 그와 호재에겐 무한이 펼쳐질 아름다운 미래가 있을 뿐이었다. 그는 죽어서도 자신의 연적인 희원에게 마지막 작별인사를 했다. 그리곤 호재를 따라 그녀의 침실로 들어갔다. 그새 또 잠이 오는지 침대에 엎드려 있는 그녀를 보고 혀를 찼다. 그녀를 안아 조심스럽게 바로 눕히고 호재가 미치도록 좋아하는 전위치료기의 전원을 켜고 도톰하고 폭신한 이불을 턱 가까이까지 덮어주었다.

오늘 밤은 결전의 날이었다. 오늘 그들이 파놓은 함정에 협박자가 걸려들기를 바랄 뿐이었다. 지금 상태로 더 끌다가는 호재가 먼저 지쳐 떨어질 것이었다. 그는 침대로 올라가 이불째 그녀를 껴안았다. 굉장히 예쁜 아기를 볼 때 깨물어주고 싶다고 느끼듯 그 또한 호재를 보면 그런 마음이 들곤 했다. 어리고 어린 앙증맞은 손으로 그의 머리카락을 꼬며 놀던 시절부터 그녀는 그에게 깨물어주고 싶은 귀여움이었다. 그는 갑자기 진짜로 그녀를 깨물어보고 싶다는 생각이 들었다. 그녀의 얼굴을 덮고 있는 긴 머리를 귀 뒤로 쓸어 올리고, 그녀의 귀 가까이에 입술을 가져갔다. 조심스럽게 귓불을 살짝 물어보았다. 그 순간에 울린 전화벨 소리는 나이 서른하나의 장성한 남자의 얼굴도 붉게 물들게 하기 충분했다.

그는 검은빛이 도는 오크 협탁 위에 언밸런스하게 놓여 있는 현대적인 전화기를 집어 들었다.

"여보세요?"

[어? 실례했습니다.]

잘못 걸린 전화인 듯 이내 신호음이 끊어졌다. 그는 무심히 전화를 내려놓았다. 돌아누우려는데 또다시 전화가 울렸다. 시간은 아직 이른 열두 시. 예의 장난 전화는 아닐 것이다. 그는 한숨을 쉬고 다시 전화를 받았다.

"여보세요?"

잠시의 침묵에 이어 아까의 그 목소리가 다시 들려왔다.

[류호재 씨 집 아닌가요?]

시오는 눈살을 찌푸렸다. 어디서 많이 듣던 목소리였다.

'누구더라? 왜 이렇게 거슬리는 목소리지?'

"맞습니다만, 누구십니까?"

별수없이 목소리가 딱딱해지고 있었다.

[어라? 당신이 거기 왜 있어? 엉? 이 시간에 호재 집에서 뭐하는 거야?]

시오는 격앙된 상대의 목소리에 그제야 전화 상대가 이준범임을 알았다. 심히 불쾌하기 짝이 없었다. 이 자식과 치고받고 싸운 것이 겨우 오늘 아침의 일이었다.

"너야말로 이 시간에 호재에게 뭐 때문에 전화한 거지? 나야 호재 연인이니 이곳에 있는 것은 당연한 일이고 말이야. 오늘 아침에 호재의 선택을 보고도 아직 포기하지 못했나?"

[당신, 너무 뻔뻔해요. 호재 어머니께서 나를 사위로 생각하고 계신 건 알고 있나 몰라? 늙다리 삼촌 주제에 어디 언감생심 호재를 넘보는 거지? 이 싸움은 내가 이겨. 더 상처받기 전에 물러나는 것이 당신을 위해서 좋을 것 같다는 충고를 젊디젊은 이 내가 감히 하지.]

전화기 저쪽에서 비릿한 웃음소리가 들려왔다. 그는 준범의 입에서 형수님 이야기가 나올 때부터 이를 악물고 있었다. 그의 가장 큰 콤플렉스를 준범이 건드린 것이다.

[호재에게 내가 전화했다고 전해나 주시지. 설마 그것도 못해줄 만큼 매너없고 호재에게 자신이 없는 건 아니겠지?]

준범이 낄낄거렸다. 끝끝내 그의 속을 뒤집어놓고 제멋대로 전화를 끊어버리는 놈이었다. 준범의 웃음소리가 공명되어 온 침실에 울리고 있었다.

시오는 화를 참으며 호재의 잠을 깨우지 않기 위해 조심스럽게 전화기를 내려놓았다. 전화기 뒤편의 거울에 자신의 얼굴이 비치고 있었다. 하얗게 질린 얼굴에 꽉 다물린 입술, 그리고 나이 든 얼굴. 그는 호재에 비하면 한참 나이가 들어 있었다. 젊디젊은 패기로 그녀를 밀어붙이고 있는 준범에 비해서도 너무나 많은 나이였다. 그의 인생은 여러 가지 면에서 그 누구보다 성공했고 부러워할 만했지만, 호재에 대한 그의 감정은 그것들이 주는 만족감을 모두 쓸어버렸다. 피해의식과 실연의 고통은 그를 심적으로 힘들게 했고 또한 그의 자신감에 크나큰 상처를 주었다.

　오늘 준범은 어디를 찔러야 피가 나는지 잘 알고 행동한 것이다. 영리한 놈이다. 잘난 놈이다. 그리고 형수님이 인정했다는 놈이다. 그는 곤히 잠든 호재의 얼굴을 하염없이 바라보며 자신을 다잡았다. 사랑하는 사람을 믿는다면 더 이상의 흔들림은 배신 행위나 마찬가지였다. 호재는 그를 사랑한다 말했고, 그는 굳건히 그런 호재의 옆을 지킬 것이다. 흔들리지 않을 것이다. 믿음직하고 시원한 그늘이 되는 든든한 느티나무가 되어줄 것이다.

＊

　"다시 한 번 말하지만, 류호재에게서 떨어지지 않으면 이번에는 정말 그 여자가 죽는 것을 막을 수 없을 거다. 내 말 명심해. 난 허튼소리는 하지 않아."

　여자는 자신의 집 근처에 있는 공중전화를 거칠게 내려놓았다. 손이 부들부들 떨려왔다. 그녀 자신도 일이 이렇게 커질 줄은 꿈에도 몰랐다. 자신이 이렇게 폭력적이고, 잔인한 여자라는 것도 이번에서야 깨닫게 되었다. 그녀는 자신이 무서웠다. 한계를 모르고 치닫는 자신의 행위에 치를 떨면서도 멈출 수가 없었다. 처음엔 그저 시오에게서 호재를 떼어놓고 싶었을 뿐이었다. 그런 것이 어쩌다가 그녀에게 불을 지르는 지경에 이르렀는지

그녀 스스로도 알 수가 없었다. 흐트러진 머리를 또다시 쥐어뜯
었다. 그녀는 지금으로부터 칠 년 전, 자신의 운명을 바꿔놓았
던 그날을 떠올리며 시오를 원망했다.

　그해 여자는 졸업을 앞두고 있었다. 그녀는 친구들과 놀러간
나이트클럽에서 한참을 신나게 춤추고 놀다 자신의 테이블로
돌아왔다. 그때 그들의 옆 자리에 한 남자가 앉아 있는 것을 보
았다. 어두컴컴한 홀 한가운데서 빛이 나는 것 같았다. 그 남자
는 굶주린 야수의 눈을 하고 앞에 놓여 있는 헤네시를 들이붓다
시피 하고 있었다. 남자는 그들처럼 홀 한가운데 있는 테이블에
앉을 사람으로 보이지도 않았다. 따로 준비된 별실에나 어울리
는 손님이었다. 그만큼 그의 입성이나 풍기는 이미지는 귀티가
넘쳤다. 굉장히 잘생긴 남자였다. 또한 남자다운 힘이 넘쳐 보
였다.

　꽤 잘난 외모라고 자신하고 있던 그녀는 친구들의 의미심장
한 시선을 뒤로한 채 남자에게 다가갔다. 대한민국 최고 대학에
다니고 있고 남보다 나은 외모를 가진 그녀는 당연히 인기도 좋
았다. 어중이떠중이 할 것 없이 대시하는 남자들은 많았다. 그
러나 그녀의 야심이 그 모든 것을 거절하게 만들었다. 그녀는
자신 외에는 내세울 것이 없는 여자라는 것을 잘 알고 있었다.
그저 그런 집안에 그저 그런 형제자매들이 있을 뿐이었다. 진정
잘난 집안의 남자는 그녀를 잠시 가지고 놀 노리개 취급을 했

다. 실제로 그녀는 그런 놈에게 속아 몸도 버리고, 그 나쁜 놈의 친구들 사이에 가지고 놀기 좋은 여자 취급을 당했던 적이 있었다. 그 자식들을 생각하자 쓴물이 올라왔다. 그때 그녀는 이를 악물고 결심했다.

'기어이 내 정상에서 너희를 비웃어주리라.'

그녀는 지금 자신의 앞에 있는 이 남자가 어쩌면 그 발판이 되어줄지도 모른다는 생각이 들었다. 좀 더 자세히 알아봐야겠지만 지금은 친분을 다지는 것이 중요했다.

"동석해도 될까요?"

대답을 기다리지 않고 남자 앞에 앉았다. 짧은 미니스커트가 허벅지를 다 드러냈다. 의도적으로 다리를 꼬며 유혹하는 눈빛으로 바라보았지만 남자는 그녀에게 시선조차 주지 않고 있었다. 그녀는 빈 잔에 다시 술을 따르려는 남자에게서 재빨리 술병을 낚아챘다.

"제가 따라줄게요."

그의 스트레이트 잔에 넘치게 술을 따르자 남자가 힐끔 그녀를 바라보고는 술을 천천히 입으로 가져갔다. 고개를 든 남자는 처음 생각했던 것보다 훨씬 더 핸섬했다. 얼굴 전체가 난 귀공자요, 하고 노래를 부르고 있었고, 그 우수에 찬 눈빛에서는 세상 여자들을 다 그의 무릎 아래 꿇어앉힐 것 같은 카리스마가 자연스럽게 배어 나오고 있었다.

이제 그녀는 이 남자가 그녀가 바라는 신분상승의 도구가 아니래도 놓칠 생각이 없었다. 첫사랑에 빠졌다. 스르르 눈이 감기고 남자의 벌어진 입술 사이로 술이 사라질 때 흔들리던 목젖의 움직임이 매력적이었다. 그 모습이 너무나 섹스어필해서 그녀의 몸이 안달을 하고 있었다.

"실연이라도 당했나 봐요?"

남자가 그녀에게 눈길을 주었다. 멍한 눈빛에서 그가 그녀의 존재를 잊고 있었다는 것을 알 수 있었다. 그의 눈이 깜짝 놀란 듯 그녀를 바라보고 있었다. 그녀는 자존심이 상했지만 최선을 다해 기회를 낚아채기로 마음먹었다.

"여자는 여자로 잊어야 한다는데, 어때요? 나랑 연애하지 않을래요?"

남자는 그녀를 비웃었다. 비릿한 그 웃음에 그녀는 표정을 유지하기가 너무나 어려워지고 있었다.

"지금 내겐 연애는 필요없고, 섹스만 필요한데……."

무심하고 마른 어조로 남자가 말했다. 그녀는 그의 말이 떨어지기가 무섭게 자리에서 일어섰다.

"나가죠."

그녀의 대담한 초대에 남자는 주저없이 그녀를 따라 일어섰다.

'마음을 잡을 수 없을 땐, 몸으로 먼저 잡아두는 것도 하나의 방법이지.'

그녀는 자신했다. 남자에게선 뭐랄까 순수한 분위기가 풍긴다고 할까. 그런 남자쯤 유혹하는 것쯤은 식은 죽 먹기였다.

'이 내가 진정한 여자 맛을 제대로 보여주지. 넌 이제 내 거
야.'

그녀는 성공을 확신하는 요부특유의 자신있는 미소를 지었
다.

그와 함께 나가 좁은 지하계단을 오를 때 남자가 갑자기 그녀
를 끌어당겼다. 어두컴컴한 계단 벽에 그녀를 밀어붙이고 그녀
의 짧은 스커트를 들쑤시는 성급한 손길에 깜짝 놀랐다. 그저
여기서 나가면 어디 좋은 고급호텔로 가서 같이 샤워하고 호화
로운 침대에 뛰어들 상상을 하고 있던 그녀에겐 뜻밖의 전개였
다. 그러나 싫지 않았다. 그녀 또한 그에 대한 욕망으로 피가 끓
고 있었기 때문이다.

가을 언저리의 밤바람이 저 위에서 불어왔지만 드러난 가슴
에 추위는 느껴지지 않았다. 남자의 뜨거운 입술이 그곳을 충분
히 뜨겁게 달구어주고 있었기 때문이다. 저 아래로 꺾어지면 나
이트클럽의 기도들이 서 있고 위쪽으로는 언제 젊고 활기 찬 손
님들이 우르르 몰려들지 모르는 상황이었다. 그것이 또 그녀를
자극하고 있었다. 그녀는 남자의 가슴에 손을 집어넣어 그 단단
한 가슴 근육을 손으로 쓰다듬으며 격렬한 신음을 흘렸다. 남자
가 그녀의 팬티를 거칠게 끌어 내렸다. 그녀도 남자의 재킷을
벗겨냈다. 남자의 벨트에 손을 올리는 순간 남자가 갑자기 거칠
게 그녀를 밀어냈다.

순간 그녀는 계단 저 밑으로 곤두박질할 뻔했다. 항의하려고 고개를 든 그녀는 남자의 비참한 모습에 경악하고 말았다. 남자가 흐트러진 그 상태 그대로 계단에 쭈그리고 앉아 울고 있었던 것이다. 그 순간 그녀는 뭔가 단단히 잘못되었다는 것을 알 수 있었다. 그의 어깨에 손을 대자 남자가 흠칫 놀라며 그것을 거칠게 뿌리쳤다. 그녀는 울컥 화가 치밀었다. 남자가 재킷을 찾아 들고 일어나서 밖으로 뛰쳐나갔다.

"잠깐만요."

남자는 그녀의 목소리에 움찔하더니 떨리는 손으로 지갑에서 푸른빛이 도는 수표 몇 장을 꺼내어주었다. 지갑에서 명함 몇 장이 딸려 나와 바닥에 떨어졌다. 그녀가 손을 내밀지 않자 남자는 수표 또한 바닥에 떨어뜨려 놓고 그대로 계단을 올라 밖으로 나가 버렸다. 그녀의 독기 어린 시선을 뒤로하고 남자는 어둠 속으로 사라졌다. 그녀는 남자가 떨어뜨리고 간 수표와 명함을 손에 들고 결심했다.

"언젠간 이 빚을 꼭 갚고야 말겠어. 나를 거리 여자 취급해 놓고 무사한 남자는 하나도 없어."

그러나 그녀의 마음 한구석에선 우습게도 복수나 원망보다 더 강한 욕망이 숨어 있었다.

'이것으로 그를 어디 가서 찾아야 하는지 알게 되어 다행이야. 다시 한 번 그의 입술을 가슴에 느끼고 싶어…….'

여자는 괴롭고도 질긴 지난 상념에서 깨어났다. 그녀는 오늘
부로 이 모든 것을 끝내기로 했다. 잘못하다가는 쇠고랑을 찰
신세가 되는 것이다. 이것으로도 나름대로 그 여자에 대한 복수
는 한 것이라고 치부하기로 마음먹었다.

✳

시오는 분노하고 있었다. 오늘도 놓치고 말았다. 간신히 전화
추적이 되었지만 이번에는 집에서 멀리 떨어진 공중전화 부스
였다. 이 새벽에 그곳을 통제하고 지문 검식을 시작했지만, 가
망은 거의 없었다. 지난번 집 앞 공중전화에서도 무수한 지문들
이 얽혀 있어서 제대로 된 지문 하나를 떠내지 못했었다. 이렇
게 되면 또 하루를 공포에 떨어야 한다는 결론이다. 초조함을
감출 수가 없었다.

그는 오후에 스케줄이 잡혀 있는 호재를 경호원에게 맡기고
집으로 돌아왔다. 출근 준비를 하면서 은진이 아직도 전주에 있
다는 사실에 조금 화가 났다. 아무리 이쪽에서 배려하고 있기로
이렇게까지 오래 돌아오지 않을 줄을 몰랐다. 지금 그가 믿고
호재를 맡길 사람은 은진뿐이었다. 오늘까지 기다려 보고 그때
도 연락이 없으면 올라오라고 말해야 할 것 같다. 은진의 부재
는 그나 호재에게 큰 타격이었다.

그는 회사에 들어가자마자 커피 한 잔을 부탁하고 가죽소파

에 몸을 묻었다. 해결해야 할 문제가 산더미처럼 쌓여 있었다. 회사 일은 둘째 치고, 호재의 신변에 아직도 위험이 도사리고 있고 준범이 놈이 시시때때로 그의 신경을 긁어대고 있었다. 게다가 형수님 문제도 생각하면 할수록 암담해서 머리 속이 복잡하기 이를 데 없었다.

경쾌한 노크 소리와 함께 김 비서가 들어왔다. 시오는 그윽한 커피 향을 맡으며 조금은 머리가 맑아지는 느낌이었다. 김 비서는 함께 가져온 신문과 커피를 그의 책상에 올려놓고 그의 눈치를 보며 재빨리 방을 빠져나갔다. 그 모습을 의아하게 생각하며 신문을 집어 들었다.

순간 그는 하늘이 노랗게 보이는 것 같았다. 보란 듯이 펴놓은 연예란에 우습게도 그와 그 꼴도 보기 싫은 준범이 호재와 사이좋게 나온 것이다. 연예란을 거의 도배하다시피 그들의 사진과 이야기가 왜곡되어 실려 있었다. 호재의 데뷔 시절 사진, 희원과의 결혼 사진, 준범과 호재가 다정히 키스하는 사진, 그리고 가관으로 준범에게 손찌검하는 시오의 사진까지. 그야말로 스페셜하게도 신문 한 면이 온통 호재와 그녀의 남자들이란 주제로 꽉 채워져 있었다.

시오는 주저없이 전화기를 들었다. 그리곤 책상 서랍에서 리모컨을 꺼내 비서실을 막고 있는 장벽을 걷어냈다. 손 차장과 김 비서가 계속해서 정신없이 울려대는 전화를 받고 있었다. 게다가 몇몇 낯익은 기자들이 비서실에 진을 치고 있었다.

전화기 저쪽에서 목소리가 들려왔다.

[에휴, 당신 사무실도 난리지? 나 당분간 전화기 전원을 꺼놔야 할까 봐.]

호재가 발신자 전화번호를 확인했는지 다짜고짜 말했다.

"호재야, 집 안에서 한 발자국도 나오지 마. 내가 연락할 때까지 집 전화기도 빼놓고. 형수님께는 내가 연락하마. 휴대폰 전원만 그대로 놔둬. 내가 급할 때 연락할 수 있도록. 알았지?"

[알았어. 방금 은진 언니에게서 전화 왔어. 지금 서울 올라오는 길이래. 내 걱정 너무 하지 마. 당신 좀 시달려야 할 거야. 조심해. 그리고 사랑해.]

그는 깊이 숨을 들이쉬었다. 가슴 저 깊은 곳에서부터 올라오는 희열에 몸을 맡기고 그 기쁨을 한참 동안 음미했다.

"호재야, 내가 너를 사랑하는 것보다 네가 날 사랑할 수는 없을 거야. 그 누구도 널 내게서 빼앗아가려는 무리는 가만두지 않아. 우릴 방해하고 시기하는 모든 것들은 그 대가를 치르게 될 거다. 그러니 조금만 참아. 곧 다 끝날 거야."

그는 전화를 끊고 일의 순서를 정리했다. 우선 형수님께 지금의 상황을 확실히 전하고 결혼을 통보할 것이다. 말 그대로 통보였다. 이제 그에겐 허락까지 기다릴 여유가 없었다. 이렇게 된 이상 그 다음은 기자회견을 열어야 할 것이다. 비서실을 통해 공식적인 메시지만 전하면 그뿐이다.

두 사람이 곧 결혼할 것이다. 당신들이 패륜과 시대의 바람둥이 운운했던 것을 곧 후회하게 될 것이다. 내가 보복한다. 그러니 함부로 나불대지 말라.

그들은 곧 알아들을 것이었다. 그 둘이 결혼하는 이상 그들의 힘이 얼마나 막강할지 모르는 바보들은 없을 테니까. 곧 그들에 관한 유언비어나 중상모략은 자취를 감출 것이다.

그리고 남는 한 가지 문제는 바로 호재의 협박범이었다. 그는 이를 갈았다. 시장통 같은 비서실에서 이번 사건을 담당한 경찰이 그의 사무실로 들어오려고 애쓰는 것이 보였다. 기술 좋게 기자들을 제치고 사무실로 들어선 경찰은 비서실이 다 들여다보이는 벽을 바라보며 잠시 놀란 표정을 지었다.

시오는 피곤한 얼굴을 손으로 쓸어 내렸다.

"무슨 일입니까? 급한 일이라도 생겼습니까?"

"다 끝났습니다. 범인이 누구인지 알아냈습니다."

시오는 마시려고 든 커피 잔을 떨어뜨렸다.

경찰에서는 수사 진행과정 중에 그들이 중요한 점을 놓치고 있음을 자각했다. 이 사건은 류호재에게가 아니라 한시오에게 초점을 맞출 필요가 있다는 사실을 말이다. 범인은 한시오에게 뭔가 말하고 싶었던 것이 분명하다. 그래서 그의 주변 인물들에 대해 좀 더 깊은 조사를 하기 시작했다. 그러다 오늘 새벽의 공중전화 부스가 있던 곳이 경찰에서 주목하고 있던 주변인물의 집에서 매우 가깝다는 것을 알게 되었다. 그리고 다행스럽게도 공중전화기에서 선명하게 찍힌 엄지손가락의 지문 하나와 새끼

손가락의 지문 하나를 찾아냈다. 그 지문들을 한시오 주변 인물들의 지문과 대조한 결과 엄지손가락의 지문이 한 사람과 일치함을 알아냈다. 그렇게 해서 의외로 쉽게 범인을 잡을 수 있었다.

모든 이야기를 들은 후 사무실 안은 한동안 무거운 침묵에 가라앉아 있었다.

"믿을 수가 없어. 그럴 리가……."

무엇 때문에 멀쩡한 여자가 이런 정신 나간 짓을 저질렀단 말인가. 다른 사람을 헤칠 정도로 악랄한 여자라고는 생각해 보지 못했다.

"당장이라도 저 여자를 목 졸라 죽여 버리고 싶어."

시오가 매직밀러 너머로 비서실에서 분주히 기자들을 상대하고 있는 정민을 노려보며 내뱉었다. 그 눈 속에는 분노와 함께 당황함도 숨겨져 있었다. 정민이 왜 호재에게 그런 잔인한 짓을 저질렀는지 이해할 수 없었다.

"이제 어쩌실 겁니까? 바로 체포할까요?"

경찰의 질문에 시오는 행동으로 보여주었다. 인터폰을 하자 맞은편 유리벽으로 손정민의 손 움직이는 모습이 보였다.

[네, 회장님.]

한 치의 흐트러짐도 없는 완벽한 모습에 안에 있던 두 사람은 치를 떨었다.

"손 차장, 경호팀장과 안 실장님, 경찰 모두에게 연락을 넣어

요. 못 잡은 범인에 대해 대책을 세워야지. 모두 도착하면 손 차
장도 들어오고.”

　대답도 기다리지 않고 폰을 내려놓자 정민이 저쪽에서 눈살
을 찌푸리며 전화기를 노려보는 모습이 잡혔다.

은진이 눈을 떴을 때는 벌써 아침 일곱 시를 가리키고 있었다. 그녀는 입가에 미소마저 감돌고 있는 대연을 한참 동안 내려다본 후 서둘러 욕실로 몸을 피했다. 간밤에 자신이 도대체 무슨 짓을 저지른 것인지 알 길이 없었다. 술을 마신 것도 아닌데 어떻게 그녀가 먼저 손을 내밀어 대연을 유혹할 수가 있었단 말인가. 뜨거운 샤워기 아래에서 은진은 자신이 이 일로 인해 당혹스럽긴 해도 후회하고 있지는 않다는 사실을 깨달았다. 그녀는 고개를 설레설레 흔들었다.

'이제 저 남자를 어떻게 본단 말이야.'

저 얄궂은 인간은 분명 두고두고 그녀를 놀려먹으려 들 것이다. 어떻게든 아무렇지 않은 듯 행동해야 했다. 그들이 나눈 사랑에 그녀가 깊은 의미를 두고 있다고 생각하게 해서는 안 되는 것이다. 그것은 그녀의 마지막 자존심이었다. 그녀를 사랑하지 않는 남자와의 하룻밤이었다. 저 남자 앞에서 흔들리는 모습을 보이고 싶지 않았다.

그녀가 나왔을 때 대연은 이미 깨어 있었다. 그녀는 태연히 그를 바라보았다.

"일어났어요? 깨우려고 했는데. 벌써 시간이 이렇게 되었네? 빨리 준비하고 올라가요."

대연의 뚫어질 듯한 눈빛을 애써 피하며 거울 앞에 앉았다. 그녀는 심상치 않게 돌아가는 분위기를 감당하기 힘들어서 타월로 머리를 말리며 남몰래 한숨을 내쉬었다. 침대가 삐걱거리는 소리가 들리고 등 뒤로 느껴지는 무게감에 고개를 들었다. 대연이 그녀의 눈앞에 있었다. 흠칫 놀라는 그녀의 얼굴을 두 손으로 감싸고 입술에 키스를 해왔다. 그녀는 얼떨결에 입을 열어 그의 혀를 환영했다. 달콤한 그 감촉에 몸이 녹아내릴 것 같았다. 저도 모르게 두 팔을 들어 그의 목을 감쌌다. 대연이 고개를 들었다.

"굿모닝."

은진은 그의 입술에서 시선을 떼지 못했고 열망을 숨기지도 못했다. 대연의 입에서 키득거리는 소리가 들렸을 때에야 비로소 정신을 차렸다. 자신이 그의 키스에 넋을 놓고 있었다는 것을 깨닫고 얼굴을 붉혔다.

"연인 사이의 아침 인사는 이렇게 하는 거야. 다음부터는 기억해 두도록 해."

대연이 다시 한 번 그녀의 입술이 키스를 하고는 휘파람을 불며 욕실로 들어갔다. 노련한 대연에게 선수를 빼앗기고 말았다. 하지만 그다지 싫지는 않았다. 대연은 그들 사이를 연인이라고 말했고, 다음을 기약했다. 어쩐지 그녀가 당한 느낌도 없지 않았지만, 기분이 상승되는 것을 막을 수는 없었다.

은진은 화장을 하면서 저도 모르게 콧노래를 부르고 있었다.

"좀 더 빨리 달릴 수 없어요? 도대체 무슨 남자가 이리도 소심해. 제발 더 밟아요, 밟아."

은진의 계속되는 재촉에도 대연은 끄덕도 하지 않았다.

"지금이 몇 시인 줄 알아? 이 시간에 서울 시내에서 달려라, 밟아라 소리가 나와? 우리 앞의 저 수많은 차들을 보고도 그런 소리를 해?"

그들은 유성을 출발한 지 한 시간쯤 지났을 때 잠깐 휴게소에 들렀다가 휴게실 가판대를 장식하고 있는 신문을 보고 펄펄 뛰었다. 1면을 대문짝만하게 장식하고 있는 호재의 사진을 보자마자 둘 다 아무 말 없이 다시 차에 올라탔다. 은진이 호재에게 전화를 하는 동안 대연은 사무실로 연락해 이번 일에 대해 입단속을 시켰다. 톨게이트에 접어들었을 때 시간이 오전 아홉 시였다.

그는 시오가 준범과 치고받고 싸운 사진을 보면서 한숨을 내쉬었다. 그 밉살스런 한시오가 호재를 더욱 사람들의 농담거리로 만들어 버린 것이다. 게다가 대연이 전화를 하자 곧장 사무실로 오라는 말만 하고는 뚝 끊어버리는 시오 때문에 자존심이 무척 상했다. 어디 있는지 묻지도 않고 그저 자신에게 오라는 지시를 내린 것이다. 감히 지시라니, 자신이 내 상관이라도 되는 줄 아는 모양이다. 상황이 상황인만큼 따르지 않을 수 없었지만, 기분은 별로다. 호재는 그의 소중한 친구이기 이전에 회사의 소유물이었다. 회사가 타격을 받을 만한 스캔들을 일으켜놓고도 뻔뻔하게 그에게 오라 가라 하다니, 언젠간 꼭 이 빚을 갚아주고 말 것이다.

"그나저나 이준범 그놈, 호재 씨에게 그런 맘을 품고 있었단 말인가?"

그의 혼잣말에 은진이 거들었다.

"난 준범이 녀석 솔직히 마음에 안 들었어요. 어려서부터 항상 음험한 눈동자로 희원과 호재를 바라보곤 했었는데, 결국 일이 이렇게 터지는군요."

대연은 은진의 의견에 동감했다. 딱 한 번 이준범과 호재가 함께 있는 모습을 본 적이 있었다. 그때 그가 느낀 것은 그저 보이는 것만큼 솔직하고 스마트한 사람은 아니라는 것이었다. 그 남자가 호재를 바라볼 때의 모습은 애틋한 무언가가 있긴 했지만, 딱히 여자로 바라보는 것이 아닌 아리송한 느낌이었다. 어찌 보면 귀여운 여동생을 보는 것 같기도 하고, 또 어찌 보면 질투하는 것도 같은 복잡 미묘한 표정이었다. 질투라니, 남자가 여자에게? 그래서 대연은 이준범에 대한 평가를 뒤로 미뤄놨었다. 한 번 보고 판단하기는 어려운 남자였다.

"흠, 어째 찜찜하군."

"하긴 나도 준범이가 호재를 사랑하고 있다고는 믿지 않아요. 뭐, 그 부부에게 지독히도 달라붙어 있었던 건 사실이지만."

'그런 그가 호재 씨 때문에 한시오와 치고받고 싸웠다?'

대연은 눈살을 찌푸렸다. 확신하는 것은 아니었지만 하여튼 기분 나쁜 남자였다.

✳

시오의 고풍스럽고 널따란 사무실엔 꽤 많은 사람들이 모여 있었다. 요 며칠 사이 같은 모임이 계속 반복되고 있었다. 우선 사무실 주인과 안상호 비서실장, 손정민 차장, 경호팀장, 경찰 간부 두 명과 순경 두 사람, 그리고 은진과 대연이 그들이었다. 김 비서가 각자의 자리에 찻잔을 내려놓고 나가자 경찰 측에서 새로 온 형사 한 명이 입을 열었다.

"이번 사건의 범인이 잡혔습니다. 범인은 대한민국 경찰의 능력을 무시하고 방심……."

“본론만 말하세요, 경위님.”

시오는 손을 들어 형사의 말을 저지했다.

“흠흠. 오늘 새벽에 걸려온 전화 역시 공중전화였습니다. 그리고 그 전화기에 범인의 지문이 선명하게 남아 있었구요.”

시오는 뚫어지게 정민을 바라보았다. 그녀의 반응이 궁금했다. 순간 정민의 얼굴이 붉게 상기되더니 그를 향해 시선을 돌렸다. 그와 눈이 마주치는 순간 그녀는 모든 것을 깨달은 듯 절망과 분노에 찬 얼굴로 벌떡 일어나서 악을 썼다.

“그년은 이기적이고 더러운 여자야! 이 남자 저 남자 안 가리고 문란한 그런 년에겐 교훈을 줘야 한다고! 게다가 내 남자를 빼앗아가려고 하다니 가만둘 수 없었어!”

차가운 이미지의 정민이 내뱉는 상스럽고 살벌한 욕설에 모두 경악했다.

“다 네놈 때문이야! 너 때문이라고—!!”

정민이 이성을 잃고 달려들어 시오의 얼굴을 할퀴려 했지만 그건 어디까지나 미수에 그치고 말았다. 은진의 화려한 날려차기가 정민의 안면을 정면으로 강타했기 때문이다. 순식간에 일어난 일이었다.

“네 따위가 감히 호재에게 그런 짓을 해?”

은진이 쓰러진 정민에게 다시 한 번 발을 찍으려 하자 대연이 재빨리 그녀의 허리를 잡아챘다. 은진은 그래도 분을 못 이기고 씩씩거렸다.

“자, 자!”

그동안 꼼짝도 하지 않고 자리에 앉아 있던 시오가 입을 열자 실내는 쥐 죽은 듯이 조용해졌다.

“경위님, 범인을 체포해 가세요.”

신참처럼 보이는 순경이 상관의 눈짓에 쓰러져 있는 정민에게 재빨리 수갑을 채우고 밖으로 끌고 나갔다.

“안 실장님, 손 차장이 맡고 있던 일 중에 우선 중요사항은 실장님이 처리하시고 나머지는 김 비서에게 넘기세요. 그리고 지금도 밖에서 진을 치고 있는 기자들을 소회의실로 모이게 하고 기자회견 준비를 좀 해주십시오. 간단하게 음료도 준비해 주시고요.”

일말의 감정의 흔들림도 보이지 않는 시오의 지시에 안 실장은 고개를 끄덕여 대답했다.

“은진 선배는 지금 호재에게 가보세요. 거기도 기자들에게 한참 시달리고 있는 중이니까요. 일이 끝나면 성북동 형수님 댁으로 데리고 오세요.”

은진 또한 고개를 끄덕였다.

“강대연 씨, 호재의 계약 조건에 결혼에 관한 조항은 없는 걸로 아는데 맞나요?”

시오는 대연의 뜨악한 표정을 무시하고 본론을 말했다.

“오늘 오후에 저와 호재의 결혼 발표를 하겠습니다. 이의있으시면 지금 말씀하세요. 하긴 그렇다고 해서 달라지는 것은 없습니다만."

모두들 놀라는 가운데 시오는 좌중을 훑어보았다.

"오늘 아침의 스캔들이 아니라도 결혼 이야기는 시기 문제일 뿐이었습니다. 이제 최대 골칫거리인 협박범도 잡았으니……."

그의 말에 경찰 간부 한 명이 잠시 뭔가 할 말이 있는 몸짓을 했다.

"당면 문제는 모두 해결된 것이라 할 수 있겠죠? 자자, 다들 자신이 할 일을 하세요. 저도 잠시 후에 경찰서에 가봐야겠어요."

그의 말이 떨어지자마자 사람들이 일사불란하게 움직였다. 시오는 마지막까지 회장실에 남아 있는 경찰에게 시선을 주었다.

"뭔가 하실 말씀이 있나요?"

"한 시간 전부터 이 사건은 새로운 국면을 맞았습니다. 한 가지 문제가 더 있습니다. 협박범이 한 사람이 아닌 것 같습니다."

"뭐라고요?"

시오는 어수룩한 주제에 거만하기 짝이 없던 경찰의 입에서 나온 말에 저도 모르게 소리를 지르고 말았다.

"국과수에 보낸 협박편지를 조사한 결과가 나왔습니다. 그것이 회장님의 호출이 없었어도 이곳에 오려 했던 이유죠."

시오는 지금 사태가 어떻게 돌아가고 있는지 파악하기 힘들었다.

"그러니까 공범이 있다는 겁니까?"

"그게 그러니까…… 공범은 아니지만 류호재 씨에게 같은 기간에 협박을 한 사람이 두 사람이라는 이야기입니다. 우연치고는 너무 지나친 우연이죠?"

시오는 책상을 내려쳤다. 찔끔찔끔 감질나게 이야기를 풀어가는 형사에게 소리를 버럭 질렀다.

"뜸들이지 말고 제대로 다 말하란 말이오! 지금 사람 가지고 노는 겁니까?"

"협박편지를 보낸 사람은 배구선수 이준범 씨로 밝혀졌습니다. 아직 신문은 하지 않았지만 저희 쪽에선 전화와 방화 사건, 그리고 협박편지는 별개의 사건으로 보고 있습니다."

시오는 의자에 털썩 주저앉았다. 더 이상 서 있을 힘조차 없었다. 호재 가까이에 그런 몹쓸 짓을 한 사람이 둘이나 되다니, 만약 어느 한쪽이 성공했다면? 끔찍한 일이 아닐 수 없었다.

시오는 준범과 마주 앉아 있었다. 조서를 꾸미고 있던 형사는 그에게 십 분의 시간을 비워주었다.

"사실인가? 왜 호재에게 협박편지를 보낸 거지? 손 차장과는 어떤 사이야?"

저도 모르게 질문이 주르르 쏟아졌다. 그는 두 주먹을 불끈 쥐었다. 준범의 면전을 후려치고 것을 참기가 너무나 힘이 들었다. 모든 것을 포기한 듯 초췌한 얼굴을 한 준범이 그의 시선을 피했다.

"호재를 사랑한다면서 왜 그런 짓을 한 거지?"

준범이 그에게 천천히 시선을 보냈다. 그 눈엔 절망이 가득 들어차 있었다.

'어디서 많이 본 듯한 눈빛…… 저 눈빛을 어디서 봤더라?'

"당신은 아마 내 마음을 알 거라 믿습니다. 사랑하는 사람을 다른 사람에게 빼앗기고, 그 사람들이 행복해하는 모습을 지켜보고 살아야 하는 자의 슬픔을."

준범이 메마른 목소리로 말했다.

시오는 그 눈빛을 어디서 보았는지 깨달았다. 그것은 시오 자신이 몇 년 동안 거울 속에서 보던 자신의 눈빛이었다. 지금의 준범은 질투와 절망의 고통 속에 몸부림치던 그때의 자신과 너무도 닮아 있었다.

"호재를 그만큼 사랑했다는 이야기인가?"

솔직히 그는 무슨 말을 해야 할지 머리 속이 복잡했다.

"으하하하, 하하하…… 흐흐흐……."

느닷없이 터진 준범의 웃음소리는 처절한 음색을 띠고 있었다. 한참을 웃는 것인지 흐느끼는 것인지 모를 소리를 내던 준범이 슬프게 입을 열었다.

"당신들은 그렇게밖에 생각하지 못하겠지. 호재를 사랑했냐고? 난 이 세상에서 류호재라는 이름 석 자를 말끔히 지울 수만 있다면 내 영혼이라도 팔고 싶었어. 알아? 사랑이라고? 난 그녀를 질투했어. 죽이고 싶도록 증오했다고.”

시오는 눈을 깜박였다. 일이 도대체 어떻게 돌아가는 판 속인지. 호재를 미워했다고?

“내가 사랑한 사람은 희원이었어. 호재의 영원한 남편.”

준범의 말은 상상도 못할 파장을 불러왔다. 시오는 지금 들은 말을 믿을 수가 없었다.

“희원의 눈은 언제나 호재에게 가 있었어. 별짓 다 해봤지만 호재는 희원에게서 떨어지지 않았어. 당신이 호재의 친삼촌이 아니라는 것을 안 후, 희원은 많이 흔들렸지. 난 그 틈이라도 비집고 들어가 보려고 무던히도 애썼지. 그래 봤자 헛일이었지만 말이야. 당신이 호재 옆에 있고 싶어했던 만큼 나도 희원의 옆에 있고 싶었지. 그게 그렇게 큰 죄인가?”

준범은 그를 똑바로 바라보았다.

“당신은 여자를 사랑하는 거라서 그래도 되고, 나는 남자라는 이유로 그러면 안 되는 건가?”

준범은 슬픈 듯 물었다. 그와 같은 고통을 겪었을 남자. 시오는 이제 준범에게 깊은 연민을 느꼈다.

“희원이 죽었을 때 난 따라죽고 싶을 만큼 슬펐어. 모든 사람이 호재의 슬픔을 위로했지. 나에겐 희원을 그리워할 권리조차 주어지지 않았고, 슬픔을 내색할 자유도 없었어. 그러다 어느 날 생각했지. 희원과 살았던 호재와 결혼한다면, 그거야말로 희원과 사는 것과 같을 거라고. 그래서 그녀가 당신과 맺어질 것이 두려워 협박편지를 보낸 거야. 단지 그것뿐이었어. 이제 와 생각하면 비틀어진 애정이 낳은 어이없는 판단이었지만 말이야. 그 어떤 것으로도 호재가 결코 희원이 될 수 없는 것을."

허탈에 젖은 준범의 목소리는 서서히 힘을 잃어갔다. 시오는 조용히 자리에서 일어났다. 더 이상 준범에게 들어야 할 것도, 해줄 말도 없었다. 그는 경찰서를 나서기 전에 준범의 혐의에 대해 고소하지 않겠다는 것을 분명히 밝혔다. 만약 호재가 이 일을 알게 된다면 그녀도 분명히 찬성할 것이다. 물론 호재에겐 이 일을 비밀에 부칠 생각이었다. 충격에 충격을 가한다는 것은 그녀에게도 가혹한 일이었다. 사랑이란 대체 뭘까. 남자와 여자만이 서로 사랑할 자격이 있는 것일까.

시오는 준범의 슬픈 눈을 떠올리며 호재에게 전화를 걸었다.

"괜찮니?"

[아, 몰라, 몰라. 자꾸 잠이 와서 쉬고 싶은데 전화가 빗발치고 있어.]

그는 대수롭지 않은 일이라는 듯 지나가는 말로 범인이 잡혔다고 말했다. 혹시나 범인이 정민인 걸 알면 그녀가 또 무슨 오해라도 할까 봐 무척 조심스러웠다.

[뭐야? 누구야? 어디서 어떻게 잡은 거야?]

"흥분하지 마. 태식이 알아냈어. 저기 우리 비서실의 손 차장이…… 범인이야."

'헉' 하고 숨을 들이쉬는 소리가 들리고는 침묵이 흘렀다. 그는 이것이 두려웠던 것이다. 그의 가까이에 오랫동안 있었던 여자가 호재를 해치려고 했다. 누구나 그 여자와 그의 사이를 되새겨 보는 것은 당연한 일일 것이다.

"호재야, 아직 내막은 잘 모르지만 절대 내가 그 여자에게 착각을 불러일으킬 짓은 하지 않았어. 나 믿지?"

그는 다급한 목소리로 호소했다.

[알아, 당신이 그랬으리라 생각하지는 않아. 다만 내가 눈치를 못 챈 것이 억울할 뿐이야. 그 여자에게서 뭔가 안 좋은 느낌을 받았었는데 말이야.]

그녀가 한참 만에 시원스럽게 대답했다. 안도의 한숨이 절로 나왔다.

"은진 선배가 곧 도착할 거야. 조금 쉬고 형수님 집으로 가. 나도 일이 끝나면 갈게. 이제 형수님께도 우리에 관해 직접 말씀드릴 때가 되었어."

잠깐의 공백이 있고 나서 호재가 대답했다.

[알았어.]

그는 만족의 미소를 지었다. 이제 손 차장만 만나보고 바로 호재에게 달려갈 것이다. 몇 시간 동안 너무도 많은 일이 있었다.

호재는 첩보영화를 방불케 하는 추격전과 신경전을 벌이고 은진과 함께 간신히 들어왔다. 어머니의 얼굴은 그야말로 며칠 사이에 놀랄 만큼 상해 있었다.

"어머니!"

호재는 어머니의 얼굴을 보고는 그만 말문이 막혔다. 그녀 때문에 겪었을 마음고생이 눈에 보일 정도였다.

"죄송해요, 어머니. 너무 걱정 마세요. 범인이 잡혔대요."

그녀의 말에 어머니는 펄쩍 뛰었다.

"누구더냐?"

"손정민이라고 대명그룹 비서실 차장이에요."

"대명그룹 비서실이라, 그럼 시오와 관계가 있는 거로구나."

시오에게 단박에 비난의 화살을 돌리는 어머니에게 그녀는 아니라고 부정할 수 없음이 속상했다. 안 그래도 그들 사이를 용납 못하시는데 일이 더욱 꼬였다.

"그나저나 범인이 잡혔으면 이제 위험요소는 다 제거된 걸로 봐도 되겠지, 아가야?"

그녀는 아직도 애기 취급하는 어머니에게 저도 모르게 환한 미소를 지어주었다. 세상의 모든 어머니들이 다 그러함을 모르지 않기 때문이었다.

"아가, 오늘 신문 보고 내 사돈양반들에게 낯이 안 선다. 두 남자 사이에 놀아나는 며느리 기사가 신문지상에 떠들썩한데 어느 어른들이 좋아하겠니?"

그녀는 가슴속 저 밑바닥에서부터 밀려 올라오는 죄책감에 고개를 숙였다.

"그래서 내가 준범 군과 곧 결혼할 거라고 말씀드렸다. 굉장히 기뻐하시더라."

"어머니!"

"아가야……."

"제 사정을 누구보다 잘 아시면서 결혼이라니요? 전 평생 결혼 같은 거 이제 안 해요. 더군다나 준범 선배와? 어머니에게도 분명히 말씀드렸던 걸로 기억하는데요?"

일그러지는 그녀를 보면서 어머니의 표정도 따라서 어두워지고 있었다. 저만치 서서 상황을 지켜보던 은진의 얼굴에 연민이 어리는 것이 보였다.

'도대체가 왜들 날 가만두지 않는지 모르겠다.'

그녀는 그 화살을 준범에게 돌렸다.

"준범 선배는 도대체 왜 그러는지 모르겠어요. 언제 내가 그런 언질이라도 줬어야 말이 되죠. 정말 화가 나 죽겠어요."

"아가, 호재야."

그 순간 초인종이 울렸다. 아주머니가 거실의 눈치를 보면서 재빨리 현관문을 열어주었다. 커다란 과일 바구니를 든 시오가 거실로 들어왔다. 그녀는 시오를 보자 눈물이 차 올랐다. 그저 연인 사이를 허락받고 싶은 것뿐이었다. 부질없는 욕심으로 복에 겨운 결혼 같은 건 바라지도 않았다. 시오가 그녀의 행동을 이해하기는 어려울 것이다. 그녀는 피붙이 하나 없는 그에게 제대로 된 가족을 안겨줄 수 없는 여자였다. 그에게 자신의 자식

을 가질 기회를 빼앗을 수는 없었다. 갑자기 어지러워서 더 이
상 서 있기가 힘들었다. 그녀는 호소하듯 시오를 바라보았다.
시야가 갑자기 어두워졌다. 다리에 힘이 풀려 바닥으로 쓰러지
면서 마지막으로 본 것은 그녀에게 달려오는 시오의 모습이었
다.

　시오는 김 박사님이 침대에 누워 있는 호재를 진찰하는 동안
초조하게 방 안을 왔다 갔다 했다. 여기저기 진찰을 해보던 의
사는 뭔가 미심쩍은 듯 시오를 바라보았다. 그는 더럭 겁이 났
다. 무슨 큰 병이라도 난 것일까?
　"혹시 최근에 뭐 별다른 증상이 없었나? 유난히 피곤해했다
든지 음식을 잘못 넘겼다든지 하는 그런 일 말일세."
　"예? 요즘 힘든 일이 겹쳐서 피곤해하긴 했지만 심각한 정도
는 아니었습니다. 병원에…… 가봐야 할까요?"
　조심스럽게 묻는 그에게 김 박사는 고개를 끄덕였다.
　"아무래도 그래야 할 것 같네."
　"박사님, 큰 병인가요? 설마 심각한 상황은 아니겠죠?"
　중년의 의사는 창백한 얼굴로 힘없이 묻는 그에게 조심스럽
게 말문을 열었다.
　"이게 좋은 일인지 나쁜 일인지 난 잘 모르겠군. 호재의 산부
인과 주치의에게 연락하고 병원에 가보는 게 좋은 듯하구만."
　그는 의사의 입에서 나올 불길한 소리에 대비해 잔뜩 긴장하

고 있었다. 호재가 아프다. 그의 머리 속에는 계속해서 그것만
이 공명되어 울리고 있었다. 그래서 처음엔 산부인과에 가보라
는 의사의 말을 제대로 듣지 못했다.

'산부인과 주치…… 의?'

"박사님, 그럼……?"

"아직은 잘 모르겠지만 내 짐작엔 그쪽에서 검진해 봐야 할
문제야."

'나쁜 일이었군.'

시오의 얼굴이 하얗게 질리는 것을 본 박사는 그렇게 생각했
다. 의외의 상황이었다. 한 회장이 호재를 사랑하는 것은 이 집
을 드나드는 사람이면 모르는 사람이 없었다. 그런데 그런 그가
호재의 임신을 기뻐하지 않는다면 아이 아빠가 그가 아니라는
이야기가 된다. 김 박사는 이 불행한 일을 어이할까 걱정이었
다. 시오가 호재의 결혼을 비관해 자살을 기도했을 때 그를 치
료했던 것이 바로 자신이었다. 물론 미숙했던 그때완 다른 시오
이지만, 또다시 그런 일이 벌어지지 말란 법이 없는 것이다. 창
백하게 질렸던 얼굴이 다시 파랗게 질렸다. 시오의 얼굴에 극심
한 공포가 떠올랐다. 김 박사는 떨리는 손으로 호재의 얼굴을
조심스럽게 쓸어보는 그를 보면서 조용히 방을 나섰다.

시오는 핼쑥한 얼굴로 누워 있는 호재의 얼굴을 바라보면서
더 이상 자신의 두려움을 숨길 수가 없었다. 그는 깊이 잠들어
있는 호재의 손을 조심스럽게 잡았다. 그 손에 얼굴을 묻고 자

신에게 질문을 던졌다.

'넌 이제 어떻게 할 거냐? 호재에게 정말 아이가 생겼다면 너의 선택은 무어냐? 그리고 넌 그 고통을 견딜 수 있을 것 같으냐?'

만약 호재가 정말 임신을 했다면 그의 선택은 단 한 가지뿐이었다. 아이를 지우는 것. 그에게 그것은 선택사항이 아니었다. 호재는 아이를 가지면 목숨이 위험한 여자였고, 그에겐 그 누구보다도 그녀가 중요했다. 설사 자신의 아이일지라도 예외가 될 수는 없었다. 그 후에 찾아올 고통 또한 그의 몫이었다. 죽음보다도 더한 고통일 것이 분명하고, 살아서 감당하기엔 턱없이 부족할 만큼 그를 휘청거리게 할 것이다. 그러나 선택은 자명했다. 그녀가 살아 있음으로 해서 그 또한 이토록 모진 세상을 꾸역꾸역 살아가고 있는 것이다.

호재가 임신을 할 수 없는 몸이라는 것은 이미 알고 있었다. 그녀는 지난번 유산 때 그때가 세 번째 유산이었다 불임 판정을 받았었다. 혹여 임신이 된다 하더라도 아이가 무사히 자라서 태어날 가능성은 1%도 안 된다고 말했었고, 호재의 목숨이 위태로울 가능성은 99%라고 했었다. 습관성 유산으로 몸이 허약해질 대로 약해져 있던 당시에 보호자 자격으로 그녀의 몸 상태에 대해 모든 것을 브리핑받았었다.

시오는 갑자기 어떤 가능성을 떠올리고는 사색이 되었다. 자꾸만 스멀거리며 공포가 밀려왔다. 지금까지 자신의 생각만을 하고 있었다. 임신에 대해 호재가 어떻게 반응할지는 생각해 보지 못했다. 그녀는 어떻게 반응할 것인가? 혹여 아이를 낳겠다고 한다면 어찌한단 말인가. 그는 신을 원망했다. 그의 인생에서 축복이란 단어는 철저히 제외되어 있었다. 태어나기도 전에 친부에게 버림받았고, 낳아주신 어머니를 잃었다. 그리고 장장 칠 년을 한 여자만을 그리다가 이제야 겨우 그의 품 안에 그 여자가 날아들었다. 그런데 하늘에 감사하다는 생각을 품게 된 이 시점에서 하늘은 또다시 그에게 저주를 퍼붓고 있었다. 그의 운명이 그런 것이라면 그에게만 고통을 안겨주면 될 것을 왜 호재에게 이런 험한 경험을 하게 하는 것인가. 그가 옆에 있어서 그녀에게도 전이되는 것인가.

절망에 허덕이고 있는 그의 귓가에 자그마한 신음 소리가 들리고 그의 손에 잡혀 있던 호재의 가느다란 손가락이 꿈틀거렸다. 핏기를 잃은 창백한 얼굴이 그의 가슴을 더 애달프게 했다.

"어떻게 된 거야?"

"자, 잠깐 기절했었어. 아무렇지도 않대. 걱정 마."

그는 잠기는 목소리를 잔기침으로 가다듬고 태연을 가장했다. 그녀가 알기 전에 이 일을 마무리 지어야 했다. 의사에게 천만금이라도 쥐어주고 그녀 모르게 아이를……. 그는 역하게 올라오는 신물을 꾹 눌러 삼켰다.

"기절? 내가?"

그녀의 얼굴에 놀란 빛이 감돌더니 이내 붉은 기가 올라왔다.

호재는 손을 슬그머니 빼내고는 천장을 올려다보며 무언가 골똘히 생각에 잠겼다.

"내가 기절을 했단 말이지?"

그녀의 시선이 그를 직시했다. 아까와는 뭔가 다른 감정이 일렁거리고 있었다. 빛나고 있다고나 할까?

"응. 아무렇지도 않대. 저기 말이야, 병원에 한 이틀 정도 입원해서 검사를 좀 받아보는 건 어떨까?"

"아냐, 그럴 필요 없어."

그녀의 볼에 핏기가 돌고 있었다. 그는 좀 전의 힘없이 늘어져 있던 모습이 사라지고 생기가 도는 그녀를 보면서 갑자기 불길한 예감에 휩싸였다.

'알고 있다. 그녀가 알고 있는 거야. 안 돼. 어떻게든 그녀 모르게 수술을 해야 하는데.'

"시오 씨."

공포로 전신이 오그라들던 그는 호재가 자신의 이름을 부르자 깜짝 놀랐다. 단 한 번도 자신에게 직접 이름을 불러준 적은 없었다. 그런 그녀의 입에서 '시오 씨'라는 정식 호칭이 흘러나온 것이다.

"시오 씨, 내가 당신 사랑한다고 말했던가?"

"응?"

그녀가 얼굴에 함박웃음을 지으며 말했다. 그는 무섭게 뛰던 심장이 곧 터져 버릴 것 같아 두려워질 정도였다.

"한시오 씨, 내 말 잘 들어."

그녀는 아까와는 반대로 자신의 두 손으로 그의 손을 꼭 감싸 쥐었다.

"아무래도 우리가 부모가 되려나 봐."

가슴이 철렁 내려앉았다. 두려워하던 것이 현실로 나타난 것이다. 그녀의 얼굴은 지금까지 그가 알던 중에 가장 아름답게 물들어 있고 커다란 두 눈엔 별을 담고 있었다. 그는 슬그머니 따뜻한 손에 잡힌 자신의 손을 빼냈다. 두려움이 가득 담긴 자신의 눈을 돌려 그녀 너머에 있는 꽃병에 고정시켰다. 부들부들 떨리는 두 손을 꼭 부여잡고 그녀의 다음 말을 기다렸다.

"뭐야? 반응이 뭐 그래? 시시하게."

그녀는 추호도 의심하지 않는 것이다, 그가 이 아이를 환영하지 않는다는 사실을.

"아기라고 확신하는 거야? 일단 병원에 가서 검사해 보자."

그는 간신히 입을 열었다.

"기절하고 깨어날 때마나 임신 소식을 들었어. 이번에도 아기를 가진 것이 확실해."

그녀는 두 손을 모으고 꿈꾸는 표정으로 그를 바라보았다. 그리곤 진지하게 말을 이었다.

"당신에게 고백할 것이 있어. 사실은 나 다시는 아이를 가질 수 없다고 생각했어. 다른 건 다 참을 수 있는데, 당신에게 아이를 안겨주지 못할 것을 알면서 당신과 평생을 함께한다고 약속할 순 없었어.”

그는 숨을 쉬기가 너무나 어려웠다. 그녀는 당연한 듯 아이를 낳을 생각이었고, 그는 절대로 허락할 수가 없었다. 그녀의 목숨을 담보로 아이를 가질 수는 절대로 없었다. 죽어도 안 된다.

“호재야, 제발…….”

그의 어투에서 느껴지는 어감 때문에 그녀의 안색이 조금 어두워졌다.

“우리 아기를 좋아하지 않는 거야? 그런 거야?”

그는 차마 진실을 이야기할 수가 없었다.

“우선 검사를 받아보자. 그리고 의사의 소견을 들어보는 거야. 알았지?”

그녀의 고개가 숙여지고 무거운 침묵이 흘렀다. 호재는 하얗게 질리도록 입술을 깨물었다.

“당신, 언제부터 알고 있었던 거야?”

그녀가 그를 똑바로 바라보았다. 그 시선에서 느껴지는 흔들림에 마음이 아팠다.

“내가 아이를 가질 수 없다는 걸 우리가 연인이 되기 전부터 알고 있었지? 날 동정했던 거야? 그래?”

그는 격하게 고개를 흔드는 그녀를 힘껏 껴안았다.

“날 모욕하지 마. 동정 때문에 네 옆에 있다고? 억지 부리지 마. 이젠 내가 너를 사랑하는 것을 모르는 사람이 없을 정도야. 얼마나 더 확인시켜야 하는 거야?”

심하게 몸부림치던 그녀가 잠시 후 떨리는 손으로 그의 등을 마주 껴안아왔다.

"나, 아기 낳고 싶어. 정말 가지고 싶어. 당신이 도와줘."

"제발, 호재야. 너 아이 가지면 위험해. 난 너 없인 살 수 없어. 아이는 있어도 그만 없어도 그만이야. 그러니……."

그녀는 그의 품 안에서 격렬하게 고개를 흔들었다. 그녀의 결심을 되돌릴 수 없을 것 같아 두려웠다. 어떻게 앞으로의 상황을 견뎌야 할지 막막하기만 했다. 호재에게 청혼하려 했던 계획이 완전히 뒤틀렸다. 바지 속에 들어 있는 반지를 그녀의 아름다운 손에 끼워주고 마냥 행복감에 휩싸일 오후를 생각하고 기대했었지만, 이제 그는 너무나 두려운 소식에 몸을 떨고 있었다.

그녀에게 아이가 생겼다, 그의 아이가. 그러나 축복받을 소식은 아니었다. 그는 자신을 저주했다. 만에 하나의 가능성을 생각해서 피임을 했어야 옳았다. 그저 그녀를 품에 안는 것에 취해서 그런 조치를 취하지 않은 자신이 그렇게도 원망스러울 수가 없었다. 그녀가 불임이라고 단정 짓고 방심했던 것이 화근이었다.

"제발, 시오 씨……."

그녀의 간절한 목소리가 그를 뒤흔들었다. 이제 그가 할 수 있는 일은 없었다. 그는 그녀의 목덜미에 얼굴을 묻었다.

"오, 하나님, 저희를 도우소서."

시오가 진료실 밖 좁은 복도를 초조하게 돌고 있을 때 조용히 문이 열렸다.

"들어오시랍니다."

상냥한 간호사의 말이 끝나기가 무섭게 문 안으로 재빨리 들어섰다. 호재는 의사 앞에 놓인 의자에 앉아서 만면에 웃음을 짓고 있었다. 그는 질끈 두 눈을 감았다. 이젠 현실을 받아들여야만 했다. 그녀는 아이를 가졌다, 그의 아이를. 우습게도 그것을 인정하고 나자 갑자기 이율배반적이면서도 형용할 수 없는 기쁨이 샘솟기 시작했다. 이미 각오했던 공포를 밀어내는 저 이기적인 기쁨의 감정은 무엇이란 말인가. 그는 자신의 이중성에 치를 떨었다.

조심스럽게 다가가 호재의 어깨에 손을 얹었다. 그런 그의 손에 호재가 자신의 손을 올려 다독거렸다. 그를 위로하고 있는 것이다. 두려워 말라고 격려하는 것이다. 그는 자신의 두려움에 빠져서 그녀가 느낄 공포를 감지하지 못한 자신을 깨달았다. 그녀도 두려울 것이다. 죽음이란 단어가 주는 그 섬뜩함을 그녀가 모른다면 말이 되겠는가. 그녀는 이미 남편을 죽음으로 이별했고, 며칠 전까지 목숨을 위협받는 협박에 시달렸었다. 그녀는 두렵지만 아이를 가지고 싶은 소망이 그 무엇보다 더 컸기 때문에 저렇게 행복해하고 있는 것이다. 새삼 그녀의 강인함을 깨닫고 있었다. 그는 호재의 손을 꼭 쥐어주었다.

"오 주일 되었습니다."

의사의 말에 호재를 내려다보았다. 소중한 듯 한 손을 자신의 배에 가져다 댄 호재가 그를 보고 방긋 웃었다. 그녀의 저 평평한 뱃속 어디에 그들의 아이가 자라고 있었다. 그는 경외심을 느꼈다. 그러나 의사가 소견을 말하자 가슴속이 시커멓게 타기 시작했다.

"류호재 씨는 좀 희귀한 경우입니다. 호재 씨, 전에 유산한 이후로 다시는 아이를 가질 수 없다는 진단을 받으셨죠?"

그와 마주 잡은 손에 힘이 들어갔다. 그녀도 무척이나 겁을 내고 있음을 절실히 알 수 있었다.

"허약한 당신의 자궁 내에선 수정란이 착상하기가 매우 어렵기 때문에 임신이 거의 불가능한 것은 사실이지만 이 경우, 만에 하나라는 확률이 적용되므로 불임이라기보다는 무사히 출산하는 것이 불가능하다고 보시면 더 정확합니다. 이런 말씀 드리기 안되었지만, 아이를 낳는 것은 임산부에게 치명적입니다. 지난번 유산 때도 혈압이 너무나 높고, 출혈이 멈추지 않아 위험했습니다. 초기 삼 개월 때였음에도 혈압이 그렇게 높아졌다면 말기에 가선 어떨지 말하지 않아도 아시리라 생각합니다. 체질적으로 임신중독의 가능성이 높은 데다가 혈우병은 아니지만 약물로도 지혈이 잘 안 되는 분이기 때문에 위험합니다. 또 임신부가 산달까지 버틸 수 있다고 해도 아이는 버티지 못할 겁니다. 앞서 세 번의 유산은 다 호재 씨의 자궁이 약해서 일어난 일이니까요. 습관성 유산이란 것 참 무서운 겁니다. 애써 몇 개월이 자란 아이가 생명을 잃어 안타깝기도 하지만 임신부의 몸을 서서히 축내는 것이기도 합니다. 또한 정신적으로 너무나 큰 스트레스를 받기 때문에 회복되는 데 상당한 시일이 걸리죠."

여기까지 말한 의사는 애써 용기를 내고 있는 그들을 똑바로 바라보았다.

"의사로서 수술을 권고하는 바입니다. 그것도 강력히."

"안 돼요."

호재가 절규했다. 호소의 눈빛으로 그를 바라보는 그녀에게 무슨 말을 해야 할지 알지 못했다. 그도 의사의 생각에 동의하고 있었지만, 막상 상황에 닥치자 입을 열 수가 없었다. 달싹달싹 입을 놀리지만 차마 그들의 아이를 죽여달라는 잔인한 말은 입에 담을 수가 없었다.

"선생님, 제가 얼마나 아기를 원하는지 잘 아시잖아요. 처음부터 다 지켜보신 분이잖아요. 제발 아이를 무사히 낳게 도와주세요. 전 이 아이가 꼭 필요해요. 제발, 선생님."

그는 눈물을 뚝뚝 떨어뜨리는 호재를 끌어안고 의사를 바라보았다. 그리곤 어렵게 입을 열었다.

"정말 방법이 없나요? 뭐든지 하겠습니다. 도와주세요, 선생님."

시오는 상담이 끝난 후 호재를 진료실 밖에 배치되어 있는 의자에 조심스럽게 앉혔다. 힘이 다 빠진 호재는 움직이는 것조차 힘들어했다. 결국 그들은 뜻을 관철시키고 위험한 모험을 하기로 결정했다. 이제부터 그들에겐 힘겨운 싸움이 기다리고 있었다. 그는 그녀의 무릎에 얼굴을 묻었다. 두려움은 끝이 없이 몰려왔지만 그에겐 보호해야 할 자신의 여자와 아이가 있었다. 그는 앞으로 그들이 감당해야 하는 시간이 빠르게 흐르기만을 바랄 뿐이었다. 호재의 손이 부드럽게 그의 머리를 쓰다듬었다. 그녀의 손길 아래서 차츰 평정을 되찾을 즈음 그녀가 말했다.

"두려워하지 마. 지금 이 순간부터 내 인생에 가장 우선은 당신이야. 비록 목숨을 담보로 아이를 선택했지만, 앞으로 갖게될 우리의 아이도 당신에 우선하지는 않을 거야. 내 젊음, 내 인생, 내 이 쓸모없는 몸뚱어리와 내 영혼을 다 바쳐 당신을 사랑할게."

그는 천천히 고개를 들었다. 그녀의 얼굴에 떠올라 있는 단호함과 비장함이 어쩐지 현실을 초월한 천상의 여신처럼 보였다. 우매한 인간들에게 자애를 베풀고 있는 듯 보였다. 매혹적인 붉은 입술이 서서히 벌어지면서 달콤한 미소를 듬뿍 담아냈다. 그녀는 지금 맹세의 말을 하고 있는 것이다.

"다시 태어나면 이번엔 꼭 당신만을 선택한다고 약속할게. 당신 안에서 행복하고 당신 품에서 잠들겠다고 맹세할게."

미소 짓는 얼굴과 반대로 아몬드의 아름다운 눈동자에는 눈물이 매달려 있었다. 그의 심장이 더 이상 숨 쉬기를 거부했다. 주책맞게 그의 눈에도 물기가 그렁거리기 시작했다.

"그럼 한시오 씨, 이런 나라도 좋다면 나와 결혼해 주겠어
요?"

가슴이 아파서 그 통증을 견디지 못할 때까지 멈추고 있던 숨
을 거칠게 뱉어냈다. 그의 눈에서 기어이 눈물방울이 떨어져 내
렸다. 시오는 얼른 고개를 돌렸다. 사랑하는 여자 앞에서 눈물
이나 보이는 남자는 병신쪼다나 하는 짓이었다. 돌린 얼굴에 따
뜻한 손길이 와 닿았다. 부드럽게 물기를 닦아내는 호재의 손길
에 이젠 한여름 밤의 장대비처럼 끝도 없을 것 같은 물기가 그
녀의 손을 적셨다.

그는 어제부터 계속 허벅지를 자극하며 호시탐탐 호재에게
청혼할 기회만 기다리던 상자를 바지 위로 더듬었다. 공포에 휩
쓸려 호재에게 선수를 빼앗겨 버린 그는 못난 자신에게 욕을 퍼
부었다. 그의 호재는 강한 여자였다. 갓 태어나서 지금까지 그
녀의 강인한 정신에 매번 감탄을 해왔었다. 유학을 결정하고 희
원과의 결혼을 결심할 때도 그녀는 강했다. 보통 사람의 의지력
으로는 어림도 없는 힘든 결정들이었다. 희원의 죽음 앞에서도
그녀는 강했다. 이제 그도 그녀에게 어울리는 사람이 되기 위해
강해져야 했다. 여자에게 듬직한 기둥이 되어주지 못할 바에 어
떻게 사랑한다고 말할 수 있겠는가.

시오는 바지 속에 손을 넣어 상자를 꺼냈다. 상자를 열고 조
심스럽게 반지를 꺼내자 호재가 숨을 들이켰다. 그는 젖은 뺨에
어울리지 않는 환한 웃음을 지었다.

"이날이 오기를 영겁의 세월보다 더 긴 시간을 기다렸어. 두려워하지 않을게, 네가 옆에 있을 테니까. 강한 남자가 될게, 너와 아이를 내 품 안에서 안전하게 보호해야 하니까. 그리고 죽도록 사랑할게, 벌써 많은 시간을 낭비한 우리니까."

준비한 반지에서 눈을 떼지 못하는 호재를 보면서 시오는 영롱한 미소를 지었다.

"그럼 류호재 씨, 이런 나라도 좋다면 나와 결혼해 주겠어?"

그녀가 길고 곧은 손을 조심스럽게 내밀었다. 반지를 끼워주는 그의 손도, 고풍스럽고 우아한 반지를 약지에 낀 호재의 손도 살짝 떨리고 있었다. 그의 생에 가장 큰 공포를 느낀 날이었고, 가장 행복한 날이었다. 그렇게 시오는 영혼의 동반자를 그의 가슴에 담았다.

12장

세상에서 가장 아름다운 병(病)

떠들썩한 집 안의 분위기와 다르게 장 여사의 마음은 깊이 가라앉아 있었다. 그녀는 걷잡을 수 없는 마음에 홀로 서재로 들어갔다. 남편은 이곳에서 모든 시름을 달래고는 했었다.

잠시 후, 노크 소리와 함께 시오가 들어왔다. 장 여사는 시선을 돌렸다. 지금 이 순간 그녀가 시오에게 갖는 감정은 말로 표현할 수 있는 것이 아니었다.

"형수님."

형수님이라… 장 여사는 어찌해야 할지 몰라 너무도 힘든 상황이었다.

"저를 용서해 주세요. 저로서도 도저히 버릴 수 있는 감정이 아니었어요. 제발 저를 받아주세요.”

“도련님, 도련님을 어떻게 사위로 받아들일 수 있겠어요? 도
련님 목욕도 손수 시킨 접니다. 내 아들이거니 생각했어요. 어
떻게 딸의 남편으로 받아들이겠어요. 네?”

장 여사의 호소에 시오는 무릎을 꿇었다. 고개를 카펫에 깊이
박고 떨리는 목소리로 다시 한 번 애원했다.

“형수님, 제발… 저 죽습니다. 호재도 불행할 겁니다. 제발 다
시 한 번…….”

서른을 훌쩍 넘긴 자신의 도련님이 그녀의 발 아래 무릎을 꿇
고 빌고 있었다. 마음이 약해지려는 것을 다잡으며 그녀는 벌떡
일어나 서재를 나왔다. 닫히는 문 너머로 시오의 굵은 흐느낌을
들을 수 있었다. 방법이 없었다, 방법이. 그녀는 깊은 한숨을 내
쉬었다.

거실로 나오자 온통 잔치 분위기였다. 넓은 거실 곳곳에 가까
운 지인들이 잔뜩 몰려와 있었다. 신문들이 일제히 어제 석간에
서부터 그들의 결혼을 떠들고 있었고, 호재는 안정을 위해 장
여사의 집에 와 있었다. 이런 소란이 없었다. 그래도 호재와 시
오의 다정한 모습을 담은 사진을 자료로 제출하고 당사자의 한
사람인 시오가 직접 나서서 기자들의 질문에 답한 뒤로는 조금
나아졌다. 집안일을 보는 이 여사는 도우미 몇 명과 주방에서
난리법석을 떨고 있었다.

냉정하게 돌아섰지만 호재의 임신 사실에는 그 기쁨을 감추

기가 어려웠다. 연신 눈물을 닦아내면서 기특해서 자꾸 호재의 머리를 쓰다듬고는 했다. 다시는 아이를 갖지 못할 줄 알았던 딸이 임신을 하자 너무나 기뻤다. 비록 혼전임신이고 상대방이 시오였지만 그렇다고 해서 그 기쁨이 줄어들지는 않았다. 아이를 가질 수 없는 딸을 바라보는 어미의 심정은 당하지 않는 사람은 모른다. 기적과도 같은 임신으로 호재가 얼마나 빛나 보이는지, 얼마나 행복해 보이는지……. 장 여사는 지금이 그녀가 고집을 꺾을 때라는 것을 깨달았다. 지금이 아니면 어리석은 굴레에서 영영 벗어나지 못하고 말리라. 그녀가 가장 사랑하는 두 사람의 행복이 그녀의 결정에 달려 있었다.

'여보, 당신이 그 옛날 시오 도련님에게 입양 서류를 보여주며 하신 말들이 얼마나 용기가 필요한 것이었는지 이제 나도 알 것 같아요. 당신 참으로 힘든 결정을 했었군요. 당신이 참으로 존경스러워요. 어떻게 이런 고뇌를 이겨냈어요?'

시오와 호재의 마음이 변하지 않는 한 둘을 이어주겠다던 남편의 유지를 받들 때가 된 것이다. 결혼식을 서둘러야겠다고 생각했다. 막상 결정을 하고 나자 그녀의 머리 속에서 착착 결혼에 필요한 것들이 나열되고 있었다.

거실 저쪽 끝에서 시오가 호재 회사의 부사장이라는 사람과 포도주를 마시고 있었다. 그는 이야기를 나누면서도 수시로 호재의 안색을 살피고 있었다. 장 여사는 그의 얼굴에 어려 있는 미소가 어쩐지 슬퍼 보인다고 생각했다. 장 여사는 그것을 자신이 그들의 결혼을 반대하고 있어서라고 결론 내렸다. 이제 와서 그녀가 더 이상 그들을 반대할 명분도 없거니와 이렇게 되고 보니 자신의 고집이 어리석게 느껴졌다.

사실 시오만한 사윗감이 또 어디 있겠는가. 손수 먹이고 입히고 학교에 보낸 소중한 도련님이었다. 이젠 사위가 되겠지만 그녀의 마음 한구석에는 언제나 그녀의 어린 도련님으로 남아 있을 것이다. 시오는 자신이 아이를 포기할 때쯤에 집에 들어왔다. 장 여사는 그런 시오를 자신의 자식인 양 사랑하고 아꼈었다. 호재가 그녀를 닮아 아이를 못 가진다고 생각했고 그 죄책감은 말할 수 없이 컸었다. 이제 딸아이에게 소중한 아이가 생겼다. 그리고 자신의 아들이나 마찬가지인 시오가 사위가 된다. 사위도 자식이라고 하지 않던가. 시오는 그렇게 그녀의 아들이 될 운명이었나 보다. 장 여사는 이쪽을 바라보는 시오에게 인자한 미소를 지었다.

"아가, 결혼 날짜를 잡자꾸나. 신문 여기저기서 자기들 맘대로 나불거리는 날 말고 길일을 택해 혼사를 치르자. 우리 사위와도 상의해서 말이다."

옆에 앉아 있던 호재가 넘치는 눈물을 감추지 못하고 안겨왔다. 그녀는 딸의 떨리는 등허리를 천천히 쓸어 내려주었다.

"고마워요, 어머니. 지금 우리에게 어머니의 그 말이 얼마나 힘이 되는지 모르실 거예요. 잘살게요."

"그러럼, 잘살려무나. 너희가 행복하면 이 어미도 행복하단
다."

호재의 어깨 너머로 험악한 표정의 시오가 이쪽으로 달려오
고 있었다.

'저런, 저런. 팔불출 같으니.'

장 여사는 호재의 눈물에 기겁을 하고 가까이 다가오는 시오
를 보며 고개를 흔들었다. 그의 힘이 들어간 눈은 '아무리 당신
이라도 호재를 울리면 가만두지 않을 거예요' 라고 말하고 있었
다.

장 여사는 그런 시오가 싫지 않았다. 아니, 오히려 더욱 믿음
직스럽게 느껴졌다. 딸을 지극히 사랑해 주는 남자야말로 최고
의 사윗감이다.

"이보게 한 서방, 이 어린것이 어머니 품이 그리웠나 보네."

순간 시오가 멍한 표정을 지었다. 그녀의 품에서 울고 있던
호재도 재빨리 고개를 들었다.

"뭘 그렇게 놀라고 그러는지, 원. 내 사위에게 한 서방이라고
하지 달리 부를 호칭이 있던가?"

"어머니……."

"어머님, 고맙습니다."

'쳇, 그렇다고 바로 어머님이라니, 아무래도 사위에게 밀리고
살지 싶은걸?'

정말 넉살 좋은 사위였다. 장 여사는 이 기쁜 날 뜬금없는 생

각에 젖었다.

 소란 속에서도 시종일관 시오의 보살핌을 받는 호재를 보면서 은진은 기쁘기도 했지만 내심 부럽기도 했다. 호재의 나이 열넷에 처음 만나서 지금까지 그녀가 모르는 호재의 일은 없었다. 아이를 가진 호재의 빛나는 얼굴을 보면서 그간 내색은 하지 않았지만 얼마나 가슴이 아팠을지 짐작하고도 남았다. 앞으로의 일을 장담할 수는 없지만 지금 이 순간만큼은 행복을 만끽할 자격이 있는 것이다.

 은진은 자신의 처지를 되돌아보았다. 호재에게는 시오가 있고, 어머니가 계셨다. 그러나 자신에게 있는 것은 돌보아야 할 동생들이 전부였다. 그녀답지 않게 오늘은 호재가 한없이 부럽기만 했다. 자신에게도 자신만을 사랑해 주고 자신을 위해 죽을 각오가 되어 있는 사람이 있었으면 하는 부러움 말이다. 은진은 뭐가 그리 즐거운지 연신 웃음을 터뜨리는 대연에게 자신도 모르게 원망의 눈초리를 보냈다. 그날 새벽 호텔에서의 일 이후 대연의 얼굴을 처음 보았다. 벌써 오 일 만이었다. 그동안 대연에게서 전화가 몇 번 오기는 했지만 그때마다 그녀는 마음에 없는 퉁명스런 대꾸만 해대곤 했다. 대연이 호재를 좋아했다는 것은 잘 알고 있는 사실이었다. 이제 와서 그것이 신경 쓰인다면 우습지만 자신도 여자이고 보니 어쩔 수가 없었다. 지금 대연이 웃고는 있지만 그 속까지야 할 수 없는 일이었다. 호재의 임신

소식이 그에게 주는 충격은 남다를 것이다. 사랑하던 여자가 다른 남자의 아이를 가졌다면 좋을 수만은 없는 것 아닌가 말이다. 은진은 속이 상했다. 언제 왔는지 대연이 자신의 눈앞에 예쁘게 자른 자몽 접시를 내밀었다.

"이런 잔치 분위기에 혼자만 우울한 거요?"

은진은 실실 웃으면서도 자신의 눈치를 살피는 대연의 기운에 한숨을 내쉬었다.

"제발 그만 웃어요. 그것이 내게는 더 애처롭게 보일 뿐이에요."

대연의 웃음이 단번에 그쳤다. 실눈을 뜨고 그녀를 바라보는 그의 표정이 심상치 않았다.

"무슨 말이 하고 싶은 거요?"

"당신이 호재를 마음에 두고 있다는 것은 알 만한 사람들은 다 아는 사실이에요. 그렇게 아무렇지 않다는 듯, 아니, 오히려 기쁘다는 듯이 웃고 다니면 당신만 더 우스워진다고요. 알겠어요?"

대연의 얼굴에서 표정이 사라졌다. 그녀는 지금까지 약간은 거만하게 고개를 쳐들고 그녀에게 심술을 부리기도 하고, 또 다정할 때는 한없이 따스한 미소를 짓지도 한 대연에 익숙했다. 언제나 표정이 풍부하던 대연만을 보아왔었다. 그래서 그의 무채색 얼굴은 그녀를 당황하게 만들었다. 온기가 사라진 그의 눈이 그녀를 날카롭게 직시했다.

"당신이란 여자 정말 사람을 질리게 하는군요. 며칠 동안 실실 약 올리면서 나를 따돌리더니 이젠 아예 상종 못할 상놈 취급이군."

은진은 얼음가루가 뚝뚝 끊어지는 그의 차가운 목소리에 움츠러들고 있었다. 하지만 틀린 말 한 것은 아니었다. 그녀는 가슴을 펴고 의도적으로 비웃음을 실어 대연을 바라보았다.

"누가 들으면 내가 나쁘다고 하겠네. 왜? 사실을 말하니 뜨끔하기라도 해요?"

그녀 자신도 비뚤어진 억지라는 건 알고 있었지만 자꾸만 달싹거리는 뒤틀린 입술의 움직임을 막을 수는 없었다.

"호재 씨의 임신이 내게 주는 의미를 당신은 절대 알지 못해. 사실 난 기쁘기 한량없는 마음이오. 그녀의 행복이 곧 나의 행복이고, 그래서 난 진심으로 이 자리에 참석할 자격이 있는 사람이란 말이오. 한데 당신은 어떻지? 지금 당신의 표정을 거울에 한번 비춰보시오. 진심으로 호재 씨를 생각하지 않는 사람이 우리 두 사람 중 누구인지 자명하게 비춰줄 테니."

은진은 충격을 받았다. 대연이 호재의 행복이 자신의 행복이라고 직접 말한 것이다. 그것도 하룻밤의 정을 쌓은 자신에게 말이다. 잔인하기 그지없는 사람이었다. 그러나 그것보다 더 크게 충격을 받은 것은 자신의 질투를 깨닫게 한 대연의 말 때문이었다. 그랬다, 그녀는 호재를 질투하고 있었다. 그녀를 사랑했지만 그녀가 아이를 가질 수 없는 것에 어쩌면 조그마한 만족감을 얻고 있었는지도 모르겠다. 너무나 앞서 있어서 비교조차 되지 않는 호재였다. 그러나 단 한 가지 자신은 가지고 있으나 호재가 가지지 못한 것에 대해 호재를 동정하면서, 그 안에서 위안을 받고 있었던 것이다. 그런 호재가 아이를 가졌다. 그녀가 호재에게 가지던 마지막 우월감이 사라지면서 추악함이 얼굴을 내민 것이다. 그리고 이제 사랑하는 남자에게 자신의 추한 마음을 들켜 버렸다.

은진은 창백해진 얼굴로 고개를 돌렸다. 차마 대연을 똑바로 바라볼 수가 없었다.

"당신은 정말 내가 호재 씨를 사랑하면서 그날 밤 당신하고 잤다고 생각하는 거요? 날 그렇게 비열하고 파렴치한 놈으로 생각했다면 내가 앞으로 당신에게 전화를 거는 일 따위는 없을 거요. 아무래도 내가 당신을 잘못 본 것 같아."

대연은 냉정히 돌아서서 호재에게로 가버렸다. 은진은 거실 한구석에 우두커니 언제까지고 서 있을 뿐이었다. 움직일 수가 없었다. 눈물이 흐를 것 같아 밖으로 뛰쳐나왔다. 하지만 살벌할 정도로 추운 겨울바람조차 뜨거운 눈물을 식혀주지 못했다.

극구 반대하는 장 여사의 만류를 뒤로하고 시오는 호재를 자신의 집으로 데려왔다. 피곤한 기색이 역력한 그녀는 집에 들어오자마자 겉옷만을 벗고는 침대에 몸을 묻었다. 보일러를 외출에서 취침으로 바꾸고 돌아오자 그녀는 어느새 새근새근 숨소리도 예쁘게 잠이 들어 있었다. 아름다운 얼굴에 드리운 부드러운 머리카락을 손가락으로 비비 꼬면서 그녀의 잠든 얼굴을 하염없이 바라보았다. 그녀의 눈 밑에 피곤한 기색이 깃들어 있는 것을 보자 또다시 그의 가슴이 덜컥 내려앉았다. 벌써부터 이렇게 힘들어하는데 길고 긴 몇 달을 어떻게 견딜지 막막하기만 했다.

그녀 앞에서 걱정하고 있다는 표시를 내지 않기 위해 하루 종일 갖은 노력을 다 했다. 몇몇 사람들의 축하 어린 놀림에 행복한 미소를 지으면서도 호재의 안색을 살피곤 하면서, 임신 기간 동안 집에서 편히 쉬었으면 하고 생각했다. 다행히 소속사의 양해 하에 잠정 활동 중단이라는 결단을 내렸으니 망정이지 만약 그녀가 일을 계속하겠다고 했다면 그는 크게 화를 냈을 것이다. 대연의 회사는 그녀와의 남은 계약 기간을 출산 후 육 개월까지로 연기해 주었다. 그녀도 자신의 상태를 잘 알고 또 뱃속에 있는 아이를 간절히 원하기 때문에 그가 뭐라 하지 않아도 잘 알아서 할 것이라 믿어 의심치 않았다. 이제 조촐하게 결혼식을 올리고 아이와 함께할 그들의 보금자리를 마련하는 일만 남았다. 우선은 이곳에서 생활하고 아이를 낳은 후에는 도심에서 벗어나 전원주택이라도 장만하기로 이미 그녀와 상의가 끝났다.

호재를 사랑한다는 사실을 깨달은 날 이후 그의 인생은 죽음보다 두려운 삶이었고, 온몸에 수천 개의 바늘을 꼽고 다니는 고통의 나날이었다. 심지어 죽기를 자청했을 정도로 삶의 무게

를 지탱하기 어려웠던 시절을 겪어내고서야 비로소 그는 호재
의 사랑을 차지하게 되었다. 이제 그가 할 일은 그녀를 지키고
그들의 아이를 보호하는 일이었다. 아마도 지금까지보다 더 큰
공포와 고통에 시달릴지도 모른다. 그러나 이겨낼 것이다. 지난
날 그 모든 상처를 이겨낸 것처럼 이번에 닥친 위기도 무사히
극복해 내리라 결심하고 또 결심했다.

　시오는 호재의 입술에 살짝 키스를 하고 서재로 들어갔다. 그
녀에게 도움이 될 것들을 찾아보아야겠다. 몸에 좋은 약재도 찾
고, 어떤 식으로 몸을 보호해야 하는지도 배우고, 무사히 아이
를 낳기 위한 수단 방법을 다 알아낼 것이다. 진인사대천명(盡人
事待天命)이라고 했다. 사람이 할 수 있는 최선을 다한다면 하늘
도 무심하지는 않을 것이다. 언제나 원망만 하던 하늘에 매달리
기로 했다. 그가 의지할 것은 그것밖에 없었다.

✳

　임신 열 주째가 되었다. 그들은 무사히 오 주를 버텨냈다. 호
재는 하루 종일 누워 있다가 밤이 되어 시오가 퇴근을 하면 약
삼십 분간의 산책을 했다. 의사는 임신 기간 내내 입원할 것을
권했지만 그녀는 그것을 거절했다. 그러나 시오의 안달복달에
어쩔 수 없이 하루 삼십 분 운동에 만족하고 있었다. 십육 주만
잘 넘기면 가능성이 절반 이상 높아진다는 의사의 소견에 따라

그녀는 그 기간 동안 되도록이면 무리하지 않기로 시오와 굳게
약속을 했다.

밖은 벌써 봄이 시작되고 있었다. 이제 곧 3월이다. 은진이
낮 시간 동안 그녀 곁에 있지만 이제 그녀도 새학기부터 대학원
에서 박사 과정을 밟기 때문에 때때로 호재 혼자서 지내야 할
시간이 늘어날 것이었다. 시오는 벌써부터 그때를 걱정하고 있
었다. 그녀는 일도, 외출도, 쇼핑도 친구도 만나지 못하고 집 안
에만 있는 것까지는 어떻게 참을 수 있었다. 그러나 시오가 그
녀 때문에 자꾸 말라가는 모습은 더 이상 견디기 힘들었다. 또
한 그녀와 아기를 위한다면서 손가락 하나 대려 하지 않는 것에
도 더 이상 인내하기 힘들어지고 있었다.

그는 매일같이 이른 새벽에 깨어나서 그녀가 먹을 아침을 준
비하고 그녀가 입을 옷을 꺼내 침대에 올려놓고 이불을 덮어놓
는다. 침대에 깔려 있는 온열치료기에 따뜻하게 데워진 옷을 입
으라는 배려였다. 그리고는 공기 청정기 정도로는 성이 차지 않
는지 온 집 안의 창문을 열어 맑은 공기로 채운 후 다시 집 안
곳곳에 온기가 감돌 때까지 그녀가 침실에서 나오는 걸 허락하
지 않았다. 은진이 도착하면 출근을 하고 몇 시간에 한 번씩 전
화를 해서 그녀의 안녕을 살폈다. 저녁이 되면 칼같이 퇴근해서
은진과 셋이서 저녁 식사를 하고, 은진의 집으로 그들은 산책길
에 오른다. 그때가 유일하게 그들이 서로의 몸을 의식하지 않는
자연스런 시간이었다. 두 손을 꼭 잡고 근처 공원까지 걸어갔다

돌아오면 그는 또 씩씩한 척 그녀를 돌본다. 욕실에 따뜻한 물을 받아서 그녀를 씻기고 드라이로 젖은 머리까지 완벽히 말려준다. 그녀가 거실 소파에 앉아 TV를 켜면 그는 주방에서 따뜻하게 데운 우유와 쿠키 세 쪽을 담은 접시를 가지고 온다. 그녀가 얌전히 그것을 다 먹을 때까지 그녀에게서 시선을 떼지 않기 때문에 그녀는 숙제하듯이 그것들을 억지로 먹어야만 한다. 그렇게 하고 나서야 그는 비로소 긴장을 풀고 그녀 옆에 앉아 하루 일과를 얘기하는 것이다. 그의 허벅지를 베개 삼아 그녀가 몸을 누이면 그는 소중하게 그녀의 배를 살살 어루만져 주었다.

그녀는 초조함과 공포를 감추지 못하는 그의 눈빛 때문에 괴로웠다. 긴장하지 말라고, 잘될 거라고 말하고 싶지만 그녀 또한 못지 않은 공포를 느끼고 있었기 때문에 그의 극성스런 보살핌을 나무라지도 못했다. 답답하고 미칠 것 같은 순간에도 시오의 그 슬픈 눈을 보면 화를 낼 수가 없었다. 그를 위해서, 그리고 자신을 위해서 한 달이 넘는 시간을 그저 그가 하자는 대로, 하지 말라는 대로 행동하면서 지냈다. 그는 밤이 되면 침대에 누워서 한동안 그녀를 안고 등을 쓸어주었다. 그러나 그녀가 잠이 들었다고 생각되면 조심스럽게 일어나 밖으로 나가 버렸다.

오늘도 역시 마찬가지였다. 시오가 침실을 나가자 그녀는 한숨을 내쉬었다. 시오는 그녀와 아기를 위해 금욕을 선언했다. 그 말을 할 때의 그의 표정이 너무나 비장해서 그녀는 소리 내어 웃기까지 했었다. 그러나 오 주가 지난 지금 그녀는 그의 완고함이 원망스러워졌다. 뭔가 극단의 조치를 취해야겠다는 생각이 들었다. 이렇게 가다가는 그가 먼저 지치고 말 것이다. 한 달 사이에 눈에 띄게 마른 몸 하며 불안하게 흔들리는 눈동자가 그것을 말해 주고 있었다. 결혼식이 있을 4월까지도 버티지 못할 것 같았다. 그 누구보다도 빨리 결혼하고 싶어하던 그가 그녀와 아기가 조금은 안전하다고 느껴질 때까지 결혼식을 미루자고 말했었다. 그의 공포가 어느 정도인지 그것만으로도 알 수 있는 일이었다. 그녀는 걱정스럽게 침실 문 너머 어디에 있을 그를 생각했다. 내일은 진지하게 이야기를 나눠봐야겠다. 그녀는 그렇게 부서지기 쉬운 도자기가 아니었다. 살아 있는, 그것도 뜨거운 피가 흐르는 여자였고 당당한 한 인격체였다. 그가 손과 발이 되어 그녀를 조정하고 그의 뜻에 따라 움직여야 하는 인형이 아닌 것이다.

시오는 가뜩이나 호재의 몸 상태를 걱정하느라 정작 자신은 버티기가 어려울 만큼 힘이 들었다. 게다가 그는 지금 설상가상으로 임신한 여자들이 한다는 입덧이란 걸 하고 있었다. 아침마다 그녀를 위한 오믈렛을 간신히 만들고 나면 화장실로 직행했다. 아무것도 나오지 않는 헛구역질을 한동안 한 후에야 속이 가라앉곤 했다. 그렇게 출근을 하면 점심 또한 굶었다. 점심 시간만 되면 너무나 졸려서 호재에게 전화를 한 다음 깊은 잠 속으로 빠져들었다. 그리고는 퇴근 시간이 가까워질 때부터 너무나 이상한 것들이 먹고 싶어졌다. 얇게 저민 치즈를 책상 서랍에 숨겨놓고 한꺼번에 몇 장씩이고 먹어대는 버릇이 생겼고, 달디단 사탕을 경망스럽게 입에 물고 집무를 보기 시작했다. 느끼해서 평소에 별로 좋아하지도 않던 부대찌개가 먹고 싶어서 그걸 포장해 집에 가면 또 그것이 먹히지 않았다. 꼭 영업집에서 먹어야 입속으로 무사히 들어가는 것이다. 몇 번의 시행착오를 거친 후부터 그는 돼지껍데기를 먹고 냄새 풀풀 풍기며 집에 들어갔고, 매운 낙지볶음 이 인분을 혼자서 먹고 입술이 벌게져서 퇴근을 했고, 포장마차에서 삶은 계란을 서너 개씩 허겁지겁 까먹고는 했다.

그는 차마 호재에게 자신의 상태를 말할 수가 없었다. 그녀는 저녁마다 먹고 들어오는 그에게 농담으로 바람났냐고 물었고, 그는 부끄러움에 눈을 피하곤 했다. 자신의 정신 상태가 의심스러웠지만 여기저기 인터넷을 뒤져 본 결과 그가 호재 대신에 입덧을 치르고 있다는 것을 알게 된 후로는 긴장을 풀었다. 그는 자신이 한심하기도 하고, 또 어떤 면에서는 그녀가 입덧으로 고생하지 않아 다행이라고 생각하기도 했다. 하지만 이 일은 죽을 때까지 그 혼자만 가지고 가야 할 비밀임에는 틀림없었다. 누가 알까 겁났다.

오늘도 값이 비싼 고급 일식집에 가서 생굴만 먹고 나왔다. 그녀처럼 임신 초기에 있는 사람이 회를 먹는 것은 조금 무리가 있어 보여 포장은 하지 않았다. 화려한 접시들에 눈도 돌리지 않고 자꾸만 생굴을 주문하자 기모노를 변형한 유니폼을 입은 여종업원이 미친 사람 보듯 그를 보았다. 그가 단골집으로 가지 않은 것은 다 이유가 있었던 것이다. 그는 생굴을 어구적거리면서 속으로 미친 듯이 웃었다. 그리고 그는 실제로 자신이 정말 미친 게 아닌가 싶기도 했다.

시오가 집으로 돌아오자 또다시 바싹 붙어서 뭔가 말하고 있던 호재와 은진이 후닥닥 떨어졌다. 그는 은진이 서류 더미들을 서둘러 쓸어 모으는 모습을 보자 눈을 가늘게 떴다. 요즘 호재가 그 모르게 일을 벌이고 있다는 것은 알고 있었다. 처음에는 그가 들어오면 하던 전화를 허겁지겁 끊는 것부터 시작되었다. 은진에게서도 수상한 점을 발견했다. 뭔가 바쁘게 돌아가고 있는 것이 분명히 눈에 보이는데도 아무 일 아니라고 죄책감 어린 눈으로 거짓말을 했다. 그리고 어제 호재는 하루 종일 집에 없었다. 휴대폰으로 산책 나왔다는 전화가 먼저 걸려온 후로 소식을 끊어버려서 미칠 것 같은 심정으로 그녀를 찾았다. 머리끝까지 화가 치밀었으나 호재의 몸을 생각해서 더는 추궁하지 못했다. 그저 주변을 산책했다고 얼토당토않는 말만 해대는 그녀에게 더 이상 아무 말도 할 수가 없었다.

물론 힘들 것이다. 매일 5km씩 뛰던 활동적인 그녀가 집에만 있기에는 너무 잔인한 일이었다. 날도 제법 따뜻하고 TV에서는 봄이 왔다고 야단법석인데 얼마나 갑갑하겠는가. 그렇다고 그 몰래 무리한 일을 벌여도 된다는 것은 아니었다. 그를 속이는 것을 보면 분명 몸을 혹사하거나 힘든 일일 것이 확실했다. 그것만은 그가 용납할 수 없었다.

그렇지 않아도 시오는 지금 심신이 심히 지쳐 있는 상태였다. 실상 힘들어야 할 호재보다 그가 더 혹독한 시련을 겪고 있는 것이다. 그는 옆에서 자고 있는 그녀가 조금만 몸을 꿈틀해도 더럭 겁이 나서 잠이 깨곤 했다. 산책길에 행여 헛발이라도 디딜까 노심초사 안절부절못하는 그였다. 하루를 어떻게 보내는지 알 수 없을 정도로 초긴장 상태에 있었고 자신이 보기에도 눈에 띄게 핼쑥해져 있었다. 시오는 얼굴을 굳히고 두 사람 앞에 다가섰다.

"노파심에서 미리 말하는데 무리한 일을 진행시킨다면 은진 선배라도 용서하지 않을 거예요."

그는 은진에게 먼저 단속을 한 뒤 호재를 바라보았다.

"자, 이제 무슨 일인지 솔직하게 말해 봐."

호재는 그의 시선 너머 은진과 눈빛을 교환했다.

"나 무리하게 일하는 거 아냐. 그냥 쉬는 동안 내 재산 관리를 좀 하고 있었을 뿐이야. 내가 원체 뭘 알아야지. 그래서 요즘 은진 언니가 재산 목록이랑 수익금 뭐 이런 거 브리핑해 주고 있었어. 무료한 시간도 달랠 겸해서 말이야."

그는 그녀의 말에 긴장을 풀었다. 뭐, 다 믿는 것은 아니지만 그녀가 자신의 재산에 신경을 쓴다는 건 바람직한 일이기도 했다. 자신의 재산이 어떻게 돌아가고 있는지 정도는 그녀도 알아야 했다. 그들 가족의 재산관리를 해주고 있는 법인은 그가 직접 선정했기에 믿을 만했지만 자신의 돈에 무관심해서 좋을 것은 없었다.

"네 담당 변호사와 회계사에게 연락해 줄까? 물론 내가 분기마다 보고를 받고 있기 때문에 내가 알려줄 수도 있고."

그녀는 재빨리 고개를 저었다.

"안 그래도 그분들과 은진 선배가 계속 만나고 있어. 난 당신 말대로 얌전히 집에서 당신 기다리고 말이야. 나 잘했지?"

호재는 그렇게 대답하고 그의 품에 쓰러지듯 슬쩍 안겨왔다. 그는 그녀의 애교에 또다시 넘어가고 말았다. 못 말린다는 듯 고개를 흔들면서도 입가에 즐거운 미소가 걸리는 것을 막을 수는 없었다. 그가 녹아내리며 흐물흐물거리자 뒤에서 은진이 소리 죽여 킥킥거리는 소리가 들렸다.

"선배는 공부 준비는 잘되고 있는 거죠? 스포츠 경영학 박사 학위 과정이 끝나면 우리 배구단을 맡아주는 것이 어떨까 하는

데 선배 생각은 어때요? 우리 그룹이 지금 배구와 태권도, 볼링, 그리고 승마를 지원하고 있는 건 아시죠? 그룹이 분리된 후로 네 종목이외의 스포츠는 내 권한이 없지만 저 네 가지를 통합해서 하나의 대형구단을 만들까 기획 중인데 선배가 적합하리라 믿어 의심치 않아요. 어차피 기획에서 실행이 되기까지 몇 년은 시간 소요가 있으니까 선배 공부 끝날 무렵이 아닐까 하는데 어때요?"

호재를 안은 팔에 힘을 주며 뒤돌아서자 은진이 입을 헤벌리고 휘둥그레진 눈으로 그를 바라보고 있었다. 은진은 그 한번 보고, 호재 한번 보고, 다시 그 한번, 호재 한번 정신없이 왔다 갔다 하며 그들을 바라보았다.

"지금 당장의 일이 아니니 심사숙고해 주세요. 장래 유망한 스포츠계 인사가 될 선배를 먼저 점찍어놓자는 심보도 들어 있으니 조건이 있으면 말하고요. 자, 그럼 우리 마나님, 저녁은 뭘 드셨는지요?"

시오는 은진의 대답을 듣기 전에 서둘러 화제를 바꿨다. 그는 단지 은진이 기쁘고 놀라서 그런다고 생각했지 호재와 은진 사이에 어떤 신호가 오간지는 알지 못했다.

그날 밤 호재는 또다시 한밤중에 서재로 들어가는 시오의 기척을 느꼈다. 그녀는 그의 고뇌를 알 듯도 했다. 그녀 또한 그와 똑같은 마음이었으므로. 서로의 체온을 느끼며 곱게 잠들 수만은 없는 그들이었다. 그렇다고 시오가 아이와 그녀의 안전을 위협하면서까지 사랑을 나누지는 않을 것임도 잘 알고 있었다. 그녀는 새벽마다 서재로 들어갈 수밖에 없는 그의 심정은 잘 알고 있지만 이젠 너무 과민한 반응이 아닐까 하는 생각을 하고 있었다.

이 주 전 그들은 산부인과 정기검진을 받았다. 의사도 절대금지라고 말하지는 않았다. 사랑을 나눠도 되냐고 묻는 그녀의 질문에 되도록 삼가고 만약 사랑을 나누게 되더라도 무리하지 않는 범위 내에서라고 말했던 것이다. 그녀가 질문을 할 때 시오의 빨개진 얼굴이라니. 갑자기 그때가 생각나자 웃음이 났다. 다 큰 성인 남자가 벌게진 얼굴로 눈을 어디에 둘지 몰라 하면서도 은근히 안심하고 기뻐하던 모습이니. 정말이지 돈을 받고 사람들에게 구경시키면 떼돈을 벌 만한 표정이었다.

그녀는 천천히 침대에서 몸을 일으켰다. 임신 사실을 알고 난 후 처음 며칠은 가벼운 애무와 키스로 서로의 욕망을 달랬으나 이제 그것도 불가능했다. 그들은 손만 대면 붉게 달아올라 타오르는 숯덩이였다. 욕구불만으로 민감해진 몸은 키스로 달래질 성질이 아니었기에 섣부른 애무가 주는 허무함을 느끼지 않기 위해 서로 조심하고 있었다.

역시나 서재의 문틈으로 불빛이 새어 나오고 있었다. 지금 하려는 일은 단순한 유혹이 아니었다. 더 이상 방치했다가는 시오는 곧 말라비틀어지고 말 것이었다. 오늘 은진 언니는 집에 가면서 호재에게 진지하게 충고를 했다. 결혼하지 않은 처녀가 보기에도 시오의 상태는 심각한 수준이었던 것이다. 은진은 그의 공포와 불안을 달래줄 뭔가를 그 뭔가에 강한 악센트를 실었던 건 말할 것도 없다 해야 한다고 누누이 강조를 하고 떠났다. 그런 은진을 보면서 그들의 상태가 그렇게 눈에 띄었나 싶어 조금은 낯뜨겁기도 했다.

호재는 조용히 서재의 문을 열었다. 육중한 책상에 팔을 기대고 무언가를 바라보고 있는 그의 뒷모습이 무척이나 외로워 보였다. 자신이 그의 옆에 있는 한 그가 외로움을 타거나 두려움을 느낄 일은 없으리라 생각했었다. 그러나 그것은 그녀의 오만이었다. 그는 그녀로 인해 오히려 지독한 공포와 싸우고 있었으며 아직 제법 싸늘한 이 새벽에 홀로 밤을 지새우고 있는 것이다.

그녀는 조용히 다가가 어깨에 손을 얹었다. 흠칫 놀라는 근육의 움직임이 느껴졌다. 시오는 꼼짝도 안 하고 그 상태 그대로 몸을 긴장시켰다. 그녀는 체중을 실어 그의 몸에 자신의 몸을 기댔다. 민감한 가슴에 짜릿한 전율이 흘렀다. 저러다 부러지지 싶을 정도로 온몸을 굳히고 꼼짝도 하지 않는 그의 목에 팔을 두르고 어깨 너머로 그가 들고 있는 물건에 시선을 주었다. 그녀는 가슴이 뭉클해서 그의 목에 얼굴을 묻었다. 눈물이 흘러 그의 어깨를 적시기 시작했다.

시오는 그녀의 결혼식 때 사진을 보고 있었다. 누가 찍었는지 알 수 없지만 사진을 찍은 사람은 그 한 컷으로 그 결혼식의 진실을 다 담아내고 있었다. 사진 속의 그녀는 눈부신 웨딩드레스를 입고 환한 미소로 희원을 바라보고 있었다. 그 사진 속에 희원은 담겨 있지 않았지만 그녀의 팔짱을 낀 턱시도 모습이 희원이라는 것은 알 수 있었다. 그리고 사진 속의 또 한 남자. 그의 눈엔 지독한 슬픔이 담겨 있었다. 사진으로도 한눈에 알 수 있을 정도로 비참한 몰골로 어느 때보다 빛나고 있는 그녀를 애원하듯 바라보고 있는 사진.

그녀는 흐르는 눈물을 참을 수 없었다. 그녀가 그를 그렇게 만들었던 것이다. 그녀의 도피로 그는 이런 힘든 시기를 겪은 것이다. 그러나 그녀는 그때의 도피를 후회하지 않았다. 그것은 그녀가 할 수 있는 최선의 선택이었다.

"이 사진…… 결혼식이 있은 한 달쯤 후에 처음 보고 다시는 꺼내지 않았어. 서랍 저 깊숙이 넣어놓고 몇 년 동안 그것을 꺼내 찢어버리는 것으로 너에 대한 내 사랑을 끊어보리라 얼마나 노력했는지 모른다."

그의 손이 뒤로 돌려져 목덜미를 적시고 있는 그녀의 머리를 쓰다듬었다.

"내가 비밀 한 가지 말해 주랴? 넌 알지 못하는 내 부끄러운 과거."

그는 그녀를 안아 자신의 무릎에 앉혔다. 그녀는 그의 가슴에 얼굴을 묻고 손을 돌려 그의 허리를 꼭 껴안았다.

"너의 결혼식이 있던 날……."

그가 몇 번 숨을 크게 들이쉬자 그녀의 몸도 같이 움직였다 내렸다. 그녀는 그것이 재미있어 미소 지었다.

"그날 난 집에 돌아와서 주구장창 술을 마셔댔다. 기억도 나지 않을 만큼 마시고 문뜩 정신이 들었을 때 깨진 양주병이 눈에 들어왔다. 그때 나는 처음으로 내가 의지 약한 그렇고 그런 남자라는 걸 깨달았어. 난 충동에 사로잡혔고 그것만이 내가 고통에서 해방되는 길처럼 느껴졌지."

그녀는 조심스럽게 미소를 거두었다.

'지금 그가 무슨 말을 하고 있는 것인가. 설마, 설마…….'

"손목을 그었다. 펄펄 솟아오르는 붉은 피를 보면서 이제 모든 것을 잊을 수 있겠지, 이제 이 고통에서 해방될 수 있겠지 그렇게 생각했다. 심지어 기쁘기까지 했지."

그녀는 고개를 홱 젖혔다.

"내가 잘못들은 거겠지. 그렇지?"

그녀의 경악에 찬 표정에 시오가 처음으로 그녀의 시선을 마주 보았다. 그 눈에서 진실을 읽은 호재는 하얗게 질린 얼굴로 그의 손목을 찾았다. 시오가 천천히 자신이 그었던 왼쪽 손목을 들어 올렸다. 지금은 희미하지만 하얀 상처가 길게 나 있었다. 그녀도 그 상처를 본 적이 있었다. 그러나 단순히 어디서 다친 것이겠거니 했었다. 또다시 눈물이 차 올랐다.

그 손목을 엄지로 천천히 쓰다듬어 보았다. 힘줄이 불끈 솟는

것이 보였다. 고개를 숙여 그 상처를 따라 혀로 애무했다. 그의
다른 손이 그녀의 머리 속으로 들어왔다.

"호재야, 내가 왜 이 말을 하는 줄 아니? 오늘 밤 나는 저 사
진에 작별 인사를 하는 중이었어. 이제 넌 내 것이야. 내게서 너
를 아무도 빼앗아갈 수 없어. 불행했던 과거는 이제 다 굿바이
야."

그녀는 울면서 고개를 끄덕이고 있었다. 그녀는 그의 것이었
다. 아무도 부정할 수 없는 진실이었다.

"사랑해. 내 목숨보다 당신을 더 사랑할게."

"넌 내 거야. 앞으로 또 그 어떤 일이나 누군가가 우리를 방해
하는 일이 생겨서 네가 나를 떠나는 일이 생긴다면, 그땐 과거
의 어느 날처럼 죽음으로 그 고통에서 벗어날 거야. 살아서는
견딜 힘이 더 이상 내게는 없어."

그는 차분하게 덧붙였다.

"그리고 그땐 절대 실패하지 않을 거야."

호재는 그의 굳은 결심을 느꼈다. 시오는 지금 그녀에게 선포
하고 있는 것이다. 무슨 일이 있어도 그를 떠나지 마라. 만약 그
를 떠난다면 이번에야말로 죽음으로써 그녀에게 이별을 고할
것이라고. 그러니 그의 곁에 있으라고. 그렇게 위협하고 있었
다.

호재는 그에게 이런 말까지 하게 만든 자신이 미웠다. 그녀가
그를 불안하게 하고 있었나 보다. 그녀는 절실한 그의 눈빛을

보면서 고개를 들어 깊은 키스를 했다. 위로와 사과의 의미가 듬뿍 담긴 키스였다.

"그래서? 얼마나 될 것 같아?"
그녀의 물음에 은진이 고개를 흔들었다.
"정말이지 상상도 못할 액수다. 대한민국에 너보다 더 재산가는 없을 거야, 아마."
그녀는 피식 웃었다.
"언니, 그러니까 그걸 좋은 일에 써보자는 거 아니야. 도대체 얼만데?"
"내 돈도 아닌데 이 돈 무지 아깝게 느껴진다. 나라는 사람 말이다, 속물근성이 다분했던 모양이야. 이거 나 주면 더 좋겠다는 생각이 들어서 아주 죽을맛이다."
은진이 진지한 표정에 어울리지 않는 웃음 띤 목소리로 농담을 했다.
"하여튼 언니는? 나도 무척 궁금해지고 있다고. 도대체 얼마냐니깐."
"작년 대비 150%다. 넌 어쩜 그렇게 투자 운도 좋으니. 재산세로 작년 수위를 지킨 너다. 그 재산의 150%면 천문학적인 숫자다. 너무 놀라서 손이 다 떨리더라. 법인에서 너 미쳤다고 난리다. 자신들이 관리하는 재산 다 빼가는 줄 알고 벌벌 떨더라."
"알아. 안 그래도 귀찮게끔 자꾸 만나자고 하네."

“그럴 만도 하지. 네 돈이 빠져나가면 그 사람들도 휘청하지. 시오가 회사로 전화해서 협조하라고 말한 다음에서야 입 다물고 있는 거야, 지금. 그나저나 시오에겐 언제 말할 거야? 새삼스레 재산관리 해보겠다는 너를 언제까지 믿어줄까?”

호재는 잠시 생각에 잠겼다. 사실 그리 숨길 만한 일은 아니었다. 다만 시오가 그녀의 행동을 오해할까 그것이 걱정되었을 뿐이었다. 희원에 대한 사랑을 다 접지 못하고 미련을 보인다고 생각할 수도 있는 일이었기에 조심스러울 수밖에 없었다. 안 그래도 상처가 많은 사람에게 괜한 신경 쓰게 하고 싶지 않았다. 어쨌든 이제 곧 알게 될 일이었다. 그전에 그를 이해시켜야 할 것이다. 그녀는 시오에게서 받은 아름다운 진주 반지를 손가락으로 쓰다듬었다.

“결혼 전에 말할 거야. 어차피 시일이 걸리는 문제니깐. 자, 이제 말해 봐. 정확히 얼마야?”

은진이 마음에 안 든다는 표정으로 그녀를 바라보았다. 처음부터 은진은 시오에게 알리지 않는 그녀를 비난하고 반대했었다.

“네가 가진 대명의 주식 전부와 승용차 두 대, 그리고 제주도 별장, 지리산 콘도, 포항에 있는 별장과 보트, 그리고 돌아가신 사장님이 네 명의로 해놓으신 신탁, 삼성동에 있는 십이층 빌딩은 이 일에서 제외시켰어.”

항의하려는 그녀를 은진이 저지시켰다.

"전 재산을 다 내놓을 수는 없어, 알겠니? 회사 주식은 시오의 경영권 문제가 발생하기 때문에 절대 처분해서는 안 돼. 그리고 돌아가신 회장님이 남겨주신 신탁은 네 생활비로 써야지. 달마다 고정 수입이 있다는 것이 얼마나 중요한지 너도 잘 알겠지? 모델 일 언제까지 계속할 수도 없고 미래는 알 수 없는 거니까. 그런 의미에서 삼성동 빌딩도 제외야. 넌 지금껏 돈 없이 살아본 적이 없고, 앞으로도 못할걸? 그건 비상용이야. 내가 제외시킨 재산은 언제까지나 네가 가지고 있다가 네 아이에게 물려줘."

호재는 아이라는 말이 나오자 더 이상 반대하지 못했다. 맞아, 나에게 곧 보살펴야 할 아이가 생긴다. 시오가 우리 두 사람을 어련히 알아서 보살필까만 아이를 위해서 필요한 것은 준비해 놓는 것이 좋으리라.

"자, 그걸 제외하고 나머지 부동산과 채권, 현금, 물론 너와 희원이 살던 집과 지금 압구정동에 있는 칠층 건물도 포함해서 현금으로 환산했을 때 대략 이천억이 넘는다. 남겨진 재산이 그것보다 많으니, 네 전 재산은 정말이지 무지막지한 수준이다. 그리고 이건 어디까지나 공시지가로 환산한 것이라서 현시가로는 부동산들이 어마어마하게 값이 더 올라 있다는 걸 참조할 때 숨 쉬기 곤란할 정도로 거액이다. 어떠냐, 감상이?"

호재는 어깨를 으쓱했다. 그 돈이 얼마나 큰지 그녀는 알지 못했다. 그저 부족함없이 살았던 기억밖에.

"그럼 재단이 만들어지면 무리없이 운영될 수 있겠네. 추진해

줘. 그리고 압구정동 빌딩은 팔지 않을 거야. 그 건물의 관리는 언니에게 맡길게. 지금처럼 칠층을 언니의 거처로 사용해. 건물 수익금은 익산에 계신 시부모님께 매달 보내 드리는 걸로 하고. 그러면 되겠지? 재단을 만들어도 현금과 채권이면 충분히 운영 가능할 거야. 부동산들을 처분하지 말고 투자 운영하면서 재단의 재산관리를 하면 효율적일 거야. 무작정 현금화해서 주식에 투자하는 방식은 반대야. 지금 법인이 재단 재산관리를 계속한다면 무리없을 듯해. 어떻게 생각해?"

그녀의 말에 은진이 눈을 크게 떴다.

"하여튼 너는 사람 놀라게 하는 데 뭐 있어. 아무것도 모르겠다는 듯이 가만히 있더니 똑 소리 나게 처리하는구나. 법인에서도 딱 너처럼 말하더라."

'그래, 어차피 주식은 내 맘대로 팔 수 있는 것이 아니야.'

그건 그녀에게 지켜야 할 의무이지 재산이 아니었다.

그녀는 희원이 남겨준 모든 재산과 아버지의 재산을 합해서 스포츠 재단을 만들 계획이었다. 동기는 가까운 곳에서 시작했다. 그녀에겐 열혈 팬인 중학교 배구선수가 한 명 있었다. 그 아이는 그녀와 희원이 졸업한 학교의 배구선수였는데, 메일로 서로에게 팬레터와 격려의 편지를 주고받던 사이였다. 시오와 결혼이 결정되고 그의 아파트로 이사를 온 지 며칠 지나지 않아서 그 아이에게서 우울한 메일이 도착했다. 학교 배구부가 자금 사정이 어려워져서 패부의 위기에 놓여 있다는 것이었다. 그런 배구 명문 학교조차 자금의 압박으로 고생한다면 일반 학교의 체육활동이 어떠하리라는 것은 짐작하고도 남음이 있었다.

평소에 그녀는 자신의 과한 재산이 부담스러웠다. 언젠가는 사회에 환원해서 좋은 일에 쓰리라 마음먹고 있었지만 그 시기가 의외로 빨라졌다. 그녀가 구상하고 있는 재단에 대해 은진과 상의했고 은진은 열렬히 호응했다. 초등학교부터 고등부까지의 체육 스폰서가 되는 재단이었다. 단체도 지원가능하고 개인 유망주의 육성과 해외유학 등도 기획하고 있었다.

그녀는 희원에 대한 추억을 그 재단에 묻으리라 마음먹었다. 더 이상 그를 그리워하지도 않을 것이며 그에게 죄책감을 느끼지도 않으리라.

그녀에게 희원이 주는 의미는 시오만큼이나 컸다. 희원은 기억도 하기 어려운 어린 시절에 만나서 유일한 남자 친구로, 남편으로 그녀 옆을 지킨 남자였다. 둘이서 같이 잃은 아이가 둘이었다. 그 고통을 함께 이겨냈고, 그가 죽고 또다시 아이를 잃었을 때 그녀는 희원이 이 세상에 남기고 간 마지막 자취를 잃어버린 아픔과 죄의식에 시달렸다.

희원을 추억하게 하는 것들은 많았다. 우선 배구가 그러했다. 희원의 인생은 그녀와 배구라는 두 기둥으로 이루어져 있었다. 지나온 세월에 희원이 존재하지 않은 때는 없었다. 과거 어느 때를 뒤돌아봐도 거기에 희원이 있었다.

이제 그녀는 시오와 새로운 삶을 시작하려 하고 있었다. 결혼을 한 달 앞에 두고 그녀는 이 일 저 일로 조금은 심란한 상태였다. 희원이 시오에게 가라고 유언을 했지만 사실 그것이 그의 진심이었을까 언제나 의문을 가지고 있었다. 거기다 시오의 아이를 가진 지금 그녀는 이렇게 행복해도 되는 것인지 두렵기까지 했다. 행복하다는 것을 숨길 수 없을 만큼 그녀는 도취되어 있었고 누군가 그것을 시기해서 방해할 것 같은 공포에 시달렸다.

재단은 그녀에게 많은 위안을 줄 것이었다. 남에게 조금이라도 베풀고 나면 마음이 조금은 편할 것 같았다. 그녀가 시오에게 아직까지 말하지 못하는 이유는 희원 때문이었다. 만약 그녀의 의도를 희원에 대한 그녀의 애틋한 사랑 때문이라고 단정한다면…….

물론 언제까지 속일 수 있다고 생각하지는 않았다. 하지만 그들의 아기가 안정적인 상태에 돌입할 때까지는 시오에게 다른 근심을 안겨줄 수 없었다. 시오도 나중에는 그녀가 희원에 대한 모든 감정을 묻어버리기에 재단이 얼마나 큰 역할을 할지 알게 될 것이다. 그러나 그 과정에서 그에게 또 다른 아픔을 줄 수는 없었다. 아직 때가 아니었다. 어차피 재단은 여러 가지 절차상, 그리고 재단 건물 설립까지 꽤 긴 시간을 소요할 것이므로 그에게 알릴 시간은 충분했다. 그녀에게 우선되는 것은 희원도, 재단도 아닌 시오였기에 그도 언젠가는 이해하리라 믿었다.

아이는…… 아이는 그녀에게 순위를 매길 수 없는 그런 존재였다.

그녀는 슬며시 배에 손을 올려놓았다. 아직은 움직임이 없지만 곧 태동을 할 것이다. 그녀는 어서 빨리 아이의 활동을 느끼고 싶었다. 조금만 더 기다리자.

*

은진은 호재 소속사와의 미팅에 나가면서 가슴이 두근거리고 있었다.

'대연을 볼 수 있을까? 그가 그 자리에 나와줄까?'

오늘로서 호재와 회사의 연결고리는 끝이 난다. 호재는 결국 유예해 주겠다는 회사와의 계약을 파기했다. 회사 측에서 조건으로 내놓은 위약금은 실세보다 터무니없이 적었다. 대연의 입김이 작용했으리라. 사실 호재에게 부담이 되는 액수는 아니지만 어쨌든 대연이 호재를 어떻게 생각하는지 단적으로 보여주는 일이긴 했다. 씁쓸했지만 이제 그녀도 인정할 때가 되었다. 대연이 호재를 여자로 사랑하는 것이든 호의를 가지고 있는 것이든 자신이 그것을 질투하고 있는 건 사실이었다. 또 한 달 전 그 비참했던 대화 이후 그에게서 아무런 전화도 걸려오지 않음으로 해서 상처받고 있는 자신을 인정했다.

그녀는 자신에게 실망했고, 대연에게도 실망했다. 한 번만이라도 그녀를 이해해 줄 수는 없는 것일까? 대연은 호재를 질투할 만큼 그에 대한 그녀의 감정이 깊었음을 깨닫지 못했다. 또한 대연은 그걸 알지 못할 만큼 그녀에 대한 감정이 약했음이 분명했다. 은진은 이제 하룻밤 여자라는 치욕적인 타이틀을 갖게 되었다. 그럼에도 그녀는 이렇게 그를 볼 수 있을까 기대하고 흥분하고 있었다. 혼자서 끙끙거리는 꼴이라니 웃기지도 않는 일이었다.

십이층에 위치한 대연의 회사는 층 전체를 사용하고 있었다. 크고 작은 연습실이 여러 개 있고 대회의실, 소회의실, 사장실, 부사장실 등 꽤 큰 조직으로 구성되어 있었다. 국내 굴지의 엔터테인먼트 회사다운 모습이었다. 그녀는 또다시 위축되는 자신을 느꼈다.

'그래, 나같이 가진 거 하나 없고 잘나지도 못한 여자를 그가 진지하게 생각했을 리 없지.'

유성에서의 그날 밤, 대연은 그녀의 몸속에서 몸부림치며 격렬하게 움직였지만 이렇다 할 쾌락의 신음 소리 한 번 내지 않았었다. 경험 많고 잘 나가는 남자가 섹시하지도 않고, 테크닉도 없는 그녀와의 잠자리가 특별히 좋았을 것 같진 않았다. 더더구나 그녀는 처녀의 몸으로 조금 어색하기까지 했던 관계였기에 그녀의 짐작은 신빙성을 부여하고 있었다.

거기까지 생각하자 이제 그녀는 조금은 화가 났다.

'아침에 일어나서 다정했던 건 나를 동정해서였던 걸까? 아니면 예의상?'

그녀는 상념에서 벗어나기 위해 머리를 격하게 내저었다.

"뭐가 그리 마음에 안 들어서 그 몸부림이요?"

대연이 멀뚱한 표정으로 그녀를 바라보며 소회의실 문 앞에 서 있었다. 은진은 얼굴이 확 달아올랐다. 그와의 만남을 내심 초초하게 기다렸던 자신이 싫었다. 별반 반갑다는 표시조차 하지 않는 남자를 생각하며 밤을 지샌 걸 생각하자 억울하고 분했다. 그것이 자존심이 되어 폭발했다.

"여기 공기가 당신만큼이나 불쾌해서 말이죠. 빨리 본론을 끝내고 나가고 싶군요."

대연의 안색이 굳어졌다. 자신이 좀 심했다고 느꼈지만 사과의 말을 하지는 않았다.

"당신이란 여자 여전히 불쾌하군. 난 혹시 내가 잘못 생각했나 싶어 사과도 할 겸 왔더니만 헛걸음이었군 그래. 굳이 내가 이 자리에 올 필요는 없었거든. 호재 씨라면 모를까 고작 대리인 만나러 부사장이 직접 나서는 경우가 얼마나 되겠어?"

또다시 불쾌한 만남으로 끝이 났다. 이제 그를 다시 볼 수나 있을까?

모든 서류에 사인을 하고 돌아서 나온 은진은 어두운 지하 주차장 구석에 서서 소리 죽여 울었다. 어떻게 그 자리를 피해 나왔는지 알지 못했다. 그저 흐르는 눈물을 막지 못하고 울면서 자신의 어리석음을 후회하고 있었다. 비록 그가 그녀를 사랑하지 않는다 해도 꼴도 보기 싫은 여자로 기억되고 싶지는 않았다. 심술만 부리다 이별을 맞다니 죽고만 싶었다.

한참을 그렇게 서서 비참함을 되씹고 있을 때 검은 그림자가 그녀 앞에 섰다. 은진은 수그린 시선에 들어온 대연의 다리를 보았다. 이젠 눈물까지 보이게 생겼다. 아직 자존심은 죽지 않았다. 그녀는 고집스럽게 고개를 들지 않았다.

한참 그의 구두코만을 바라보고 있자 한숨 소리와 함께 힘찬 손이 그녀의 손목을 잡아끌었다. 대연이 다짜고짜 그녀를 끌고 차에 태웠다. 그녀는 얼떨결에 그의 옆에 그의 차에 탔고 다시 한 번 가슴이 뛰기 시작하는 것을 막지 못했다. 변덕스런 여자의 마음이었다.

대연은 충동적으로 은진을 차에 태운 후 미사리까지 내리 달렸다. 요 한 달 동안 은진 때문에 무척이나 화가 나 있었다. 처음엔 그를 피하더니, 그 다음엔 다른 여자를 사랑하면서 자신과 사랑을 나눴다고 비난했고, 지금은 어처구니없게도 울고 있었다. 그는 도대체 그녀의 마음을 종잡을 수가 없었다.

대연은 이렇게 비뚤어진 여자를 계속 만나서 후회밖에 남는 것이 없다고 단단히 결심했었고 그동안 연락 한 번 취하지 않고 지냈다. 그러나 실상 그녀에게서 전화가 걸려오기를 오랫동안 기다렸다. 그녀가 호재를 질투하고 있는 것인지도 모르겠다는 생각이 든 건 주차장에서 울고 있는 은진을 봤을 때였다. 어쩌면 은진도 그에게 마음이 있는 것이라고, 그래서 저렇게 구슬프게 울고 있는 것이라고.

가만히 창밖에 눈을 주고 있는 은진을 슬쩍 곁눈질했다. 여기까지 오는 동안 눈물은 그쳤으나 그를 한 번도 바라보지 않고 있었다. 대화의 필요성을 절실히 느꼈다. 그가 알고 있는 은진은 절대 호재를 질투하고 비비 꼬인 여자가 아니었다. 어딘가에서 그와 그녀의 핀트가 어긋난 것이 분명했다.

"은진 씨, 우리가 이 빠진 동그라미처럼 삐걱대고 있는 것 알아요? 아무래도 나머지 한쪽을 찾아 원활한 동그라미를 만들려는 노력이 필요할 때인 것 같은데."

은진이 살피는 표정으로 조심스럽게 그를 바라보았다. 그의 의도를 알고 싶어하는 눈치였다. 그는 진심을 담아 말했다.

"우린 대화가 필요해. 저기 저 예쁜 카페에서 맛있는 저녁을 먹으면서 한번 시도해 보지 않겠어? 우리가 서로 못 잡아먹어 안달인 건 아무래도 욕구불만 같으니, 우선 먹고 봅시다. 한 가지라도 채워져야 정상적으로 돌아오지 싶은데, 어떻게 생각하지?"

노골적인 암시에 그녀의 얼굴이 잘 익은 토마토처럼 붉게 익었다. 그는 그녀의 안전벨트를 풀어주었다. 그녀에게서 상쾌한 숲의 향기가 느껴졌다. 그는 그만 충동에 지고 말았다. 그녀의 얼굴을 두 손으로 붙잡고 떨고 있는 입술에 키스를 했다. 향기에 취하고, 입술의 달콤함에 취하고, 그녀의 체온에 녹았다. 반항하던 몸짓이 사그라지고 그녀의 팔이 그의 목을 감아오자 그의 열정이 탄력받아 혀를 깊숙이 밀어 넣었다.

　아, 얼마 만에 느끼는 그녀의 입술인가. 우선 대화를 해야 한
다는 강박에 여기까지 왔지만 무슨 일이든 계획대로 되란 법은
없었다. 앞으로 가나 뒤로 가나 무사히 도착하면 그만인 것이
다. 그는 그녀의 몸을 한번 강하게 안은 다음 뒤로 물러났다.

　"밥 먹자."

　한 단계 진전이 있는 것 같아 안심이 된 그는 뱃속에서 요동
치는 소리에 귀를 기울였다. 은진이 어이없다는 표정으로 그를
바라보았지만 그저 뻔뻔하게 씩 웃어주었다. 그녀의 눈에 감도
는 미소를 이미 캐치한 후였다. 그녀는 그에게 올 것이다. 그의
사람이 될 것이다.

　'여긴 스파게티와 아기돼지 통 바비큐가 좋은데, 그걸 먹어볼
까?'

　아름다운 전원주택 같은 레스토랑은 실내 전체가 그린 색을
띠고 있었다. 여기저기 허브들이 꽉 들어차서 진한 향기를 내뿜
고 있었고 이제 겨우 세 시인데도 젊은 연인들이 꽤 자리를 차
지하고 있었다. 그들은 넓은 실내의 한중앙에 자리 잡은 테이블
로 안내되었다. 그가 웨이터가 테이블 앞에 메뉴를 내려놓기가
무섭게 득달같이 주문하자, 웨이터가 주춤하며 뒤로 물러서서
이상한 사람 보듯 그를 바라보았다. 은진이 앞 자리에서 창피한
듯 고개를 돌렸다.

　"당신도 배고프잖아? 뭐 그렇게 점잔 빼고 그래. 난 다른 건
다 참아도 배고픈 건 못 참아. 배곯은 어린 시절이 떠올라서 상

처받아."

　은진의 믿을 수 없다는 눈빛에 그는 웃기만 했다. 사실 그는 가난해서 굶던 어린 시절을 겪었다. 자신이 먹는 것에 집착하는 것이 그것 때문이라고 나름대로 생각하고 있었다.

　그들은 아무렇지도 않은 듯, 아무 일 없다는 듯 그저 일상적인 연인들의 데이트마냥 담소를 나누면서 식사를 했다. 그들 앞에 빈 접시가 놓이고 바비큐 이 인분이 한 접시에 담겨져 나왔고, 푸짐한 볼로네즈 스파게티가 또 한 접시, 그리고 싱싱한 샐러드가 또 커다란 접시에 하나 가득 나온 것을 둘이서 게걸스럽게도 먹었다. 스파게티 스푼을 잡으려다 서로의 손이 부딪치고 영화 속 한 장면처럼 눈이 마주치고 전기가 오고 시간이 슬로모션처럼 느리게 흐르던 순간도 있었다. 그는 굉장히 행복하다는 생각을 했다. 은진의 표정도 꼭 그와 같았다.

　대연은 문득 그녀가 지금까지 그를 피한 이유가 궁금해졌다. 좀 더 인내하고 기다렸다가 했어야 할 질문이 밑도 끝도 없이 흘러나왔다.

　"그나저나 당신 왜 그렇게 튕긴 거요? 그날 새벽엔 우리 둘 다 서로에게 만족한 줄 알았는데."

　은진이 양상추와 무순을 버무린 샐러드를 막 입에 넣으려던 것을 멈추었다. 살벌한 눈빛으로 그를 노려보는 은진은 지금까지의 편안한 표정이 완전히 사라져 있었다.

　'앗, 뜨거. 저 아리는 눈에 화상을 입을 수도 있겠는데? 내가

뭘 어쨌다고? 화를 낼 사람이 지금 누군데?'

　"처녀였다고 유세하는 거요?"

　은진이 들고 있던 스푼과 포크를 소리나게 내려놓았다. 그는 도끼눈을 하고 그를 잡아먹을 듯 노려보는 그녀 때문에 뜨끔했다.

　'내가 좀 심했나?'

　"당신 정말 인간 말종이군요? 말이면 단 줄 알아요?"

　그는 손사래를 치며 사과했다.

　"미안, 미안해. 헛말이 나왔어요. 그럼 이도 저도 아니고 나에게 왜 그렇게 화를 내는 거요?"

　은진이 갑자기 눈물을 흘릴 것처럼 울상을 지었다. 이지적인 얼굴이 떼쓰는 어린아이처럼 변하자 당황했다. 그러나 울먹울먹 주저리는 그녀의 말엔 정말이지 할 말을 잃고 말았다.

　"당신, 호재 사랑하잖아요. 그날은 그 자리에 내가 있어서 나랑 잔 거 아니냐고요. 거기다 나는 테크닉도 없고, 경험도 없고, 뻣뻣하고……."

　그가 기가 차서 아무 말도 못하고 있는 것을 또 오해하고 그녀는 아예 울음을 터뜨렸다.

　"내참, 못 말리게 대책없는 여자로군."

　"당신은 하나도 좋지 않았잖아. 나랑 자면서 쾌감인지 오르가즘인지 그런 거 못 느꼈잖아."

　꽤 큰 소리가 나서 옆 테이블이 커플이 그들을 바라보았다.

그는 낯이 뜨거워졌다.

'아예 광고를 해, 광고를.'

정말이지 한숨밖에 나오지 않았다.

'이런 순진해 빠진 여자를 앞으로 어떻게 건사한다지?'

그건 그렇다 해도 자꾸만 웃음이 비어져 나왔다. 은진의 그런 모습은 남자의 이기를 만족시켰고, 향정신성 의약품 같은 작용을 했다. 맛들이면 결코 벗어날 수 없는 중독성 강한 그런. 우선 그녀를 달래야 했다. 자신이 좋아하는 여자가 아무것도 아닌 일에 상처받고 있었다.

"당신 말마따나 정말 뭘 몰라도 한참 모르는 여자군. 열여덟 살에 혼자 되어서 온갖 여자를 다 겪어본 나요. 여자와 자면서 별 쾌감을 못 느낀다고 티낼 만큼 내가 어수룩한 남자로 보이오? 예의상으로라도 좋은 척해주고 다시 안 만나면 그만인 것을 내가 왜 욕먹을 짓을 하겠어?"

은진은 그가 하고자 하는 말의 취지를 전혀 깨닫지 못하고 있었다. 대연은 어린애에게 하듯이 구체적으로 설명해 주었다.

"당신 '해리가 샐리를 만났을 때'란 영화 봤지? 거기 나오는 샐리가 해리에게 오르가즘을 느끼는 척 연극을 하잖소. 내가 만약 당신과의 관계에서 별 느낌을 못 받았다 해도 난 그녀처럼 연극을 했을 거라 이 말이야? 그날 난 나 자신을 자제하느라 무척 애썼고, 처음인 당신을 배려해서 격한 움직임을 하지 못했던 것뿐이란 말이오. 이제 내 말 알아먹겠어, 이 바보 아가씨야?"

은진이 눈물을 매달고 의심의 눈초리로 쳐다보았다.

"그리고 그 호재 씨 사랑한다는 말은 이제 그만 하면 좋겠어. 물론 난 호재 씨 사랑해. 그녀는 정말 아름답고, 매력적이고……."

다시 이를 악물고 눈물을 참는 그녀의 모습에 그는 식탁을 손으로 크게 쳤다.

"내 말 끝까지 다 들어, 이 어리석은 여자야. 그렇지만 난 그녀를 친구처럼 사랑했고 동경했지, 결코 남자가 여자를 사랑하는 의미는 아니었단 말이요. 우린 친구고 그건 앞으로도 마찬가지요. 그녀를 앞으로도 사랑할 거요. 그게 그렇게 억울한가? 응?"

"남자가 어떻게 여자를, 그것도 호재 같은 여자를 친구로만 생각해?"

그는 그들을 위해 약간의 거짓말을 했다. 그녀 말마따나 호재 같은 여자를 어찌 친구로만 생각할 수 있었겠는가. 하나, 지금은 정말 친구로서 좋아했다. 은진이 시시콜콜 그것까지 다 알아서 좋을 것은 없었다. 그는 결과가 좋으면 다 좋다는 편리한 사고방식으로 자신을 무장했다.

"날 믿어."

그녀는 잠시 수궁의 침묵을 하더니 곧바로 다시 기가 막힌 질문을 해서 그를 허탈하게 했다.

"그리고 그 성관계에서 절정에 오르는 연기 말인데, 여자는 할 수 있어도 남자가 그런다는 얘기는 듣지 못했어."

이제 한풀 꺾인 볼멘목소리로 그녀가 끝까지 그의 속을 뒤집었다.

"없긴 왜 없어! 내가 한번 해봐?"

순진하다 못해 답답하기까지 한 은진 때문에 열불이 나고 있었다.

"좋아, 까짓것 한번 하지 뭐. 그러고 나면 이제 아무 문제 없는 거지? 또 그 자존심 세우고 그럼 국물도 없을 줄 알아. 이 시간 이후 당신과 나는 사귀는 사이야. 알아먹겠어, 이 둔탱이 노처녀야?"

그녀가 노처녀 소리에 발끈했지만 어쩐지 기분이 좋아진 얼굴이었다. 그는 안면 몰수하고 신음 소리를 내질렀다.

"으…… 윽. 좀 더 살살……."

은진이 경악하며 손을 입으로 가져가는 것이 보였다. 그는 눈 딱 감고 더 큰 소리를 내질렀다.

"그…… 그래, 바로 그거야. 헉! 좋아, 아아~ 흐…… 읍!"

"당신 지금 미쳤어요? 그게 무슨 짓이야. 어서 못 그쳐?"

은진이 몸을 움츠린 채 테이블에 얼굴을 딱 붙이고 애처롭게 속삭였지만 그는 싹 무시했다. 그는 두 손을 테이블에 올리고 마구 흔들어댔다.

"하아, 하아……."

고개를 뒤로 젖히고 이를 악물고 잇새로 신음을 흘리면서 마

지막 스폿을 향해 달렸다. 테이블의 포크를 손에 쥐고 절정에
오른 달뜬 신음을 지르며 몸을 부르르 떨고 눈을 뜨자 은진이
손으로 얼굴을 가리고 있는 모습이 보였다.

'봤지, 이 여자야? 하라면 못할 줄 알고? 당신은 이제 내 거
야.'

그는 의미심장한 얼굴로 그녀를 보다가 뭔가 이상한 기운을
느끼고 주위를 둘러보았다. 동물원 원숭이도 저렇게 보지는 않
으리라. 확 트인 실내구조가 그의 눈뜨고 못 볼 작태를 거르지
않고 다 보여주고 있었는지 휘둥그레진 수많은 눈들이 그에게
집중되어 있었다.

대연은 온몸이 확 달아오르는 것을 느끼고 헛기침을 했다. 고
개를 못 들고 있던 은진이 벌떡 일어나 그의 팔을 잡아끌었다.
그는 못 이기는 척 얼른 일어나 그녀에게 끌려 나갔다. 옆 테이
블에서 주문을 받으려고 기다리던 웨이터가 그를 눈으로 쫓았
다. 이왕 팔린 얼굴이었다. 다시 장난기가 발동한 그는 웨이터
앞에서 발을 멈추었다.

"이분들에게 내가 먹은 메뉴를 추천해 주시오. 정말 끝내줍디
다."

＊

시오는 끓어오르는 분노와 불길한 예감 때문에 초조하게 사

무실을 빙빙 돌았다. 도지히 앉아 있을 수가 없었다. 그녀가 또 사라진 것이다. 벌써 세 번째였다. 그녀에게서 먼저 전화가 걸려온 세 번 모두 그녀는 몇 시간 동안 행방이 묘연했다. 거기다 설상가상으로 오늘은 은진이 학교에 갔기 때문에 혼자서 나간 것이 분명했다. 대체 어쩌자는 것일까. 얼마나 힘들게 결심한 일이었는데 그녀가 무모한 행동을 하는 것인지 정말 알 수가 없었다.

목숨을 걸고 낳으려 하는 아이였다. 잘못하다가 발이라도 헛디딘 순간 모든 것이 끝날 지금의 위태위태한 상황에 함부로 외출을 하다니. 그는 오늘 여느 때처럼 그냥 넘어가지는 않으리라 결심했다. 그녀의 눈웃음 한 번에 마음 약해지곤 했던 자신을 질책했다. 그냥 넘기는 것이 그녀를 위한 길이 아니었다.

한 시간 후 태식의 전화를 받을 때까지 그는 그저 넋 놓고 그녀를 기다리고 있었다.

[시오야, 호재가 어째서 경기도에 있는 거냐?]

"뭐라고?"

가까운 곳 어딘가에 있겠거니 했던 그의 안일한 생각은 산산이 박살나고 말았다.

[호재 저렇게 움직여도 되냐? 나를 보더니 못 본 척 가버렸다. 내 보기엔 부동산을 보러 다니는 것 같다. 우리 Power Land 부지 경계 너머에 있는 땅들을 둘러보고 있더군. 최근 우리 측에서도 콜을 했었는데 어쩐지 땅 주인이 시큰둥하더라니,

다 이유가 있었던 거야. 저 능구렁이가 양손에 떡을 들고 저울질을 하고 있었단 말이지. 땅 소유주랑 함께 있는 걸 직접 봤으니까 아마 정확할 거다. 한데 그런 일에 언제부터 호재가 나섰냐?]

시오는 눈을 가늘게 떴다. 호재가 경기도에 땅을 보러 다닌다? 뭔가 그 몰래 꾸미고 있다고 짐작했던 것이 사실로 드러나는 순간이었다. 평생 관심조차 없던 재산을 새삼스레 살펴보는 것도 이상하고, 그에게 자꾸만 숨기는 것이 그가 알면 싫어할 일이 분명했다. 그녀가 또 무리하게 몸을 혹사할 큰일을 벌인 것이 분명했다. 그는 그것이 걱정이었다. 오늘은 정말 가만두지 않겠다.

"태식아, 호재가 뭐로 움직이던? 그녀는 운전도 할 줄 모르고 은진 선배도 없는데 설마 택시나 뭐 그런 걸로 움직인 건 아니겠지?"

[그건 모르겠는데 차가 한 대뿐이구나. 차주는 분명 땅 주인일 것이고 말이다. 그런데 저 남자 정말 잘생겼다. 천하의 바람둥이인 내가 봐도 꽤 근사해 보이더라. 가격 흥정할 때 한 번 만났는데 그때도 좀 기가 죽더라. 이 내가 말이다.]

태식은 그를 자극하고 있었다. 농담임을 잘 알지만 질투가 솟는 것을 느꼈다. 그의 아이를 가졌고, 그를 사랑한다고 말하는 여자. 조금만 있으면 그의 아내가 되는 여자 때문에 질투로 속을 끓이는 자신이 조금은 불쌍하게 느껴졌다.

"김태식, 너 오늘 일찍 퇴근해라. 호재를 집까지 안전하게 데려와. 시속 60㎞ 넘기면 죽을 줄 알아. 신호 잘 지키고 난폭한 차들에겐 무조건 양보하고 조심해서 올라와."

[그거 부탁이냐?]

그는 비꼬는 태식의 목소리에 긴장을 풀었다.

"부탁이다, 친구야."

"선배, 전 정말 실망했습니다."

그는 은진이 미안한 표정을 짓자 한 번 더 노려보았다.

"대체 무슨 일을 꾸미기에 호재가 차로 한 시간이 넘는 곳에 가 있냐고요. 지금 몸이 어떤 상태인지 아시는 분이 말리지는 못할망정 동조를 하다니, 어디 선배 믿고 호재 맡길 수 있겠습니까?"

"호재 혼자 나갈 줄은 나도 몰랐어. 정말이야. 그나저나 도대체 걔는 대책이 없어. 움직이길 어딜 움직여."

그는 은진의 걱정이 가득한 목소리에 더 이상 화를 내지는 않았다.

"알려주세요, 무슨 일을 꾸미는지."

더 이상의 머뭇거림은 용납하지 않겠다는 단호한 표정을 지었다.

"시오야, 이것만 알아주라. 호재는 모든 것을 정리하는 의미로 이 일을 계획한 거야. 네가 혹시 상처받을까 지금 머뭇거리

고는 있지만 이건 어디까지나 호재가 너에게 할 이야기야. 내가
말한다는 건 어쩌면 월권이나 마찬가지 같다. 이해해라.”

은진의 말속에 들어 있는 뉘앙스가 그를 긴장시켰다. 단순히
큰일을 저질러서 걱정 끼치지 않기 위해 숨긴 것이 아니라 뭔가
그가 거슬려 할 만한 일을 진행시키고 있다는 것. 그가 상처를
받을 것이 확실한 어떤 일을 호재가 지금 하고 있는 것이다. 그
는 호재의 건강을 걱정해서 안달하고 있었지만 이 일을 단순히
그것에 국한된 문제가 아니라고 지금 은진이 말하고 있었다.

“지금 말하세요.”

알아야 했다, 그것도 지금 당장. 침묵으로 일관하며 그의 눈
을 피하는 은진 선배에게 굳은 시선을 보냈다.

“선배.”

은진이 머뭇머뭇 다시 입을 열었다.

“사실은…… 호재가 재단을 하나 만들려고 해.”

“재단? 그게 무에 숨길 일이기에?”

“막대한 자금이 투입되는 스포츠 재단이야.”

그래서 그녀가 자신의 재산에 대해 갑자기 관심을 보였던 것
이다. 그제야 최근 그녀의 행동들이 납득이 갔다. 그 또한 사회
에 많은 재산을 내놓은 사람이었다. 호재가 그걸 그에게 숨길
만한 이유가 뭐가 있단 말인가. 그가 그 정도로 돈에 욕심을 가
진 속물이라고 생각하고 있으리라고는 생각할 수 없었다. 대체
왜 숨겼을까?

"지금 생각하고 있는 재단 이름이 '서희원 스포츠 재단'이라면 무슨 뜻인지 알겠니?"

생각이 멈춰 버렸다.

"누구라고?"

일그러지는 얼굴을 보이기 싫어 몸을 돌렸다. 어떻게 걸었는지 모르지만 정신을 차렸을 땐 유리창에 내비치는 건물 더미 속에 시선을 묻고 있었다.

'서희원이라…… 결국 나는 희원이 다음 가는 사람밖에 될 수 없는 것인가? 그녀에게 내가 두 번째 선택이었듯 사랑도 두 번째일 수밖에 없는 것인가.'

그의 등 뒤로 동정 가득한 시선이 느껴졌다.

"선배, 저 혼자 있고 싶군요. 미안하지만 이제 돌아가 주세요."

또각또각 구두 소리가 들리고 육중한 문소리가 사무실에 울려 퍼졌다. 그는 두 주먹으로 책상을 힘껏 내려쳤다.

"제기랄!"

은진은 낯뜨거운 벨소리에 얼굴이 빨개져서 주위를 둘러보았다.

나는 네 거. 너는 내 거. 맘 변하기 전에 빨리 받아~

대연이 바꿔놓은 벨소리였다. 배경음악으로 Queen의 노래 'We are the champion'의 클라이맥스가 웅장하게 울려 퍼졌다. 사랑을 쟁취한 그들은 챔피언이라나 뭐라나 하여간 우습지도 않은 소리를 해대면서 대연이 강제로 입력해 놓은 것이다. 그녀는 대연의 그런 점을 이제야 조금씩 깨닫고 있었다. 엉뚱하기 그지없고, 어떻게 보면 천진난만하다고 해야 하나, 철이 없다고 해야 하나…… 고개가 절로 저어지는 행동이 너무 많았다.

그녀는 반가운 미소를 감추지 못하고 전화기의 폴더를 열었다.

"뭐예요?"

짐짓 무심한 척 한마디 던지자 전화기 저쪽에서 괴성이 들려왔다.

[이봐, 이봐. 뭐 연인 사이가 이래? 최소한 달링, 자기 소리는 해줘야 연인에 대한 예의 아냐?]

'이 남자가 미쳤나.'

그녀는 보이지도 않는 그에게 눈을 흘겼다. 애초에 이런 사람이라는 걸 알아챘어야 하는데 그 귀공자 같던 이미지에 그만 깜박 속고 만 것이다.

"그래, 자기 머시깽이님, 어쩐 일이신지요?"

잇새로 내뱉는 목소리에도 아랑곳하지 않고 그는 낄낄거리면서 좋아했다.

[앞으로는 자기라고 꼬박꼬박 불러. 알았어, 달링?]

은진은 눈앞이 깜깜했다. 내가 이런 남자와 사귀고 있다니, 한심하기 짝이 없었다.

[지금 나올 수 있어? 지난번에 '해리가 샐리를 만났을 때'를 연출했으니 이번에는 '귀여운 여인'을 한번 찍어볼까 하는데.]

무척이나 기대된다는 목소리에서 흥분의 떨림이 느껴질 정도였다. 은진은 이제 포기했다. 연인이 된 지 겨우 일주일 만에 그녀는 자신의 연인에 대한 환상을 버렸다.

"헤이, 리챠드~ 어디서 만날까요?"

그녀는 외국영화 더빙하는 성우처럼 콧소리를 냈다. 저쪽에서 닭살이라는 듯 비명을 질러댔다.

'이제 알겠지, 당신이 얼마나 내 살들을 떨리게 하는지?'

은진은 태어나서 처음으로 여왕 대접이란 걸 받아봤다. 영화 속 한 장면처럼 폭신한 가죽소파에 몸을 묻고 화려한 의상쇼를 구경하는 지경에 이른 것이다. 도대체 몇 명의 모델이 대기하고 있는지는 몰라도 딱 그녀의 체형처럼 보이는 모델 한 명이 탑과 핫팬츠를 입고 그녀에게서 몇 발짝 떨어져 섰다. 마스터로 보이는 여자가 거기에 이 옷 저 옷을 가져다 하나씩 몸에 매치를 시켜주고 있었다.

호재가 모델인 관계로 그녀는 하이패션에 일찌감치 눈을 뜬 상태였다. 호재가 자주 가는 가게에서 약 오십 분을 소비한 대연이 고개를 젓고는 곧바로 이곳으로 자리를 옮겼다. 그녀가 보기에도 이쪽이 더 자신에게 어울릴 듯 보였다. 은진은 남의 돈

함부로 받지 않고 남 등 치지 않고 나름대로 주관을 가지고 살고 있었으나, 대연이 무슨 맘으로 이런 일을 꾸미는지 모르지만 일단 호응하기로 했다. 우선 무엇보다 귀빈 대접 받는 것이 싫지 않았다. 그녀는 내오는 과일이며 차며 먹기가 두려울 정도로 예쁘기 그지없는 과자들을 먹으면서 여유있게 이 상황을 즐겼다. 그러나 그녀는 차츰 기분이 상하고 있었다. 영화 속 한 장면을 연출해 준다고 큰소리쳐 놓고는 그가 하는 짓은 가관이었다.

아름답고 하늘거리는 붉은 실크 드레스가 나오자 그가 정색을 하고 얼굴을 찌푸리고 절대 은진에게 어울릴 수 없다는 표정이 역력했다. 앙증맞은 원피스가 나와도 사색이 되었다. 은진은 조금씩 대연을 노려보기 시작했다.

'저 남자가 나를 망신 주려고 작정을 했군.'

정말이지 아름답고 여성스럽기 그지없는 옷들을 내올 때마다 대연의 표정이 과장되게 일그러지자 난감한 표정의 마스터가 급기야 조심스럽게 의견을 타진해 왔다.

"혹시 따로 원하시는 스타일이 있으세요? 저의 매장엔 온갖 특이한 스타일의 옷들도 많고요, 원하는 디자인을 주문하셔도 됩니다."

은진은 두 손으로 얼굴을 가렸다. 창피해서 참을 수가 없었다.

'흥, 귀여운 여인?'

구경만 시켜주고 무조건 고개를 저어대는 것이 그녀를 무척이나 약 오르게 하고 있었다. 결국엔 특이한 옷을 내놓겠다는 저 마스터나 그 소리에 혹해서 눈을 빛내는 대연이나 다 꼴도 보기 싫었다.

"우리 달링은 절대 저런 살랑살랑한 옷은 못 입어요."

'뭐시라?'

그녀는 벌떡 일어났다. 참는 것에도 한계라는 것이 있었다. 그녀가 대연을 노려보자 그는 두 손을 번쩍 들어 자신의 죄없음을 피력했다.

"내 말은……."

그녀는 구둣발로 그의 정강이를 힘껏 걷어찼다. 비명 소리가 넓은 가게 안에 울려 퍼졌다. 은진은 씩씩거리면서 그곳을 빠져나왔다. 한참을 걷자 뒤에서 헉헉대면서 뛰어오는 대연의 발소리가 들렸다. 그녀는 못 이기는 척 고개를 돌렸다가 다시금 얼른 고개를 되돌리고 말았다. 가게 안의 모든 직원들이 나와서 그들을 노려보고 있었다. 장장 한 시간이 넘는 시간 동안 그들을 놀리고 그냥 나와 버린 셈이 되었으니 화가 날 만도 했다. 그녀는 더욱 걸음을 빨리했다. 어쩌다가 그녀의 신세가 이렇게 된 것인지.

잠시 후에 대연은 아무 일 없었다는 듯이 그녀의 어깨에 팔을 올리고 유유히 앞을 보고 걸었다. 그녀는 눈을 굴렸다. 어이가 없었다. 기가 막혀하는 그녀를 내려다보며 그가 한마디 했다.

"재밌잖아."

순간 침묵이 흐르고 그들은 대로에서 박장대소했다. 우울함이 물러가고 세상은 살 만한 것이라고 느끼게 했다. 대연이 은진에게 주는 것은 바로 삶의 활력, 그것이었다.

✳

호재는 태식의 차를 타고 서울로 돌아오면서 심란한 마음을 금할 수 없었다. 때가 되면 다 말하려고 했는데 이렇게 되면 꼭 현행범으로 취조를 받는 실정이 되고 말 것이었다. 그녀가 죄를 지었다고는 결코 생각지 않지만 그래도 시오에게 상처가 되지 않는 범위 내에서 최대한 부드럽게 설명할 계획이었던 것이 물거품이 되어버렸다. 그녀는 달리는 차 밖으로 스쳐 가는 풍경을 바라보며 한숨에 젖었다. 결혼을 얼마 앞두고 마냥 행복해해야 할 지금 시점에서 이런 고민이나 하고 있다니.

3월이라지만 오늘은 제법 날씨가 쌀쌀했다. 하늘이 그녀의 마음을 아는지 잔뜩 먹구름을 먹고 있었다. 태식이 옆에서 자꾸만 백밀러를 보았다. 그녀는 무슨 일인가 하고 뒤를 돌아보았다. 늘씬하게 빠진 은빛 스포츠카가 요란한 소리를 내며 그들 꽁무니에 바싹 붙어왔다.

"뭐, 저런 몰상식한 자식이 다 있어? 도로에서 저게 무슨 짓이야?"

태식의 긴장감이 그녀에게까지 전해져 왔다.

"시오가 마나님 잘 모셔오라고 했는데, 저런 것들이 내 성질을 건드리네?"

태식이 웃으면서 그녀를 바라보았다. 그 순간 어디서 나타났는지 그 차 뒤로 또 한 대의 붉은 스포츠카가 그들 옆에 나란히 달리기 시작했다. 이제 태식의 얼굴엔 승부욕이 넘쳤다. 상대 차들이 그의 차를 자극하고 있음이 틀림없었다. 그는 잠시 망설이더니 신이 난 얼굴로 액셀러레이터를 밟았다. 세 대의 스포츠카가 격렬한 레이스를 펼치기 시작했다. 호재는 안전벨트를 꽉 쥐며 태식에게 자중하라는 말을 계속 반복했다. 도로가 갑자기 어둠에 싸이면서야 태식은 정신을 차렸는지 레이스에서 벗어나려 했다. 그러나 두 차가 그것을 용납하지 않았다. 뒤에서 속도로 밀어붙이고 옆에서 달리면서 태식이 속도 줄이는 것을 방해했다. 깜박이를 켜서 신호를 보냈지만 상대들은 막무가내였다.

그녀는 겁에 질렸다. 속도는 무려 시속 200㎞를 육박하고 있었다. 태식의 당황한 얼굴을 보면서 그녀는 눈을 꼭 감았다.

때 아닌 3월 초에 눈이 내렸다. 젊은이들의 치기 어린 경쟁심이 불러온 위험한 상황이었다. 옆의 태식도 한몫 거들었음을 알고 있기에 그들만을 나무랄 수는 없었다. 그녀의 가슴은 아직도 터질 듯이 빠르게 뛰고 있었다. 한순간 죽음이란 걸 가까이에서 접했다. 태식의 차가 갓길에 급하게 정차하느라 안전벨트가 그녀를 옥죄었다. 제법 길게 나 있어서 망정이지 속도도 줄이지 못하는 상태에서의 정차라 제법 위험했다. 간신히 떼어낸 차들의 요란한 경적 소리를 들으면서 그들은 안도의 한숨을 내쉬었다. 창밖으로 뽀송뽀송 큼직한 눈송이들이 도로를 점령하기 시작했다.

'3월에 눈이 이렇게나 소복이 오는 경우도 있구나.'

시야를 방해할 정도로 눈보라가 몰아치기 시작하자 태식이 시동을 걸었다.

"빨리 여기를 빠져나가야겠다. 이러다가 고립되겠어."

서울로 들어서자 도로가 난리법석이었다. 이상 기온도 이쯤 되면 심각한 것이었다.

저녁이 되자 온도가 영하로 떨어지면서 내리는 눈이 차곡차곡 쌓여 도로가 급속도로 얼어붙었다. 느릿느릿 집으로 돌아가는 차 속에서 그녀는 조금씩 아파오기 시작하는 복통 때문에 하얗게 질리기 시작했다. 점심 먹은 것이 체한 것일 거라고 생각하려 해도, 쌓이는 눈처럼 커져만 가는 공포 때문에 오들오들 떨기 시작했다.

"태식이 삼촌, 시오 씨에게 전화 좀 걸어줘."

태식은 정면을 주시하면서 불만스럽게 호재를 나무랐다.

"너는 도대체 언제까지 삼촌 삼촌 할 거니? 시오가 너에게 낭군이면 난 낭군 친구야. 제발 다 늙은 노인네에게 하듯 삼촌 소리 좀 빼라."

그녀는 조금씩 아프던 배가 갑자기 뒤틀리면서 뭔가 날카로운 것이 뱃속을 휘젓는 것 같은 고통을 느꼈다. 저도 모르게 비명을 질렀다.

"뭐야? 왜 그래?"

"제발, 시오 씨에게 전화를……."

그녀는 고통을 삼키며 이를 악물었다. 옆에서 뭐라고 말하는 소리가 머리 속에서 크게 울려대며 어지럼증을 일으켰다. 잠시 가라앉는 듯하던 고통이 다시 한 번 찾아왔고 그녀는 또다시 끔찍한 비명을 지르며 의식을 잃었다.

시오는 태식의 전화를 신경질적으로 받았다.

"너 뭐 하고 지금까지 안 와?"

전화기 저쪽에서 당황한 듯 더듬거리는 태식의 목소리와 함께 날카로운 여자의 비명 소리가 들려왔다. 그는 순간 심장이 오그라드는 느낌이었다.

"호재야? 호재야?!"

지금까지의 분노는 어디로 사라지고 이제 그는 순수한 공포에 몸을 떨었다. 호재가 아프다. 그녀가 비명을 지르고 있다.

[시오야, 김 박사님 병원으로 가면 되지? 너도 어서 그쪽으로 와.]

사정 이야기 하나 없이 그저 병원으로 오란다. 시오는 비서실에 알리는 것도 잊고 사무실에 있는 전용 엘리베이터에 올라탔다. 즉각 지하로 통하는 엘리베이터가 이렇게 느리게 느껴지기는 처음이었다. 초조함을 이기지 못하고 주먹으로 벽을 쳤다.

두려움을 풀 길이 없는 그는 엄한 벽에 화풀이를 해댔다. 손의 아픔 같은 건 느껴지지도 않았다. 경쾌한 소리와 함께 열린 문을 뛰쳐나왔지만 자신이 자동차 키를 놓고 왔음을 깨달았다. 그는 지하에 마련되어 있는 회사 고용 운전수의 대기실로 뛰어들었다. 자신들의 오너가 사색이 되어 뛰어들자 고스톱을 치고 있던 운전기사들이 당황한 표정으로 엉거주춤 일어나며 그의 눈치를 살폈다. 그는 업무상 가끔 보았던 정 기사를 손짓했다.

"갑시다."

정 기사는 평소에 영민한 머리를 가진 사람이었다. 그는 재빨리 제복을 가다듬고 그의 전용차의 뒷자리 문을 열었다. 그가 들어가 앉자마자 정 기사는 시동을 걸고 주차장을 우회해서 빠져나갔다.

"삼성병원으로. 서둘러요."

그는 초조하게 발을 구르면서 손으로 지친 얼굴을 가렸다. 그 손끝이 떨리고 있음을 느끼고 여러 번 심호흡을 했다. 진정이 되지를 않았다. 호재의 비명 소리가 아직도 그의 심장에 무리를 주고 있었다. 본능적으로 그녀의 고통이 아이 때문임을 느꼈다. 그들의 아이에게 무슨 일이 생긴 것이다. 그는 주치의의 말을 떠올리고 더 더욱 두려웠다. 아이를 잃을 때 호재의 몸이 감당할 수 있을지 그것도 걱정이라고 했었다. 피가 잘 멈추지 않는 특성상 그녀도 위험한 것이다. 그에게 가장 중요한 것은 호재의 안전이었다. 비록 그와 그녀의 아이라 할지라도 그녀에게 아픔을 준다면 그는 더 이상 아이를 돌아보지 않을 것이다. 그것이 진실이었다. 마음이 아프지 않다면 거짓말이지만 호재를 잃고 이 세상을 살아야 한다는 생각만으로도 그는 죽을 것처럼 고통스러웠다.

전화벨이 울렸다.

"여보세요?"

한 번 울리자 바로 폴더를 열었다.

[4층으로 와. 아이가…… 지금 수술 들어갔다.]

시오는 자신이 지금 어디 있는지 잊었다. 그저 두 손으로 얼굴을 감싸고 두려움을 이겨내려 노력했다. 차 오르는 눈물을 막을 수가 없었다. 그들이 그렇게도 애타게 기다린 아이. 그들의 사랑과 호재의 목숨을 담보로 얻어보려 했던 아이. 세상의 빛을 느껴보지도 못한 채 잃은 아이 때문에 그는 소리없는 눈물을 흘렸다. 병원에 도착할 즈음 그는 자신을 단단히 다잡았다. 아이는 떠났다. 이제 호재가 무사히 그의 품으로 돌아오기를 간절히 빌 뿐이었다.

사층의 수술실에 도착했을 때 마침 호재의 수술이 끝나고 그녀를 실은 이동 침대가 나왔다. 의식없이 늘어져 있는 그녀를 보면서 눈물을 삼켰다. 호재는 회복실이라고 써 있는 곳으로 옮겨졌다. 태식과 의사가 뭐라고 말하는 소리를 들었지만 그는 그저 그녀의 손을 꼭 붙들고 부들부들 떨고만 있었다. 마치 죽은 사람마냥 핏기 하나 없고, 의식도 없는 그녀의 머리를 계속 쓰다듬으며 자신을 안심시켰다.

'살았어. 그녀는 무사한 거야.'

그의 옆에 태식이 다가왔다.

"수술은 잘되었대. 조금이라도 움직임이 느껴지면 그때부터는 계속 말을 걸어서 빨리 의식이 돌아올 수 있도록 도와줘야 한단다. 사실 뭐, 큰 수술도 아니고 출혈 때문에 좀 힘든 것 빼고는 아무 이상이 없대. 안심해도 된다는군."

호재에게서 눈을 떼지 않고 태식에게 물었다.

"어떻게 된 일이야? 왜 이렇게 되었느냐고!"

"미안하다. 나도 잘 모르겠는데…… 아마도 급정거할 때 안전벨트 때문에 배에 압박을 느낀 것 같다. 정말 미안하다, 내가 잠시 이성을 잃어서……."

그는 벌떡 일어나 태식의 멱살을 잡았다. 그 다음은 무슨 말인지 듣지 않아도 알 수 있었다. 태식이 도로에서 무모하고 경쟁심이 남다르다는 건 그도 익히 알고 있는 일이었다. 그런 그에게 호재를 맡긴 자신의 잘못이 더 컸다.

"당분간 널 보고 싶지 않다. 내 이성이 너에게 무슨 짓을 할지 모르니 그만 돌아가라."

"정말 미안하다."

그는 태식을 무시하고 호재를 바라보았다. 코와 입에 연결된 투명한 튜브에서 숨소리가 얕게 들려왔다. 고통이 심한 듯 꿈틀거리자 그는 얼른 마취약의 스위치를 눌렀다. 그녀는 마취와 수술의 후유증으로 퉁퉁 부은 얼굴조차 아름다워 보였다.

"호재야."

조그마한 소리로 그녀를 불러보았다. 꿈틀거리는 눈꼬리가 그의 목소리를 듣고 있음을 느낄 수 있었다. 그는 일어나서 그녀의 온몸을 주물렀다. 근육을 풀어주지 않으면 깨어나서 더 힘들 것이다.

"호재야."

그의 손은 쉼없이 그녀의 팔이며 어깨며 다리를 주무르면서도 입 밖으로 나오는 말은 그저 그녀의 이름뿐이었다. 참담하기 그지없는 마음에 무슨 말을 해야 할지 알지 못했다.

"호재야……."

그녀의 감긴 눈에서 눈물이 흘러내렸다. 그의 눈에서도 피눈물이 흘렀다. 그녀의 얼굴에 얼굴을 살짝 대고 눈물을 삼켰다.

"사랑해, 사랑해."

그는 정신없이 중얼거렸다. 그것만이 지금 이 상황을 버틸 수 있는 버팀목이 된다는 듯, 그녀에 대한 사랑만은 그 어떤 시련이 닥쳐도 진리불변이라는 듯. 그녀의 눈에서 또다시 한줄기 뜨거운 눈물이 흘러내렸다.

나흘이 지났다. 수술 후 세 시간 만에 입원실로 옮겼지만 그때부터 지금까지 호재는 단 한 번도 입을 열지 않았다. 그녀의 슬픔을 모르지 않으나 그의 슬픔 또한 그녀 못지 않다는 것을 왜 모르는 것일까. 외면하는 호재를 어찌해야 좋을지 알지 못했다. 그들의 아기는 딸이었다. 세상의 빛을 보지 못한 자신의 어린 딸이 너무나 안타까웠다. 자신의 무너지는 심정을 호재와 나누고 싶었고, 그녀의 슬픔 또한 그와 나누길 바랐다. 그러나 그녀의 거부는 철옹성이었다. 눈조차 마주치지 않으려 하는 그녀 때문에 그는 애가 탔다. 이러다가 그녀까지 어떻게 되는 게 아닌지 걱정이었다.

다행인 것은 그녀의 몸은 그리 크게 상하지 않았다는 것이다. 의사는 아이가 잘못되면 그녀 또한 위험할 것이라고 했었지만 그녀의 상태는 점차 좋아졌다. 몸은 회복 단계에 접어들고 있었지만 정신은 그러하지 못했다. 모든 것으로부터 자신을 차단하겠다는 마음을 먹었는지 무반응으로 일관하는 그녀 때문에 모두들 노심초사하고 있었다. 음식조차 거부하고 있어서 간신히 링거로 기력을 유지하고 있는 형편이었다.

수염 때문에 거칠어진 턱을 쓰다듬으며 은진이 내민 커피를 받아 들었다.

"이제 어떻게 할 거야?"

묵묵부답에 은진이 조심스럽게 말을 이었다.

"정신과 치료를 해보는 것이 좋을 것 같아."

시오는 저도 모르게 마시던 종이컵을 움켜쥐었다. 뜨거운 커피가 튀어 그의 옷을 적셨다. 은진이 재빨리 손수건을 꺼내 처치해 주었지만 뜨거움조차 느끼지 못했다.

"이번 일로 너도 충격이 크겠지만 뭐니 뭐니 해도 가장 큰 고통을 느끼고 있는 것은 호재야. 저렇게 계속 방치하면 무슨 일이 벌어질지 몰라."

그는 모든 것이 원망스러워졌다. 옆에 그가 있는데 왜 그에게 의지하지 못하는 것일까. 왜 그의 품에서 울지 못하는 것일까. 어째서 그의 슬픔을 감싸주지 못하는 것일까.

"결국 그래야 하겠죠?"

지치고 피곤했다. 그리고 무엇보다 상심하고 있었다.

"집에 가서 좀 씻고 와. 몰골이 그게 뭐니? 어머니도 계시고 나도 아침까지는 여기 있을 테니깐 갔다 와. 한 소금 자고 사람같이 하고 나와."

그는 잠시 호재에게 들렀다 집으로 출발했다. 잠깐 다녀온다는 그의 말에 아무런 반응을 보여주지 않는 그녀를 한참이나 바라보고 집으로 왔다.

시오는 현관 거울에 비친 자신의 모습에 숨을 들이켰다. 털북숭이 얼굴에 흐트러지고 기름 낀 머리카락, 거칠어 보이는 흑빛 얼굴에 실핏줄이 서 있는 눈동자. 은진이 뭐라고 할 만했다. 그는 호재를 다시 볼 때 깨끗한 자신의 모습을 보여주겠다고 결심했다. 잠도 푹 자기로 했다. 자신이 극복하고 있다는 것을 깨닫는다면 그녀 또한 힘을 내리라는 생각에서였다.

14장

백일몽
—어차피 한낱 이루어질 수 없는 꿈일 뿐

행복했다. 죽은 사람에게 미안할 정도로 너무나 행복했다. 너무나 큰 기쁨이라 신이 자신의 마음을 알까 봐, 그래서 질투의 화살을 그녀에게 돌릴까 무서워 내색도 못할 만큼 행복한 나날이었다. 완벽함이란 단어가 딱 어울릴 만큼 부족함 하나 없는 파라다이스였다. 그러나 그것은 일장춘몽일 뿐 온전히 그녀의 몫은 아니었나 보다. 이렇게 무참히 그녀의 행복을 빼앗아간 신을 저주하고 호재 자신을 원망했다.

그녀가 의식을 차렸을 때 처음으로 들은 소리는 처절하게 그녀를 부르는 시오의 목소리였다. 조그맣지만 그 목소리에 실려 있는 애절함이 그녀를 울렸다. 그들의 아이를 잃었음을 본능으로 알 수 있었다. 그를 볼 수가 없었다. 그녀에겐 그의 사랑을 고스란히 받고만 있을 자격이 없었다. 모두 그녀 때문이었다. 그녀의 경거망동에 아이를 잃었다.

그녀의 아이, 아니, 그들의 아이는 꽃도 피워보지 못한 채 거품처럼 사라져 버렸다. 이번으로 무려 네 번째 아이였다. 자신이 아이를 가질 수 없는 운명이었음을 이만큼의 고통을 겪고 나서야 깨닫게 되다니 인간의 어리석음과 욕심의 끝은 대체 어디까지인가. 이기적인 미련 때문에 무고한 생명을 잠시나마 품었다 놓아버린 자신이 그렇게 미울 수가 없었다.

한동안 정신을 놓아버렸다. 이 모든 고통과 죄의식으로부터 도망치고 싶었다. 이 자리는 그녀의 자리가 아니었다.

시오의 반려가 되어보겠다는 욕심은 결국 이렇게 끝이 나고 있었다. 아이를 줄 수 없는 상태에서 그와의 결혼은 꿈도 꾸지 않았다. 이제 다시 그들의 관계는 원점으로 돌아왔다. 아니, 그보다 전으로 돌아가야 했다. 이제 잠시도 그의 옆에 있을 수가 없었다. 그가 그녀만을 원한다 해도 어쩔 수 없었다. 그녀가 견딜 수 없을 것 같았다. 현실은 잔인했다. 그녀는 아이를 가질 수 없는 여자였고, 시오를 자랑스레 남편이라고 말할 수 없는 박복한 여자였다. 결심은 끝났고 이제 실행만 남았다.

병실 문이 열리자 그녀는 긴장했다. 자꾸만 약해지려는 마음을 다잡고 있는데 시오를 또다시 본다는 것은 무자비한 고문과도 같았다. 상큼한 레몬 향이 은진임을 말해 주었다. 그녀는 고개를 돌려 은진을 바라보았다.

"너, 너 이제 정신이 들었니?"

"나 좀 일으켜 줘."

은진이 얼른 그녀를 부축했다.

"배가 고파. 뭐, 따뜻한 것 좀 먹고 싶어."

은진이 환한 미소를 지었다.

"그래, 그래. 그래야 우리 호재지. 잘 생각했어. 시오에게 연락해야겠다. 잠시 집에 가서 쉬라고 보냈거든."

그녀는 지금이 기회라는 것을 알아차렸다.

"언니, 내 여권과 내가 취득한 비자들 모두와 짐 좀 챙겨다 줘."

한동안 그녀의 말을 이해하지 못한 듯 은진은 멍하니 그녀를 바라보고만 있었다.

"나 떠날 거야. 언니가 좀 도와줘."

짝 소리와 함께 그녀의 뺨에 따끔한 아픔이 느껴졌다. 은진이 그녀의 뺨을 때린 것이다. 언제 어느 때나 그녀의 편이라고 생각했던 은진이다. 그러나 그녀는 은진을 원망하지 않았다. 그녀는 맞을 짓을 하고 있었다. 잘못하고 있다는 걸 알지만 떠나야 하는 것이다. 그것이 지금으로서는 최선의 선택이었다.

"언니, 나 지금 못 떠나면 죽어버릴 거예요. 정말로 죽어버릴 거라고. 견딜 수 없어. 그러니 제발 날 도와줘."

은진은 아무 설득도 하지 않고 그녀를 노려보기만 했다. 그녀

의 결심이 굳건함을 알았던 것일까? 그녀의 절실함을 보았던 것
일까?

　"나쁜 년. 넌 정말 세상에 둘도 없는 못된 년이야. 그것만 알
면 돼."

　은진이 돌아서 나가자 그녀는 안도의 한숨을 내쉬었다. 은진
은 그녀를 도와줄 것이다. 그녀는 몇 가지 계획을 세웠다. 마음
속의 고통이 꼬리를 달고 온몸의 혈관들을 돌고 있었다. 아픔은
점점 커지고 그 징그러운 것이 언제 혈관을 뚫고 몸 밖으로 뛰
쳐나올지 두려움에 젖었다. 그녀는 도피를 시도 중이었다.

호재가 떠나고 일주일 만에 편지가 도착했다. 시오는 그 시간 동안 극도의 배신감과 홀로 남겨진 공포에 몸을 떨어야 했다. 어두컴컴한 시궁창 같은 세상에 버려진 기분이란 정말이지 더러웠다. 미친 듯이 그녀를 찾아다녔지만, 은진이 입을 꾹 다물고 있는 지경이라 쉽게 알 수 있는 일이 아니었다. 일본 오사카행 비행기에 오른 것까지는 확인했는데 일본의 어느 호텔에서도 그녀의 이름으로 체크인 된 곳은 없었다. 그러다 문득 그는 혹시나 그녀가 엄한 생각을 하고 있는 것이 아닐지 걱정되기 시작했다. 자신을 자학해서 뭔가 일을 저지르지는 않을지 노심초사하며 인내심이 바닥을 들어내고 있을 때 그 편지가 도착했다.

호재는 파리에 있었다. 그가 일본 전역의 호텔들을 수배하는 동안 유유히 유럽으로 떠난 것이다. 그녀의 편지는 너무나 간단했다. 시간이 필요하다는 것이다. 미안하다 했다. 좋은 기회가 닿아서 이번 시즌 파리 패션쇼에서 모델로 활동하게 되었다는 것이다. 삼 개월 후에 돌아오겠단다. 찾아오면 도망치겠다 했다. 그것이 그녀가 그에게 보낸 편지의 전모였고, 그는 허탈감에 빠졌다.

그를 배려하는 말 따위는 한마디도 없었다. 아이 이야기도 없었다. 그들의 결혼식 이야기도 없었다. 사랑의 말 한마디 없었다. 사랑은 고사하고 그 어떤 감정도 묻어나지 않는 그저 일방적 통보만 들어 있는 편지였다. 그리고 돌아오겠다고 했다. 우습게도 그는 그 글귀만을 뚫어지게 바라보면서 조금은 안도하고 있었다. 병신 같은 짓이었다. 어떤 미친놈이 사랑하는 여자가 훌쩍 떠나 버린 후 돌아온다는 말 한마디에 희망을 건단 말인가.

그녀를 찾으러 파리에 가지 않았다. 그녀의 행동에 분노하지도, 원망하지도 않았다. 돌아오라고 애원하지도 않았다. 더 이상 그녀의 사랑을 바라지 않았다. 그는 정신적 공항에 빠져 있었다. 결혼식을 꼭 이십 일 앞두고 벌어진 일이었다.

시오는 호재와 살던 저주받은 집으로 다시 돌아가지 않았다. 그곳에 남아 있는 그녀의 흔적들이 시오의 살을 무참히도 베었다. 그는 자신의 사무실에서 잠을 잤다. 시오의 사무실에 손 차장 대신 새로 배치된 어시스턴트는 남자였다. 특채로 들어온 어시스턴트는 젊고 야망에 차 있었고, 그만큼 시오를 잘 보필했다. 의욕 넘치는 비서에 의해 아침부터 저녁까지 하루 세 끼를 꼬박꼬박 챙겨 먹었고, 맡은 바 임무도 충실히 해내고 있었다. 누가 보더라도 흔들림없는 모습이었다. 지나치는 직원들에게 웃으면서 고개를 끄덕였고, 가끔 찾아오는 은진에게 신소리도 하면서 굳건함을 과시했다.

그러나 시오는 알지 못했다. 누군가 조금만 건들어도 터져 버릴 것 같은 눈자위에 어린 고통이, 씩씩하게 웃는 입술에 어려 있는 슬픔이, 맑은 웃음이 얼마나 허망해 보이는지. 또한 사람들이 왜 그의 얼굴을 똑바로 쳐다보지 못하는지, 그의 무너질 듯 무너질 듯 위태위태한 몸부림을 정면으로 바라보기가 얼마나 어려운지 알지 못했다. 조금만 건드려도 곧 울어버릴 것 같은 그 처참한 얼굴을 그 누가 마주 보고 싶겠는가. 금방이라도 죽어버릴 것 같은 얼굴로 태연히 짓는 미소는 섬뜩할 정도였다. 모두들 그를 피했다. 그리고 많은 사람이 하나둘씩 그를 걱정하기 시작했다.

그는 그렇게 호재가 떠난 지 딱 두 달이 되는 아침도 태연하게 일상을 시작했다. 행복하다는 표정으로 휘파람까지 불면서 아침 근무를 시작하자 비서실 사람들이 뜨악한 얼굴을 했다. 단지 새로운 비서만이 흐뭇한 얼굴을 할 뿐이었다. 회장실 문이

닫히고 한숨을 내쉬는 안상호 비서실장과 김 비서를 보면서 신참은 의아한 얼굴을 했다.

"직장 상사가 저렇게 의욕적으로 일하고 있는데 자랑스럽지 않으세요? 아침부터 왜 한숨이에요?"

두 사람이 서로 눈을 굴리면서 고개를 흔들었다.

"회장실에서 일한 지 딱 한 달인데요. 정말 성실하시고 상냥하신 분이신 거 같아요. 오죽 열심이면 한 달 전에 비해 저렇게 눈에 띄게 말랐냐고요. 비서가 업무만 보조하면 다가 아니라고요. 회장님께 좀 더 신경들 쓰세요."

신참은 훈계조로 한참 윗선인 비서실장에게 일장 연설을 하고 쪼르르 회장실로 들어가 버렸다. 오늘 아침도 어김없이 도시락을 준비했나 보다. 남겨진 두 사람은 그나마 세 끼를 꼬박꼬박 먹는 시오를 생각하고 신참에게 고마움을 느꼈다.

그러나 그들이 모르는 것이 또 하나 있었다. 시오는 먹은 것을 어김없이 다 게워냈다. 웃으며 억지로 먹은 음식들이 식도에서부터 막혀와 끝내는 다 쏟아내고야 마는 것이다. 억지웃음과 마찬가지로 그에게 아무 의미가 없는 음식들이었다.

＊

대연은 호재의 빛나는 모습에 그저 미소만 지을 뿐이었다. 간신히 그녀와 연락이 닿았으나 시간이 그리 많지는 않았다. 그

바람에 그는 지금 그녀의 피팅하는 모습을 보고 있는 것이다. 이런 상황이지만 언제 보아도 호재는 대단한 여자였다. 파리 무대에 한 번도 서지 않았던 신인모델이, 그것도 핸디캡을 안고 있는 동양모델이 프레타 포르테도 아니고 오트 쿠튀르 무대에 메인으로 서다니 감탄하지 않을 수 없었다. 처음에 그의 회사로 그녀에 대한 포트폴리오를 보내달라는 요청이 있었을 때, 대연은 포트폴리오를 보내면서도 모델 사정상 한동안 활동할 수 없음을 밝힌 바 있었다. 그러나 미련이 남았던 그가 그것들을 보낸 이유는 차후에 그녀가 다시 모델 활동을 시작했을 때의 발판을 위해서였다. 그렇다고 해도 곧바로 이런 행운이 그녀에게 돌아올 줄은 꿈에도 몰랐다.

오트 쿠튀르가 어떤 무대인가. 정회원이 되지 못하면 그 어떤 디자이너도 그 무대에 자신의 디자인으로 쇼를 할 수 없는 아주 폐쇄적인 집단이었다. 디오르, 지방시, 고티에 등 쟁쟁한 디자이너들만으로 구성된 최고의 집단이었다. 프레타 포르테는 기성복 컬렉션이지만 오트 쿠튀르는 오리지널 맞춤 옷이었다. 이 세상에 오직 한 벌뿐인 개성이 담긴 옷인 것이다. 유럽은 물론 아랍의 갑부들에서부터 전 세계의 몇 안 되는 사람들만이 사 입을 수 있는 그야말로 최고의 옷들이 선보이는 패션쇼였다. 그 무대에 호재가 서는 것이다.

대연은 그런 호재가 자랑스러웠다. 개인적인 불행을 뒤로하고 당당히 자신의 앞에 서 있는 호재를 그는 사랑하지 않을 수 없는 것이다. 이젠 어디까지나 한 인간이 또 다른 인간에게 느끼는 그전과는 다른 사랑이라 할지라도 그 깊이가 줄지는 않았다.

　지난 겨울에 잠시 한국에 들렀던 오트 쿠튀르 정회원으로 활동 중인 김혜원님이 호재의 무대를 보고 감탄하며 돌아간 뒤, 그는 이런 일을 꿈꾸었다. 언젠가 호재가 세계를 놀라게 할 것이라고 굳게 믿었고 그 시기는 그가 짐작한 것보다 빨랐다. 일본의 하나에 모리 이후 두 번째로 동양인 회원이 된 김혜원님은 2000년 이후에 가장 주목받는 디자이너이기도 했다. 그런 분의 무대에 메인으로 출연한다.

　지금 가봉 중인 옷이 동양의 신비라는 주제로 그녀가 입게 되는 메인 드레스였다. 검은색 실크에 붉디붉은 꽃술들이 화려하게 수가 놓아져 있는 옷은 그가 듣기로 근 삼 개월에 걸쳐 작업하고 있는 드레스라 했다. 수놓는 작업부터 섬유 디자인까지 모두 수작업으로 이루어지는 것이니만큼 한 벌에 수천만 원에서 수억까지 가격이 매겨지는 것은 어쩌면 당연한 일이었다. 그만큼의 시간과 인력과 노력을 기울인 작품을 딱 한 벌밖에 만들지 않는다면 그 비용이 어마어마한 것은 자연스러운 일 아니겠는가. 가격이 문제되지 않는 세계 부호들은 다른 사람이 입지 않은 오리지널을 바라고 있었다. 그런 의미에서 오트 쿠튀르는 정말이지 상업적인 면에서도 대성공을 거두고 있었다.

　"이제 곧 끝나, 대연 씨. 오늘 스케줄은 여기까지니까 당신 떠나기 전에 내가 있는 호텔에서 저녁이나 함께해요.”

그는 평소와 다름없는 그녀의 아름다운 목소리에 고개를 끄덕였다. 옆에서 디자이너 보조들이 조심스럽게 핀을 꽂고 있었다. 그들과 자연스런 불어를 하는 호재를 다시 한 번 감탄하며 바라보았다. 정말이지 대단한 여자였다. 그녀는 영어에도 능통했다. 예전에 그녀와 한 무대에 파트너로 섰던 어느 외국 모델과 영어로 대화를 나누는 것을 본 적이 있다. 독일에서 유학생활을 했으니 독일어도 능통할 것이다. 그도 영어까지는 커버하지만 나머지는 어림도 없었다. 그는 고개를 설레설레 흔들었다.

감정적으로 조금만 더 성숙해진다면 더 이상 바랄 것이 없는 여자였다. 그녀가 겪은 고통을 알지만 이렇게 피하기만 한다고 능사는 아니었다. 언제나 강한 모습을 보이는 그녀가 아이 이야기에서만은 저렇듯 비겁하게 고개를 돌려 버리는 모습은 안타깝기 그지없었다. 최근의 시오가 얼마나 허수아비 같은지 그녀도 알아야 했다. 귀신의 얼굴을 보고 있는 것 같아 끔찍할 때도 있었다. 영혼이 빠져나가 버린 껍데기 같은 시오는 사람들에게 이제 두려움을 주는 존재가 되어버렸다.

대연이 시오를 자주 찾아가는 이유는 언제 미쳐 버릴지 모르는 남자를 방치할 수 없기 때문이었다. 대연이 그것에 한몫한 것도 미안하게 생각했다. 호재에게 그 패션쇼의 콜이 있었다는 이야기를 전에 하지 않았다면 그녀가 지금 여기에 있지 않을 것이기 때문이었다.

매번 시오를 만나면서 그 사람이 얼마나 호재를 사랑하는지 절실히 느낄 수 있었다. 호재의 이야기는 한마디도 하지 않지만 그것이 오히려 그의 감정을 대변하고 있었다. 어쩌다 호재의 이름을 입에 올리면 온몸을 굳히고 흠칫하지만 신경이 모두 대연의 말에 집중되어 있는 것을 알 수 있었다. 그리곤 그녀의 이야기가 끝나면 언제나처럼 유령으로 돌아간다. 아마도 호재의 소식이 궁금해서 대연이 귀찮게 따라붙는 것을 참아내고 있는 것 같았다.

대연은 밖에서 보자는 사인을 보내는 호재에게 고개를 끄덕였다. 그녀에게 진 빚이 있었다. 그녀가 행복하지 못하면 그는 언제나 그 빚에 짓눌려 살게 될 것이다. 특히 이번 일처럼 민감한 문제는 그냥 넘길 일이 아니었다. 이번이 아니면 그녀는 영영 행복과는 거리가 먼 인생을 살 것이다. 그것만은 바라지 않았다. 그는 단단히 마음을 먹었다.

마침 베니스에서 소속사 가수의 뮤직비디오 촬영이 있었고, 그가 따라올 필요는 없었지만 호재를 볼 마음에 일부러 온 것이었다. 일정에서 벗어나 파리까지 온 이상 그가 할 수 있는 최선을 다해 그녀를 설득할 생각이었다. 시오에게 호재가 어떤 존재인지 깨달은 이상, 그리고 그녀에게 시오가 어떤 의미인지 아는 이상 모른 체 보고만 있지는 않을 것이다.

진한 에스프레소 커피를 맛있게 마시고 있는 호재를 찬찬히

살펴보았다. 뭔가 궁금한 것이 있지만 차마 자신이 먼저 말을
내지 못하고 눈치만 보는 모습이 그녀답지 않았다.

"당신이 버리고 온 남자가 어떻게 지내고 있는지 궁금하지 않
아?"

그녀의 손에 들려 있던 커피 잔이 심하게 흔들렸다.

"그럴 수밖에 없다는 거 당신이 더 잘 알잖아요. 날 사랑한다
던 당신도 흔들렸던 부분 아니야? 나더러 어쩌라고?"

그녀는 유리 테이블이 깨져라 잔을 내려놓고 벌떡 일어났다.
마음이 무거웠다.

"나 때문에 그 사람까지 싸잡아서 생각하는 것은 무척이나 불
공평한 일이야. 내가 당신에게 느꼈던 사랑의 깊이와 그의 사랑
은 비교조차 되지 않아. 거기다 나도 그 후에 후회 많이 했어.
지금 시오 씨는 산송장이나 다름없어. 그렇지만 뭐 당신을 딱히
기다리는 것 같지는 않아."

그의 마지막 말에 그녀의 어깨가 흔들렸다. 대연은 눈을 가늘
게 떴다. 뭔가 짚이는 것이 있었다.

"그래, 그렇군. 당신은 시오가 당신을 떠날까 그것이 두려운
거야. 그렇지? 그 정도 시련에 당신을 떠날 남자였다면 애초에
조카를 사랑하는 어리석음을 저지르지도 않았을 사람이야. 그
것을 당신은 아직도 깨닫지 못한 거야? 그의 사랑의 깊이를 의
심하는 거야?"

대연은 화가 나기 시작했다. 그녀가 언젠가 닥칠지도 모르는

불행으로부터 자신을 지키기 위한 방편으로 시오를 떠난 거라
면 용서할 수가 없을 것 같았다.

"그렇다면 당신은 정말로 나쁜 사람이야. 친조카라는 무서운
천륜을 배반한 사랑도 한 사람이야. 남의 여자라는 인륜도 저버
릴 정도로 당신만을 사랑한 남자라고. 어떻게 그걸 의심해. 그
를 위해서 떠난다고 했을 때는 당신 때문에 가슴이 아팠지만,
언젠가 그것 때문에 당신을 버릴지도 모른다는 두려움이 당신
을 여기까지 몰고 온 거라면 그 누구도 당신을 동정하고 이해해
주지는 못할 거야."

그녀는 그를 뒤돌아보았다. 그녀의 눈에 어린 고통이, 슬픔이
그를 안타깝게 했다.

"두렵지 않다면 거짓말이겠죠. 그래요. 나도 두려워요. 그래
서요? 그게 어쨌단 말이에요? 어차피 나는 아이를 가질 수 없어
요. 내가 미래를 두려워하든 아니든 간에 진실은 그것이에요.
그에겐 이 세상에 자신을 이어줄 핏줄이 하나도 없어요. 내가
줄 수 없다면 앞으로도 없겠죠. 그렇게 내버려 둘 수는 없어. 온
가족을 다 가졌던 나도 이렇게 내 아이에 연연하는데 그는 어떻
겠어요? 지금 힘들지 몰라도 어느 날 자신의 아이의 재롱을 보
면서 행복해할 날이 그에게도 올 거예요. 그걸 내가 무슨 자격
으로 막아요!"

호재는 절규하며 소리쳤다. 절망적인 감정이 그대로 드러나
있었다. 대연은 더 이상의 설득으로도 고집을 꺾을 수 없을 것

이란 걸 알았다. 저렇게 서로 사랑하는데 아이가 없으면 어때? 왜들 저렇게 힘들어야만 하는지 그는 이해할 수가 없었다. 대연 자신이 한동안 그 아이가 있는 가정에 연연했던 것을 어느새 잊고 있었다.

"대연 씨, 당신에게 부탁할 것이 있어요."

그녀는 어느새 침착을 되찾았는지 차분하게 말을 꺼냈다. 대연은 눈썹을 치켜 올렸다. 그가 할 수 있는 일은 뭐든지 할 것이란 건 그녀가 더 잘 알 것이었다.

"이번 쇼 이후에 한국으로 돌아갈 거야. 시간을 더 끌어봤자 그에게 더 오랜 고통이 될 것은 뻔하니까요."

"그래, 돌아가야지. 만나서 해결해야지 이렇듯 도망만 다니는 건 잘못된 방법이야."

그런 일이라면 적극 환영하는 바였다.

"그래서 어떻게 도와주면 되는데?"

"대연 씨가 나의 애인인 척해줘. 나랑 당신이 다시 시작했다고 그가 믿을 때까지만."

그는 벌떡 일어났다.

'이런 경악할 일이 또 있을까?'

"그는 언제나 당신을 의식하고 있었어. 당신이라면 믿을 거야. 부탁이야. 그를 위해서, 나를 위해서 한 번만 도와줘."

대연은 난감했다. 시오에게 그동안 느낀 동지의식과 남자로서의 존경심 등이 먼저 떠올랐고, 그 다음으로 언제나 소리를 지르지만 웃음기가 밴 눈으로 그를 바라보던 은진이 떠올랐다. 이젠 어느 정도 그의 사랑을 믿어주고 자기 사람처럼 대해주는 은진이 슬픈 눈으로 자신을 바라보는 것 같았다. 대연은 깊이 숨을 몰아쉬었다. 아무리 호재에게 빚이 있어도 못할 일이었다.

"미안해, 호재 씨. 그것만은 안 되겠어."

호재의 얼굴이 일그러졌다.

"당신조차 날 버리는 거야?"

원망 섞인 호재의 말에 그는 진실을 밝히기로 했다.

"호재 씨, 사실 나 연애 중이야."

✳

은진은 아침부터 속이 울렁거려 학교에 가지 못했다. 모처럼 주말에 동생들에게 다녀온 그녀는 조금은 피곤함을 느끼고 있었다. 대연이 출장 간 사이에 내려간 전주는 그녀를 따뜻하게 맞아주었다. 딱히 따듯한 밥 한 끼 챙겨주는 사람 하나 없지만 고향이란 것은 그런 것이었다. 돌아오는 길에 그녀는 대연을 위해 일전에 같이 갔던 한정식 집에 들렀다. 단호히 거절하는 매니저를 설득해서 간신히 그가 좋아하는 젓갈들을 살 수 있었다. 그녀는 흐뭇한 마음으로 그것들을 떠올리다 다시 메스꺼워졌다. 강의는 오후에 있었지만 그때까지 한가하게 뒹굴거리던 그녀는 급기야 어렸을 적에도 한 적 없는 땡땡이라는 것을 하게 되었다.

　호재가 떠난 후 은진은 자유로워진 시간을 어떻게 보내야 할지 한동안 고민했었다. 돌아오겠다고 약속했기 때문에 그녀는 언제든 호재가 필요할 때 달려갈 준비가 되어 있었다. 한편 대연과 보내는 한때가 너무 행복해서 시오와 호재의 힘든 상황이 그다지 크게 다가오지 않음에 죄의식을 느끼면서도 행복하다는 생각을 멈출 수가 없었다. 대연이 가끔 시오와 한잔하면서 그를 체크하는 것을 알고 있었다. 호재가 떠난 후 대연은 유독 시오를 챙기기 시작했다. 그녀는 그렇게 마음에 안 들어하던 서로가 술친구가 되었다는 것이 조금은 의아했다. 어쩌면 그 두 사람에겐 호재에 관한 한 공통분모가 있는지도 모르겠다.

　은진은 이제 그것을 인정했다. 대연은 부정하지만 그는 호재를 진심으로 사랑했던 것이다. 지금 그의 마음속에 은진이 들어 있음을 알기에 그것을 인정하는 것이 그렇게 괴롭지는 않았다. 오히려 호재가 시오를 떠난 시기에 시오를 위로하고 옆을 지켜주는 대연이 자랑스럽기도 했다. 만약 대연의 마음속에 호재에 대한 잔해가 남아 있다면, 그는 시오에게가 아니라 호재에게 갔을 것이다. 은진은 그렇게 믿었다.

　오후가 되자 창밖으로 빗소리가 요란하게 들려왔다. 학교에 안 가기를 잘했다. 빗속을 걷고 싶은 마음은 조금도 없었다. 그저 빈대떡이나 부쳐 먹었으면 하는 생각에 침만 삼킬 뿐이었다. 내일 오후면 대연이 돌아온다. 그녀는 살포시 밀려오는 미소를 감추지 못했다. 너무나 보고 싶었다. 겨우 사 일을 못 봤을 뿐인데 이러했다.

갑자기 시오의 일그러진 얼굴이 떠올랐다. 자신은 겨우 며칠에 이 꼴인데 시오는 벌써 두 달이었다. 그것도 그의 품으로 돌아온다는 보장도 없는 긴 기다림이었다. 남의 가슴에 꽂힌 칼보다 자신의 손톱 밑 가시가 더 아프다는 속언을 그대로 답습하고 있는 자신에 대해 부끄러움이 밀려왔다. 더더구나 호재는 남이라고 하기엔 너무나 가까운 사람이었다.

그녀는 침대에서 천천히 일어났다. 자신의 낯부끄러운 행동을 누가 알까 무서웠다. 인간이란 참으로 간사한 동물임에 틀림없었다. 지금 자신이 행복하다고 그저 그 속에만 몰입해 있다니.

'호재야, 미안해.'

은진은 대연이 도착했다는 전화를 받고 곧장 일어나 욕실로 향했다. 이틀 연속으로 침대에서만 뒹굴었다는 것을 알면 한심해할 것이다. 공항에서 그의 집으로 가서 씻고 준비해서 나오려면 적어도 두 시간 정도의 시간은 있었다. 그녀는 느긋하게 탕 목욕을 하기로 했다. 호재가 즐겨 사용하던 라벤더 향의 거품비누를 풀고 따뜻한 물속에 몸을 묻었다. 요즘 이런 나른한 느낌에 취해 살았다. 선천적으로 활동적이고 한시도 얌전히 앉아 있지 못하는 성격이었는데 이제 게으름뱅이가 다 되었다. 은진은 한숨을 내쉬고 몸을 더욱 깊이 묻었다. 대연이 오면 오늘은 집에서 저녁을 준비해야겠다.

'지글지글 끓는 된장찌개에 깔끔한 젓갈이면 눈이 휘둥그레지겠지.'

그녀는 흐뭇한 미소를 지었다.

욕실에서 나오자마자 현관벨이 울렸다. 호재가 떠난 후 그 집을 방문할 사람은 아무도 없었다. 설마 하는 마음에 수건만 두른 채 얼른 뛰어나갔다. 현관 앞에 서 있는 대연을 보고 그녀는 한순간 실망감을 느꼈다. 호재가 돌아왔을지도 모른다는 희망이 거품처럼 꺼져 내렸다.

"이거, 이거 누구를 기다리셨기에 그 차림에 헐레벌떡 뛰어나오시나? 그리고 그 실망한 표정은 뭐야? 정말 바람이라도 피우고 있었던 거야?"

방문객이 대연이라고 인식한 다음 순간 그녀는 저도 모르게 대연의 목에 팔을 감았다. 공항에서 전화한 것으로 알았던 대연이 여기 있다면 집에 다 와서 전화했다는 소리다. 그만큼 그녀가 보고 싶었다는 뜻도 되었다. 떠날 때 슈트케이스 그대로 그녀 앞에 있는 것이다. 그녀는 환영의 키스를 했다. 한 번도 먼저 적극적으로 애정 표현이 없던 그녀의 키스에 대연이 힘차게 반응해 왔다. 그녀는 그녀의 몸을 꼭 끌어안아 자신의 몸에 붙이고 깊이 키스해 오는 대연의 혀를 자신의 입속으로 격렬하게 끌어당겼다. 그녀의 몸이 예민하게 반응했다. 어쩐지 더 짜릿하고

더 자극적이라는 생각을 하며 키스에 몰두해 있자 대연이 그녀
의 등을 쓸어주면서 짧은 베이비키스를 했다. 그녀는 자신이 너
무 흥분했다는 사실에 살짝 얼굴을 붉혔다. 부끄러움에 한 발
뒤로 물러서려 하자 대연이 그런 그녀를 이끌어 소파에 앉혔다.
그녀의 어깨를 감싼 채 옆에 딱 붙어 앉은 그는 그녀를 진지하
게 바라보았다.
　"보고 싶었어."
　그의 따뜻한 눈빛에 부끄러움을 잊었다. 은진은 그의 가슴에
살포시 얼굴을 묻었다.
　"나도 보고 싶었어."

　은진이 눈을 떴을 때는 벌써 아침이었다. 그녀의 침대에 누워
있는 대연을 보면서 벌거벗은 대연의 어깨에 살짝 키스를 했다.
처음 계획했던 대로의 저녁상은 아니지만 대연을 위해 아침상
을 차릴 것이다. 은진은 조심스럽게 일어났다. 시차 때문에 피
곤할 그를 깨우고 싶지는 않았다.
　거실로 나가자 그가 벗어놓은 옷가지들이 여기저기 흩어져
있었다. 그녀는 간밤의 정사를 떠올리며 그의 셔츠를 주워 입었
다. 여자들이 이 느낌 때문에 남자의 셔츠를 입나 보다. 그의 체
취가 느껴지는 셔츠에 코를 박고 깊이 숨을 들이켰다. 달콤쌉싸
름한 담배 향이 전해져 왔다. 그녀는 노래를 흥얼거리며 주방으
로 들어갔다.

　냉장고에서 멸치와 다시마로 국물을 낸 육수를 꺼내 예쁜 뚝배기에 따르고 가스의 불을 켰다. 뚝딱뚝딱 도마 소리 경쾌하게 양파와 호박, 풋고추를 썰어놓고 두부도 정확하게 썰기 해서 넓은 접시에 담아두었다. 생합을 깨끗이 씻어놓고 육수에 된장을 풀면서 그녀는 싱글벙글했다. 사실 이 된장을 구하느라 그녀는 손이 발이 되게 부탁을 했었다. 젓갈도 팔지 않으려는 그 한정식집 매니저는 그녀의 끈질긴 설득에 된장도 한가득 퍼주었다. 된장이 맛있으면 아무렇게나 끓여도 맛이 나게 되어 있었다. 재료가 이렇게 완벽하고 정성이 가득한데 맛이 없을 수가 없었다.

　은진은 대연의 칭찬을 잔뜩 기대하고 있었다. 맛깔스럽게 젓갈들을 담고 김치와 뚝배기를 내놓고 대연을 깨우러 갔다. 부스스한 머리에 눈곱을 떼면서 어슬렁어슬렁 걸어나오는 대연의 모습도 멋지게 느껴지는 것은 단지 사랑에 빠진 여자의 눈으로 봐서만은 아닐 것이다. 그만큼 탐나는 남자였고, 지금 현재 그녀의 남자였다. 그리고 앞으로도 그녀의 남자로만 있기를 바랐다. 그녀는 그것을 위해 노력할 준비가 되어 있었다.

　대연이 코를 벌렁거리며 눈을 가늘게 뜨고 그녀를 보았다. 아직 잠에 취해 있는 듯한 그의 눈에 서서히 생기가 차기 시작했다.

　"이 냄새…… 당신이 아침 준비를 한 건가?"

　그의 얼굴에 기쁨의 미소가 피어올랐다. 남자의 마음을 사로잡으려면 그의 식욕을 먼저 만족시켜 주라는 어떤 이의 말이 맞을 듯도 했다. 대연의 얼굴에 화색이 도는 걸 보면. 그녀는 속으로 화이팅을 외쳤다.

"며칠 동안 구경 못했을 한국식 아침 식사를 준비했지. 어서 들어와."

대연은 그야말로 몇 끼 굶은 사람처럼 게걸스럽게도 먹어댔다. 뜨거운 국물을 호호 불면서, 그 속에 달구어진 두부를 혀로 굴려가면서 정신없이 먹는 모습에 은진은 앞으로도 종종 이런 자리를 만들어야겠다고 생각했다. 뜨거운 쌀밥 위에 맛깔스런 붉은 젓갈을 올리고 한입 가득 먹는 모습이 참으로 보기 좋았다. 귀공자 외모에 토종 한국 식성이 조금은 어울리지 않아 보이지만 그것이 바로 대연인 것이다.

겉모습만으로는 고생 한번 안 해본 재벌 2세처럼 보이지만 사생아로 자라서 이 사람 저 사람에게 손가락질당하고 돈이 없어 먹고 싶은 것도 제대로 먹지 못하고 생활한 남자의 모습이 가끔씩 눈에 비칠 때, 그녀는 그에게 더 큰 사랑을 느꼈다. 지금처럼 맛있게 그녀가 차려준 음식을 먹을 것을 볼 때 말이다. 은진은 영원히 대연 옆에 있고 싶다고 생각했다. 이제 깊이 서로에게 빠져 있는 두 사람은 자신들만의 행복에 취해 있었다. 그녀도 허기를 느끼고 수저를 들었다. 한입 입에 넣은 그녀는 그대로 올라오는 구역질에 당황했다.

'이런 걸 대연이 맛있게 먹고 있었단 말인가?'

그녀는 그를 의심스럽게 바라보았다. 땀까지 흘리면서 먹어대는 모습이 연극처럼 보이지는 않았다. 그녀는 의심스럽게 그를 바라보면서 한 입 더 입에 넣었다. 욱. 그녀는 재빨리 일어나 싱크대로 향했다. 비릿한 냄새가 위 속에 들은 것을 모두 비워 내고 싶을 정도였다. 싱크대에 고개를 숙이자 더 더욱 이상한 냄새가 그녀의 위를 뒤집어놓는 것 같았다. 그녀는 욕실로 직행했다. 한참 만에 구역질이 멈춘 그녀는 욕실 문 앞에 넋을 놓고 서 있는 대연을 보았다. 밥 먹던 숟가락까지 그대로 들고 그녀를 경악한 얼굴로 보고 있던 대연이 천천히 말을 더듬으며 입을 열었다.

"다…… 당신, 혹시 입덧하는 거 아니야?"

은진은 그 자리에 주저앉았다.

'입덧? 입덧이라고? 그러니까 내가 지금 임신한 거냐고?'

그녀는 멍하니 생각하다가 사색이 되었다. 매달 정확하던 달거리가 지난 달엔 없었다. 갑자기 그것을 깨닫고 경악하고 말았다.

'정말 임신이라면? 대연이 뭐라고 할까? 그를 잡으려고 일부러 임신했다고 화를 낼까?'

천천히 고개를 들어 대연을 바라보았다. 그녀의 표정에서 답을 찾은 것인지 대연이 그대로 욕실로 들어와 그녀를 안아 들었다. 그녀는 그가 침대에 자신을 내려놓을 때까지 멍하니 있었다.

'그가 화를 낸다면 어떻게 해야 하지?'

그의 대답은 금방 알 수 있었다. 만면에 웃음을 띤 대연이 유리 잔에 우유를 가득 따라 침실로 들어섰다.

"우선 이거 한 잔 마시고, 나랑 병원에 가자. 초기엔 조심해야 해."

대연이 어리둥절해 있는 그녀를 조심스럽게 일으켜 앉히고 컵을 내밀었다.

"당신이 건강해야 우리 아기가 잘 자라지. 어서 마셔."

그녀는 그를 빤히 바라보았다. 그가 지금 뭐라고 말하고 있는 것일까? 아이를 낳자고 말하는 것인가? 좋다고 말하고 있는 것인가?

"내가 임신했는지 모르는데 당신은 어쩌면 그렇게 태연하지?"

그녀의 물음에 대연이 그녀를 뚫어져라 바라보았다.

"당신은 내 아이를 가진 것이 싫다는 이야기야? 우리가 서로 사랑해서 생긴 아이야. 어떻게 기쁘지 않을 수 있지? 가지고 싶어도 못 가지는 사람도 있어."

그녀의 표정을 오해한 대연이 되레 사정조로 그녀를 설득했다.

"사랑해. 당신이 내 아이를 가졌다는 생각을 하면 너무 기뻐서 동네방네 소리라도 지르고 싶어. 물론 계획보다는 빨라졌지만 당신 공부에 전혀 방해가 되지 않도록 내가 많이 도와줄게. 맹세해."

눈물이 차 오르는 걸 느꼈다. 그래서 요즘 이렇게 나른하고 예민했던가 보다. 그녀의 뱃속에 대연의 아이가 자라고 있는 것이다. 그녀는 슬그머니 손을 들어 배를 감쌌다. 대연이 그 손을 다시 한 번 감쌌다.

"우리 빨리 결혼하자. 몇 달 앞질러지긴 했지만 나랑 사는 것에 이의없겠지? 맘에 안 들어도 할 수 없어. 이제 당신은 아무데도 못 가. 당신과 아이는 내 차지야."

대연이 결연히 말하고는 크게 웃기 시작했다. 그의 얼굴은 추석 보름달같이 환하게 빛나고 있었다.

호재가 단순히 떠났다는 사실 하나만이 시오를 괴롭히는 고민거리라면 그는 당장이라도 그녀를 뒤쫓아갔을 것이다. 그러나 이제 그는 그녀를 따라갈 힘을 잃은 지 오래였고, 행여 따라나설 힘이 있다 해도 이젠 그 스스로가 그렇게 하지 않을 것이다. 언제까지 떠나는 그녀를 붙잡고만 있을 수는 없었다. 또 언제 무슨 이유로 떠날지 모르는 여자 옆에서 얼마나 힘이 들지 그는 잘 알고 있었다. 이미 충분하리만큼 무수한 상처가 그것을 보여주고 있었다.

호재는 그들의 결혼식을 며칠 앞두고 도망쳤다. 말 그대로 도피였다. 그와 어떤 의논이 있었다든지 하다못해 그에게 전화 한

통 하지 않고 도둑고양이처럼 살그머니 빠져나갔다. 그는 그 어느 때보다도 그녀에게 배신감을 느끼고 있었다. 이 두 달 동안 그가 결심한 것이 있다면 그것은 이제 그녀에게 더 이상 휘둘리지 않겠다는 것이었다.

다음 달이면 그녀는 돌아올 것이다. 그러나 그것이 그에게로 돌아온다는 의미는 아니었다. 그 또한 무작정 돌아오는 그녀를 환영할 마음이 없었다. 한동안은 죽어버릴까 생각했고, 또 한동안은 그녀에게 쫓아가 매달리고 싶었고, 그 나머지 시간엔 스스로를 원망하면서 지냈다. 자신의 모자람으로 그녀를 저렇게 만들었다는 자책감에 빠졌었고, 또 한편은 그녀에게 격렬한 살의를 느끼기도 했다. 그들이 잃은 아이 때문에 고통스러웠고, 어두컴컴한 한밤중에 그녀의 꿈을 꾸며 깨어나는 비참함이 싫어 잠자기를 포기한 적도 무수한 날이었다. 음식은 의무감으로 먹었고, 일 또한 책임감에 짓눌려 해 나갔다. 그러나 그에겐 그 어떤 것도 의미가 없었다. 그녀가 돌아온 후에야 모든 것에 의미가 부여될 것이었다.

이번엔 영원히 묶어두어야 한다. 다시는 그의 품에서 날아가는 일이 없도록 철저히 준비할 것이다. 그렇지 않을 바에는 그녀를 완전히 놓기로 결심했다. 몸과 마음과 영혼 모두에게서 그녀를 놓기로…… . 그의 영혼은 그녀가 떠난 순간부터 죽어 있었다. 이제 조금만 기다리면 모든 것이 끝날 것이다. 이 고통에서 벗어나 자유로움을 느낄 수만 있다면 그는 무엇이든 할 것이다.

조금만 더, 조금만 더 기다리면 될 것이다.

"여기에 오면 당신이 있을 줄 알았어."

시오는 자신의 옆 자리에 앉는 대연을 물끄러미 바라보았다. 말로는 하지 않지만 대연이 그를 동정하고 있다는 것을 알고 있었다. 누군들 그렇지 않겠는가. 천하의 한시오가 사람들의 비웃음거리, 동정거리로 전락한 지는 오래였다. 그는 입술을 비틀었다.

"요즘 내 뒤꽁무니만 따라다니나? 예전엔 내 여자 뒤만 졸졸 따라다니더니."

꼬인 말에도 대연이 천연덕스럽게 그의 술병으로 손을 뻗었다. 시오는 포기한 듯 바텐더에게 잔 한 개를 더 부탁했다. 모두가 그를 피했지만 그나마 대연이 그의 말벗이라도 되어주고 있었다.

"호재 씨를 만나고 왔어."

시오는 대연의 말을 못 들은 척 그에게서 술병을 빼앗아 새로 가져온 잔에 술을 따랐다.

"누가 봐도 자랑스러워할 만큼 멋진 모습이었어. 이번 시즌 파리와 오트 쿠튀르는 보물을 손에 넣은 거야."

듣고 싶지 않았다. 그녀의 이야기는 조금도 듣고 싶지 않았다.

"아마 그녀는 곧 돌아올 거야. 한 달이 다 되기 전에."

대연의 의미심장한 말에 그는 고개를 돌렸다. 뭔가 분위기가 이상했다. 평소의 대연과 다른 약간 들뜬 듯한 모습과 그의 눈치를 자꾸 살피는 폼이 심상치 않았다.

"내가 자네에게 해주고 싶은 말이 있어서 여기 왔어. 호재 씨에 관한 이야기도 있고, 내 이야기도 있어."

그는 다시 대연을 외면해 버렸다.

'대연과 호재의 이야기라……'

그 어떤 남자도 호재와 연관해서 생각하고 싶지 않았다. 친구인 척 옆에 붙어 앉아 있는 이 귀공자에게도 그것은 예외가 아니었다. 시오는 독한 술을 스트레이트로 들이켰다. 보아하니 이야기가 끝날 때까지 절대 일어날 것 같지 않았다. 취하기라도 해야 견딜 수 있을 것 같다.

"호재 씨를 처음 본 순간, 난 사랑에 빠져 버렸지."

대연의 추억에 잠긴 목소리에 이를 악물었다. 다시 한 잔을 따랐다.

'미친 자식, 누가 그 딴 이야기를 듣고 싶다고.'

"그때의 난 자만심 가득한 건방진 사내였어. 호재 씨도 그렇게 생각했지. 그녀는 자신의 생각을 조금도 감추지 않았고 난 그것이 더 매력적으로 느꼈어. 그래서 대시했고, 어느 정도 성공했지."

시오는 술병을 딱 소리 나게 내려놓았다.

"더 이상 듣고 싶지 않아. 거기서 멈추는 것이 좋을 거요. 나도 내 자신을 조절하지 못하는 요즘이니까.”

그의 목소리에 느껴지는 살기 때문이었을까? 한참 입을 다물고 있던 대연이 다시 그 밉살스런 입을 놀렸다.

“끝까지 들어요, 당신이 꼭 들어야 하는 말이니까. 당신과 호재 씨를 위해서 하는 말이니 들어두는 것이 좋을 거요.”

대연이 술 한 잔을 따라 그 앞으로 밀었다. 그는 그것을 벌컥 마셨다.

“내 말 끝날 때까지 조용히 술이나 마셔요. 할 말 다 하고 나면 더 하래도 안 할 테니.”

대연도 자신의 앞에 있던 술을 입에 털어 넣었다.

“오래전 이야기요. 이 년도 더 지난 이야기지. 그때 호재 씨에게 청혼했었어.”

시오는 술잔을 꽉 쥐었다.

“보기 좋게 거절당했지만. 아니지, 아니지. 입이 비뚤어져도 말은 바로 하라고 했던가. 내가 그녀를 거절했다고 하는 것이 정확한 표현이겠지. 어떻게 내가 청혼하고 내가 거절하느냐고? 다시 한 번 말하지만 그때의 나는 거만한 돼지였어. 지금이라면 그런 식의 행동은 하지 않겠지만 말이오.”

대연의 자괴감이 그에게까지 느껴졌다. 시오는 이제 그만 일어나고 싶었다. 이놈이 이야기를 다 끝내기 전에 죽여 버릴 것만 같았다.

“그녀가 나에게 말하기를, 자신은 아이를 가질 수 없는 여자

다. 그러나 그런 자신이라도 결혼할 용의가 있다면 평생 노력하
면서 살겠다고 진지하게 말하더군. 그때 난 머뭇거리고 그녀를
피했지. 나중에 정신을 차린 후에 다시 만났을 때 그녀는 웃으
면서 말했어. 내가 만약 그녀를 깊이 사랑했다면 자신은 마음이
아팠을 거라고. 그녀에 대한 나의 사랑이 깊지 않아서 다행이라
고. 상처받지 않아서 다행이라고. 그녀에겐 자신 때문에 너무나
큰 상처를 받을 사람이 있기 때문에 힘들다고. 그 사람만 아니
라면 그 누구라도 좋다고. 아이에 연연하지 않는 남자랑 결혼해
서 그 소중한 남자에게 자신이 잘사는 모습을 보여줘야만 한다
고. 그래야 그 남자가 다른 사람을 만나서 예쁜 가정을 꾸릴 거
라고. 귀여운 아이를 품에 안고 있는 그의 모습을 보고 싶다고.”
　시오의 가슴이 무너져 내리고 있었다.
　‘그녀는 어째서 나를 믿지 못하는 것일까? 자신의 핏줄이 그
렇게 큰 의미가 없다는 것을 그녀는 왜 모르는 것일까?
　시오는 테이블을 주먹으로 내려쳤다. 그녀는 정말 어리석고
고집스러운 여자였다.
　“그녀는 당신이 고아였기 때문에 죽을 때 당신 핏줄 하나는
이 세상에 남기고 가야 한다고 굳게 믿고 있는 거요. 나도 사실
그런 생각을 하면서 살았기 때문에 그녀의 생각이 틀리다고 말
해 줄 수 없었지. 그녀가 당신을 연인으로 받아들였을 때, 나는
이제 모든 것이 끝났다고 생각했고 그녀에게 축하를 해주었지.
그런데 그녀는 거기까지라고 말했어. 연인의 자리까지가 그녀

가 욕심 낼 수 있는 전부라고, 더 바라면 천벌을 받는다고."

대연이 이해를 구하는 눈빛으로 그를 바라보았다.

"이 부분에 있어서는 아마도 당신보다 내가 더 그녀를 잘 이해하고 있을 거요. 아이가 생겼을 때 그녀는 아마도 그것이 마지막 기회라고 생각했겠지. 그래서 목숨을 걸고라도 당신의 아이를 낳고 싶었을 거야. 그 필사적인 마음을 당신은 알겠어? 그렇게 그녀에게 절박했던 그 아이가 잘못되었을 때 그녀가 느꼈을 절망을 당신은 알겠어? 그녀가 떠난 건 잘못이지만 이해는 할 수 있잖아. 그녀가 왜 그래야만 했는지 조금만이라도 이해해줘."

시오는 울었다. 그녀를 원망했다. 그녀 때문에 절망했다. 왜 자신을 허수아비로 세워놓고 혼자서 괴로워해야 한단 말인가. 같이 슬퍼하고 같이 괴로워하면서 함께 이겨내고 사랑하면서 살아도 모자란 세상이었다. 그녀는 결국 그의 사랑을 거기까지로밖에 여기지 않았기 때문에 그를 버리고 떠난 것이다. 인간의 번식본능에 자신을 끼워 맞춰놓고 그녀 마음대로 판단했기 때문에 이렇게 불행한 것이다.

"파리에서 그녀는 나에게 자신의 애인 역할을 해달라더군."

그의 굳어졌던 몸이 돌덩이보다 더 뻣뻣해졌다. 그녀는 또다시 그런 식의 해결 방법밖에 가지고 있지 못한 것이다.

"거절했지."

시오는 대연을 노려보았다. 대연이 씩 웃었다.

"난 지금 목하 연애 중이라 아무리 호재 씨 부탁이래도 들어 줄 수가 없어. 그렇지만 그녀에게 진 빚이 있으니 내가 지금 여기 앉아서 당신 술 상대를 하는 거고."

이제 그는 어떻게 해야 하는 것일까? 지금까지 시오는 자신이 얼마나 그녀를 사랑하는지, 그녀 없이 그가 얼마나 형편없이 무너지는지 모든 것을 다 보여주었다. 그런데 이제 어떻게 더 증명을 해야 한단 말인가. 아이 따윈 그녀를 잃는 것에 비하면 아무것도 아니라는 걸 그녀는 왜 알지 못하는 것인지. 아니다, 그녀가 모를 리가 없었다. 모른다는 것이 말이 되지를 않았다. 그녀는 핑계를 대고 있는 것이다. 그를 떠날 이유를 만들어낸 것뿐이다. 그녀가 그의 곁에 머물 만큼 그를 사랑하지 않기 때문이다. 그것 말고는 다른 어떤 것도 설명이 불가능했다.

시오는 호재가 '서희원 스포츠 재단'을 만든다고 했을 때부터 어둡게 드리워져 있던 마음 한구석의 의심을 끄집어냈다. 그래, 그래서다. 그에 대한 사랑이 그 모든 것을 극복할 만큼 크지 않아서 이 모든 일이 일어난 것이다. 그는 그녀가 떠난 이후 처음으로 가장 진실에 가까운 깨달음을 얻었고, 그래서 고통스러웠다.

"그녀는 나를 사랑하지 않아. 이제야 알았어. 그래서 떠난 거야. 그런 거야."

그는 중얼거렸다. 단 한 번도 그녀가 자신을 사랑하지 않을 것이라는 생각 자체를 해보지 못한 자신의 어리석음을 비웃었다. 그는 어깨를 들썩여 가며 큰 소리로 웃어 젖혔다.

"이런, 미친. 그녀는 당신을 사랑한다니까. 도대체 내 말을 뭐로 들은 거야. 그녀가 당신을 사랑하지 않았다면 그녀는 당신이랑 그냥 결혼했을 거야, 이 멍청아. 알겠어?"

그는 대연의 말을 무시하고 계속해서 웃었다. 얼굴에 느껴지는 주먹세례 앞에서도 그저 웃을 뿐이었다.

다음날 아침 시오는 낯선 집 소파에서 눈을 떴다. 대연이 맞은편 소파에서 코를 골고 있었다. 화장실에서 자신의 얼굴을 본 그는 그저 기가 막힐 따름이었다. 어찌나 퉁퉁 부었는지 사람 형상이 아니었다. 대연이 자신을 죽어라 때린 것까지는 기억이 났다. 대충 씻고 나와 보니 어딘가에서 입맛을 당기는 냄새가 났다. 음식 냄새에 식욕을 느끼기는 호재가 떠난 후 처음 있는 일이었다.

그는 단 한 번도 그녀를 떠나보낼 생각은 해본 적이 없는 사람이었다. 이제 와 새삼스럽게 고민할 이유는 없었다. 그 옛날 희원과 결혼한 후에도 호재에 대한 그의 사랑을 숨기려 하지 않았던, 한마디로 막무가내였던 자신을 되돌아보았다. 다시 그때로 돌아간다고 해서 달라질 것은 없었다. 그녀를 사랑하는 것을 부정할 수도, 거부할 수도 없듯이 그녀가 옆에 있기를 언제나 희망하는 한 그는 약자였다. 시오는 단단히 결심을 하고 식욕을 자극하는 냄새를 따라 주방으로 들어갔다. 앞치마를 두르고 열심히 뭔가를 만들고 있는 은진을 보았을 때 순간 당황했다. 간밤에 마신 술에 머리가 깨질 듯 아파왔다. 정신을 차리고 다시 봐도 은진이었다.

"선배, 여기서 뭐 해요?"

쑥스러운 듯 멈칫거리며 그를 향해 웃는 얼굴은 단연코 은진이었다.

"응, 너랑 대연 씨 해장국 끓여주려고 잠시 들렀어."

어색하게 말하며 고개를 돌려 버리는 은진을 보면서 깨달았다. 자신이 불행의 늪에 허덕이는 동안 새로운 커플이 탄생되었던 것이다. 시오는 새삼 은진을 바라보았다. 어쩐지 전보다 더 화색이 도는 것이 사랑에 빠진 여자의 전형처럼 보이는 것은 선입견 탓일까? 그는 아무 말 없이 주방을 나왔다. 그를 뒤따라 요란하게 뛰쳐나온 은진이 화장실로 직행하자 그는 깜짝 놀랐다. 그는 욕실에서 헛구역질을 하고 있는 은진을 보면서 떠오르는 어떤 생각에 이를 악물었다. 사색이 된 얼굴로 약간은 죄책감을 담고 있는 은진 선배의 얼굴은 방금 구역질을 하고 나온 사람과는 달리 찬란하게 빛나고 있었다.

"선배, 아기 가졌어요?"

시오는 어렵게 입을 열었다. 가슴이 터질 것처럼 뛰고 있었다. 긍정의 끄덕임에 그는 고개를 돌렸다. 질투가 났다. 미치도록 부러웠다. 그리고 크게 걱정했다. 호재가 이 사실을 알게 되었을 때의 충격을 생각하자 너무나 괴로웠다. 그녀의 아픔을 어떻게 달래야 할지 막막해졌다.

"호재에게는 미리 말하지 말아주세요. 제가 옆에 있을 때 이 소식을 전했으면 좋겠어요. 부탁해요, 선배."

은진이 고개를 끄덕였다. 그는 재킷을 챙겼다.

"해장국 먹고 가."

은진의 조심스런 제안에 그저 허망한 미소를 지을 뿐이었다. 재빨리 현관을 빠져나왔다. 그들의 행복한 모습은 보고 싶지 않았다. 그런 모습을 태연히 보기엔 자신이 너무 불행했다.

*

호재는 정확히 그녀가 떠난 지 구십 일 만에 돌아왔다. 은진의 결혼 날짜가 코앞으로 다가왔기 때문에 더 미룰 수는 없었다. 이틀 후에 은진이 결혼을 한다. 그녀는 은진과 대연의 결혼을 마음속 깊이 기뻐하면서도 씁쓸한 감을 어쩌지 못했다. 예정대로라면 자신은 이미 시오와 결혼한 상태여야 했다. 그러나 그녀의 결혼은 무산되었고, 대신 은진과 대연의 결혼식이 있을 것이다. 그녀는 불행의 그네를 힘겹게 타고 있었다. 입국 심사를 마치고 나오자마자 기자들에게 둘러싸였다. 그녀는 피곤에 찌든 얼굴에 간신히 미소를 띠고 앞을 향해 전진했다. 마중 나온 대연이 재빨리 그녀를 감쌌다. 선글라스 쓰고 나온 것을 다행이라고 생각했다. 지금으로선 거칠게 달라붙는 기자들의 시선이 너무나 부담스러웠다. 결혼을 앞두고 파리로 떠나 버린 그녀에 대해 그들은 신나게 떠들어대고 있었다. 개중에는 파리 최고의 무대에 선 기분을 묻는 사람도 있었지만 대부분의 사람들이 그녀와 시오의 결혼 무산에 대한 스캔들을 캐묻고 있었다. 선글라스 너머로 조심스럽게 주위를 둘러보았다. 혹시나 시오가 나와 있을지도 모른다고 생각했지만 그의 모습은 어디에도 보이지 않았다. 그를 버려두고 떠난 주제에 그의 마중을 기대했던 자신을 비웃었다. 자신의 뻔뻔함에 돌을 던지고 싶을 정도였다.

대연이 데리고 온 몇 명의 사내가 힘겹게 그녀의 길을 터주고 있었다. 그녀의 앞으로 낯익지만 꿈에도 생각지 못했던 사람이 다가섰다. 그녀는 눈살을 찌푸렸다. 저 사람은 어떻게 알고 여기에 나와 있는 거지? 그리고 왜 나와 있는 거냐고? 이제 그녀와 하등 상관없는 사람이었기에 그의 등장은 정말이지 뜻밖이었다.

"어서 와, 호재야. 고생했지?"

마치 약속된 만남이기라도 한 듯 남자가 자연스럽게 다가섰다. 그녀는 이마를 찡그렸다. 이게 대체 어떻게 된 일이야? 그러나 다음 순간 그녀는 대연에게 자신의 애인 역할을 해달라고 청했던 기억이 떠올랐다. 이렇게 되면 그저 될 대로 되란 식으로 그냥 놔둬도 되지 않을까 싶기도 했다.

"준범 선배."

그녀는 모든 사람들보다 머리 두 개는 위에 있는 듯한 그를 올려다보았다. 옆에서 대연이 준범을 손으로 밀치면서 노려보았다. 여기저기서 카메라 셔터가 숨막히게 터지고 있었다. 특종 중에 특종을 잡은 것이다. 국가대표 배구선수 이준범까지 가세한 스캔들이었다. 여기저기 아수라장이 되었다. 너도나도 외치는 소리가 공항을 떠들썩하게 만들었다. 그녀는 남몰래 한숨을 내쉬면서 대연이 마련한 차에 올라탔다. 그녀는 준범이 그 차에 재빨리 올라타자 눈을 감아버렸다. 그래, 어차피 엎질러진 물이야. 어쩌면 이렇게 된 것이 시오에겐 더 빠른 포기를 가져올지도 모른다는 생각이 들었다. 차가 움직이기 시작했다.

"당신이 뭔데 이 차를 타는 거요?"

대연이 앞 자석에서 고개를 내밀고 준범에게 싫은 소리를 했다. 그녀도 그것이 궁금했다.

"선배, 내가 오늘 이 시간에 도착하는 것을 어떻게 알았죠? 그리고 왜 나온 거예요?"

그와의 문제는 이미 시오와 치고받고 한 그날 다 끝난 일이 아닌가 말이다.

"오늘 아침에 어떤 작자가 전화를 했더군. 지난번 우리 사진을 기사화한 그 기자 말이야. 네가 이 시간에 귀국한다면서 나가볼 생각이 없느냐고 하더군."

그녀의 눈이 커졌다. 준범은 지금 그 변태기자의 전화를 받고 여기 나왔다고 말하고 있었다. 일이 얼마나 커질지 눈앞이 캄캄했다.

"네가 결혼을 미루고 파리로 떠나서 내심 걱정했었어. 무슨 일이 있는 건 아닌지 싶어서 말이야. 그래서 나왔어. 내가 나온 것이 너에게 피해가 되었다면 미안해."

준범의 풀 죽은 목소리에 그녀는 화를 풀었다. 그가 왠지 언론을 의식해서 오버액션을 취한 것 같기는 하지만 악의가 있었다고 보기엔 너무나 순진한 얼굴을 하고 있었다. 대연이 앞에서 콧방귀를 꼈다.

"호재 씨는 결국 한시오랑 결혼하게 되어 있으니까 군침 삼킬 것 없어, 이 사람아. 가다가 어디 택시 탈 만한 곳에 내려주지."

대연의 이죽거림에도 준범은 맞받아치지 않았다.

"사실은 너에게 진심으로 사과하려고 나왔어. 정말 미안하다, 호재야."

갑자기 준범이 고개를 푹 숙여 용서를 빌었다. 준범의 예상치 못한 말에 그녀는 머리가 아팠다. 안 그래도 골이 징징 울리는 기분인데 준범까지 알아들을 수 없는 말을 하자 짜증이 확 밀려왔다.

"호재야, 내가 정말 잘못했다. 너를 해칠 생각은 전혀 없었어. 그저 너에게서 그 남자를 떼어내고 싶었을 뿐이었다. 내가 한 행동은 그 어떤 변명으로도 용서받을 수 없는 행위였지만, 그래도 너라면 이해해 주리라 염치없는 희망을 품고 여기 왔다."

"선배, 대체 지금 무슨 말을 하는 거예요?"

"혀…… 협박편지를 보낸 사람이 나다."

"뭐라고?"

대연이 벼락같이 소리쳤다.

"손 차장인가 하는 그 여자가 끝까지 자기는 협박편지 보낸 적이 없다고 했다더니…… 이 나쁜 놈."

대연이 앞 자리에서 뒤로 몸을 빼고 준범의 멱살을 잡았다.

"대연 씨, 그 손 놔주세요."

그녀가 조용히 말했다. 준범이 힘없이 말을 이었다.

"한시오는 다 알고도 너에게 말하지 않겠다고 했어. 네가 상처받을까 봐 그랬겠지. 처벌받지 않도록 선처해 주고 언론이 알아채기 전에 모든 것을 마무리 지어주더군."

호재는 기가 막혔다.

"대체 왜 그랬어요?"

"다시 한 번 미안하다. 이유는 묻지 말아다오. 혹여 알고 싶거든 한시오에게 물어봐. 네 앞에서 도저히 말할 수가 없구나."

호재는 준범이 진심 어린 목소리로 간절히 사과를 하자 그만 잊기로 했다. 어차피 큰 피해도 없었고, 조금 놀라긴 했지만 지금 그런 하찮은 것에 신경 쓸 만큼 그녀가 여유롭지 못했다. 그녀는 성의없이 대충 고개를 끄덕이고 자기 상념에 빠져들었다. 그녀는 대연이 계속 준범을 흔들어대는 것을 외면하고 창밖을 바라보았다.

'결국 그는 나오지 않았어. 넌 뭘 바랐던 거니? 돌아오면서 그에게 완전한 포기를 요구할 작정이었잖아. 그런데 왜 그를 기다린 거니? 왜 모습을 보이지 않은 그를 원망하고 있는 거니?

그녀는 자신도 어쩌지 못하는 감정 때문에 혼란스러웠다. 그녀는 다시 파리로 돌아갈 예정이었다. 앞으로의 모델 활동은 유럽에서 할 계획이었다. 그녀는 완벽한 도피처를 마련해 놓고 일시 귀국한 주제에 그래도 변함없는 사랑을 내심 기대했던 것이다.

'단단히 마음먹어, 호재야. 지금이 아니면 넌 영원히 그를 떠날 수 없어. 지금이 아니면 그는 영영 널 단념하지 못해. 지금이 아니면 안 돼. 알겠니? 그러니 독하게 마음먹어. 천하의 가장 악질적인 여자가 한번 되어보는 거야. 알겠지?'

흔들리던 차가 멈추었다. 대연이 끝끝내 준범을 차에서 내리게 하는 모양이었다. 준범은 쫓겨나듯 내렸다.

"다시 한 번 미안하다."

그녀가 대답하기도 전에 차가 출발했다. 준범이 내리자 뒷자리로 옮겨 탄 대연이 씩씩거리며 그녀를 나무랐다.

"당신 대체 왜 그래? 괜한 오해를 불러일으키기로 작정을 한 거야? 아직도 가짜 애인을 만들 생각을 하고 있는 거냐고?"

그녀는 열을 올리는 대연을 씁쓸한 얼굴로 바라보았다. 지금 그녀에겐 생각이란 걸 할 능력이 없었다. 뭘 계획하고, 꾸밀 힘도 없었다. 그저 다가올 이별에 대해 스스로 대비하기도 벅찰 뿐이었다.

"당신은 어떻게 그렇게 쉽게 용서를 하는 거지? 그렇게 넓은 마음을 가진 줄 익히 몰랐군. 그 마음을 다 죽어가는 한 회장에게 베푸는 건 어때?"

비꼬는 대연에게 계속해서 묻고 싶었던 말을 꺼냈다.

"그는 잘 지내나요?"

"퍽이나 빨리도 묻네. 당신이란 여자 참으로 독해. 당신 마음을 이해 못하는 것은 아니지만 이건 아니야. 이렇게 서로에게 상처를 줘서 해결될 문제가 아니라고. 알겠어?"

흔들리는 차 안에 침묵이 내려앉았다. 그녀라고 괴롭지 않을 리가 없었다. 그와 함께하는 삶을 포기하는 그녀는 행복한 줄 아나? 그 누구보다도 더 힘들고 괴롭고 불행하다는 것을 왜 모르는 것일까? 그럼에도 불구하고 그를 놓아주려고 하는 그녀의 심정이 오죽할지 다들 왜 모르는 것일까? 그녀는 흘러내리는 눈물을 막지 않았다.

'그래, 흘러라, 눈물아. 그래서 내 고통까지 다 씻어주려무나.'

대연이 조심스럽게 그녀의 얼굴을 끌어당겨 자신의 가슴에 안았다. 그녀는 그의 품에서 목놓아 울었다.

✻

시오는 서재 책상에 놓여 있는 전화기를 뚫어지게 바라보았다. 지금쯤 누구에게서라도 연락이 와야 할 시간이었다. 은진도 감감무소식이고, 대연에게서도 연락이 없었다. 물론 호재에게서도 잘 도착했다는 전화 한 통 없었다. 그럴 줄 짐작하고 있었지만 막상 일이 이렇게 되자 점점 더 몸도 마음도 가라앉아 갔다. 대체 언제나 기다림의 세월에서 벗어날 수 있을지 모르겠다. 어쩌면 죽음조차도 이 기다림과 목마름을 가시게 하지는 못할 것 같았다. 육체를 벗어나도 영혼이 계속 살아 있다면 그는 영원한 시간까지 목마름에 괴로워하게 될 것이 분명했다. 그 영겁의 시간을 어떻게 견딜지 그것조차 공포였다. 지금과 같은 힘든 시간을 무한정 겪어야 한다면 그것이야말로 가장 잔인한 일이 될 것이다.

그는 밤 시간이 되도록 연락이 없는 그녀의 소식을 알고 싶은 마음에 거실로 나가 TV를 켰다. 연예방송에서 분명히 오늘 도착한 그녀를 취재했을 것이다. 사랑하는 여자를 이렇게라도 보려 하는 자신이 비참해졌다. 이곳저곳으로 채널을 돌리다가 한 곳에 시선을 멈췄다. 긴 머리를 휘날리며 화려한 꽃무늬 원피스를 입은 호재가 사람들 사이를 무심한 표정으로 빠져나가는 모습이 화면 가득 들어왔다. 가슴이 뛰기 시작했다. 그녀의 얼굴은 좋아 보였다. 그녀가 겪은 아픔과 고민의 흔적은 보이지 않았다. 그는 안심했다. 행여 몸이라도 상해 있는 것은 아닌지, 식사도 제대로 못하고 우울해하고 있는 것은 아닌지 걱정했던 것이 무색할 정도로 아름답게 빛나고 있었다. 그녀가 평안하기를 바랐고 그래서 기뻤다. 그 미소가 얼마나 슬퍼 보이는지 그는 알지 못했다. 그 눈빛이 얼마나 애절한지도 알지 못했다.

 그렇게 화면을 뚫어져라 바라보던 그는 한순간 멈칫했다. 그의 물기 어린 슬픈 미소도 사라졌다. 한동안 냉정하게 화면을 바라보던 그는 자리를 박차고 일어났다. 그의 눈은 격렬한 분노로 출렁였고 분출을 바라고 있었다. 그의 손에 걸린 물건들이 하나둘씩 텔레비전에 부딪혀 산산이 부서지기 시작했다.

 텔레비전 화면에서는 호재를 사이에 두고 대연과 준범이 양쪽에서 그녀를 보호하면서 공항을 빠져나가는 장면을 보여주고 있었다. 준범과 호재의 사이에 연인들만이 풍기는 심상치 않은 기운이 흐른다고 리포터의 청명한 목소리가 전하고 있었다. 리포터는 전격 결혼을 파기하고 파리로 떠났던 이유가 준범이라고 말하고 있었다. 시오의 발차기에 의해 얇은 모니터가 박살나면서 드디어 화면이 꺼졌다. 그는 그때까지도 분이 풀리지 않아 씩씩거렸다.

 준범이 왜 공항에 있는 것인지 그는 알지 못했다. 아마도 호재에게 자신의 죄를 고백하기 위해서일 것이다. 그러나 호재가 원하는 효과가 무엇인지 단숨에 알아차렸다. 준범이 한 행위에 대해 알지 못하는 그녀는 준범이라는 칼을 들이대면서 그에게 메시지를 전하고 있었다. 오물에 빠진 듯 이렇게까지 더러운 기분은 처음이었다. 잔인하기 이를 데 없는 여자였다. 그것을 알고 있었지만 이제 와서 포기할 수 없는 이유는 그것만이 그의 삶을 지탱해 주는 에너지이기 때문이었다. 만약 그가 호재를 포기한다면 그것은 그에게 이미 삶이 아니었다. 그는 이제 그것을 그녀에게 확실히 인식시킬 필요를 느꼈다. 아직까지도 알지 못한다면 이제야말로 극단적 방법만이 그녀에게 통할 것이다.

　은진과 대연의 결혼식 당일이 되도록 호재에게선 연락이 없었다. 시오도 이제 더 이상 기대를 하고 있지는 않았다. 그녀는 아마도 곧 그에게 마지막 인사를 하고 다시 떠날 결심을 한 것 같았다. 그렇지 않다면 그녀 성격상 그제나 어제쯤에 바로 연락을 했을 것이다. 혹여 그가 먼저 손을 내밀길 기다렸다면 그녀는 잘못 생각해도 크게 어긋났음을 이제는 깨달았을 것이다. 어차피 오늘은 만나게 되어 있었다. 성급한 만남보다 철저한 대비 후의 해후가 필요한 상황이기에 느긋한 마음이었다.
　호텔 리셉션장은 만원사례를 이루고 있었다. 식장 앞에는 강대연이 멋들어진 흰 장미를 가슴 포켓에 꽂고 입이 찢어져라 미소를 지으며, 초대 손님들과 악수를 나누고 있었다. 시오는 대연 옆에 서서 든든히 지켜주시는 부모님이 안 계시다는 것이 조금은 마음이 아팠다. 가족이 없는 것은 대연이나 그나 마찬가지였다. 그렇게 생각하자 새삼 대연에게 동지의식이 느껴졌다. 그는 터벅터벅 대연에게 다가갔다. 대연이 그의 손을 굳게 잡았다.
　"축하해요."
　"감사합니다."

맞잡은 손을 그대로 그들은 한동안 서로를 바라보았다. 그는 다시 한 번 대연의 손을 꼭 쥐었다.

"멋진 여자랑 결혼하게 되다니, 부럽습니다."

대연의 얼굴이 환해지다가 다시 굳었다. 아마도 그와 호재의 결혼 파기를 떠올린 모양이었다. 시오는 고개를 저으며 걱정 말라는 표정을 지었다.

"응접실에 은진 씨와 호재 씨가 같이 있어요. 가보시겠어요?"

대연이 턱짓으로 응접실이 있는 쪽을 가리켰다.

'여기 어디에 그녀가 있다. 그것을 알기에 온몸이 들끓는 것이리라.'

시오는 다시 한 번 축하한다는 말을 남기고 응접실 쪽으로 방향을 틀었다. 고급스런 나무 문양의 문 앞에 서서 잠시 심호흡을 했다. 노크와 함께 천천히 문을 열었다. 정면으로 하얀 웨딩 드레스를 입은 은진이 앉아 있었다. 그는 조심스럽게 고개를 돌렸다. 그리곤 그대로 숨을 멈추었다. 그의 호재가 검은 실크에 감싸인 채 마치 한 마리의 흑조처럼 고고하게 서 있었다. 그녀의 얼굴이 옷 색깔과 반대로 하얗게 질리고 있었다. 가슴이 아팠다. 그를 보고 기뻐하지 못하는 그녀의 심정을 알기에 더욱 아팠다. 그 또한 달려가 그녀를 안을 수 없는 상황이 슬펐다. 그는 간신히 그녀에게서 시선을 돌렸다. 은진이 안타까운 눈빛으로 바라보고 있었다. 시오는 진심을 담아 축하를 해주었다.

"선배, 드디어 결혼을 하는군요. 저 강대연이라는 사람 생각했던 것보다 꽤 괜찮아 보여요. 틀림없이 선배를 행복하게 해줄 거라고 믿어요."

그는 은진에게 다가가 고개를 숙이고 꼭 끌어안았다. 그녀가 마주 안아주면서 귓가에 속삭였다.

"호재가 널 많이 기다린 눈치야. 제발 쟤 좀 어떻게 해줘. 정서불안도 저 정도면 중증이야."

슬쩍 호재를 돌아보았다. 그와 눈이 마주치자 그녀는 그때까지 맞잡고 꼼지락거리던 손짓을 딱 멈추었다.

"좋아 보인다."

호재가 슬며시 고개를 숙였다. 그의 눈을 피하는 호재는 상상도 하지 못했다.

"응."

그녀가 힘겹게 대답했다. 시오는 그녀 너머의 벽에 시선을 주었다. 그녀를 계속 보고 있다가는 기어이 눈물이 나고 말 것 같았다.

'당신도 좋아 보인다는 말은 못하겠어. 왜 이렇게 상한 거야. 돌아온다고, 잘 지내고 있으라고 했잖아.'

그녀는 자신의 생각이 억지라는 걸 알면서도 광대뼈가 두드러져 보이는 비쩍 마른 그의 얼굴을 보자 그만 속이 상하고 말았다. 그의 생기없는 얼굴을 그저 쓰다듬어 위로하고 싶다는 충동에 지지 않기 위해 두 손을 움켜쥐는 것이 그녀가 할 수 있는 전부였다. 미적거리며 뭔가를 말하려는 순간 웨딩 도우미가 룸 안에 들어왔다. 그녀는 안도의 한숨을 쉬고는 은진의 어깨에 살짝 손을 올렸다.

"언니, 잘살아야 해. 알았지? 나 먼저 식장에 가 있을게."

그녀는 얼른 그곳을 벗어나고 싶었다. 잰걸음으로 문 앞에 섰을 때 은진이 그녀를 불러 세웠다.

"가족석에 앉는 것 잊지 마. 너와 시오가 내 가족이란 것이 이럴 때 얼마나 힘이 되는지 모르겠다."

그녀는 눈물이 그렁한 눈으로 천천히 뒤돌아서서 은진의 행복한 미소를 한번 보고 시오를 바라보았다. 그가 천천히 그녀에게 다가왔다.

"같이 가자."

그녀는 등에 느껴지는 그의 듬직한 손의 온기를 느끼며 식장으로 들어갔다. 그가 빼주는 의자에 앉고, 그의 손이 목덜미에 한번 놓였다 떨어질 때 짜릿함을 느끼고, 그녀의 바로 옆에 앉지 않고 원형 탁자의 반대 편에 앉는 그에게 아쉬움을 느꼈다. 또다시 모든 현실에서 눈을 감고 그와의 삶만 생각하고 싶어졌다. 그녀는 마음속에서 피눈물을 흘리고 있었다.

웨딩마치가 울리고 은진이 대연과 함께 천천히 걸어나왔다. 중간쯤에서 한번 서로를 바라보고 미소 짓는 그들의 모습에 심한 질투를 느꼈다. 너무나 부러워서 그들을 똑바로 바라볼 수가 없었다. 그녀는 고개를 돌리다가 그만 시오의 표정을 보고 말았

다. 그의 얼굴에도 질투와 선망이 아로새겨져 있었다. 신혼부부
는 호텔 스위트에서 첫날밤을 보내고 다음날 뉴욕으로 떠난다.

파티가 파하고 나자 그녀는 시오가 이끄는 대로 그를 따라갔
다. 그가 오늘의 신혼부부처럼 또 하나의 스위트를 예약했다는
것을 알았을 때도 아무 말도 하지 않았다. 그녀는 사치스런 스
위트의 거실에 앉아 그가 따라주는 꼬냑을 받아 크게 한 모금
마셨다. 긴장을 풀어야 할 필요를 느꼈기 때문이다.

"자, 이제 우리 할 말이 있지? 아니다. 우선 네가 내게 할 말
이 있을 듯한데. 혹시 더 기다려야 하는 건 아니겠지?"

그녀는 그의 비꼬인 말투에 뭐라 말을 꺼내야 할지 당황스러
웠다. 그게 아니라도 그녀는 지금 너무나 어려운 상황이었다.

"기다려야 한다 해도 이젠 내 인내심이 바닥을 치고 있다. 빨
리 시작해."

그가 냉정한 목소리로 말했다. 그러나 그 속에 숨어 있는 두
려움을 모를 정도로 그녀가 둔하지는 않았다. 그녀는 시간을 끌
수록 서로가 더 괴롭다는 것을 잘 알고 있기에 힘겹게 이야기를
꺼냈다.

"말없이 떠나서 미안해."

그녀는 나머지 술을 벌컥벌컥 마셔 버렸다. 용기가 사라지기
전에 모두 풀어버리리라 단단히 결심했다.

"어떻게 말해도 내 잘못을 용서받지는 못할 거야. 용서해 달
라고 말하는 것 자체가 너무 뻔뻔한 일이지. 그렇지만……."

‘한 발만 더 내디디면 돼. 힘을 내.’

그녀는 크게 심호흡을 했다.

“난 애초에 당신과 결혼까지 생각한 적은 단 한 번도 없었어. 그저 즐기고 끝낼 생각이었지. 어쩌다 아이가 생겨서 당신과 결혼이란 걸 해볼까도 했지만, 일이 이렇게 된 이상 이젠 다 부질없는 짓이라는 걸 깨달았어. 우리의 결혼도 연인 관계도 이쯤에서 그치는 것이 좋을 것 같아. 이게 내가 당신에게 하고 싶은 말의 전부야.”

그녀가 이야기를 마칠 때까지 시오에게선 아무런 반응도 나오지 않았다. 소리를 지르지도 않았고, 술을 마시지도 않았고, 심지어는 눈도 깜박이지 않고 그녀만을 뚫어지게 바라볼 뿐이었다. 그녀는 그런 시오가 무서웠다. 차라리 분노를 분출이라도 하면 좋으련만, 감정을 숨기는 그가 안타까웠다.

“네가 하고 싶은 말은 그게 다야? 더 이상은 아무런 말도 할 것이 없어?”

그녀는 힘없이 대답했다.

“그래, 그게 전부야. 우리 사이에 더 무슨 할 말이 있겠어. 어서 화를 내. 빨리 끝내고 집에 가고 싶어. 그저 피곤할 뿐이야.”

그녀는 할 수 있는 한 잔인하기 이를 데 없는 목소리로 단호히 말했다. 자신의 말이 스스로에게 돌아오는 칼날이 되어 그녀의 몸속을 후벼 파고 있었지만 지금 여기서 무너질 수는 없었다. 출혈이 심해도 여기서 쓰러질 수는 없었다. 그녀는 고개를 빳빳이 들었다.

"그렇다면 이제 내가 말할 차례인가?"

그의 목소리에서 느껴지는 불길함이 그녀를 오싹하게 만들었다. 그녀는 그를 정면으로 바라보았다. 시오가 의미심장한 미소를 짓고 있었다. 그녀는 두 팔로 몸을 감싸고 떨리는 몸을 다잡았다.

"우선 이걸 읽어보는 것이 좋을 거야."

그가 사전에 이 방에 가져다 놓은 듯 한쪽 벽에 장식되어 있는 유리콘솔에서 노란 서류 봉투 하나를 가져다 그녀의 앞에 놓았다. 겉봉투에 그들의 주치의가 몸담고 있는 종합병원의 마크가 선명하게 찍혀 있었다. 그녀는 순간 시오가 어디 아픈 곳이 있는 것은 아닌지 걱정이 되었다. 평생 병원 신세를 진 적이 없는 건강체질이 병원에는 왜 간 것일까? 걱정이 앞서 서둘러 서류 봉투를 열었다. 그 속에 들어 있는 몇 장의 서류를 읽으면서 처음엔 뭐가 뭔지 어리둥절했다. 그리고는 그녀는 믿을 수 없는 심정이 되었다. 떨리는 손으로 한 장 한 장 다시 읽어 내려갔다.

그 모든 의미를 깨달았을 때 그녀의 손에서 힘없이 서류들이 떨어져 거실 바닥에 흩어졌다. 자신의 얼굴에서 핏기가 가시는 것을 느낄 수 있었다. 하늘이 무너져 내리는 충격이었다. 이럴 수는 없었다. 이래서는 안 되는 것이었다. 그녀가 뭣 때문에 그와 헤어지려고 이렇게 기를 쓰는데, 왜 이렇게 불행하면서도 그를 멀리하려고 하는지 뻔히 알면서 그가 이런 짓을 하다니. 그녀만큼이나 그도 잔인하기 짝이 없었다. 그가 그녀에게 이런 짐을 지우다니 믿을 수가 없었다.

"이제 알겠지? 난 애초에 아이 따위는 바라지도 않았어. 네 아이라면 언제든 환영이었지만 너 아닌 여자에게서 얻는 아이는 나에겐 아무런 의미도 되지 못해. 이건 그걸 지금까지 깨닫지 못한 너에게 내가 주는 벌이야. 이제 어쩔 거지? 아이를 가질 수 없는 몸이 된 나를 이젠 어쩔 거냐고. 이래도 아이를 핑계로 날 떠날 건가? 이래도?"

시오는 너무나도 평온한 목소리로 말을 하고 있었다. 그녀는 격하게 고개를 흔들어댔다.

"이럴 수는 없어. 세상이 이렇게까지 나에게 시련을 줄 수는 없는 거야. 불공평해. 너무나 억울해!"

그녀는 악을 써댔다. 죄의식의 눈물이 마구 쏟아졌다.

"왜 그랬어? 왜? 아이를 갖고 싶어도 가지지 못하는 여자의 심정을 당신이 알아? 세상에 어떻게 이런 짓을 할 수가 있지?"

그녀는 쇼크로 잠시 머리가 어지러웠다. 몸을 가누지 못해 소파에 머리를 기대고 눈을 감았다. 도저히 그의 얼굴을 볼 수가 없었다. 더 험한 말이 튀어나올 것 같아 참기가 힘겨웠다.

"정관절제수술이라니……."

말로 담기도 끔찍한 단어였다. 앞으로 어떻게 살아가라고 그녀에게 이런 짐을 지우는 것일까.

"이젠 날 떠나려거든 다른 핑계를 생각해 내야 할 거야. 날 사

랑하지 않는다는 개소리는 집어치워. 우리 사이가 질렸다는 말
도 하지 마. 아이 문제는 이제 더 이상 거론하지도 말고.”

그녀는 소파에 기댄 채 고개만 저을 뿐이었다.

“아니면 이젠 정말 날 버릴 건가? 아이도 낳지 못하는 남자와
는 살고 싶지 않은 건가? 내가 아이를 낳지 못하는 여자완 살 수
없을 거라고 생각했던 당신이니 그럴 수도 있겠군. 그런가? 대
답을 해봐, 대답을!”

그녀는 울다 지쳐 탈진해 버렸다. 아무 생각도 할 수 없었다.
그녀는 사고능력을 잃은 지 오래였다. 그리고 이런 짓까지 한
그가 무섭기도 했다. 극단으로 흐르는 시오의 사고방식을 이해
할 수가 없었다. 그러나 가슴 한편에선 이와 정반대로 그의 희
생에 가슴 아프고, 그 사랑의 크기에 감동하는 마음이 웅크리고
있었다. 대놓고 고맙다고는 말하지 못하지만 그에게 사랑받고
있음에 행복해하는 또 하나의 그녀가 있었다. 그녀는 자신의 이
중성을 숨기지 못했다. 그녀는 그저 약한 인간일 뿐이었다. 그
러나 그 무엇보다도 그녀를 짓누르는 것은 죄의식이었다. 그녀
때문에 평생 아이를 가지지 못하게 된 시오를 어떻게 아무렇지
도 않은 듯 바라보고 웃으면서 평생을 함께할 수 있겠는가. 그
것은 그녀에게도 힘든 일이었다. 수태복원수술의 성공 가능성
이 매우 높다는 것 정도는 그녀도 알고 있었다.

그녀가 이 상황에서도 떠나면 되는 것이다. 세월이 흐르면 언
젠가는 그에게 또 한 번의 기회가 올 것이다. 다시 사랑할 수 있

는 여자를 만나 사랑할 수밖에 없는 귀여운 아이를 낳고 행복하게 살 기회가 반드시 올 것이다. 그녀에게 지금보다 더 힘든 시간은 평생 없었다. 심지어 희원이 죽었을 때도 지금보다는 덜 힘들었다. 그녀는 죽을힘을 다해 그에게 마지막 일격을 가했다.

"그런 걸로 날 협박하지 마. 내가 언제 그 따위 수술을 하라고 한 적 있어? 어리석은 짓 말고 다시 복원수술해. 하긴 당신이 그대로 살거나 말거나 이미 내 관심 밖이지만 말이야. 아까도 말했지만, 어차피 당신하고는 끝까지 갈 생각 없었어. 그리고 난 이제 좀 더 자유롭고 큰 무대에 서고 싶어. 파리에 정착할 거야. 날 더 이상 몹쓸 여자로 만들지 말고 여기서 끝내. 내 마지막 부탁이야."

그녀는 안간힘을 쓰고 일어섰다. 그녀가 객실을 걸어나오는 동안 뒤에서는 아무런 움직임도 느껴지지 않았다. 그의 반응이 무서웠지만 그녀는 마지막까지 꿋꿋하게 그 자리를 벗어날 수 있었다. 육중한 문소리와 함께 그와의 공간이 차단되었다.

'이제 정말 끝인가? 이것으로 그와 나는 진정 남남이 되고 마는 것인가?'

그녀는 눈물이 흐르는 대로 내버려 두었다. 지금은 울어도 된다. 폭포 같은 눈물을 줄줄 흘리면서 이것은 그녀가 앞으로의 혹독한 삶을 살기 전의 마지막 어린양이라고 자신에게 계속해서 중얼거렸다.

그녀가 정신을 차렸을 때는 엘리베이터 안이었다. 엘리베이

터는 빠르게 아래로 내려가고 있었다. 경쾌한 소리와 함께 문이
열리고 그녀는 다정한 커플과 엇갈리며 그곳에서 내렸다. 무심
코 뒤돌아보자 닫히는 문 사이로 두 사람의 키스하는 모습이 보
였다. 그녀는 서둘러 고개를 돌려 버렸다. 비참한 자신과 다르
게 사랑에 충만한 그 사람들이 미치도록 부러웠다.

천천히 발길을 돌려 호텔 로비를 빠져나왔다. 숄더백에서 음
악 소리가 울려 퍼졌다. 그녀는 자신의 기분 상태와 상관없이
무심코 휴대폰을 꺼내 들었다.

"여보세요?"

시오였다. 그녀가 지금 이 순간 가장 피하고 싶은 사람이었
고, 절실히 보고 싶은 사람이었다.

[호재야, 언젠가 내가 말했지? 너를 완전히 잃었다고 생각했
을 때 난 더 이상 이 세상을 살아갈 힘을 잃었었다고 말이야. 그
때 나는 너를 포기하고, 나 자신을 포기하고, 세상을 포기했었
다.]

그녀는 시오의 목소리가 이상하다고 느꼈다. 물론 그도 그녀
만큼이나 충격이고 상처일 것이다. 그것을 모르지 않지만 그럼
에도 불구하고 그의 목소리는 너무나도 생명력이 없었다.

[호재야…… 호재야.]

그는 그녀의 이름을 한숨처럼 속삭였다. 그녀는 감정을 억제
하지 못하고 입술을 깨물었다.

[이제 나는 지금이 그때보다 더욱 절망적인 상태라는 것을 안

다. 이번에야말로 희망이 없는 것이겠지? 난 그때나 지금이나 똑같은 선택을 할 것이다. 포기하는 것만이 자유로울 수 있는 길이니까. 그것만이 나를 평안하게 해줄 테니까.]

그는 영영 멀리 떠나 버릴 사람처럼 말하고 있었다. 비록 그들이 연인으로, 부부로 살지는 못하지만 한가족임에는 틀림없는데 그는 완전한 이별을 고하고 있었다.

[호재야, 이번에는 절대 실패하지 않을 거야. 실패 후에 어떤 고통이 따라오는지 지독한 경험을 통해 절실히 깨달았다. 이번에야말로 성공해서 너로부터 벗어나 자유롭게 훨훨 날아갈 거야. 부디 네가 행복하기를 바란다.]

전화가 끊겼다. 통화가 끝났다는 신호음과 함께 불길한 예감이 그녀를 덮쳤다. 너무나 세게 깨물었는지 입술에서 피 맛이 느껴졌다.

“피?”

그녀는 휴대폰을 쥐고 뒤돌아서 뛰었다. 심장이 터질 듯 아프고 옆구리조차 결려왔다.

“이런 바보 같은……!”

그녀는 엘리베이터 버튼을 초조하게 마구 눌러댔다. 그가 있는 스위트는 십팔층이었다. 너무나 멀었다. 그녀는 당황한 가운데 우선 무엇부터 해야 할지 생각했다.

‘그래, 스위트룸의 키!’

그녀는 급히 발길을 돌려 프런트로 갔다. 당황하는 호텔 직원

과 함께 곧장 짐을 실어 나르는 직원 엘리베이터로 향하면서 남
은 여직원에게 구급차를 부탁했다. 지나치게 침착한 자신이 이
상할 정도였다. 그녀를 따라온 직원도 그것을 아는지 미심쩍은
표정으로 그녀를 바라보고 있었다. 장난이 아닌지 의심하는 눈
치다. 그녀는 한 칸 한 칸 올라갈 때마나 속으로 빌고 또 빌고
있었다.

　‘조금만 기다려. 어리석은 짓 하지 말고 내가 갈 때까지 기다
려, 제발.’

　두 손을 꼭 쥐었다. 엘리베이터 문이 열리자마자 남자의 손에
서 카드 키를 빼앗아 들고 뛰었다.

　그는 이제 그녀를 더 이상 볼 수 없다는 것이 가장 슬펐다. 이
세상에 미련도 없었고, 남겨놓고 가서 아쉬운 것이라고는 호재
라는 여자뿐이었다. 그는 미리 준비해 놓은 날카로운 골동품 면
도기를 폈다. 크리스탈 샹제리에 불빛에 서슬 퍼런 칼날이 빛을
발했다. 그것이 무척이나 아름답다고 생각했다. 그가 살아온 삼
십이 년의 세월을 돌아보았다. 새삼 깨닫는 것이지만 그의 인생
은 오직 하나 호재라는 말로만 대변되었다. 호재 때문에 행복했
고, 그녀 때문에 고통스러웠고, 그녀 때문에 지금 그는 죽을 결
심을 하고 있는 것이다. 육신이 죽으면 영혼도 죽는 것인지가
그가 지금 가지는 최대의 고민이었다. 그는 그러기를 간절히 바
랐다. 만약 죽어서도 그녀만을 생각하고 불행해해야 한다만 죽

는 것이 무슨 의미가 있을까? 죽음조차 그에게 자유를 주지 못한다면 그때는 또 어찌해야 할지 막막했다.

시오는 지갑 속에 넣고 다니는 그녀의 사진을 꺼냈다. 마지막으로 단 한 번만이라도 그녀의 모습을 눈과 마음에 담고 싶었다. 자그마한 사각의 종이 속에 들어 있는 호재는 생기발랄했다. 살아 숨 쉬는 듯한 그녀의 모습은 죽음 앞에서도 그를 미소 짓게 했다. 예나 지금이나 그에게서 미소를 끌어내는 것은 호재뿐이었다. 그는 그녀의 사진에 조심스럽게 입을 맞추었다.

그리곤 칼을 쥔 손을 들어 반대 편 손목에 대고 단숨에 그었다. 피가 튀어올랐다. 침대에 몸을 누이고 조용히 눈을 감았다. 이대로 잠시만 있으면 자유였다. 그의 얼굴에 온화한 미소가 떠올랐다. 요란한 소리와 함께 꿈에서도 그리던 호재의 목소리가 들려왔다. 그는 이제 정말 죽음을 눈앞에 뒀다는 것을 실감했다. 그렇게도 냉정하게 돌아선 여자가 단 몇 분도 안 되어서 되돌아왔을 리가 없었다. 죽음이란 그 사람의 환상이라는 생각을 하며 행복한 미소를 지었다. 자신의 몸이 흔들리고 뭔가에 의해 붕붕 떠다니는 느낌을 받으며 이것이 바로 영혼이 분리되는 과정인가 하고 생각했고, 그렇다면 죽음도 그리 나쁘지만은 않다고 생각했다.

시오는 자신의 손에 느껴지는 온기 때문에 깨어났다. 죽어서도 온기를 느낄 수 있다니 신기하다는 생각이 들었다. 그 다음에는 여자의 목소리를 들었다. 뭔가 절절히 애가 타는 목소리가 그의 심금을 자극하고 있었다. 그는 눈을 떠서 자신을 울리는 여자를 바라보았다. 그의 손을 잡고 그것이 무슨 대단한 것이라도 된다는 듯 입술을 대고 중얼거리고 있는 여자는 그가 온 우주를 통틀어 유일하게 사랑하고 가장 사랑하는 여자였다. 그는 주위를 둘러보았다. 삭막한 실내가 병실임을 여실히 보여주고 있었다. 그의 자실기도는 또다시 실패로 돌아갔다. 그리고 호재는 그런 그를 동정해서 이 자리에 있다. 그는 안간힘을 써서 그녀에게 잡혀 있는 손을 빼냈다. 천천히 고개를 돌려 그녀를 외면했다. 그런 그에게 다짜고짜 주먹질이 날아들었다. 등이며 어깨며 허리며 마구잡이로 구타를 하는 손길은 매서웠다.

"누워 있다고 못 때릴 줄 알아? 당신 미쳤어? 죽긴 왜 죽어!"

그녀가 계속해서 그를 때렸다. 고함 소리에 물기가 어리고 그를 때리는 손에 힘이 떨어질 때까지 그녀는 그렇게 계속해서 분풀이를 해댔다. 그는 그녀의 손길이 기뻤다. 그녀가 그의 곁에 있음을, 살아 있음을 실감할 수 있다는 것이 행복했다. 죽기를 작정했던 사람이 가지는 생각치고는 너무나 아이러니했다. 그녀가 때리는 것을 멈추고 그를 끌어안았다. 그의 감은 눈에서 눈물이 흘렀다.

"다시는 이런 짓 하지 마. 나 너무 무서웠어. 정말 무서웠어. 사랑해, 사랑해."

그녀는 그의 눈물 젖은 얼굴에 수도 없이 키스를 해댔다. 이젠 베개를 적시는 눈물이 누구의 것인지 알 수 없을 지경이었다. 그는 두 손이 다 자유롭지 못하기 때문에 그녀를 껴안을 수가 없었다. 오랫동안 사용하지 않은 듯 목소리도 나와주지 않았다.

"내가 옆에 있을게. 당신 옆에 평생 붙어서 다시는 이런 못된 버릇 나오지 못하게 내가 감시할 거야. 절대 당신 옆에서 안 떠나. 당신이 나 밀어내도 이젠 내가 못 가. 아니, 안 가."

시오는 그녀의 울부짖는 소리에 취했다. 그녀는 이제야 그의 곁을 떠나서는 둘 중 누구도 행복할 수 없다는 걸 깨달았나 보다. 그는 그녀가 다시는 떠나지 못하도록 지금 못을 박아야겠다고 생각했다.

"내 곁에 있겠다고? 언제까지? 네가 싫증나거나 변덕을 부릴 때까지?"

그녀가 마구 고개를 내저었다.

"절대로 아냐. 평생 당신 옆에 있을게. 약속해."

"어떤 위치로 있을 거지? 애인? 아니면 아내?"

그녀가 얼른 대답했다.

"당신과 결혼해서 사람들에게 당신이 내 남편이라고 큰 소리로 자랑하고 다닐게. 그럼 돼?"

그는 잠시 생각하는 척하다가 입을 열었다.

"죽음이 우리를 갈라놓을 때까지?"

그의 질문에 그녀는 몸을 움찔 떨었다. 그들이 지금 이곳에 왜 있는지 깨달은 듯했다. 그가 죽으려 했다는 사실이 새삼 그녀를 상처 입혔음이 틀림없었다.

"그래, 죽음이 우리를 갈라놓을 때까지."

그녀가 쉰 목소리로 약속했다.

호재는 시오가 깨어난 기쁨에 울다 웃다 했다. 그는 삼 일 동안 의식불명이었단다. 그녀는 젖은 수건으로 그의 얼굴을 꼼꼼히 닦아주었다. 소중한 사람이란 걸 강조하듯 조심스럽고 세심한 손길이었다. 의사를 불러오겠다고 나가는 그녀의 뒷모습을 보면서 시오는 의미심장한 미소를 지었다. 잔인한 일인 줄은 알지만 이 방법밖에 없었다. 이것만이 그녀를 되돌아오게 할 수 있었다. 놀라고 힘들었겠지만 결과가 좋으면 다 좋은 것이다. 손목을 그으면서 그녀가 오리라고 확신했다. 그렇게만 된다면 그들은 영원히 행복할 것이었다. 만약 그의 판단착오로 그녀가 오지 않고 죽게 되더라도, 그는 그것은 그것대로 좋다고 생각했다. 어차피 그녀 없는 삶은 있을 수 없으므로.

잠시 후, 병실 문이 열리고 지극히 사랑하는 여자가 산들바람처럼 들어왔다. 찬란한 빛이 병실 안을 환히 밝혀주었다. 그녀가 그의 인생을 환하게 밝혀주듯이. 시오는 그녀를 향해 활짝 웃었다. 앞으로의 인생에는 이런 환한 웃음만이 존재할 것이다. 유독 잔혹했던 신이 그들에게 처음으로 선사한 축복이었다.

호재는 저만치서 시끄럽게 떠들어대고 있는 시오와 아이들을 바라보며 흐뭇한 미소를 지었다. 쌍둥이임을 한눈에 알 수 있는 꼬마들의 앙증스러움이 주변 사람들의 시선을 한껏 끌고 있었다. 레이스가 잔뜩 달린 분홍 드레스를 입은 네 살배기 여자 아이들은 서로 시오를 독점하기 위해서 애쓰고 있었다. 오늘은 드디어 오래 끌어왔던 재단 건물의 현판식이 있는 날이었다. 너른 일층 로비엔 많은 초대 손님들이 축하해 주기 위해 와 있었다. 재단 이사장인 은진이 대연과 함께 기자단을 상대하고 있었다. 예전 같으면 저 스포트라이트 속에 그녀가 있었겠지만, 오늘 호재는 평범한 여자로, 한 남자의 아내로 이 자리에 있었다. 능수능란하게 인터뷰를 하고 있는 은진이 무척이나 자랑스러웠다.

"이모~ 이모~"

두 아이가 쪼로록 달려와 그녀의 다리에 매달렸다.

"이모, 내가 좋아, 시은이가 좋아?"

"호재 이모는 지은이가 제일 좋다고 했어!"

아이들의 경쟁이 이번엔 호재에게로 옮겨진 모양이다. 호재는 무릎을 꿇고 앉아 두 아이의 머리를 쓰다듬어 주었다.

"이모는 시은이, 지은이 다 좋아해. 세상에서 제일 좋아."

환호성을 지르는 아이들을 꼭 껴안았다. 아이들 특유의 향긋함이 물씬 풍겨왔다.

"호재 이모는 이 세상에서 아저씨를 제일 좋아해. 그건 몰랐지, 요것들아~"

어느새 뒤따라온 시오가 아이들을 번쩍 들어 올렸다. 아이들의 까르르거리는 소리가 행복하게 울려 퍼졌다.

날치 알을 얹어 찐 고소한 밥을 접시에 담으며 그녀는 입양에 대해 심각하게 생각하고 있었다. 시오와 결혼한 지 벌써 사 년이었다. 그동안 행복하지 않았다면 거짓말일 것이다. 그러나 저렇게나 아이들을 잘 다루는 그를 볼 때마다 그녀는 입양에 대해 조금씩 고민하기 시작했다. 일 년 전쯤 그녀는 그런 의사(意思)를 시오에게 내비친 적이 있었다. 그 자신이 입양아였기 때문에 거부감은 없을 거라고 생각했다. 그러나 그녀의 짐작은 단단히 잘못된 것이었다. 그는 입양 이야기가 나오자마자 무척이나 화를 냈다.

결혼해서 지금까지 시오가 그녀에게 화를 낸 경우는 딱 두 번뿐이었다. 처음에는 그가 했던 정관수술을 복원했으면 하는 바람을 살짝 비쳤다가 된서리를 맞았다. 그때의 무서운 얼굴이 떠오를 때면 아직도 진저리가 쳐진다. 혹여 그녀가 아이에 대한 미련을 버리지 못하고 과거의 실패를 반복할까 두려워하는 그의 마음을 너무나 잘 알기에 더는 우기지 못하고 물러섰다.

그리고 나서 그녀는 종종 생각했다. 스스로 아이를 가질 수 없다고 해서 아이 엄마가 되지 말라는 법은 없는 것이다. 그들의 결혼 생활에 아이는 많은 것을 채워줄 것이다. 시오에게 좋은 아버지가 될 기회를 만들어줄 것이고, 그녀는 시오에 대한 미안함을 조금은 덜 수 있을 것이다. 또한 아이는 두 사람을 더욱 행복하게 해줄 것이 분명했다. 그녀는 세상에 태어나지도 못하고 사라진 자신의 아이들을 대신해서 입양하는 아이에게 사랑을 듬뿍 나눠주리라 마음먹었다. 결심이 굳어지자 바로 시오에게 그녀의 생각을 말했다. 그러나 냉정히 거절당했다. 시오는 애원하는 그녀에게 그 어느 때보다도 심하게 화를 냈다. 아이를 좋아하지 않는단다. 그녀는 그의 뻔한 거짓말에 기가 막혔지만 어쩔 수 없이 한발 물러났다. 그렇게 얼토당토 않는 말을 꾸며 댈 정도로 시오가 당황하고 있음을 눈치 챘기 때문이다. 그러나

지금 세월은 그때로부터 일 년이나 흘렀고, 그녀의 입양에 대한
생각은 기하급수적으로 부풀고 있었다. 호재는 다시 한 번 시도
해 볼 마음이었다. 시오가 입양에 대해 질색을 하는 이유가 뭔
지는 몰라도 분명 그녀를 위한다는 생각에 그러하리라는 것을
잘 알기에 이번에야말로 꼭 그를 설득하리라 굳게 다짐했다.

그는 불같이 화를 냈지만 호재는 막무가내였다. 그녀의 애원
이 며칠째 그의 피를 말리고 있었다. 입양에 대한 호재의 집념
은 대단했다. 끝끝내 그가 반대하자 급기야 협박을 하기에 이르
렀다.

"당신이 정 그러면 난 위험을 무릅쓰고라도 시험관 아기를 시
도해 볼 거야."

'도대체가 아이가 없으면 어때서 저렇게 집착을 하는 것일
까.'

호재의 심정을 모르는 바는 아니다. 그녀가 왜 그렇게 아이에
목숨을 거는지 너무나 분명히 알고 있었다. 그래서 반대하는 것
이다. 그래서 화가 나는 것이다. 호재는 자신이 아이를 낳아줄
수 없는 죄책감에 어떻게 해서든 그에게 아이가 있는 가정을 주
고 싶어했다. 사실 그도 아이를 입양하는 것에 아무런 거부감도
없었다. 오히려 아이가 있으면 그녀에게 안정감을 줄 것이라는
것을 알기에 마음 같아서는 열이라도 입양을 하고 싶은 심정이
었다.

그러나 지금 상태로는 아니었다. 호재가 아이가 없으면 그가
행복하지 않을 거라고 단정 지어 생각하는 한, 아이 없는 그들
의 사랑이 완전하지 않다고 생각하는 한 절대로 입양은 고려의
대상이 아니었다. 지금 그대로의 사랑이 얼마나 축복받은 것인
지 그녀는 알아야 한다. 이렇게 서로 사랑하며 사는 것이 누구
에게나 찾아오는 행운이 아니라는 것을 얼른 깨닫기만을 바랐
다. 부족한 것에 미련을 두고 지금을 인정하지 않는 호재가 안
타까웠다.

떠들썩한 분위기의 패밀리 레스토랑에 오랜만에 두 가족이
모였다. 쌍둥이들은 오늘도 어김없이 시오와 호재에게 달라붙
어 있었다. 그 모습을 보는 은진과 대연의 얼굴엔 홀가분한 안
도감이 가득했다. 아이들의 극성에서 잠시라도 벗어난 것에 기
뻐하고 있음은 말할 것도 없었다. 시오는 연신 시은의 머리를
쓰다듬고 있는 호재를 보면서 왠지 마음이 아팠다. 너무나 귀엽
다는 듯 환하게 웃고 있지만 가슴 어딘가에서 피눈물을 흘리고
있다는 것은 그녀의 슬픈 눈동자가 대변해 주고 있었다. 이런
모습을 볼 때마다 그가 느끼는 괴로움과 안타까움은 갈수록 더
했다.
　'내가 이런 마음일 때 그녀는 어떨까?'
　그는 둘이 만들어가는 완벽한 사랑을 강요하면서 호재를 더
욱 큰 절망으로 몰아가고 있는 것은 아닌지 생각해 보았다. 이

제 그가 한발 물러나야 할 때가 된 것 같다. 시오는 그녀의 품에 안긴 시은을 안아서 자신의 무릎에 앉혔다. 두 아이들이 양 무릎에서 새롱거렸다. 지그시 호재를 바라보자 그녀의 슬픈 눈이 그를 맞았다. 집에 돌아가면 진지하게 다시 이야기해 봐야겠다. 입양을 하게 되면 그때부터는 그들의 생활패턴도 확연히 달라질 것이다. 호재가 기뻐할 것을 생각하자 그의 마음 또한 편해졌다.

"호재 씨, 모델 활동도 접었는데 무슨 계획이 있어요?"

대연이 물었지만 호재는 엄한 곳을 바라보며 넋을 놓고 있었다. 저쪽 테이블에 만삭의 여자를 부축하고 자리에 앉는 남자가 비쳤다. 아마도 부부이리라. 어찌나 조심조심 안절부절못하면서 여자를 다루는지 한눈에도 다정한 부부임을 알 수 있었다. 과한 남자의 보살핌이 싫지 않은 듯 여자는 눈총을 보내면서도 환한 미소를 짓고 있었다. 그는 호재를 돌아보았다.

"잠깐 실례할게요. 화장실에 좀 다녀와야겠어요."

호재는 변명처럼 중얼거리고는 서둘러 자리를 떴다. 그는 당황하며 표정을 감추지 못하는 호재를 보면서 따라 일어섰다. 여자 화장실 앞에서 잠깐 망설였지만 이럴 때 에티켓은 거추장스러운 장식품일 뿐이었다. 다행히 안엔 아무도 없었다. 그는 굳게 닫힌 화장실 문 안쪽에서 나는 소리를 따라 맨 구석 코너로 갔다. 여자의 흐느낌 소리가 서럽게 흘러나왔다. 시오는 그 문에 몸을 기대고 깊은 한숨을 내쉬었다. 호재가 울고 있었다. 차마 그의 앞에서 내색하지 못하고 이런 곳에서 슬픔을 쏟아내고 있는 것이다.

"호재야."

안에서 일순 울음소리가 그쳤다. 잠시 후 이번에는 더욱 큰 소리로 호재가 울기 시작했다. 그의 목소리가 서러움을 더한 모양이다.

"호재야, 우리 내일 가평에 가볼까?"

침묵이 흐르고 조심스런 목소리가 들려왔다.

"가…… 평?"

"그곳에 영아원이 하나 있는데, 아버지가 나도 거기에서 처음 보고 입양을 하셨다더구나. 이왕 입양할 거면 그곳에 가보는 것이 좋을 듯한데, 어때?"

호재가 그의 말이 끝나자마자 문을 열어젖혔다. 문에 이마를 대고 있던 그는 그 반동으로 머리를 찧고 한동안 아찔한 충격 속에 싸여 있었다. 눈물콧물 범벅인 채 호재는 그의 품에 뛰어들었다.

"정말? 진짜 아이들을 입양할 거야?"

'아이들?'

욕심 많은 호재는 한 아이로는 성에 차지 않나 보다. 그래, 많을수록 좋겠지. 북적거리는 집 안도 꽤 즐거울 것이다.

"한번 알아보자. 가능하다면 큰 아이, 작은 아이 구분하지 말고 여럿을 키우자. 그럼 됐지?"

"지금 가자."

그새 눈물은 메말랐는지 말똥거리는 눈동자가 빛을 품고 있었다. 그는 과장된 한숨을 내쉬었다.

"오늘 밤은 무리야. 내일 가자. 알았지?"

"사랑해."

다시 한 번 그의 품에 꼭 안긴 호재는 떨리는 목소리로 속삭였다.

"나처럼 복 많은 여자는 없을 거야. 당신 같은 남편에 분만의 고통도 없이 여러 아이들의 엄마가 될 수 있다니…… 이런 횡재가 어디 있겠어."

농담 반 진담 반의 목소리에서 아이를 낳을 수 없는 자신을 무의식 중에 인정하고 있는 그녀를 엿볼 수 있었다. 시오는 진작에 자신이 이런 결정을 내리지 못한 것에 대해 한탄했다.

'왜 그렇게 고집을 피웠던지. 호재의 뜻대로 하고 나니 이렇게 마음이 편한 것을……'

"나만큼 행복한 사람은 없을 거야. 너 같은 여자를 아내로 맞고 많은 아이들에게 내가 받은 사랑을 돌려줄 수 있으니 말이야. 나야말로 세상에 둘도 없는 행운아지."

서로에게 안긴 채 그렇게 한참을 있었다. 여자 화장실에 들어서던 한 손님이 시오를 보고 소리를 질렀지만 그들은 못 본 척 태연하게 걸어나왔다. 지금부터 그들이 함께 걸어가는 길에는 언제나 행복이 함께할 것이다. 아이들의 웃음소리도 가득할 것이다.

테이블에 도착하자 또다시 시은과 지은이가 시오에게 달라붙었다. 호재는 환하게 웃었다. 그도 웃었다. 갑자기 눈물이 나려 했다. 벅찬 감동이 밀려왔다.

"우리 시은이, 지은이는 남동생이 있었으면 좋겠어, 아니면 여동생이 있었으면 좋겠어?"

레스토랑 한쪽에서 기쁨의 탄성과 축하의 샴페인이 터졌다.

✻

그녀는 흔들침대에 고이 잠든 딸아이를 보면서 환하게 웃었다. 행복한 미소를 짓고 그 모습을 바라보던 시오가 그녀를 꼭 껴안았다.

"아버지, 제발 우리들 있을 때는 좀 자제해 주세요. 미성년자가 보기에 민망하단 말입니다. 게다가 이제 사춘기에 접어든 어린 동생에게는 인격형성에 커다란 영향을 끼친다고요. 얘 비뚤어지면 아버지가 책임지실 거예요?"

"오빠, 난 어엿한 중학생이야. 사춘기 지난 지가 언젠데 그런 소리를 해."

이제 겨우 고등학교 1학년인 큰아들과 중학생이 된 딸의 말에 호재는 기가 막혔다. 순간 멋쩍은 표정으로 멍하니 있는 시오를 밀어내면서 그녀는 배를 움켜주며 웃어댔다. 어찌나 또랑또랑하고 맹랑한지 그저 사랑스러워서 미칠 것만 같았다.

아이들은 일 년 터울로 그들의 집에 왔다. 서로 너무나 이해하고 사랑하는 가족이 되기까지 나름의 고초도 있었으나 그것마저도 정이 드는 과정이었기에 힘든 줄 몰랐다.

그녀는 손을 내밀어 아이들이 안겨오기를 기다렸다.

"엄마, 우리가 애도 아니고 자꾸 그러기예요?"

두 아이 모두 스스로 다 컸다고 생각하고 있어서 엄마 품에 안기는 것이 내키지 않는다는 표정이 역력했다. 그러나 막상 그녀에게 안긴 그들은 팔에 힘을 주어 그녀를 마주 껴안았다.

"이번 한 번만이에요. 다음부터는 절대 이러지 마세요."

말은 얼음장인데 품에 안긴 살에서는 뜨거운 정이 넘실거렸다. 시오가 그런 그들을 감싸 안고 경고조로 속삭였다.

"쳇, 이 집에선 나만 소외계층이야. 니들끼리 엄마 독차지하면 가만 안 둔다."

호재는 가족들 품에서 행복에 겨운 한숨을 내쉬었다. 그리곤 골고루 등을 두드려 주었다.

"아이구, 내 새끼들."

작가후기

벌써 저의 두 번째 책이 나왔습니다.

이래저래 제 이름으로 된 책이라는 것을 상상도 못했던 저에게 이번 책은 행운 이상의 의미가 있습니다. 또한 『RED HOT』 때와는 비교도 안 되는 불안감이 몰려옵니다. 그것은 어설프게 뭔가 안다 싶을 때 보이는 한계 때문이 아닐까 싶습니다.

『화려한 꽃』은 사연이 많은 글입니다. 우선 이 글은 제1회 영언 공모 연재 〈베스트 유 상〉을 수상한 글입니다. 합(合)이란 말 아시죠? 아무래도 저와 청어람 출판사와도 합(合)이 들었나 봅니다. 오랜 시간 죽어 있던 글이 이곳에서 빛을 보게 되니 말입니다.

또한 이 글은 분량이 긴 관계로 꽤 많은 부분이 잘려졌습니다. 연재 당시보다 많은 부분이 보강된 상태에서 다시 수정된 것이라 어느 것이 더 나은지는 판단하기 어렵지만, 가능하면 원작 그대로 보여주고 싶은 작가의 마음은 아쉬움이라는 이름으로 남겨지게 되었습니다.

이 글의 주인공인 호재와 시오.

두 사람의 사랑 이야기는 제가 고등학생이었던 시절에 생각했던 상상에서 비롯되었습니다. 삼중당에서 나온 『핫산의 딸』을 읽고 아랍권에서는 아무렇지 않은 삼촌과 조카의 결혼에 대해 알게 되었고, 그것이 모티브가 되어 후에 이 글의 시놉시스가 완성된 것입니다.

어느 분은 '이럴 수가!' 라고 하실 것이고, 어느 분은 좀 파격이라고 하실 분도 계실 것이고, 또 어느 분은 너무 극단으로 치닫는 두 주인공에 대해 억지스럽다고 하실지도 모릅니다. 그러나 분명한 것은 두 남녀의 사랑이 하늘 끝에 닿아 있다면, 그 하늘은 축복이라는 선물을 반드시 버릴 것이라는 로맨틱한 해석에 충실했다는 것입니다.

언제나 성원해 주는 가족들과 홈페이지 식구들에게 감사의 마음을 전합니다.

5월의 신부가 된 지연아~ 착한 신랑과 언제까지나 행복하길 바란다.

—지호 드림